W0021801

Giménez-Bartlett   Das süße Lied des Todes

7. Fall

Aus dem Spanischen
von Sybille Martin

Alicia Giménez-Bartlett
Das süße Lied des Todes

Ein Petra-Delicado-Roman

editionLübbe

editionLübbe
in der Verlagsgruppe Lübbe

Übersetzung aus dem Spanischen von Sybille Martin
Titel der spanischen Originalausgabe: NIDO VACÍO

Lektorat: Anette Kühnel, Overath
Satz: Kremerdruck GmbH, Lindlar
Gesetzt aus der DTL Documenta
Druck und Einband: Ebner & Spiegel, Ulm

Printed in Germany
ISBN 978-3-7857-1592-5

Sie finden die Verlagsgruppe Lübbe
im Internet unter: www.luebbe.de

5 4 3 2 1

Das süße Lied des Todes

Eins

Einen Samstagnachmittag in einem Einkaufszentrum zu verbringen ist nicht gerade der Traum meiner schlaflosen Nächte. Aber wer denkt schon an Träume, wenn sich die Notwendigkeiten des Alltags aufdrängen, was eigentlich ständig geschieht? Also dachte ich mir, am besten wäre es, in der Mittagszeit einkaufen zu gehen. Ich schrieb mir eine Liste, was ich alles brauchte, und war ziemlich überrascht: Sportsocken, Disketten, Glühbirnen, Naturreis, das neueste Buch von Philip Roth und Staubtücher. Abwechslungsreicher hätte mein Einkaufszettel nicht ausfallen können. Ich scheine eine Frau der vielfältigen Bedürfnisse zu sein, was mich nötigt, ein Einkaufszentrum aufzusuchen, der einzige Ort auf der Welt, wo die absurdesten Dinge zu finden sind, ohne dass sich jemand darüber wundert.
Ich entschied mich für eines in der Nähe meines Hauses, wappnete mich mit Geduld und Mut, steckte die Kreditkarten ein, fasste den festen Vorsatz, nicht alle Teufel zu beschwören, wie ich es in solchen Situationen normalerweise zu tun pflege, und fuhr in den Konsumtempel. Na schön, gute Vorsätze, die stets auf unserer wankelmütigen Selbstkenntnis basieren, lassen sich selten erfüllen. Trotzdem wollte ich es versuchen. Ich parkte meinen Wagen in der riesigen, dafür vorgesehenen Tiefgarage und suchte nach einem Buchstaben, einer Nummer oder einer Farbe, die

den Ort kennzeichnete, an dem ich mein Auto später wiederfinden konnte. Aber nein, weit und breit waren weder Nummern noch Buchstaben, keiner dieser einfachen Hinweise zu sehen. Dann entdeckte ich, dass einem hirnlosen Designer die Idee gekommen war, statt der üblichen Piktogramme Tiere aufmalen zu lassen. Meine Zone wurde durch einen süßen kleinen Löwen Marke Disneyland charakterisiert, der lächelte wie ein Päderast. Weiter hinten erkannte ich ein kokettes Nilpferd, und ein paar Schritte weiter kam ich in die Zone der Kängurus. Mein Gott! Die fortschreitende Infantilisierung unserer Gesellschaft war nicht aufzuhalten, da war nichts zu machen. Umgeben von so vielen reizenden Anspielungen fiel es immer schwerer, erwachsen zu sein. Ich verordnete mir Ruhe. Einkaufen zu gehen wird von fast allen Menschen als eine unterhaltsame, spielerische Beschäftigung angesehen, warum sollte es also bei mir anders sein. Ich fuhr mit der Rolltreppe in die oberen Stockwerke.

Die Geschäftspassage war nicht sonderlich belebt, es war Mittagszeit. Insgeheim musste ich lächeln und schlenderte gemächlich dahin. Schon bald fiel mir auf, dass die wenigen Besucher Jugendliche in Cliquen waren. Nicht gerade eine Entdeckung, die viel Scharfsinn erforderte, denn die Kids waren kaum zu übersehen. Sie waren laut, alberten herum, hatten ausnahmslos Getränkedosen in der Hand, und das Schlimmste von allem: Sie sahen schrecklich aus. Die Jungs mit Glatzen, einige mit Irokesenschnitt, riesigen Sportschuhen und dem einen oder anderen Ohrring. Die Mädchen mit unmöglich gefärbten Haaren und Klamotten, die ihnen fünf Nummern zu klein waren, die Hosen hingen unterm Bauchnabel. Wie schrecklich, dachte ich, damit zerstören sie nur die natürliche Schönheit ihrer Jugend.

Dann fiel mir ein, dass dies genau die Worte meiner Mutter waren, wenn sie mich damals in meiner Jugend in meinen Lieblingsmantel gehüllt sah, den sie »den Mantel des armen Poeten« nannte. Eigentlich war der Mantel gar nicht schlecht, nur ein wenig abgetragen. Arme Mama, dachte ich, wenn sie jetzt diese Kindsköpfe (auch ein Begriff von ihr) sehen könnte, die für ihr Alter wirklich unangemessenen Blödsinn veranstalteten ... Obwohl eigentlich ich diejenige war, die meinem Alter unangemessene Vorstellungen hatte. Solche Gedanken, die besser zu einer mürrischen Großmutter gepasst hätten, konnte ich mir gar nicht erlauben. Bis dahin fehlten mir noch ein paar Jährchen. Also bemühte ich mich heldenhaft, meinen zunehmenden Unmut im Zaum zu halten. Bevor ich meine Besorgungen erledigte, sollte ich lieber einen Kaffee trinken. Ein paar Meter weiter entdeckte ich eine kleine Bar, die nach dem Vorbild eines Straßencafés Tische und Stühle in der Galerie aufgestellt hatte. Skeptisch betrachtete ich die Blumenbeete, den Springbrunnen und die Laternen. Alles künstlich. Das Problem war ich selbst, ich war es, die sich nicht an die modernen Zeiten anpassen konnte. Doch recht bedacht war mir das schnurz, niemand konnte mir ausreden, dass Parkhäuser mit aufgemalten Tierchen blödsinnig sind, dass die Jugendlichen von heute wie Zuhälter und Nutten aussehen und das Dekorieren von Ladenpassagen mit Plastikgärten Schwachsinn ist. Ganz zu schweigen von Einkaufszentren an sich. Es gibt keinen ungastlicheren, kitschigeren und widerlicheren Ort unter dem Himmelszelt. So kam es mir vor, und das würde ich selbst vor einem Schwurgericht aussagen.

Nach dieser Aufzählung meiner Phobien war ich schon ruhiger und trank den Kaffee, der erstaunlicherweise exquisit schmeckte. Ich beschloss, möglichst schnell meine Einkäufe zu erledigen und danach mit fliegenden Fahnen zu verschwinden. Aber vorher musste ich noch unbedingt die Toilette aufsuchen. Das tat ich. Die sanitären Anlagen bestanden aus einer Reihe von kleinen, sterilen Kabinen mit Türen wie im Schweinekoben, oben und unten nichts, lediglich ein Sichtschutz in der Mitte. Ich hängte meine Tasche an den dafür vorgesehenen Haken an der Tür und erleichterte mich. Einen Augenblick später hörte ich direkt vor mir ein Geräusch und sah mit weit aufgerissenen Augen über der Tür eine kleine Hand auftauchen, die nach kurzem Tasten den Henkel meiner Tasche schnappte und sie herauszog. Dann sprang jemand zu Boden und lief davon. Inzwischen hatte ich meine Jeans schon wieder einigermaßen manierlich an und rannte wie besessen hinter dem Dieb her. Außerhalb der Toiletten sah ich ihn sofort. Ganz in der Nähe rannte ein dunkelhaariges Mädchen in einem blauen Trainingsanzug und mit wippendem Pferdeschwanz davon. Ich lief hinterher und spürte, wie mein Herz mir fast aus der Brust sprang, doch sie hatte inzwischen einen beträchtlichen Vorsprung. Plötzlich war sie hinter einer Biegung verschwunden. Ich fluchte innerlich und rannte weiter, aber als ich die Biegung erreichte, entdeckte ich dahinter einen Ausgang. Es war sinnlos, sie weiter zu verfolgen, auf der Straße würde ich sie nicht mehr erwischen. Ich hatte nicht einmal ihr Gesicht gesehen. Nach der Körpergröße schätzte ich sie auf sechs, vielleicht acht Jahre, aber wozu sollte diese Beobachtung gut sein? Ich kehrte um und begann, die wenigen Kunden zu fragen: »Haben Sie das Mädchen gesehen?« Die meisten antworteten mit Nein, und wenn jemand genauer hingesehen hatte, dann kam: Ein Mädchen, das davongelaufen ist, ja, aber mehr nicht. Ich fühlte mich ohnmächtig, dämlich, richtig mies. Es war das Absurdeste, was mir in meinem ganzen Leben passiert war, obwohl man kaum behaupten konnte, dass mein Leben ein Ausbund an Logik und Normalität gewesen wäre. Entmutigt, ratlos und den Tränen nahe spürte ich, wie jemand an meiner Jacke zupfte, und als ich mich umdrehte, stand ein kleines Mädchen von ungefähr acht oder zehn Jahren mit hellen Augen und glänzendem blonden Haar vor mir, das mir etwas hinhielt: meine Tasche! Ich konnte es nicht glauben. Wortlos riss ich sie ihr aus der Hand, öffnete sie, und sofort war meine momentane Freude wieder verflogen: Die Pistole war weg. Alles andere war da, Geld, Kreditkarten, Ausweis ... Mein Gott, was ich ernsthaft befürchtet hatte, was mich so verzweifelt hinter ihr hatte herlaufen lassen, war eingetreten: Meine Glock war gestohlen worden! Ein Polizist, dem die Pistole gestohlen wird – ein echter Klassiker für Hohn und Spott. Eine junge Frau kam auf uns zu und packte das Mädchen bei den Schultern.

»Marina, wo warst du denn?! Du hast mir vielleicht einen Schrecken eingejagt!«

»Entschuldigen Sie, ich heiße Petra Delicado. Ich bin Inspectora bei der Polizei. Gehören Sie zur Familie?«

»Ich bin ihr Kindermädchen.«

»Sie hat mir die Tasche zurückgebracht, die mir gerade gestohlen wurde, und ich muss ihr ein paar Fragen stellen.«

»Scheiße!«, rief das Kindermädchen widerwillig.

»Wenn es dir nichts ausmacht, können wir uns dort in die Bar setzen. Ich lade euch ein.«

Das kleine Mädchen starrte mich wie hypnotisiert an. Sie machte weder den Mund auf noch änderte sich ihr Gesichtsausdruck. Plötzlich sagte sie:

»Dein Reißverschluss ist offen.« Sie zeigte auf meinen Hosenschlitz.
Sie hatte völlig recht. Ich schloss ihn so gleichmütig wie möglich und führte sie zu der Bar, in der ich kurz zuvor gewesen war. Das Kindermädchen protestierte: »Hören Sie, wir müssen gleich los, wir sind spät dran. Marinas Eltern erwarten uns.«
»Sie erwarten uns nicht«, sagte das Mädchen ganz sanft.
»Ich halte euch nur ganz kurz auf, keine Sorge.«
Ich war nervös und mutlos, aber wenn ich etwas Vernünftiges aus dieser Kleinen herausholen wollte, musste ich mich gelassen und natürlich verhalten. Obwohl eigentlich sie am ruhigsten war.
»Also, Marina, kannst du mir sagen, wo du die Tasche gefunden hast?«
»Sie hat sie in die Ecke geworfen, und ich habe sie aufgehoben.«
»Sie?«
»Das Mädchen, dem du nachgelaufen bist.«
»Hast du sie gesehen?«
»Und dich auch. Ihr seid beide gerannt, du hinter ihr her.«
»Richtig. Sag mir, wo du warst und was passiert ist.«
»Ich habe darauf gewartet, dass Loli aus der Videothek herauskommt. Da kam das Mädchen auf mich zugerannt. Sie hatte diese Tasche in der Hand. Als sie bei der Tür ankam, hat sie sie aufgemacht, etwas gesucht, es herausgenommen, die Tasche in die Ecke geworfen und ist verschwunden. Dann bist du gekommen.«
»Kannst du mir sagen, was sie herausgenommen hat?«
»Eine Pistole.«
»Schlaues Mädchen, sehr gut! Hast du ihr Gesicht sehen können?«

»Ja.«
»Würdest du sie wiedererkennen, wenn du sie noch einmal sehen würdest?«
»Ja.«
»Bestimmt?«
»Ja.«
»Wie sah sie aus?«
»Dunkle Haare, mit einem Pferdeschwanz und einer blauen Jacke.«
»Kannst du sie noch etwas genauer beschreiben?«
»Ich weiß nicht.«
»Ist schon gut, mach dir keine Gedanken. Weißt du, wo sie hingelaufen ist oder ob jemand auf sie gewartet hat?«
»Ich bin zur Tür gegangen und habe hinausgeschaut. Sie ist weggelaufen.«
»Sie ist nicht vielleicht in ein Auto gestiegen oder hat sich mit jemandem getroffen?«
»Nein. Sie war allein und rannte weg.«
Marina war unerschütterlich, sie redete langsam und deutlich, nichts schien sie aus der Ruhe zu bringen. Ich wandte mich an das Kindermädchen.
»Du musst mir deinen Namen nennen und den des Kindes. Und du musst mir sagen, wo sie wohnt, gib mir ihre Adresse.«
»Oh nein! Das kann ich nicht.«
»Warum?«
»Das darf ich nicht. Das würde ihren Eltern nicht gefallen.«
»Dann begleite ich euch nach Hause und rede mit ihnen.«
»Nein, kommt nicht in Frage! Sie sind nicht da, ihre Eltern sind verreist.«
Sie war sichtlich aufgeregt und log. Ich sah das Mädchen an.
»Weißt du deine Adresse?«

»Calle Anglí 23, Penthouse.«
»Sind deine Eltern zu Hause?«
»Sie kommen erst um zehn, aber sie sind nicht verreist.«
»Gut, dann komme ich morgen kurz vorbei und erzähle ihnen, was passiert ist. Einverstanden?«
»Hören Sie mal, Señora, Marina hat Ihnen die Tasche zurückgebracht, mehr kann sie nicht tun. Wenn Sie es den Eltern erzählen, werden sie sich furchtbar aufregen ...«
»Ich bin keine Señora, ich bin Polizistin. Marina muss vielleicht eine Identifizierung vornehmen. Jedenfalls müssen ihre Eltern erfahren, was passiert ist.«
»Aber ...«
»Was ist das Problem, wissen sie nicht, dass ihr hier seid?«
Beide schwiegen. Ich fragte Marina:
»Was glauben deine Eltern, wo ihr seid?«
Das Mädchen zögerte keinen Moment. Ich begriff, dass sie nur redete, wenn sie gefragt wurde, und dann sagte sie immer die nackte Wahrheit.
»Im Regina-Theater, um ein Kinderstück zu sehen«, antwortete sie.
»Scheiße!«, rief das Kindermädchen zum zweiten Mal an diesem Nachmittag.
»Na schön, jetzt müssen wir ihnen sagen, dass ihr im Einkaufszentrum wart.«
»Das tun wir jeden Samstag, wenn sie arbeiten müssen. Wir leihen uns Videofilme aus«, erklärte Marina.
»Das Kindertheater ist öde, verstehen Sie? Hier amüsiert sie sich mehr. Was macht das schon?«
Ohne jeglichen Kommentar ging ich unsere Getränke bezahlen. Als ich zurückkam, redete Marina endlich von selbst.
»Du bist Polizistin?«, fragte sie.

»Genau.«
»Bringst du Leute um?«
»Die Polizei bringt keine Leute um.«
»In den Filmen, die wir sehen, schon.«
»Scheiße!«, rief Loli zum Beweis ihrer mangelnden Phantasie.
»Wenn du aus diesen Filmen lernst, dass die Polizei Leute umbringt, solltest du sie nicht anschauen.«
»Ich habe auch gelernt, *fuck* zu sagen.«
»Wissen Sie, Inspectora, wir haben uns einen Film von Tarantino im Original angeschaut, aber ich leihe auch Zeichentrickfilme aus, Sie werden's nicht glauben.«
Lächelnd ging ich in die Hocke, um auf Augenhöhe mit Marina zu sein, die mich ernst und furchtlos ansah.
»Weißt du, Marina, ich werde niemanden töten.«
»Du hast ja auch keine Pistole mehr ...«
»Auch wenn ich eine habe, töte ich niemanden. Die Polizei ist nicht zum Töten da.«
»Das weiß ich schon.«
»Davon bin ich überzeugt. Du bist ein sehr intelligentes Mädchen, und ich danke dir für deine Hilfe.«
»Kommst du zu uns nach Hause?«
»Mal sehen. Wenn nicht ich, dann jemand anderes. Mach dir keine Sorgen.«
Sie schüttelte den Kopf. Sie war hübsch und hatte mir geholfen, obwohl ihre Hilfe nichts daran änderte, dass ein Mädchen in etwa ihrem Alter jetzt mit meiner Pistole bewaffnet in Barcelona herumspazierte. Ich hoffte, dass es nicht allzu viele Tarantino-Filme gesehen hatte.

Als ich am Montag ins Kommissariat kam, bot sich mir beim Öffnen meiner Bürotür ein unerhörtes Bild. Garzón,

Yolanda und eine andere junge Polizistin saßen da und lachten lauthals. Bei meinem Anblick brach ihr vergnügtes Gelächter kurz ab, aber es schien eher ein Lachkrampf zu sein, den sie nicht beherrschen konnten.
»Aber hallo, hab ich was verpasst?«, sagte ich etwas zu scharf.
Garzón spielte mit tränenfeuchten Augen und wippendem Bauch den humorigen Wortführer.
»Entschuldigen Sie, Petra, aber die Mädels haben mir gerade etwas erzählt ...«
»Das sehe ich. Und darf man fragen, aus welchem Grunde sich so viel Heiterkeit ausgerechnet in meinem Büro entfesselt?«
»Reiner Zufall, Inspectora. Ich wollte Ihnen ein paar Unterlagen hinlegen, die Mädels haben mich gesehen und ... ich bin schon weg, ich habe viel zu tun.«
Er verschwand wie der Blitz, er kannte mich. Besagte Mädels nicht so gut, denn sie starrten mich an und gaben mir Gelegenheit zu sagen:
»Und Sie? Wollen Sie etwa den ganzen Morgen hier vertrödeln, ohne einen Handschlag zu tun?«
Sie murmelten erschrocken irgendwelche Entschuldigungen und verschwanden ebenfalls. Lachkrämpfe sind typisch für die Jugend, dachte ich, und für gewisse Individuen ohne Furcht und Tadel, fügte ich beim Gedanken an Garzón hinzu. Doch schon binnen kurzem würden sich im Kommissariat wer weiß wie viele Leute kaputtlachen. Und das Objekt des Gespötts wäre natürlich ich: »Petra Delicado ist die Pistole gestohlen worden!« »Nein! Von wem denn?« »Von einem Kind.« »Das ist nicht wahr? Und wie?« »Beim Pinkeln.« Phantastisch! Und wenn wir nicht aufpassten, interessierte sich sogar die Presse dafür: »Kind klaut Polizistin

auf öffentlicher Toilette die Dienstwaffe!« Und ich könnte von Glück sagen, wenn mein Name unerwähnt bliebe, obwohl das auch schon egal war, wichtig war nur hervorzuheben, wie blöd jemand eigentlich sein musste, wenn ihm auf diese Weise die Pistole gestohlen wurde. Was soll's, ich durfte mich nicht von der Angst, mich lächerlich zu machen, überwältigen lassen, was sonst so typisch für uns stolze Spanier ist. Im Gegenteil, ich würde in Coronas' Büro gehen und ihm das Ganze wie ein merkwürdiges, aber zufälliges Vorkommnis schildern, wie etwa, wenn man auf dem Feld ein Ufo hat landen sehen.

Coronas hörte mir wort- und regungslos aufmerksam zu. Im Laufe der Schilderung verlor meine Geschichte an Schwung. Ich war nicht abgebrüht genug, um sie wie etwas Unverhofftes, das jedem passieren konnte, hinzustellen. In Wirklichkeit musste ich derart tragisch gewirkt haben, dass der Comisario am Ende mitleidig und beschwichtigend ausrief:

»Regen Sie sich nicht auf, Petra, so was passiert eben.« Und gleich darauf, vielleicht, weil er das Ausmaß der Katastrophe erfasste, oder weil er sich wieder an seine eigentliche Aufgabe als diensthabender Chefs erinnerte:

»Aber heikel ist es schon! Sie hätten vorsichtiger sein und besser Acht geben müssen.«

Ich streifte meinen schmerzlichen Ausdruck ab und bemerkte mehr in meinem Stil:

»Was meinen Sie, Señor? Glauben Sie, ich sollte mich stärker mit den gefährlichen Begleiterscheinungen beim Wasserlassen beschäftigen?«

»Nein!«, rief er. »Aber ich habe allen weiblichen Beamten immer gesagt, sie sollen die Pistole nicht in der Handtasche tragen. Tausend Mal habe ich das gesagt! Entweder im Pistolenhalfter oder am Gürtel! Aber auf mich hört ja keiner, weder Sie noch sonst eine Ihrer Kolleginnen. Ich kenne außer Ihnen nur einen so starrköpfigen Menschen, und das ist meine Frau. Ich will mir lieber gar nicht vorstellen, dass alle Frauen nach dem gleichen Muster gestrickt sind.«

Ich erwiderte nichts, war ihm aber dankbar. Er fuhr sich in einem Anflug von Verzweiflung übers Gesicht und schnaubte väterlich.

»Also gut, Petra. Passiert ist passiert. Wollen wir die Sache mal analysieren. Wie denken Sie darüber?«

»Ich finde es merkwürdig, Señor. Ich meine, nicht dass eine kindliche Diebin etwas Außergewöhnliches wäre. Wir alle wissen, dass es Diebe gibt, die kaum aus den Windeln sind, aber es geht doch um die Frage: Warum hat sie die Pistole aus der Tasche genommen und nicht meine Geldbörse?«

»Das ist genau der Punkt, Inspectora, das macht mich auch stutzig.«

»Es ist nicht auszuschließen, dass sie zufällig auf mich aufmerksam wurde. Oder ihr war gleich klar, dass eine Pistole in der Unterwelt mehr einbringt als das Geld, das ich bei mir hatte.«

»Wenn das stimmt, dann ist besagtes Mädchen wirklich ein Profi in Sachen Unterwelt.«

»Oder die Tochter eines Profis.«

»Wie dem auch sei, gehen wir davon aus, dass es rein zufällig Ihre Tasche war, einverstanden?«

»Andernfalls hätten wir es hier mit Vermutungen zu tun, für die es bisher keinerlei Anhaltspunkt gibt. Hat jemand, der weiß, dass ich Polizistin bin, das Mädchen auf mich angesetzt, um die Pistole zu stehlen? Viel zu kompliziert. Dieser Jemand konnte nicht wissen, dass ich mit meiner Pistole in der Tasche ins Einkaufszentrum gehe, dass ich die Tasche an genau diesen Haken hängen würde. Nein, dieses

Mädchen ist eine Taschendiebin mit eigener Methode, die rein zufällig auf die Pistole gestoßen ist.«

»Die Tatsache, dass sie ihr lieber war als Geld, ist nicht gerade beruhigend. Sie muss für jemanden arbeiten. Oder sie will auf eigene Faust ein Geschäft machen.«

»Wir reden von einem Kind.«

»Ich weiß, aber die Kinder heutzutage … Muss ich Sie an den Mordfall erinnern, der uns die Haare zu Berge stehen ließ?«

»Nein, danke.«

»Hören Sie zu, Petra: Machen Sie mit Ihrer derzeitigen Arbeit weiter, aber vergessen Sie nicht, das Mädchen zu suchen, verstanden? Garzón soll Ihnen helfen, aber ohne seine Arbeit zu vernachlässigen.«

»In Ordnung, Señor.«

»Was werden Sie als Erstes tun?«

»Mir eine neue Glock kaufen.«

»Perfekt. Kaufen Sie sich auch ein hübsches Pistolenhalfter aus Schlangenleder. Das schenke ich Ihnen. Vielleicht schaffen wir es mit diesem koketten Trick, die Dinger bei den weiblichen Polizisten in Mode zu bringen.«

Am nächsten Tag wusste auch Garzón von dem Diebstahl, aber er hatte es nicht von mir. Todernst kam er zu mir und legte sein Glaubensbekenntnis ab:

»Ich habe deutlich gemacht, dass ich jedem, der lacht, eine reinhaue.«

»Vielen Dank, Fermín. Das heißt, alle Welt weiß es?«

»Na ja, Inspectora, Sie kennen doch den Laden. Hier flattern die Gerüchte wie Vögel herum.«

»Wie Krähen, wollten Sie wohl sagen. Aber keine Sorge, ich war schon darauf gefasst.«

»Es hätte schlimmer kommen können.«
»Finden Sie? Ja, man hätte mich berauben und darüber hinaus ein sechsjähriges Kind vergewaltigen können.«
»Sie sind aber auch immer brutal! Es wird sich schon alles aufklären.«
Der einschlägig bekannte Satz »Es wird sich schon alles aufklären« war so grundlegend banal, dass er mich, statt mich zu beruhigen, eher in größte Unruhe versetzte. Doch wenn Garzón ihn aussprach, drückte er trotzdem irgendwie guten Willen aus, das war nicht zu überhören.
»Danke, Subinspector, ich weiß zwar nicht, worin diese Aufklärung bestehen soll, aber ich würde mich schon damit zufriedengeben, nie wieder von dieser Pistole zu hören. Ich meine damit, dass sie hoffentlich nie zum Einsatz kommt, denn das ist im Augenblick meine größte Sorge.«
»Das ist unwahrscheinlich. Es handelt sich bestimmt um eine kleine Diebin, die von der Pistole so fasziniert war, dass sie sie einfach mitnehmen musste.«
»Eine zehnjährige Diebin?«
»Fragen Sie Llorens, er führt eine Kartei über jugendliche Kriminelle. Darin müssten auch Kinder zu finden sein. Sie werden nur immer sofort unter richterlichen Schutz gestellt, damit wir nichts tun können, um sie dingfest zu machen … Ach, noch was, sollten Sie mit dem Kinderthema weitermachen, müssen Sie sich auf einiges gefasst machen. Sie können sich schon mal ein Psychologenteam zusammenstellen – ohne die kann man keinen Schritt tun. Die müssen selbst dann dabei sein, wenn Sie den Kids nur ›Guten Tag‹ sagen, weil sie glauben, dass sie schon nach einem Treffen mit den Bullen ihr Leben lang traumatisiert wären.«
»Wundert mich nicht, da haben sie nicht ganz unrecht.«

»Aber dann müsste man doch davon ausgehen, dass alle Kinder Engelchen sind, und das sind sie weiß Gott nicht.« Missmutig warf ich den Kugelschreiber auf den Tisch.
»Verdammt noch mal, was für dämliche Schwierigkeiten! Es ist zum Aus-der-Haut-Fahren, als hätte ich nicht schon genug zu tun …«
»Ganz ruhig. Ich bin doch da, um Ihnen zu helfen, und das ist eine Garantie für den sicheren Erfolg.«
Trotz der guten Absichten meines Untergebenen lachte ich nicht über seinen Scherz. Ich fragte ihn fast beiläufig:
»Und wo, zum Teufel, sollen wir anfangen?«
»Gehen wir zu Llorens. Er wird schon das eine oder andere Foto haben, das Sie sich anschauen können.«
»Aber ich habe doch nicht mal ihr Gesicht gesehen! Nur das andere kleine Mädchen hat sie gesehen. Ich werde mit den Eltern reden müssen, damit sie sie identifizieren kann.«
»Na, das sieht ja nicht gut aus für Sie. Heutzutage beschützen Eltern ihre Kinder, als wären sie Filmstars.«
»Ja, und dann verlieren sie das Interesse an ihnen und schicken sie mit einem verblödeten Kindermädchen los. Wir müssen auch noch die Sicherheitskräfte des Einkaufszentrums befragen. Gut möglich, dass es noch andere Diebstähle dieser Art gegeben hat.«
»Sanitärklau könnte man das nennen. Eigentlich hat dieser Trick was: Man geht aufs Klo und …«
Er kicherte verhalten in seinen Schnurrbart. Ich warf ihm einen eisigen Blick zu in der Hoffnung, ihm möge das Blut in den Adern gefrieren.
»Finden Sie das witzig, Fermín? Ich dachte, Sie wollten jedem, der sich über mich lustig macht, eine reinhauen?«
»Ich mache mich nicht über Sie lustig, Inspectora. Ich stelle lediglich fest, dass es ein ungewöhnliches Vorgehen ist.«

»Ich verschwinde jetzt, ich glaube nicht, dass ich noch eine weitere Feststellung von Ihnen ertrage.«
Richtig bedacht blieb mir nichts anderes übrig, als einzuräumen, dass der Subinspector recht hatte. Es ist wirklich lachhaft, wenn einem unter solch menschlichen Umständen die Tasche geklaut wird. Trotzdem hätte ich diese Lektion in Demut wirklich nicht nötig gehabt. Mehr noch, sie erwischte mich in einem Augenblick der geringsten Eitelkeit. Ich war nicht deprimiert, aber die letzten Monate waren ohne einen wichtigen Fall vergangen, und auch mein Privatleben war nicht gerade zum Jubeln. Ich hatte meine Ruhe, gewiss, und alles, was das Alleinsein einer Frau meines Alter und meines Charakters schenken kann: gute Bücher, geistiger Frieden, hin und wieder ein Gläschen, keine familiären Verpflichtungen, enge Freundschaften ... Doch ich musste mir ein für alle Mal eingestehen, dass ich für den Klosterfrieden auch nicht geschaffen war. Mir fehlte ein wenig Ansporn, irgendein Missgeschick, das mich aktiv werden ließ, das meine Gehirnzellen anregte und ihnen eine Extradosis Adrenalin injizierte. Ich bin widersprüchlich, ich weiß, denn wenn mir die Action zu viel wird und sie den Genuss meiner Ruhe gefährdet, beklage ich mich; und wenn es mir gelingt, eine Zeit lang ungestört meinen Alltag zu leben, beklage ich mich auch. Ich beklage und beklage mich, weiß aber nie, bei wem: bei Gott, dem Schicksal, dem Pech, den Leuten, dem Leben, der Weltordnung? Ich glaube an so wenig, dass ich nie ein Gericht finden werde, an das ich appellieren könnte, und muss am Ende die Verantwortung immer ganz allein tragen. Es ist meine Schuld, das ist mir bewusst; besonders, weil ich letztendlich zu wissen glaube, worin das Glück besteht. Das Glück besteht darin, einen guten Charakter

zu haben: heiter, ausgeglichen und bescheiden. Das zusammen mit dem absoluten Fehlen von Ehrgeiz führt zu einer unfehlbaren Feststellung: Man ist kein Unglücksrabe, Synonym fürs Glücklichsein in dieser elenden Welt. Doch mir fehlen diese Tugenden alle, und trotzdem ist mir klar, dass ich langsam in ein Alter komme, in dem ich danach streben sollte, glücklich zu sein, aber nicht nur oberflächlich, sondern tiefgehend, in Übereinstimmung mit meinem Verständnis vom Leben. Anders ausgedrückt, ich sollte wissen, was ich mit meinem Leben anfangen will, verdammt noch mal. Und hier bin ich, ich trete auf der Stelle. Ich vermisse die komplizierten Fälle, wenn es keine gibt, und wenn ich mich mit einem komplizierten Fall beschäftige, wünsche ich, in Ruhe gelassen zu werden. Ein einziger Widerspruch. Welches auch immer das Rezept wäre, um meine Existenz in den Idealzustand zu versetzen, würde es doch nichts bringen, denn mir hatte ein kleines Mädchen auf einer öffentlichen Toilette die Pistole gestohlen.

Ich seufzte. Sobald ich diese kleine Diebin erwischt hätte, würde ich über meine Vorstellung vom Glück nachdenken und es dann aufspüren wie ein Jagdhund seine Beute. Da das Mädchen keine Anstalten machte, so einfach aufzutauchen, hatte ich viel Zeit für Mutmaßungen. Und sollte ich sie nie finden, würde ich in meinem derzeitigen Zustand des tiefsten Widerspruchs verharren.

Arbeitstechnisch war ich mit Eingaben von Drogendelikten, der Verfolgung eines Verdächtigen, nichts Interessantem beschäftigt. Es dürfte also nicht zu schwierig sein, diese Aufgaben mit dem Versuch, meine Pistole wiederzufinden, zu verbinden. Ich suchte die Anschrift der Eltern der kleinen Zeugin heraus und machte mich auf den Weg zu ihnen.

Es war ein guter Zeitpunkt, acht Uhr abends, und ich hoffte, dass sie zu Hause seien. Sie wohnten nahe bei dem dort zuständigen Kommissariat der Calle Iradier in einer feinen Wohngegend von Barcelona, ein Arbeitsplatz, um den ich meine Kollegen schon oft beneidet habe: wenig Arbeit und angenehmes Umfeld.

Eine junge Südamerikanerin mit langsamem Reaktionsvermögen öffnete mir die Tür im dritten Stock einer schicken Wohnung. Sie sah mich wortlos an.

»Die Haustür war offen«, entschuldigte ich mich. Sie blieb stumm.

»Ist das Ehepaar Artigas zu Hause?«

Sie nickte, wobei sie mich übertrieben irritiert ansah. War ich so hässlich? Bekam die Familie so wenig Besuch? Plötzlich tauchte hinter der jungen Frau Marina auf, sah mich an und sagte, ohne zu lächeln:

»Hallo.«

»Marina, wie geht's dir?«

»Gut. Das ist María Blanca«, stellte sie mir die erstarrte Frau vor, worauf die endlich reagierte.

»Marina, hol deinen Vater.«

»Das ist eine Freundin von mir, lass sie herein«, erwiderte die Kleine, wofür ich sie innerlich bewunderte.

Im Augenblick des Zögerns und Zweifelns tauchte hinter ihnen ein Mann auf, der etwa in meinem Alter war, groß und blond mit ersten grauen Haaren und einem kurzen Bart, und der eine Cordhose und einen dicken Pulli trug. Endlich lächelte mal jemand.

»Was ist los?«

Noch bevor das Hausmädchen, oder was auch immer sie war, mir vorwerfen konnte, unangekündigt aufgetaucht zu sein, lächelte auch ich.

»Señor Artigas, ich bin Petra Delicado, Inspectora der Polizei. Ich wollte nur einen Moment mit Ihnen oder Ihrer Frau sprechen.«
»Na schön, aber nicht an der Tür, kommen Sie doch bitte herein.«
María Blanca trat mit einem Ausdruck zur Seite, den ich schon kannte: als hätte sie den Teufel erblickt. Man bat mich in ein großes, modern und minimalistisch eingerichtetes Wohnzimmer. Ich setzte mich auf ein weinrotes Ledersofa. Dieser Artigas musterte mich mit sympathischer Neugier. Marina stellt sich vor mich und fragte:
»Möchtest du etwas trinken?«
Ich sah den Vater des Kindes an, lachte auf und er auch.
»Könnte ich ein Glas Wasser haben?«
»Ich hole es«, sagte sie so ernst wie immer.
Als sie draußen war, sagte Artigas zu mir:
»Es ist schrecklich zu sehen, wie sie unser Verhalten imitieren. Es ist, wie wenn man in einen Spiegel schaut, in den man nicht sehen möchte. Haben Sie Kinder, Inspectora?«
»Nein, ich habe keine Kinder.«
»Wir haben nur Marina, und es ist kompliziert, glauben Sie mir.«
»Ich finde, sie ist ein extrem kluges Mädchen.«
»Das ist sie. Und das ist für einen Vater Grund zum Stolz, aber es gibt immer noch andere Sorgen: Ist sie glücklich, wird sie es in Zukunft sein, wird sie sich in dieser Welt, in der wir leben, zurechtfinden?«
»Solche und ähnliche Fragen haben mich immer vom Kinderkriegen abgehalten.«
»Sind Sie verheiratet?«
»Ich war es.«
Marina kam mit dem Glas Wasser zurück und achtete ganz

konzentriert darauf, nichts zu verschütten. Sie reichte es mir, ich bedankte mich und trank es in einem Zug aus.
»Hast du deine Pistole wieder?«, fragte die Kleine. Der verblüffte Gesichtsausdruck ihres Vaters verriet mir, dass sie ihm nichts davon erzählt hatte. Ich erklärte es ihm, und das Mädchen nickte zustimmend. Artigas war fasziniert, sein Mund stand offen.
»Ich kann es nicht glauben. Warum hast du mir denn nichts davon erzählt, Marina?«
»Mama weiß es.«
»Ah, in Ordnung, Mama weiß es. Sie hat mir gar nichts gesagt. Vermutlich hat sie es vergessen.«
»Señor Artigas, ich weiß, es könnte Sie vielleicht schockieren, worum ich Sie bitten möchte, aber wir werden höchstwahrscheinlich die Hilfe Ihrer Tochter brauchen, sie müsste sich ein paar Fotos ansehen und eine Identifizierung versuchen. Wie ich sie einschätze, bin ich davon überzeugt, dass es verlässlich ist, was sie sagt. Selbstverständlich wäre das eine Ausnahme, und wir halten sie auch völlig aus den Ermittlungen heraus.«
»Ich kümmere mich darum. Wird sie aufs Kommissariat kommen müssen?«
»Auf keinen Fall. Sie sagen mir, wo ich hinkommen soll, und Sie beide können dabei sein, Sie und Ihre Frau, meine ich.«
»Gut, ich habe nichts dagegen. Das ist eine klare Sache, nicht wahr, Marina? Dieser Señora, der Polizistin, hat man die Pistole gestohlen, und sie will wissen, wer es gewesen ist, denn mit ihr kann man sich wehtun. Das verstehst du, nicht wahr?«
»Ja«, antwortete sie ganz natürlich. »Kann ich sie sehen?« fügte sie hinzu.

»Wen?«
»Deine neue Pistole.«
Ich sah Artigas fragend an. Er überlegte einen Augenblick und willigte dann ein, ich hätte schwören können, er war genauso neugierig wie seine Tochter, vielleicht noch neugieriger.
»Sie können sie uns doch mal kurz zeigen, nicht wahr, Inspectora?«
Ich hatte mich einverstanden erklärt, ein Pistolenhalfter zu tragen, nur eine Zeit lang, bis das Trauma des Diebstahls überwunden war. Es drückte mir auf die Rippen und schränkte meine Bewegungsfreiheit ein, also würde ich mich seiner schon bald wieder entledigen. Ich knöpfte meine Jacke auf, schob sie beiseite und zog die neue Glock aus dem Futteral. Die beiden starrten sie an wie ein exotisches Tier, das jeden Moment aufspringen und zubeißen könnte. In dem Augenblick flog die Wohnzimmertür auf, und jemand rauschte wie ein Hurrikan herein. Das Trio, das wir bildeten, erstarrte, es blieb uns keine Zeit zu einer Reaktion. Es war eine Frau mit blondem langem Haar, um einiges jünger als ich, groß, schlank, attraktiv. Sie trug einen gestreiften Hosenanzug und eine wunderschöne Tasche über der Schulter, was darauf hinwies, dass sie von draußen kam.
»Guten Abend, was ist denn hier los?«
Sie starrte auf die Pistole, und ihr Gesichtsausdruck wechselte von mürrischer Ernsthaftigkeit zu größter Verärgerung.
»Darf man erfahren, was Sie mit diesem Ding in meiner Wohnung verloren haben?«
Komischerweise sagte sie das nicht zu mir, sondern zu ihrem Mann. Er antwortete sofort:

»Das ist Inspectora Berta Regalado, Laura, Inspectora der Polizei. Sie ist hier …«
»Ich weiß schon, wer sie ist, und ich kann mir auch vorstellen, was sie will.«
Sie versuchte, sich zu beruhigen, doch es gelang ihr nicht, und sie sagte zu dem Mädchen:
»Geh in die Küche. María Blanca hat dein Abendessen fertig.«
Zum ersten Mal sah ich Marina ihren Ausdruck ändern, sie war jetzt sehr verdrossen. Ihre Mutter wartete noch, bis sie draußen war, um mir dann hinzuknallen:
»Seien Sie so freundlich und verlassen Sie sofort meine Wohnung.«
Ihr Mann warf ein:
»Laura, bitte, die Inspectora will doch nur, dass sich Marina ein paar Fotos ansieht, die …«
»Vergessen Sie's, hören Sie? Vergessen Sie's. Meine Tochter wird keine Identifizierung bei der Polizei vornehmen. Ich werde sofort unseren Anwalt anrufen und mich erkundigen, aber ich bin fest davon überzeugt, dass kein Richter uns zu diesem Schritt zwingen kann, keiner, das fehlte noch. Da ist die Tür!«, sagte sie gebieterisch. Artigas versuchte es noch einmal, ohne die Haltung zu verlieren:
»Laura, lass uns doch vernünftig sein, niemand hat gesagt …«
Ich stand auf und bemühte mich sehr, meinem Gesicht keinerlei Regung anmerken zu lassen.
»Entschuldigen Sie, ich muss gehen.« Ich lächelte den Mann flüchtig an. »Ihre Frau hat recht, Señor Artigas, es ist keine Uhrzeit, um jemanden zu Hause zu überfallen. Ich bitte Sie um Verzeihung. Guten Abend, Sie brauchen mich nicht zu begleiten, ich kenne den Weg.«

Ich öffnete die Wohnzimmertür, schloss sie hinter mir und tat dasselbe mit der Wohnungstür. Ich verzichtete auf den Fahrstuhl und nahm die Treppe, nach der heftigen Szene brauchte ich Luft. Als ich im Parterre ankam, ging die Fahrstuhltür auf, und vor mir stand Artigas.

»Inspectora, warten Sie doch bitte. Ich möchte nicht, dass jemand meine Wohnung verlassen muss wie Sie gerade eben.«

»Es ist nicht so wichtig, lassen Sie nur.«

»Doch, das ist es. Entschuldigen Sie meine Frau, Sie arbeitet viel und steht unter großem Druck. Sie leitet ein großes Finanzhaus, kommt spät und müde nach Hause ... Und dann ist da noch die Kleine, sie beschützt sie viel zu sehr, aber ich ... Also, wir werden sehen, was ich tun kann, damit sich Marina diese Fotos ansieht.«

»Vielleicht ist es gar nicht nötig. Wenn Ihre Frau glaubt, dass es ihr schaden könnte ...«

»Schaden, warum? Meine Tochter hat gesehen, was sie gesehen hat, und sie weiß, dass es auf der Welt Polizisten gibt, weil es auch schlimme Dinge gibt. Das ist doch normal. Sollen wir ihr etwa die Wirklichkeit vorenthalten?«

Ich zuckte lächelnd die Achseln. Wir standen im Hausflur, und das Treppenhauslicht ging aus. Artigas tastete nach dem Lichtschalter, fand ihn aber nicht, vielleicht war er zu nervös. Wir gingen auf die Straße hinaus. Ich hielt ihm die Hand hin:

»Es tut mir leid, Señor Artigas, ich bedauere, ein Störenfried gewesen zu sein.«

»Ein Unglück kommt selten allein. Sie sagten, Sie waren verheiratet?«

»Zweimal, aber ich habe mich beide Male scheiden lassen.«

»Verstehe. Ich glaube, ich gehe in die Bar an der Ecke und

trinke einen Tee, ich habe keine Lust, nach oben zu gehen und weiter zu streiten. Das ging alles so schnell. Wollen Sie mich begleiten? Ich habe das Gefühl, ich schulde Ihnen etwas.«

»Wissen Sie, wie Sie es gutmachen können?«

»Ich verstehe nicht«, sagte er verblüfft.

»Nennen Sie mich bei meinem Namen, ich bin nicht Berta Regalado, sondern Petra Delicado, ja?«

Er hob die Hände und stotterte:

»Was für ein Missgeschick!« Dann lachte er auf: »Ich heiße Marcos. Wenn wir uns das nächste Mal sehen, können Sie mich Ernesto nennen. Als kleine Entschädigung. Wollen Sie wirklich keinen Tee?«

»Ein andermal, Marcos, ein andermal.«

»Hier, meine Handynummer, falls Sie etwas von mir brauchen.«

Wir gaben uns die Hand und sahen uns mit gegenseitiger Sympathie in die Augen. ›Ah!‹, dachte ich auf dem Weg zum Auto, reizende Männer verheiratet mit ätzenden Frauen, perfekte Frauen, die irgendeinen Flegel heiraten … War die Ehe nur eine Sache von zwei Variablen, dann ließen die sich wirklich nicht mit einem gewissen Gleichgewicht vereinbaren. Das kannst du anderen weismachen, ein einziger Blick auf diejenigen mit Eheringen, und man liebt weiter das Alleinsein. Jetzt hatte ich schon eine Zutat für mein Rezept, bewusst glücklich zu werden.

Das ganze Theater hätte ich mir sparen können, und ein diffuses Gefühl der Lächerlichkeit ebenfalls. Als ich die Mossos d'Esquadra bat, mir die Unterlagen der in Kriminalfällen aktenkundig gewordenen Kinder zu geben, sahen sie mich begeistert an. Endlich hatten sie die Policía Nacional bei einem Fehltritt erwischt, und noch dazu einem so dummen.

»Inspectora, wenn das gesuchte Mädchen zehn Jahre alt ist, können Sie Aktenvermerke oder Fotos vergessen. Wir beginnen erst ab vierzehn Jahren zu erfassen, darunter sind Minderjährige unantastbar, selbst für eine Zuordnung.«

»Verarschen Sie mich nicht, Llorens!«

»Wie ich Ihnen sagte.«

»Das hätte ich wissen müssen, nicht wahr?«

Er zuckte mit den Schultern, angesichts meiner Offenheit etwas entwaffnet. Er war jung, hübsch und hätte offensichtlich gerne mitgearbeitet, denn er fügte sofort hinzu:

»Wenn wir Informationen über Minderjährige benötigen, wenden wir uns normalerweise an den Kindernotdienst El Roure.«

»Ein Kindernotdienst?«

»Ja, da schicken Staatsanwaltschaft und Jugendamt die Kleinsten hin, bis ihre Situation geklärt ist.«

»Und die haben Akten über die Kinder.«

»Ja, manchmal mit Fotos, manchmal ohne, aber wenn dieses Mädchen schon früher in irgendeine Geschichte verwickelt war, ist es bestimmt schon mal dort untergebracht worden.«

»Passiert so was, Llorens? Begehen Kinder Verbrechen?«

»Sehr oft sogar, und außerdem sind sie unkontrollierbar. Seit ein paar Jahren stehen wir vor dem Phänomen der Straßenkinder. Sie haben entweder keine Familie oder lungern einfach herum. Natürlich sind auch viele illegal eingewandert.«

»Jemand muss sie aber hergebracht haben.«

»Das weiß man nicht, es können auch Kinder sein, die von ihren Eltern verlassen wurden, als sie schon in Spanien waren, sie können als blinde Passagiere eingereist sein … Das Schlimmste ist, dass wir kaum gegen sie vorgehen können. Und wenn sie erst einmal aktenkundig geworden sind, schreibt das Gesetz vor, sie in einen Notdienst zu bringen.«

»Und welche Art von Verbrechen begehen sie?«

»Kleine Betrügereien, Diebstahl, Graffiti … Kleinkram, obwohl es manchmal auch aus dem Ruder läuft, besonders bei denen über vierzehn.«

»Verstehe. Eine schwierige Sache, oder?«

»Noch sind sie kein ernsthaftes Problem, aber wer weiß, ob es nicht eines Tages schlimmer wird …«

»Ich werde im Kindernotdienst El Roure vorbeischauen.«

»Soll ich Sie begleiten?«

»Nein danke, zu so viel Mitarbeit sind Sie wirklich nicht verpflichtet.«

Er sah mich ironisch an, und ich warf ihm den Blick zurück. Warum so hübsche Jungs zur Polizei gehen, auch wenn es sich um die kommunale handelt, werde ich nie verstehen. Vielleicht wurde ich alt, und es stand mir nicht mehr zu, mir über irgendwelche jungen Männer Gedanken zu machen, ob sie nun hübsch waren oder nicht, und noch viel weniger, mit ihnen zu kokettieren. *»Tempus fugit!«*, sagte ich mir, wie es die Römer getan hatten, wenn sie zu spät zur Arbeit kamen.

Die Leiterin des Kindernotdienstes El Roure war Anfang fünfzig, trug ein strenges graues Kostüm und war dezent geschminkt. Im Laufe ihres Lebens hatte sie schon so viele Polizisten gesehen, dass mein Auftauchen nicht den geringsten Eindruck auf sie machte, weder einen positiven noch einen negativen. Ich erklärte ihr den Grund meines Kommens. Sie sah zur Decke, als erwarte sie eine Entschei-

dung von oben, senkte dann müde den Blick und erwiderte mir:
»Ich nehme an, Sie haben einen richterlichen Beschluss mitgebracht.«
»Es gibt keine laufenden Ermittlungen, es handelt sich um ein Mädchen, das mir meine Pistole gestohlen hat.«
»Inspectora Delicado, wir schützen die Minderjährigen und versuchen zu verhindern, dass sie Schaden nehmen, selbst wenn es Ermittlungen in ernsten Delikten gibt. Glauben Sie wirklich, weil man Ihnen die Pistole gestohlen hat ...«
»Einen Moment bitte, reden Sie nicht so leichtfertig daher. Ich bin ebenso dabei, eine Minderjährige zu schützen. Wenn ein Mädchen mit einer geladenen Pistole herumläuft, ist das natürlich nicht zu ihrem Besten, weder für sie noch für andere.«
Sie blickte wieder zur Decke, wo offensichtlich alle ihre Antworten standen.
»Na gut«, gab sie schließlich wenig begeistert nach. »Aber Sie werden auf keinen Fall Akten von hier mitnehmen. Ich dulde keine Misswirtschaft.«
»Fürchten Sie, dass ich dieses Material ungebührlich behandeln werde?«
»Inspectora, es ist nichts Persönliches, aber Sie wissen, dass das Durchsickern von als vertraulich eingestuften Informationen an der Tagesordnung ist, und wenn das einmal geschehen ist, ist der Singvogel fast nie zu finden. Und selbst wenn, wäre der Schaden nicht zu beheben. Es handelt sich um sehr zerbrechliche Wesen.«
»Es wird nur schwer möglich sein, von den Eltern meiner kleinen, ebenfalls minderjährigen Zeugin die Erlaubnis zu erhalten, sie hierherzubringen.«
»Ich wüsste nicht, warum. So könnte Ihre kleine Zeugin

feststellen, dass es auch Kinder gibt, die weniger Glück im Leben haben.«

Ich habe einen Freund, der immer kategorisch behauptet, Frauen seien unflexibel. Ihre Starrköpfigkeit mache jede Form von Verhandlung zunichte. Er übertreibt natürlich, aber seine Behauptung ist gar nicht so weit hergeholt. Eine Frau in einer verantwortlichen Position muss gelernt haben, nein zu sagen. Und die Deckenbetrachterin beherrschte das perfekt. Was konnte ich ihr im Austausch für den Handel anbieten? Nichts, leere Hände, und als wäre das nicht schon genug, saß ich vor ihr als lebendiger Beweis einer schlechten Polizistin, der man die Waffe geklaut hatte. Ich ging nicht gerade zufrieden, und als ich mit viel zu schnellen und entschlossenen Schritten, um es einen Spaziergang zu nennen, die Straße entlangmarschierte, wurde ich gewahr, dass schlechte Laune eine Vorstufe zur Paranoia ist. Ich hatte das Gefühl, dass die Fußgängerampeln nur rot wurden, um mich zu ärgern, und wenn mir irgendein Passant in die Quere kam, glaubte ich, er gehöre zu einem Kommando, das extra dafür eingesetzt war, mich zu ärgern. Den kleinen, aber demütigenden Fallstricken des Schicksals ausweichend, kam ich mehr oder minder unversehrt in meinem Büro an.

Ich setzte mich und dachte nach. Ich befand mich in einem Zustand, den ich verabscheute: völlig von anderen abhängig zu sein. Wenn die Artigas' ihrer Tochter nicht erlaubten, das Archiv durchzusehen, gab es kaum eine Chance, die kleine Diebin zu finden. Und es sah nicht danach aus, als würde es einfach werden, zumindest nicht seitens dieser blonden Medusa von Marinas Mutter.

»Sie erlauben, Inspectora?«

Yolanda brachte mir einen Stapel Papiere. Sie legte sie vor mich auf den Schreibtisch und wartete.

»Der Comisario möchte, dass ich sie ihm so schnell wie möglich unterschrieben zurückbringe.«
Ich knurrte leise vor mich hin, was Yolanda auf Distanz hielt wie jemand, der sich von einem bekannten, aber scharfen Hund fernhält. Als ich fast fertig war mit dem Unterschreiben, wagte sie zu fragen:
»Inspectora, wo werden Sie heute zu Mittag essen?«
»Darüber habe ich noch nicht nachgedacht. Warum?«
»Wenn es Ihnen recht ist, lade ich Sie ins La Jarra de Oro ein. Ich würde gerne etwas mit Ihnen besprechen.«
»Dienstlich?«
Sie war etwas überrumpelt und wurde rot.
»Na ja, dienstlich ...«
Ich erinnerte mich daran, dass ich nicht in der besten Verfassung war, aber das war vielleicht ein Grund, weshalb ich mit ihr essen gehen sollte.
»Ist gut, warte um zwei im La Jarra auf mich. Such dir am besten einen Tisch weiter hinten aus, da ist weniger los.«
Welche Art von Gespräch konnte man mit einer jungen Frau Anfang zwanzig führen? War auch egal, sie wollte ja mit mir reden. Ich würde zuhören, und ein großes Bier würde mir ganz guttun.
Yolanda aß nicht so appetitlos und geziert wie viele andere junge Frauen. Im Gegenteil, sie verschlang ihren Kichererbseneintopf wie ein Fremdenlegionär. Ich dachte, viele Probleme dürfte sie nicht haben, aber ich irrte mich, schon bald fand sie einen Weg, das Thema anzuschneiden, das uns hierhergeführt hatte.
»Inspectora, Sie erinnern sich doch an Ricard, nicht wahr? Ihr früherer Freund, den ich geerbt habe, um es so auszudrücken.«
Schön, die Sache schien ja doch interessant zu werden.

»Ja, was ist mit ihm?«
»Wir wohnen seit einem Jahr zusammen.«
»Na wunderbar! Und?«
»Na ja, er ist ein Mann, den man nur schwer versteht.«
»Aus einem besonderen Grund?«
»Er hat eine ganze Menge Schrullen.«
»Das ist typisch für Leute in einem bestimmten Alter, du hast deine Gewohnheiten und …«
»Nein, ich meine nicht, dass es ihn stört, wenn ich die Zahnpastatube nicht zumache oder solche Dinge. Er analysiert nur alles.«
»Er ist Psychiater, Yolanda. Ich finde das ziemlich normal.«
»Ich habe mich falsch ausgedrückt, er hat keine Schrullen, es sind Neurosen. Er denkt ständig über unsere Beziehung nach, oder ob er seine Arbeit gut oder schlecht macht, ob er in seinem Leben konsequent ist, ob er angemessen reagiert … Und dabei lebt er nicht, denn er denkt immer in der Vergangenheit und der Zukunft. Und ich frage mich: Warum kann er nicht in der Gegenwart leben, jeden neuen Tag in Ruhe auf sich zukommen lassen? Zudem muss alles besprochen und analysiert werden … Mir fällt das sehr schwer, ehrlich.«
»Die Menschen unserer Generation sind so, man braucht wirklich ein Handbuch, um sie zu verstehen. Wir stecken voller Widersprüche, Neurosen, seltsamer Komplexe. Ich dachte, du wüsstest das.«
Sie sah mich verblüfft an.
»Nein.«
»Du wirst dich schon daran gewöhnen.«
Sie dachte einen Augenblick nach.
»Er sagt, es sei abartig, Polizistin zu sein, dass ich etwas anderes lernen solle. Und wenn ich ihm antworte, dass

ich mich immer für Gesetz und Ordnung interessiert habe, geht er darüber weg. Er gibt mir Bücher zu lesen, und wenn er mich mit einem Krimi erwischt, meint er, das sei Zeitverschwendung.«

»Der klassische Pygmalion-Effekt.«

»Und was ist das?«

»Der Versuch, andere zu verändern, sein Urheber, sein neuer Schöpfer zu sein, jemanden nach seinen Vorstellungen zu modellieren.«

»Ich verstehe schon, was Sie meinen: jemanden gebildet zu machen und all das. Und wie finden Sie Pygmalion, Inspectora?«

»Ich? Ich weiß nicht, Yolanda, ich kann es dir nicht sagen.«

»Doch, Sie können, aber Sie wollen es nicht. Und das nur, weil Sie es nicht gut finden, dass Ricard Pygmalion spielt. Sagen Sie mir, Inspectora Delicado, was kann ich tun? Nichts, außer darauf zu warten, dass er aufhört, mich ändern zu wollen? Ich werde versuchen, ihn zu nehmen, wie er ist, aber es stört mich, glauben Sie mir, denn er muss mich auch so akzeptieren, wie ich bin. Jeder hat seine eigene Persönlichkeit, die man in einer Liebesbeziehung akzeptieren muss.«

Plötzlich begrub mich diese Flut der Klischees unter sich, ich hatte das unangenehme Gefühl, eine dämliche Frauenzeitschrift gäbe ihren jungen Leserinnen Ratschläge in Sachen Liebe. Es war nicht der beste Tag für solche Gespräche.

»Yolanda, geh ins Kommissariat zurück und bring dem Chef die unterschriebenen Papiere, lass ihn nicht länger warten.«

Sie ging, gehorsam und unterwürfig, aber offensichtlich in Gedanken über ihre Beziehung vertieft. Ich dachte, ich sollte dasselbe mit der Arbeit tun, zahlte, kehrte ins Büro zurück und starrte auf den Aktenstapel auf meinem Schreibtisch: Drogen, Tötungsdelikte bei Messerstechereien auf der Straße ... wenig stimulierende Aussichten. Ich bezweifelte, dass ich mich auf die Alltagsarbeit konzentrieren könnte, solange meine Pistole nicht wieder aufgetaucht war. Ich suchte Marcos Artigas' Visitenkarte, die ich mir noch nicht angesehen hatte. Er war Architekt. Alle meine Hoffnungen konzentrierten sich jetzt auf ihn. Ich rief ihn an. Es schien ihn nicht zu stören, seine Stimme klang heiter:

»Petra, wie geht's Ihnen?«

»Ich fürchte, ich brauche Ihre Hilfe, Señor Artigas. Und ich versichere Ihnen, dass ich Sie nicht belästigen würde, wenn ich eine andere Möglichkeit sähe.«

»Sie belästigen mich nicht. Möchten Sie einen Kaffee mit mir trinken? Ich habe jetzt eine Besprechung, aber in zwei Stunden hätte ich Zeit. Sollen wir uns in der Nähe meines Büros treffen? Es ist in der Calle Tuset. Da gibt es eine Cafetería mit Namen La Oficina. Ich erwarte Sie dort.«

Er war wirklich ein außergewöhnlicher Mann. Die meisten wohlhabenden Menschen lehnen jeglichen Kontakt zur Polizei ab, denn im Grunde finden sie sie schäbiger als die Verbrecher selbst, denen man noch etwas Romantisches abgewinnen kann. Ganz zu schweigen von dem übertriebenen Protektionismus, den sie für ihren privilegierten Nachwuchs an den Tag legen. Ein paar Monate zuvor hatte ich erlebt, wie Kollegen einen fünfzehnjährigen Jungen festnahmen, der voll wie eine Haubitze randaliert hatte. Sie erteilten ihm zivilisiert einen Verweis und brachten ihn dann nach Hause in ein elegantes Viertel am Stadtrand Barcelonas. Na ja, die Eltern haben sie fast aus dem Haus gejagt. Dieser Besuch, das Heimbringen des Sohnes eingeschlossen, war für sie wie das Eindringen in ihre Privatsphäre. Aber Artigas zeigte sich freundlich und höflich, obwohl ich ihm nicht zu sehr vertrauen sollte, er konnte mir ebenso freundlich und höflich mitteilen, dass mir Marina auf keinen Fall helfen könne.

Er lächelte mich offen an, erhob sich und bot mir einen Platz neben sich an. Ich bestellte einen Kaffee.
»Petra Delicado. So war es doch, nicht wahr?«
»Finden Sie den Namen schrecklich?«
»Nein, überhaupt nicht, ich weiß nicht, wie ich mich beim ersten Mal so vertun konnte. Es ist ein klangvoller Name, er hat Persönlichkeit.«
Ich lächelte. Marcos Artigas' Freundlichkeit schien nicht gespielt zu sein. Sie war auch nicht übertrieben, seine Höflichkeit und Diskretion machten sie glaubhaft. Aber bevor ich befand, dass er ein prima Kerl war, musste ich mein Gift verspritzen und sehen, wie er darauf reagierte.
»Señor Artigas, es tut mir wirklich sehr leid, aber Marina muss sich ein paar Fotos ansehen, um das Mädchen, das meine Pistole gestohlen hat, zu identifizieren, und diese Fotos dürfen nicht aus dem Kindernotdienst entfernt werden, wo sie sich befinden. Ihre Frau und Sie müssen mir also Ihre Erlaubnis geben ...«
»Ich habe mir schon so etwas gedacht. Meine Frau ... na ja, ich glaube nicht, dass sie einwilligt. Diese ganze Angelegenheit hat sie sehr nervös gemacht. Sie hat das Kindermädchen entlassen. Jetzt ist Marina, wenn wir nicht zu Hause sind, bei Jacinta, einer ziemlich alten Nachbarin. Marina sagt, sie langweilt sich, aber meine Frau ist beruhigter so. Bei Jacinta hat sie natürlich keine Gelegenheit, Filme von Tarantino anzuschauen.«

»Das ist mir klar. Heißt das, ich kann die ganze Angelegenheit vergessen?«
»Brauchen Sie denn die Erlaubnis beider Eltern?«
»Nein, eine ist genug.«
»Dann geht das mit meiner Tochter klar.«
Ich war so sehr auf eine Absage vorbereitet, dass mir die Zusage wie eine Lüge vorkam, ich hakte nach.
»Sind Sie sicher?«
»Ja.«
»Ich verspreche Ihnen, dass Sie sich keine Sorgen zu machen brauchen. Wir werden Marina unter Zeugenschutz stellen.«
»Heißt das, sie wird irgendeiner Gefahr ausgesetzt?«
»Keineswegs. Es bedeutet, dass ihr Name nirgendwo auftaucht, nicht einmal, wenn es zu einem Gerichtsverfahren kommt.«
»In Ordnung. Wie verbleiben wir? Je schneller wir es hinter uns bringen, desto besser.«
»Morgen, Sie bestimmen die Uhrzeit.«
»Um sechs Uhr nachmittags. Dann ist Marina aus der Schule zurück, und ich gehe eine Stunde früher.«
Ich gab ihm die Adresse von El Roure. Noch nie hatte ich etwas so leicht erreicht. Als wir beide schon aufstehen wollten, fragte ich ihn:
»Können Sie mir sagen, warum Sie das tun? Es wäre viel einfacher gewesen, sich zu weigern.«
Er lächelte, ließ sich wieder auf dem Stuhl nieder und seufzte.
»Eigentlich sollte man annehmen, dass Eltern ein gemeinsames Erziehungskonzept für ihre Kinder haben, aber in unserem Fall ist das leider nicht so. Laura will Marina viel zu sehr beschützen, ihr nur den Teil der Welt zeigen, der

gut und freundlich ist. Aber das Leben ist anders, und die Wirklichkeit beschränkt sich nicht auf die hübschen eigenen vier Wände. Ich möchte, dass das Kind lernt, wie die Dinge sind, schön oder hässlich, und dass es sie ganz natürlich nimmt. Sie wurde Zeugin eines Diebstahls, nun, es ist nicht schlimm, wenn sie ein anderes Mädchen wiedererkennt und lernt, dass sie es zu ihrem eigenen Wohle tut. Wenn sie groß ist, wird das ihre Bürgerpflicht sein, stimmt's?«

»Ich stehe jetzt nur deshalb nicht auf und applaudiere Ihnen, weil ich keinen Wirbel machen möchte, aber das würde ich am liebsten, das kann ich Ihnen sagen.«

Er lachte auf und zeigte dabei seine gleichmäßigen weißen Zähne.

»Ich hoffe, das ist nicht ironisch gemeint.«

»Nein, überhaupt nicht.«

Ich hielt ihm die Hand hin, und er drückte sie aufrichtig. Ich dachte, mit Männern wie ihm ist es viel einfacher, menschlich zu sein, aber ich sagte es ihm nicht. Er hätte es bestimmt unpassend gefunden.

Am nächsten Morgen fragte ich Garzón, ob er mich zu der Identifizierung begleiten wollte.

»So sehe ich Sie wenigstens mal. Seit Wochen haben wir keinen Kaffee mehr zusammen getrunken.«

»Mir geht's beschissen, Inspectora.«

»Weswegen? Geld, Arbeit oder Liebe? Denn an Ihrer Gesundheit kann's nicht liegen, Sie sehen gut aus.«

»Zum Glück habe ich eine Ochsennatur. Das ist aber auch das Einzige, was in Ordnung ist, der Rest ...«

»Seit ich Sie kenne, haben Sie sich immer beklagt, Fermín. Sind Sie wirklich so unglücklich?«

»Unglücklich nicht, aber auch nicht glücklich.«
»Niemand ist glücklich, erzählen Sie mir doch nichts. Was fehlt Ihnen, oder was ist Ihnen zu viel?«
»Mir fehlt es an Geld, wie aller Welt. Ich habe zu viel Arbeit, und was die Liebe angeht … Nun ja, da weiß ich nicht, ob sie mir fehlt oder zu viel ist, wenn ich ehrlich sein soll.«
»Das verstehe ich nicht ganz.«
»Sie verstehen mich nicht, weil ich mich nicht deutlich genug ausdrücke, aber das ist egal, Inspectora, Sie brauchen sich keine Sorgen zu machen. Es ist nur so, dass ihr Frauen seit undenklichen Zeiten immer fixe Ideen habt, von denen euch niemand abbringen kann.«
»Was ist denn das? Ein Rätsel, eine Maxime von Konfuzius, der Beginn einer Seifenoper? Glauben Sie, Sie drücken sich jetzt deutlicher aus?«
»Sie werden sich wieder über mich lustig machen, also halte ich lieber den Mund.«
»Ach kommen Sie, seien Sie nicht gleich beleidigt. Aber wenn Sie Frauen in Schubladen packen, werde ich immer hellhörig, das wissen Sie ganz genau.«
»Das weiß ich zur Genüge. Aber Sie können nicht abstreiten, dass es eine typisch weibliche Macke ist, heiraten zu wollen.«
»Emilia will heiraten?«
»Das ist ihr auf einmal eingefallen. Und sie hat gute Gründe dafür vorgebracht, glauben Sie ja nicht. Sie sagt, dass wir schon so lange ein Liebespaar sind, dass wir harmonieren, dass das Zusammenleben praktischer wäre, jetzt, wo wir älter werden, dass wir uns besser Gesellschaft leisten und ein Heim haben könnten …«
»Anders betrachtet … muss man allerdings nicht heiraten, um zusammenzuleben.«

»Ja, aber sie sagt, sie sei noch nie verheiratet gewesen, und deshalb träumt sie davon.«

»Ich schwöre Ihnen, das ist die einzig akzeptable Begründung für mich. Wenn sie davon träumt, ist es verständlich, dass sie heiraten möchte.«

»Ich träume auch davon, mal mit dem Heißluftballon zu fliegen.«

»Seien Sie nicht albern. Was macht es Ihnen schon aus, ob Sie nun verheiratet oder Witwer sind?«

»Sie waren es doch, die mir diese Aversion gegen die Ehe eingeimpft hat!«

»Aber ich bin zweimal geschieden, Sie hingegen sind praktisch jungfräulich in Sachen Ehe.«

»So ein Quatsch! Ich war nur einmal verheiratet, aber dafür lang, also weiß ich sehr wohl, was die Ehe bedeutet. Sie bedeutet: Rollen, Pflichten, die ganze Zeit zusammenzuleben, für alles Erklärungen abzugeben ... Natürlich weiß ich, was verheiratet sein heißt, Inspectora: Wo hast du deinen Schlüssel gelassen? Zieh einen Pulli über, es ist kalt. Hör auf zu rauchen, das schadet dir. Iss nicht so viel, du wirst fett. Und ... offen gestanden bin ich nicht davon überzeugt, ob ich noch mal so leiden möchte.«

»Das mit dem Pulli und dem Schlüssel hat auch ein Gegenstück. Jemand muntert dich auf, wenn du schlecht drauf bist, du kannst erzählen, dass dir gerade etwas Wunderbares passiert ist, in schlaflosen Nächten hörst du jemanden an deiner Seite atmen ...«

»Wenn Sie das wirklich so toll finden, warum haben Sie dann nicht wieder geheiratet, he? Geben Sie mir eine gute Antwort.«

»Sind Sie in mein Büro gekommen, um mich das zu fragen? Ich erinnere Sie daran, dass es Ihnen beschissen geht.

Außerdem steht es mir bis hier, dass dieser Ort langsam zur Eheberatungsstelle wird.«

»Ha, jetzt habe ich Sie aber auf dem falschen Fuß erwischt! In dieser Stimmung wird es besser sein, wenn ich Sie nicht begleite, es sei denn, Sie ordnen es an.«

»Heute bin ich nicht mal fähig, meinen Schrank zu ordnen. Sie können gehen, Garzón.«

Wie lange arbeiteten der Subinspector und ich schon zusammen? Ziemlich lange, und trotzdem verstricken wir uns immer wieder in unblutige, aber lautstarke Auseinandersetzungen. Wie ermüdend, dass wir alle so sind, wie wir sind, bis zum Ende unserer Tage! Man ist sich seiner eigenen Erstarrung nicht bewusst, außer man spiegelt sich in einem anderen wider. Deshalb ist die Ehe so verhängnisvoll, man hat andauernd einen indiskreten Zeugen an seiner Seite. Obwohl ich trotz allem gern mit Garzón zusammenarbeitete – schon der Gedanke an einen anderen Kollegen behagte mir überhaupt nicht. Wir waren Freunde, wir verstanden uns gut bei den Ermittlungen, wir tolerierten unsere jeweiligen Macken und hatten denselben Sinn für Humor. Mit weniger als der Hälfte dieser Qualitäten wären neunzig Prozent aller Ehen glücklich. Wie auch immer, es war nicht der geeignete Zeitpunkt, ein Hohelied auf unsere kollegiale Symbiose zu singen, wegen eines absurden Missverständnisses würde ich allein zu dieser seltsamen Kinderidentifizierung fahren. Und das schmeckte mir aus zwei Gründen überhaupt nicht: erstens, weil ich nicht wusste, wie die Formalitäten richtig auszuführen waren, und zweitens, weil ich daran zweifelte, dass sie zu etwas nütze war. Nicht gerade vielversprechende Aussichten.

Marina kam an der Hand ihres Vaters. Ihre auffällig großen, irritierenden Augen waren weit aufgerissen. Sie war wie immer ernst, und ihr verantwortungsvoll-konzentrierter Gesichtsausdruck bildete einen augenfälligen Kontrast zum breiten Lächeln ihres Vaters. Artigas war wieder leger gekleidet mit Cordhosen und einer Tweedjacke. Ich meinte verstanden zu haben, dass er der offenere und fortschrittlichere Teil des Ehepaares war, während seine Frau eher konservativ zu sein schien. Ich schlug ihnen vor, einen Kaffee trinken zu gehen, bevor wir in den Kindernotdienst gingen.

»War es schwierig für Sie herzukommen?«

Artigas nickte ernst und zeigte flüchtig auf das Mädchen, womit er mir sagen wollte, dass er vor ihr keine Erklärungen abgeben würde. Ich stellte mir vor, dass sich ein kleines Ehedrama abgespielt hatte, und lächelte Marina an.

»So, jetzt bist du dran. Weißt du, was du tun sollst?«

»Ja, Fotos von Mädchen anschauen, um zu sehen, ob die dabei ist, die deine Pistole gestohlen hat.«

»Genau. Aber ich möchte, dass du keine Angst dabei hast. Wenn du sie auf den Fotos nicht erkennst oder dir nicht ganz sicher bist, ob sie es ist, kannst du es ruhig sagen. Das macht nichts. Dieses Mädchen ist vielleicht gar nicht dabei, verstehst du?«

»Ja. Wirst du ihr etwas tun, wenn du sie findest?«

»Nein, natürlich nicht. Wir wollen nur verhindern, dass sie sich selbst oder jemandem anderen mit der Pistole wehtun kann. Du begreifst bestimmt, dass ein Mädchen keine Pistole haben darf, oder?«

»Ja.«

»Darum geht es. Wir werden ihr sagen, sie soll sie uns geben, und das war's.«

»Und was passiert dann mit ihr?«
»Nichts Schlimmes, im Gegenteil, wenn sie keine Eltern und kein Zuhause hat, dann suchen wir jemand, der sich um sie kümmert, damit sie glücklich ist.«
Sie nickte, aber es war mir unmöglich, diesem glatten, undurchdringlichen Gesicht zu entnehmen, was das Kind dachte. Beim Verlassen der Bar schaute sie sich einen Spielautomaten an. Das nutzte ich, um ihren Vater zu fragen:
»Ist sie immer so förmlich?«
»Ja, sie ist ernsthaft. Aber sie spielt auch und lacht. Ich vermute, dass sie all das beeindruckt.«
»Tut mir leid, Señor Artigas. Wenn es nicht unbedingt nötig gewesen wäre ...«
»Keine Sorge, sie muss lernen, Verantwortung zu tragen. Und sie wird es gut machen, Sie werden sehen.«

Die Leiterin des Notdienstes war mir noch unsympathischer als beim ersten Mal. Sie war gerade beim Friseur gewesen und lächelte gekünstelt. Als sie Marina erblickte, verfiel sie in einen zuckersüßen Tonfall, als wäre sie eine Art Plüschteddy. Das Mädchen war wohl daran gewöhnt, dass man so mit ihr sprach, denn sie sah sie ein wenig herablassend an. Sie erklärte in etwa dasselbe wie ich, aber mit einem solch ärmlichen Vokabular und so lächerlichen Vergleichen, dass es offen gestanden peinlich war. Schließlich setzte sie Marina vor einen Computer und fragte sie, noch immer in dieser infantilen Art:
»Du kannst doch mit Computern umgehen, nicht wahr, Schätzchen?«
Marina schenkte ihr eines ihrer kategorisch-lapidaren Jas, wobei sie mit solcher Geschicklichkeit die Maus betätigte, wie ein Südstaatenzocker ein Ass gespielt hätte. Ohne das

geringste Zögern bewies sie, dass sie problemlos den Ordner mit den Fotos von den Mädchen, die im El Roure aufgenommen sind und waren, öffnen konnte. Die Leiterin erklärte, dass sie die Mädchen von acht bis zehn Jahren herausgefiltert hätte, um die Fehlerquote so gering wie möglich zu halten. Schließlich verließ sie das Büro und ließ uns allein.
»Brauchst du Hilfe?«, fragte Artigas seine Tochter.
»Nein. Ich weiß, wie's geht.«
»Wir sind hier nebenan, wenn du was brauchst, gib uns Bescheid.«
Wir gingen in einen kleinen Vorraum, wo ein paar Sessel standen. Artigas zeigte auf den Aschenbecher auf einem Beistelltischchen.
»Glauben Sie, man darf hier rauchen?«
»Ich an Ihrer Stelle würde rauchen, bevor die Leiterin wiederkommt, sie wirkt lieb mit Kindern, aber streng mit Erwachsenen. Eigentlich könnte ich mich Ihnen anschließen.«
Er bot mir eine Zigarette an, und wir rauchten einen Augenblick schweigend. Dann fragte ich ihn:
»Finden Sie es angemessen, sie bei der Identifizierung allein zu lassen?«
»Marina? Ja, sie ist sehr reif für ihr Alter. Sie weiß, warum sie hier ist, und wird ihre Sache gut machen.«
»Ich möchte zwar nicht als Klatschbase dastehen, aber mich würde interessieren, ob Sie große Probleme mit Ihrer Frau hatten, um sie herzubringen.«
»Ja, aber sagen Sie mir bloß nicht, es täte Ihnen leid, bitte, lassen wir doch die Förmlichkeiten. Meine Frau war sehr aufgebracht. Sie wird sich schon wieder beruhigen. Sie sagten, Sie waren mehrmals verheiratet, dann wissen Sie ja, wie das läuft.«

»Ja, das weiß ich.«
»Jetzt bin ich es, der nicht aufdringlich wirken will, aber darf ich Sie fragen, ob die Tatsache, Polizistin zu sein, mit Ihren Trennungen zu tun hatte?«
»Schon möglich, ich weiß es nicht. Wenn ich ehrlich sein soll, beim Einreichen der Scheidung glaubt man immer, die Gründe dafür zu kennen, aber dann vergeht die Zeit, und im Rückblick wirken die Gründe blass, und es bleibt nur der Eindruck von großer Ungläubigkeit. Schon der Gedanke, einmal mit diesem Mann verheiratet gewesen zu sein, erscheint einem merkwürdig.«
Er lachte und sah mich voller Sympathie an. Dann wurde er nachdenklich. Völlig zusammenhangslos sagte ich:
»Ich liebe die Einsamkeit.«
»Niemand liebt die Einsamkeit, Inspectora.«
»Weil wir das Leben in Gesellschaft idealisieren, aber auch die Ehe ist kein Allheilmittel dagegen, und das Alleinsein ist auch nicht so dramatisch.«
»Damit haben Sie vermutlich recht.«
Ich fühlte mich etwas gehemmt, als ich feststellte, dass er düster wirkte.
»Finden Sie nicht auch, dass dieses Thema nicht so gut zu diesem Ort passt?«
»Wenn ich meinen Freunden erzähle, dass ich mit einer Polizistin über meine Gefühle gesprochen habe, werden sie mir das nicht glauben.«
»Sie werden Ihnen schon nicht glauben, dass Sie sich überhaupt mit einer Polizistin unterhalten haben. Sie kennen bestimmt nicht viele Polizisten, stimmt's?«
»Sie gehören nicht zu meinem Berufsumfeld.«
»Und auch nicht zu Ihren Freunden.«
Er dachte nach und sah mich erschrocken an.

»Ich wollte damit aber keinesfalls sagen, dass man sich mit einer Polizistin nicht unterhalten kann. Verstehen Sie mich bitte nicht falsch.«

»Nehmen Sie das nicht zu ernst, ich habe nur gescherzt. Der Beruf des Polizisten bietet sich für Scherze geradezu an.«

Aus den Augenwinkeln sah ich Marina in der Tür stehen und uns ansehen. Ich weiß nicht, warum, aber ich erschrak.

»Ich habe sie gefunden«, sagte das Mädchen. Weder ihr Vater noch ich reagierten, als wüssten wir nicht, wovon sie sprach. Nach einem kurzen Moment der Erstarrung fuhr ich hoch wie der Blitz. Ich legte ihr die Hand auf die Schulter, und wir gingen in den Büroraum zurück. Auf dem Bildschirm war das Foto eines Mädchens mit glattem, dunklem Haar, großen schwarzen Augen und entschlossenem Blick zu sehen.

»Das ist sie.«

»Bist du dir sicher?«

»Ja.«

»Das ist das Mädchen, das du im Einkaufszentrum gesehen hast?«

»Ja.«

»Aber dieses wirkt kleiner.«

Sie zuckte die Schultern. Ich setzte mich an den Computer und versuchte, die Akte zu öffnen, es gelang mir aber nicht. Ich rief die Leiterin. Sie kam und starrte auf das Foto. Dann versuchte sie sich zu erinnern.

»Ja, natürlich, das geheimnisvolle Mädchen. Sie war vor etwa anderthalb Jahren bei uns. Lassen Sie mich mal sehen.«

Sie öffnete die Akte mit einem Kennwort.

»Tatsächlich, das ist sie. Vor etwas über einem Jahr. Sie wurde ...«, sie verstummte und sah Marina an mit einem Lächeln, das herzlich wirken sollte. »Schätzchen, kannst

du einen Augenblick hinausgehen? Da liegen Comics und Märchenbücher. Dein Papa kommt gleich.«
Marina gehorchte wie ein Roboter. Die Leiterin sah uns voller Umsicht und Kinderliebe an und erklärte unnötigerweise:
»Es ist besser, wenn die Kleine das nicht hört. Wie ich schon sagte, dieses Mädchen wurde von der Polizei auf der Straße aufgegriffen. Sie sprach Rumänisch, hatte aber weder Eltern noch Geschwister. Niemanden.«
»Ist so was möglich? Wie kam sie hierher?«
»Das wissen wir nicht. Es ist nicht der erste Fall und wird auch nicht der letzte sein. Sie werden ausgesetzt oder kommen allein mit einer Gruppe illegaler Auswanderer, oder ihre Eltern sterben oder kehren ohne sie in ihre Heimat zurück ... Wer kann das schon wissen! Sie leben plötzlich auf der Straße, bis die Polizei sie manchmal aufgreift und zu uns bringt. Sie sagte nur ihren Namen: Delia. Danach hat sie nie wieder gesprochen.«
»Was ist mit ihr passiert?«
»Sie ist abgehauen. An einem Freitag war sie mit den anderen im Museum und konnte sich davonschleichen, keiner weiß, wie. Es hat uns nicht überrascht. Sie war ein widerspenstiges, wildes Kind, zu dem wir keinen Zugang fanden. Sie war gut zwei Monate hier, aber sie sprach nicht und tat sich auch nicht mit den anderen Kindern zusammen. Sie wollte sich nicht eingliedern. Ein hoffnungsloser Fall, ganz außergewöhnlich, glauben Sie bloß nicht, dass alle so sind.«
»Wie alt war sie damals?«
»Die Ärzte schätzten sie auf sieben oder acht Jahre.«
»Alles passt zu dem Mädchen, das ich suche. Dann müsste sie jetzt neun oder zehn sein.«

»Unglücklicherweise können wir nicht allen helfen. Es gibt Extremfälle, und Delia ist einer davon.«
Als Artigas merkte, dass ich nicht daran dachte, auf diese politische Korrektheit zu reagieren, beeilte er sich, an meiner Stelle zu antworten:
»Natürlich, das ist verständlich.«
Wir fragten Marina, die ganz ruhig auf dem Sessel saß, ob sie das Foto noch einmal sehen wollte, aber sie sagte nein.
»Ist nicht nötig. Es ist das Mädchen, das mit der Tasche davongelaufen ist.«
Wir gingen schweigend durch den wunderschön mit Tulpen bepflanzten Garten zu unseren Autos. Plötzlich fragte die Kleine:
»Warum wollte sie nicht sprechen?«
»Hast du gelauscht?«
»Nein, man hat alles gehört.«
Mir wurde bewusst, dass sie auch das Gespräch ihres Vaters mit mir gehört hatte, und ich fühlte mich ein wenig unbehaglich. Wir gaben uns die Hand. Marina küsste ich zum Abschied auf die Wange.
»Das hast du sehr gut gemacht, Marina, sehr gut. Und du bist dir wirklich ganz sicher, dass sie es war, oder?«
»Ja.«
Ihre großen Eulenaugen sahen mich vorwurfsvoll an. Ich versuchte, meine offenkundige Skepsis zu überspielen.
»Davon bin ich überzeugt.«
Und es stimmte, verdammt noch mal! Dieser Göre war definitiv zu trauen. Wenn sie später Anlageberaterin werden sollte, würde ich ihr alle meine Ersparnisse anvertrauen.

Ich hoffte, dass Garzóns Ärger inzwischen verflogen war, denn ohne seine Hilfe würde ich aus dieser unseligen Pat-

sche nicht herausfinden. Er sah mich selbstzufrieden und großmäulig an, als ich ihn fragte:
»Und wer kümmert sich in diesem Saustall um die Kinderkriminalität?«
»Als Opfer der organisierten Kriminalität oder der allgemeinen? Denn theoretisch sind Kinder Opfer von Verbrechen, niemals Täter.«
»Wer kümmert sich um die Kinder, Subinspector? Los, es ist kein Hochverrat, wenn Sie es mir sagen. Ich muss wissen, wer ein bestimmtes rumänisches Mädchen auf der Straße aufgegriffen hat.«
»Haben Sie den Namen dieses Mädchens?«
»Nein.«
»Na, dann vergessen Sie's. Kinder werden sofort dem Jugendgericht überstellt, und unsere Pflicht ist, so zu tun, als wüssten wir von nichts. Das ist ein heikles Thema.«
»Gibt es noch eine weitere Hürde, die Sie mir nennen wollen, bevor Sie mir endlich sagen, wer dafür zuständig ist?«
»Inspector Machado. Juan Machado hat sich ein paarmal in diesen Garten verirrt. Keiner weiß mehr über die Kids als er.«
»Dann weiß ich nicht, was zum Teufel wir hier noch verloren haben.«
Er sah mich spöttisch an.
»Wissen Sie, warum ich so gerne mit Ihnen zusammenarbeite, Inspectora?«
»Ich verstehe nicht.«
»Weil ich den Dienst nicht vermissen werde, wenn man mich in Rente schickt.«

Zwei

Juan Machado hatte keinerlei Ähnlichkeit mit dem berühmten gleichnamigen Dichter aus Soria; eigentlich war er das ganze Gegenteil von einem Dichter, die ruchlosen eingeschlossen. Er war fortgeschrittenen Alters, hatte Schuppen und eine Jacke mit kariertem Schottenmuster an, die zu tragen man schon ziemlichen Mut oder etliche Gläser Whisky intus haben musste. Und er freute sich, dass ich ihn konsultierte, als wäre er eine Kapazität in der Materie, so etwas stellt Kollegen immer zufrieden.

»Mensch Petra, dir hat also so eine Göre die Pistole geklaut! Ich würde dir gerne sagen, dass ich es nicht glauben kann, aber ich glaube es. All diese Kids sind wie Bälger einer Rabenmutter, und sie werden immer dreister. Aber wir dürfen sie nicht anrühren! Ich habe die Schnauze gestrichen voll von diesen Anzeigen.«

»Aber ihr bringt sie vors Jugendgericht, oder?«

»Ja, wenn wir sie erwischen. Wenn sie keine Familie haben oder die Familie arg zerrüttet ist, wie man heute sagt, werden sie in den Jugend- und Kindernotdienst gebracht, von wo die größten Bastarde, sobald sie können, wieder abhauen und auf die Straße zurückkehren. Vergiss nicht, dass diese Einrichtungen nicht so sicher sind wie Erziehungsheime, wo die Jugendlichen eingesperrt werden. Das ist auch nicht gut. In einigen Fällen unternehmen wir gar nichts, ganz ehrlich, denn auf der Straße geht's ihnen besser. Bei der vielen Arbeit würde es uns gerade noch fehlen, Mary Poppins zu spielen. Seit ein paar Tagen lungert eine ganze Bande von Kindern vor dem Kommissariat herum, reine Provokation.«

»In welchen Delikten ermittelt ihr, wenn Minderjährige die Opfer sind?«

»Adoptionsnetzwerke, die in Wirklichkeit die Kinder verkaufen, und Kinderpornographie. Organschmuggelringe haben ziemlich viel Staub aufgewirbelt, aber wir haben keinen wirklichen Hinweis darauf, dass sie auch in Spanien operieren.«

»Um deine Arbeit beneide ich dich aber auch nicht, Machado.«

»Nein, die ist auch nicht zu beneiden. Sie ist extrem unangenehm. Ich zeige dir gleich die Fotos, die wir letztes Jahr im Internet abgefangen haben. Harter Porno mit Schulkindern, das ist wirklich abartig.«

»Ich weiß nicht, ob ich das sehen muss. Besser, du führst mich ein wenig in die Welt dieser Leute ein.«

Der Subinspector mischte sich ein.

»Mir scheint, wir sollten einen richterlichen Beschluss einholen, um das Foto aus El Roure zu bekommen. Dann schlagen wir nicht blindlings zu. Kennen Sie einen Jugendrichter, der uns wohlgesonnen ist?«

»Natürlich, Mensch, die Richterin Royo, Isabel Royo! Sie kommt bestens mit den Bullen klar. Sagt ihr, ich hätte euch geschickt. Sie hat uns schon mehrfach aus dem Schlamassel geholfen, denn die Zuständigen für Minderjährige greifen uns sonst nie unter die Arme.« Er sah mich ernst an. »Subinspector Garzón hat weise gesprochen, Petra, denn es ist an sich schon schwierig, die Fährte eines namenlosen Mädchens aufzunehmen, das nicht einmal Spanisch spricht, aber ohne Foto ist es noch komplizierter. Wenn du willst, erläutere ich dem Kollegen, wo ihr hinmüsst und welche Typen euch Informationen geben könnten, während du mit der Richterin redest. Vor etwa einem Jahr haben wir eine Großrazzia gemacht, die größte, die es je gab. Damit will ich euch aber nicht vorschreiben, wie ihr vorgehen müsst, eh? Mir ist es schnurz, wie ihr die beschissene Ermittlung angeht.«

Auch Machados Ausdrucksweise erinnerte nicht gerade an den literarischen Namensvetter und Meister, aber seine Unterstützung in der Sache war von unschätzbarem Wert. Ich sprach bei der Richterin vor, die sich zunächst widerspenstig zeigte.

»Wenn es keinen laufenden Fall gibt, Inspectora, wie soll ich Ihnen dann einen Beschluss für den Jugendnotdienst geben?«

Ich konnte sie erst überzeugen, als ich mich auf Rechte und Pflichten berief.

»Bedenken Sie, dass sich dieses Mädchen mit der Pistole verletzen kann, dass sie andere Kinder töten kann. Jemand muss sie beschützen.«

Diese Methode verfehlte ihre Wirkung nicht, aber auch so noch konnte ich einen Vorwurf heraushören, so etwas wie: Wenn du dumme Gans dich nicht hättest beklauen lassen, wäre nichts von all dem passiert.

Viel schlimmer noch dachte Pepita Loredano von mir, die Leiterin von El Roure, als ich ihr den Beschluss vorlegte. Ich fragte mich, warum diese Frau eine so ausgeprägte Abneigung gegen mich hegte. Eigentlich hätte man erwarten können, dass ihre Institution und die Polizei reibungslos zusammenarbeiteten. Aber dem war nicht so, vielleicht hatte sie es ohne ersichtlichen Grund auf mich abgesehen, so wie auch unter Tieren plötzlich unerklärliche Aversionen auftreten können. Sie starrte auf den Beschluss, ließ ihn sich telefonisch bestätigen und druckte dann das Foto von Delia aus. Am Ende warf sie es mir auf den Tisch und lächelte mich gequält an.

»Ich wünsche Ihnen eine gute Jagd.«

»Glauben Sie etwa, ich werde das Mädchen mit abgezogenem Fell im Jagdbeutel herbringen?«

»Ich hoffe nicht. Wenn Sie die Kleine gefunden haben, werde ich mich persönlich davon überzeugen, in welchem physischen und psychischen Zustand sie ist. Ich wäre Ihnen dankbar, wenn Sie mir Ihre Telefonnummer dalassen würden, damit ich nachfragen kann, wie die Suche läuft. Außerdem will ich informiert werden, sobald Sie sie gefunden haben. Sie steht noch unter meiner Obhut.«

»Wenn ich nicht wüsste, dass Sie sich aus Sorge um die Kinder so inquisitorisch verhalten, würde ich mich beleidigt fühlen.«

»Wie Sie schon sagten, die Kinder sind das Wichtigste.«

Mit dem Foto als Trophäe in der Tasche verließ ich das Heim. Diese Schnepfe hatte Glück, dass es in meinem Interesse war, gut mit ihr auszukommen, andernfalls hätte ich sie zur Schnecke gemacht.

Da ich jetzt einen Augenblick Zeit hatte, sah ich mir das Foto der kleinen Diebin in Ruhe an. Große Augen, neutraler, aber auch herausfordernder Blick. Was drückte er aus? Niemand weiß, was im Kopf eines Kindes vorgeht. Ich hatte selbstverständlich nicht die geringste Vorstellung.

Im Kommissariat traf ich mich wie abgesprochen mit Garzón. Er arbeitete gerade an einem Drogenfall.

»Haben Sie den Namen des Informanten bekommen, Fermín?«

»Ja, Inspectora.«

»Da ich Sie mit was anderem beschäftigt sehe ...«

»Inspectora, auch Sie haben noch andere Aufgaben, mit denen Sie sich außer dem Diebstahl Ihrer Waffe beschäftigen sollten. Wenn Coronas sieht, dass die Berichte über unsere Alltagsarbeit in Verzug geraten, wird er uns ganz schön einheizen.«

»Alles zu seiner Zeit. Womit fangen wir an?«

»Mit dem Essen, Petra, was denn sonst? Es ist zwei Uhr. La Jarra de Oro?«

Ich war einverstanden. Wir bekamen einen guten Tisch, und das Essen war in Ordnung. Yolanda und andere junge Polizisten setzten sich in unsere Nähe. Sie grüßte uns mit freundlichem Winken, als befänden wir uns in einem Landhaus. Garzón erwiderte den Gruß, und ich knurrte ihn an.

»Sie sind ständig verstimmt, Inspectora.«

»Das Essen fängt ja gut an.«

»Nein, erlauben Sie, ich sage das als Freund. Ebenso wie die Szene, die Sie mir kürzlich wegen der Eheberatung gemacht haben. Wir beide haben schon viel Wasser den Bach runterfließen sehen, Petra, sogar Hagelkörner! Warum werden Sie dann so barsch mit mir wegen einer schlichten persönlichen Bemerkung?«

»Tut mir leid, die Breitseite galt nicht Ihnen.«

»Aber ich habe sie abgekriegt.«

»Ich habe falsch reagiert, weil es Dinge gibt, die mich grundlegend ärgern. Zum Beispiel, dass wir uns alle so viel Gedanken um Herzensangelegenheiten machen. Wir leben in einer dekadenten Gesellschaft, in der sich jeder ausschließlich für die eigene Person interessiert, und da unser Bauch voll ist …«

Mein Untergebener zog ein Gesicht wie ein Schüler, dem der Lehrer eine Standpauke hält. Er machte sich mit so großem Appetit über seine grünen Bohnen her, wie es Pantagruel getan hätte.

»Nein, Sie haben für alles vorgefertigte Theorien. Sie hätten eine Philosophenschule oder wie zum Teufel man das nennt, gründen sollen.«

»Besser eine Sekte, das ist rentabler, denn so wie die Hirnerweichung der Leute bei dieser grassierenden Dummheit allmählich fortschreitet, würden sie meinen Prophezeiungen blind glauben.«

»Seit ich Sie kenne, tun Sie immer so, als wäre der Weltuntergang nahe, aber nichts ist passiert.«

»Sie kommen der Sache schon näher.«

»Die Intellektuellen verbringen ihr ganzes Leben damit herauszufinden, was falsch läuft.«

»Ich und eine Intellektuelle? Ich weiß nicht, wovon Sie reden, Fermín!«

»Davon, dass Sie die Welt deshalb so pessimistisch sehen, weil Sie zu abgeschottet leben und Bücher lesen.«

»Na fein! Den Büchern die Schuld für Probleme zu geben ist eine sehr spanische Tradition.«

»Verdammt, Petra! Soll ich Ihnen mal was sagen?«

»Ja, das können Sie anderen weismachen.«

»Gut, dass Sie es selbst gesagt haben.«

Es wurden Schweinekoteletts serviert, die über den Tellerrand hinaushingen. Der Subinspector schnüffelte die Ausdünstungen wie ein kritischer Weinverkoster. Dann zerschnitt er das Fleisch wie bei einem heiligen Ritual. Ich dachte: Ein Mann, der so gerne isst, konnte sich nicht irren.

»Hören Sie nicht auf mich, Fermín, im Grunde haben Sie recht, ich bin wie ein Bärenweibchen, das sich in seine Höhle verkriecht.«

»Ich wollte Sie nur aufmuntern in weiser Voraussicht auf das, was auf uns zukommt, ich meine beruflich. Das ist ein Milieu, wie es Ihnen gefällt, Sie werden schon sehen: Spitzel, bezahlte Killer, Zuhälter ... Garantiert ein Zuckerschlecken. Mir ist schon bei der Durchsicht von Machados Liste die Lust vergangen, Ihre Pistole zu finden.«

»Sie glauben mir nicht, dass ich mir tatsächlich um die Sicherheit des Mädchens Sorgen mache, nicht wahr? Mein ganzes Interesse scheint nur eine Folge von verletzter Berufsehre wegen des Verlusts meiner Dienstwaffe zu sein.«

»Bringen Sie mich nicht durcheinander, Inspectora, ich will nicht diskutieren. Essen Sie Ihr Schnitzel nicht auf? Kann ich es haben? Ich muss das ausnutzen, wo ich doch jetzt auf Diät gesetzt werde.«

»Und dabei sind Sie noch nicht mal verheiratet! Warten Sie noch ein wenig, und Sie werden schon sehen.«

»Sie kriegen es doch immer wieder hin, mir einen Hieb unter den Schwimmring zu versetzen. Kehren Sie in Ihre Bärenhöhle zurück, Inspectora, und vergessen Sie mich, das bekommt mir besser.«

Ich lachte wie eine Hexe, der ihr Zaubertrank gut gelungen ist. Über Engelsgeduld verfügte mein Kollege, kein anderer hätte mich so würdevoll ertragen. In dem Moment kam Yolanda an unseren Tisch, sie und ihre Kollegen waren schon fertig mit dem Essen.

»Meine Herrschaften, ich habe morgen Geburtstag.«

»Oh, Glückwunsch!«

»Ich werde ihn feiern und habe die kleine Diskothek eines Freundes im Viertel angemietet. Ich gebe Ihnen später die

Adresse. Sie kommen doch, oder? Natürlich in Begleitung, wenn Sie wollen.«
»Ich liebend gerne. Ich werde ganz pünktlich sein, um welche Zeit?«
»Um acht. Und Sie, Inspectora?«
»Findest du nicht, dass wir bei all den jungen Leuten stören?«
»Mich brauchen Sie gar nicht zu den Alten zählen«, mischte sich Garzón ein. »Ich habe die Absicht, wie verrückt zu tanzen.« Dann sah er mich durchdringend an, während ich nach einer Ausrede suchte, um der Einladung zu entgehen, ohne Yolanda vor den Kopf zu stoßen. Plötzlich sah ich mich selbst mit einer mottenzerfressenen Bärenhaut über den Schultern einen Schmöker lesen.
»Einverstanden, ich komme auch.«
»Toll!«, zwitscherte Yolanda, gab dem Subinspector einen Kuss auf die Wange und verschwand, wobei sie eine Wolke blumigen Parfüms hinterließ.

Wir schlenderten schweigend durch den Stadtteil Barceloneta, um Zeit für unser nächstes Treffen zu schinden. Ich hatte das Gefühl, dass der Subinspector beim Gehen gleich einschlafen würde.
»Haben Sie eine träge Verdauung, Fermín?«
»Ich? Überhaupt nicht! Ich habe nur nachgedacht.«
»Dann erzählen Sie mir doch zwischendurch mal etwas über den Informanten, den wir gleich treffen werden.«
»Er ist kein richtiger Informant, sondern ein Häftling auf Bewährung. Er wurde wegen eines Delikts mit Minderjährigen verurteilt und saß acht Jahre im Gefängnis. Jetzt muss er sich regelmäßig melden. Inspector Machado ist davon überzeugt, dass er noch Kontakte hat, zumindest kriegt

er mit, was läuft. Er sagt, wir sollen ihn ordentlich in die Mangel nehmen.«
»Was war denn das für ein Delikt?«
»Etwas sehr Hässliches. Er war Vermittler zwischen rücksichtslosen Eltern, die ihre Kinder für Pornoaufnahmen an Fotografen vermietet haben, um es so auszudrücken, dass es nicht zu ekelhaft klingt.«
»Ein Wahnsinn!«
»Was glauben Sie denn, auf was wir uns da einlassen, Petra? Das ist ein einziger Sumpf.«
»Es wird wohl besser sein, wenn Sie das Gespräch führen, ich wüsste nicht so schnell, wo ich einhaken soll.«
»Wie Sie wollen, aber Sie können sich ja vorstellen, dass ich den nicht auf die Art ›Wie geht's denn so, mein Herr‹ behandeln werde. Kommen Sie mir hinterher nicht mit der Leier, dass Sie meinen Stil nicht sehr fürstlich fanden.«
Der Typ selbst war alles andere als fürstlich. Der Schein trog in seinem Fall nicht. Er sah aus wie ein Zuhälter und ließ an die Vorbestimmung des Menschen denken. Was hätte denn einer mit schütterem Haar, hängenden Ohren, Triefaugen und einer Narbe auf der Wange anderes tun sollen, als Verbrechen zu begehen? Es gab nur ein Paradoxon an ihm: sein Name. Er hieß Abel Sánchez, und wäre er dem Abel aus der Bibel ähnlich gewesen, hätte man in der Heiligen Schrift bestimmt behauptet, er hätte Kain umgelegt.
Er hatte keine Angst, aber bevor er sich mit uns in der schmuddeligen Bar an einen Tisch setzte, beäugte er argwöhnisch jeden Winkel im Umkreis. Ich vermutete, er wollte auf keinen Fall in unserer Gesellschaft gesehen werden. Der Subinspector stellte uns ganz offiziell einander vor.
»Das ist Inspectora Petra Delicado, und ich bin Subinspector Garzón.«

»Erfreut«, stotterte er, offensichtlich vertraut mit den Umgangsformen. Danach ließ er niemanden zu Wort kommen, im Gegenteil, er übergoss uns mit einem Wortschwall. »Hören Sie, meine Herrschaften, ich finde es ja in Ordnung, dass Inspector Machado mich damals hinter Schloss und Riegel gebracht hat. Aber der Richter hat mich schon verurteilt, und ich zahle noch immer dafür. Es kann also nicht sein, dass ständig Bullen bei mir auftauchen und mich mit Fragen löchern. Ich bin sauber, verstehen Sie? Sauber. Ich kann über niemanden etwas sagen, weil ich niemanden kenne. Ein Mann kann nicht sein Leben lang büßen müssen für einen Fehler, den er einmal begangen hat. Die Zeiten haben sich geändert, und ich kenne keinen, der mit Minderjährigen zu tun hat.«
Die Stille waberte wie Nebel. Tatsächlich waren die Rechtfertigungen dieses Galgenvogels durchaus begründet. Doch den Subinspector beeindruckte das wenig. Er ließ noch einen Augenblick verstreichen, zündete sich eine Zigarette an und sagte schließlich:
»Den Einzigen, den du nicht kanntest, war dein Vater. Richtig bedacht, besser für ihn. Noch mehr solches Gewäsch wie eben, und ich ziehe dir die Bierflasche über den Kopf. Übrigens, trink, es wird warm.«
Er stellte ihm lautstark die Bierflasche vor die Nase, die er bestellt hatte. Ich weiß nicht, ob Garzóns Bemerkung beim Staatsanwalt Eindruck gemacht hätte, aber Abel wurde sofort zahm und sagte ernst:
»Was wollen Sie wissen?«
Ich holte das Foto von dem Mädchen heraus. Er betrachtete es. Ich beobachtete aufmerksam seinen Gesichtsausdruck, der sich nicht veränderte.
»Sie ist Rumänin«, erklärte ich.

»Die habe ich noch nie im Leben gesehen. Wollen Sie mich verarschen? Dieses Mädchen ist viel zu klein, und ich habe acht Jahre lang im Knast gesessen, wie zum Teufel soll ich die kennen?«

Wenn mir vorher seine Argumente gerechtfertigt erschienen waren, dachte ich jetzt, dass er die Logik auf seiner Seite hatte. Doch mein Kollege hatte selbst dafür seine Methoden.

»Man schläft gut im Gefängnis, nicht wahr?«

»Was soll ich Ihnen sagen? Ich weiß nicht, wer das ist.«

»Ich will, dass du uns sagst, wer was mit Kindern zu tun hat und mit denen aus Rumänien im Besonderen. Acht- bis Zehnjährigen.«

»Wenn Sie mich weiterhin in Bars bestellen und mich solche Sachen fragen, werden Sie nur erreichen, dass ich mir eine Kugel einfange.«

»Eine Dusche mit Insektiziden würde bei dir schon reichen. Wirst du jetzt, verdammt noch mal, endlich den Mund aufmachen?«

Er hatte die Stimme erhoben, und die wenigen Gäste in der Bar starrten zu uns herüber. Das schien Garzón nicht besonders zu stören. Endlich begann der Kerl so belanglos zu erzählen, als wäre seine Information kein bisschen von Interesse:

»Im Augenblick weiß ich nicht, wer in dem Geschäft ist, im Ernst. Ich werde nicht darüber informiert, weil man weiß, dass ich nichts mehr damit zu tun habe und außerdem die Polizei versucht, mir Informationen zu entlocken. Soweit ich gehört habe, gehen arbeitslose Rumäninnen zu einer Schneiderwerkstatt in La Teixonera.«

»Schreib die Adresse hier drauf.«

»Genau weiß ich sie nicht.«

»Was du eben weißt.«
Mit einer Handschrift, die seinen niedrigen Bildungsstand bewies, kritzelte er ein paar Angaben auf das Papier. Ich sah den Subinspector an. Er gab sich damit zufrieden. Ich auch, obwohl mir klar war, wie stockend und langsam wir bei der Suche nach der kleinen Diebin vorankamen.
Am Abend ging mir nicht aus dem Kopf, was mein Kollege den »Sumpf« genannt hatte. Bei gewissen Delikten gab es keine schuldmindernden Faktoren. Weder häusliche Misere noch mangelnde Bildung oder geistige Verwirrung reichten aus, um diesen Grad höchster Gemeinheit zu erklären, die es braucht, um Kinder zu missbrauchen. Doch in der Ruhe eines komfortablen Zuhauses mit einer Biographie, in der du nie der Gefahr von großem Elend ausgesetzt warst, klang diese Schlussfolgerung schlicht zu simpel. Was wusste denn ich, selbst als Polizistin, vom Unterbewusstsein des Menschen? Von echter Bosheit zu sprechen war schon fast poetisch. Nein, das wahre Böse entstand in einem Umfeld des fehlenden Glücks, ohne einen Funken von Zärtlichkeit, von Zivilisiertheit, von Erinnerung, von Hoffnung. Armut, Schäbigkeit, Gemeinheit und Schläge, das bedeutete für viele von Geburt an das Leben, bis man sie auf den Müll warf oder bis sie an der allgemeinen Gleichgültigkeit kaputtgingen. Große Mutlosigkeit machte sich in mir breit, und ich hatte das Gefühl, dass diese Geschichte kein gutes Ende nehmen würde, selbst wenn ich meine Pistole wiederbekäme und alles nur ein Kinderstreich gewesen wäre.
Jedenfalls hatte Fermín Garzón recht, ich musste meine Alltagsarbeit fortsetzen und meine gestohlene Pistole als Zusatzarbeit betrachten. Auf diese Weise würde ich auch verhindern, in dem Sumpf zu landen, der mich so beunruhigte. Da meine Gedanken immer wieder von der logischen

Realität abdrifteten, war das gar nicht so einfach. Inspector Machado hatte gesagt, dass eine Bande von Straßenkindern vor dem Kommissariat herumlungerte. Eine Art Provokation, wie er fand. Es konnte aber auch mehr sein: War es möglich, dass sie die ein und aus gehenden Polizisten ausspionierten, um sie dann zu verfolgen, in einem unvorsichtigen Moment zu überfallen und ihnen die Pistole zu stehlen? War ich ausgesucht worden? War das rumänische Mädchen von jemandem geschickt worden, der eine Waffe brauchte? Nein, das war der falsche Ansatz, eine Polizistenpistole ist zu einfach zu identifizieren. Der Diebstahl ließ sich nur mit dem Zufall erklären.
Das Telefon klingelte. Eine gewisse Inés Buendía, Psychologin im Kindernotdienst El Roure.
»Haben wir uns kürzlich kennengelernt?«, fragte ich.
»Ich habe Sie bei uns im Heim gesehen, aber wir sind uns nicht vorgestellt worden. Ich bin Psychologin und habe Delia betreut, als sie bei uns war. Na ja, ich dachte, ich könnte Ihnen vielleicht die eine oder andere Information über sie geben. Trinken wir morgen einen Kaffee zusammen?«
»Wunderbar, ich werde so gegen neun im Heim sein, ist Ihnen das recht?«
»Wir treffen uns besser in einer Bar. Ich möchte nicht, dass Señora Loredano von unserem Gespräch erfährt. Und wenn es um acht möglich wäre, noch besser. So käme ich nicht zu spät zur Arbeit.«
Ich sagte zu und dachte, dass ich früh zu Bett gehen sollte, um am nächsten Tag pünktlich zu sein. Aber ich wälzte mich noch lange herum, der Schlaf spielte Verstecken mit mir. Er kam spät und war unruhig.

Bei meinen Besuchen im Kindernotdienst hatte ich Inés nicht wahrgenommen. Sie war eine junge Frau mit einem offenen Lächeln, die sich im Hippie-Stil kleidete.
»Es ist mir ein wenig peinlich, dass ich Sie habe kommen lassen, Inspectora.«
»Warum?«
»Weil es vielleicht unwichtig ist, was ich Ihnen zu sagen habe, und Ihnen gar nicht weiterhilft.«
»Bei einer Ermittlung hilft alles.«
»Señora Loredano hat mir von dem Gespräch mit Ihnen erzählt.«
»Wenn ich ehrlich sein soll, war sie nicht sehr kooperativ.«
»Sie ist schwierig, aber kein schlechter Mensch. Das Heim ist eben ihr Leben, das, was sie am meisten auf der Welt interessiert. Seit sie vor sechs Jahren die Leitung übernommen hat, funktioniert es besser. Aber sie macht alles mit eiserner Hand, beschützt die Kinder sehr und mag es nicht, wenn die Polizei oder die Justiz unseren Alltag durcheinanderbringt.«
»Glauben Sie, sie hat mir etwas Wichtiges verschwiegen?«
»Ich bin mir nicht sicher. Hat sie Ihnen etwas über Delias Charakter erzählt?«
»Sie hat erwähnt, dass sie schwierig im Umgang war.«
»Es war noch mehr, Inspectora, dieses Mädchen war immer zornig, als sähe sie sich ständig von Feinden umgeben.«
»Hat sie keine psychologische Betreuung erhalten?«
»Die Leiterin und ein Psychiater haben bestimmt, dass sie sich vor einer Behandlung erst eingewöhnen sollte.«
»Wird das immer so gemacht?«
»In den Fällen mit schlechter Verfassung ja.«
»Worin bestand der Zorn dieses Mädchens?«
»Sie wirkte immer wütend, weigerte sich zu reden, sah

uns alle hasserfüllt an, was nicht normal ist, nicht einmal bei diesen Kindern, so verdorben sie auch sein mögen. Ich glaube, dass ihr etwas angetan wurde, aber ich weiß nicht, was. Und glauben Sie ja nicht, dass sie dumm war. Überhaupt nicht. Sie war ziemlich selbstständig und wusste, wie man vieles macht. Nur dieser Hass, dieser Zorn in ihr, das hat mich sehr beeindruckt.«

»Es wundert mich sehr, dass sie nicht gleich in psychiatrische Behandlung kam.«

»Es blieb keine Zeit, Inspectora, sie ist so schnell abgehauen.«

»Warum durfte sie an diesem Ausflug teilnehmen?«

»Wir haben versucht, sie einzugliedern. Hätte sie nicht dasselbe machen dürfen wie die anderen Mädchen, wäre es noch viel schwieriger gewesen.«

Ich schüttelte den Kopf im Versuch, das Gehörte in meinem Kopf zu ordnen.

»Inspectora, sagen Sie Señora Loredano bitte nicht, dass ich Sie angerufen habe. Sie würde das nicht gutheißen und behaupten, dass ich mich in Dinge einmische, die mich nichts angehen und ... Vielleicht war es etwas überstürzt von mir, aber ich hätte keine Ruhe gefunden, wenn ich Ihnen nicht erzählt hätte, was ich weiß. Hilft Ihnen das weiter?«

»Davon können Sie überzeugt sein.«

Hatte mich das weitergebracht? Das rumänische Mädchen, eine Diebin ohne Familie und ohne Namen, war voller Zorn gewesen. Jetzt stand noch ein Fragezeichen auf meiner Liste. Woher stammte dieser Zorn? Obwohl, andersherum wäre es noch merkwürdiger gewesen, rumänische kleine Diebinnen kommen nicht auf Klassenfahrt nach Spanien.

Die Schneiderwerkstatt in La Teixonera, einem Arbeiterviertel im Norden der Stadt, war nichts weiter als ein großer Lagerraum, in dem ungefähr fünfzehn Rumäninnen billige Büstenhalter nähten. Die Inhaberin, um die sechzig, mit struppigem, platinblond gefärbtem Haar, empfing uns nicht gerade freundlich.

»Hier ist alles legal. Die Mädchen haben Papiere und eine Arbeitserlaubnis. Gott und die Welt sind schon hier gewesen: Mossos d'Esquadra, Policía Municipal, Finanzamt, Gesundheitsamt ... Alle! Wir halten uns an die Arbeitszeiten und alle Vorschriften, wir recyceln die Kartons, in denen uns das Material geliefert wird, was sollen wir noch tun? Hunde aus dem Tierheim adoptieren?«

»Einen Moment, Señora!«, donnerte Garzón los. »Sie haben uns noch gar nicht zu Wort kommen lassen.«

»Also wirklich, wenn die Polizei zu Besuch kommt, ist das nicht gerade eine Geburtstagseinladung! Später wird dann in der Glotze großkotzig getönt, dass man den kleinen Betrieben Erleichterungen verschafft. Alles gelogen, man lässt uns ja nicht mal in Ruhe arbeiten!«

»Jetzt reicht's«, sagte ich schneidend. Ich hatte große Lust, sie eigenhändig zu erwürgen. »Nicht alle kleinen Unternehmer sind unbescholtene Geschäftsleute. Wir haben einen Haufen Schweinereien gesehen, vor allem, wenn Immigranten beschäftigt werden.«

»Ich gebe ihnen Arbeit und bezahle ihnen den gesetzlich vorgeschriebenen Lohn.«

»Ja, Sie sind eine wunderbare Vorzeige-Unternehmerin, und das werden wir sorgfältig überprüfen, das kann ich Ihnen versichern.«

»Die Chinesen haben den Textilmarkt an sich gerissen, und wir haben ihn ihnen auf dem Tablett serviert!«

Wir schrien beide. Die rumänischen Näherinnen, ziemlich junge Frauen, wechselten zunächst erschrockene, dann amüsierte Blicke. Dass sich ihre Chefin auf einen Streit einließ, musste sehr unterhaltsam für sie sein.
»Señora, bitte!« Garzón stand die Rolle des Vermittlers zu. »Wollen Sie gar nicht wissen, warum wir hier sind?«
»Es bedeutet bestimmt nichts Gutes.«
»Das glaube ich auch. Also, können Sie sich vorstellen, dass eine Ihrer Näherinnen privat in etwas nicht ganz Sauberes verwickelt ist?«
»Was weiß denn ich, verdammt noch mal! Ich folge ihnen nicht nach Hause, und wenn sie morgens um acht Uhr kommen, frage ich sie auch nicht, wie oft sie vergangene Nacht gevögelt haben.«
Ein paar der jungen Frauen lachten auf, vermutlich verstanden uns fast alle. Ich schubste den Subinspector mit dem Ellenbogen.
»Kommen Sie, Garzón, es lohnt sich nicht, hier weiterzumachen.«
»Ja, wird besser sein, wenn Sie verschwinden, hier haben Sie nichts verloren.«
»Ich hoffe, es stimmt, dass in dieser Werkstatt alles legal ist, zu Ihrem eigenen Wohl.«
»Ach schauen Sie nur, wie ich zittere! Schönen Tag noch!«
Die Straße nahm uns mit dichtem Verkehr und dem dazugehörigen Lärm in Empfang. Garzón brummelte fast lachend:
»Was für eine Furie! Die muss Witwe sein, ihren Mann hat sie bestimmt aufgefressen.«
»Ich verstehe nicht, was Sie daran so witzig finden, Fermín. Es war schrecklich!«
»Na ja, schrecklich ...«

»Wirklich, sehr unangenehm. Dieses Weib, das derart aggressiv und gemein mit uns umspringt, der Ort ist deprimierend … Sogar ich fühle mich schlecht.«
Er merkte, dass ich nicht scherzte.
»Stimmt, Sie sind blass. Lassen Sie uns in die Bar dort gehen.«
Es war ein erbärmliches Lokal voller alter Männer mit Baskenmützen und Blousons, die Karten spielten, laut auflachten und sich Kommentare zuriefen. Das Fernsehen übertrug in voller Lautstärke ein Fußballspiel. Wir bestellten am Tresen Tee. Garzón warf hin und wieder einen Blick auf den Bildschirm. Ich trank, als könnte der Kamillentee mein Unwohlsein wirklich vertreiben. Alles um uns herum war schäbig, düster, traurig.
»Geht's Ihnen schon besser?«
»Nein, diese Bar ist schrecklich.«
Er lachte verhalten auf und sagte dann väterlich:
»Was sollen wir bloß mit Ihnen machen, Inspectora? Eine kreischende Hexe sollte Sie doch nicht so außer Gefecht setzen. Vergessen Sie's und gut.«
»Das ist nicht so einfach, das Üble am Alleinleben ist, dass diese Hexe, wie Sie sie nennen, mich nach dem Heimkommen noch eine Weile verfolgt, bis ich sie aus meinem Kopf vertreiben kann.«
»Ich wusste ja, dass dieses Milieu Ihnen … Im Grunde sind Sie aus zu guter Familie, um Polizistin zu sein.«
»Reden Sie keinen Unsinn. Diese Hexenwerkstatt soll unauffällig observiert werden.«
»Jetzt gefallen Sie mir schon besser.«
»Freut mich, obwohl Sie bestimmt verstehen werden, dass es nicht gerade höchste Priorität in meinem Leben hat, Ihnen zu gefallen.«

»Festzustellen, dass Sie wild werden, beruhigt mich auch. Jetzt sind Sie wieder die Alte. Das nutze ich, um Ihnen zu sagen, dass wir bei der Hexe bestimmt nichts finden werden. Bei ihr wird alles in Ordnung sein, sonst hätte sie sich nicht so auf die Hinterbeine gestellt.«
»Dann hat der Spitzel uns also belogen.«
»Hoffen wir's. Eine unauffällige Observierung kann auch Resultate erbringen.«
»Vorausgesetzt, Coronas bewilligt sie uns. Da es keine laufenden Ermittlungen gibt ...«
»Schicken Sie Yolanda, sie ist in letzter Zeit unterfordert. Sie kann sich mit ihrer Kollegin Sonia abwechseln. Obwohl das heute nicht mehr nötig sein wird, die Hexe wird bestimmt keinen Finger rühren, wenn sie Dreck am Stecken hat. Von morgen an.«
»Ich spreche mit dem Comisario, er soll es uns genehmigen.«
»Tun Sie das auch besser morgen, es ist schon spät. Kommen Sie mit zu Yolandas Fest?«
»Ich habe zugesagt.«
»Ihr Freund wird auch da sein, der, wenn ich mich richtig erinnere, auch mal Ihr Freund war?«
»Ist mir egal, ich glaube nicht, dass dieses Treffen schlimmer wird als das mit der Hexe eben. Wird Emilia mitkommen?«
»Wir treffen uns dort. Wissen Sie, es hat mich einiges gekostet, sie zu überreden. Sie sagt, wir in unserem Alter hätten nichts in einer Diskothek verloren.«
»Ich habe da auch nichts verloren, aber die Ablenkung wird mir guttun. Ich möchte heute Nacht nicht von der Hexe träumen.«
Als wir die Bar verließen, waren die Milchglasscheiben der

Werkstatt erleuchtet. Dem kaltweißen Licht nach zu urteilen, waren es Neonröhren.
»Das ist eine Plackerei, was, Fermín? Du verlässt deine Heimat in der Hoffnung, dass es hier bessere Lebensperspektiven für dich gibt, und dann verbringst du den lieben langen Tag damit, in so einem Laden Büstenhalter zu nähen.«
»So ist der Weinberg des Herrn!«
»Verdammt, der Herr hätte Weinberge mit mehr Reben und weniger Rebholz anpflanzen können!«
»Hätten Sie ihm zur Seite gestanden, Petra, hätte er das bestimmt gemacht. Schon um Sie nicht lospoltern zu hören, hätte er die Schöpfung nach Ihrem Geschmack vollendet.«

Es stimmte, dass ältere Herrschaften wie wir nichts in einer Diskothek verloren hatten, aber eigentlich hatte hier niemand etwas verloren, denn das Lokal war dunkel wie eine Wolfshöhle. Man hätte auch keine Symphonien komponieren können, denn die Diskomusik dröhnte in voller Lautstärke. Ganz zu schweigen vom Schreiben eines Gedichts bei dem Gewimmel von tanzenden und Bier trinkenden jungen Leuten. Im Sacrifices, wie der Laden hieß, wäre keinerlei schöpferisch-künstlerische Betätigung möglich gewesen. Hier konnte man nur trinken, tanzen und albern sein.
Als Yolanda mich erblickte, kam sie sofort auf mich zugerast. Sie war wunderschön in ihrem kurzen, engen Kleid, das aus Stoffresten gemacht zu sein schien. Zu meiner Verblüffung begrüßte sie mich mit einer herzlichen Umarmung.
»Inspectora, ich dachte schon, Sie kommen nicht!«
Zärtlichkeitsbezeugungen sind mir unangenehm. Unter dem Vorwand, ein Päckchen Zigaretten aus der Tasche zu holen, trat ich einen Schritt zurück.

»Ist der Subinspector nicht mitgekommen?«
»Er wartet draußen auf seine Freundin. Hier, für dich, herzlichen Glückwunsch.«
Ich reichte ihr mein Geschenk, das sie sofort öffnete. Es war ein Parfüm. Der Gipfel an Originalität.
»Aber Inspectora, dieses Parfüm kostet doch ein Vermögen!«
Weiter hinten erkannte ich Ricard, der in einer Humphrey-Bogart-Pose mit einem Glas in der Hand am Tresen lehnte und es zum Gruß hob. Mutiger Mann, dachte ich. Eine flüchtige Liebschaft, die ich aus den Augen verloren hatte, seit er mit Yolanda zusammenlebte. Nun denn, mal abwarten. Jemand ergriff mich am Arm. Emilia war hocherfreut, mich zu sehen, und drückte mir lautstark zwei Küsse auf die Wangen.
»Sieht man dich auch mal wieder!«
»Ist deine Schwester nicht mitgekommen?«
»Sie ist mit dem Richter im Kino.«
Sie umarmte Yolanda und gab ihr das Geschenk. Die fiel fast in Ohnmacht, als sie es auspackte. Es war eine teure silberne Brosche.
»Verdammt, ist die toll! Verzeihung, ich wollte sagen, sie gefällt mir sehr.«
»Wir haben dich schon verstanden«, beruhigte ich sie.
Die Polizistin Sonia kam näher und betrachtete die Geschenke.
»Mit deinen Freunden wäre ich auch gern befreundet.«
»Komm, wir zeigen sie den anderen.«
Hand in Hand verschwanden sie zwischen jungen Männern mit rasierten Schädeln und jungen Frauen mit Nasenpiercings. Emilia sagte verständnisvoll:
»Die Jugend eben!«

»Sie sind schrecklich, nicht wahr?«
Sie lachte auf.
»Petra, wie sie leibt und lebt! Lass uns was trinken. Was anderes, als uns zu betrinken, können wir hier eh nicht tun.«
Als wir uns zum Tresen durchgewühlt hatten und Emilia und Garzón die Getränke bestellten, kam Ricard auf mich zu. Wir küssten uns zur Begrüßung auf die Wangen.
»Wie geht's dir, Petra?«
»Wie immer.«
»Ich finde, du siehst blendend aus.«
»Dann also blendend wie immer.«
Er nickte lächelnd und erinnerte sich bestimmt an unsere verbalen Fechtübungen.
»Yolanda bewundert dich sehr. Sie sagt, sie wäre gerne eine Polizistin wie du und würde alles so machen wie du.«
»Yolanda ist ein sehr sensibles Mädchen, aber ihr fehlt es noch an Einschätzungsvermögen anderer Menschen.«
»Ich nehme an, mich eingeschlossen.«
»Ich habe nicht an dich gedacht. Wundert dich das?«
»Petra Delicado, immer bereit, ihrem Gesprächspartner eins überzuziehen.«
»Es besteht keine Gefahr, ich benutze nur leichte Munition.«
Mir schien, er hatte sich verändert. Er wirkte gelassener und seine Art zu reden weniger wirr. Garzón brachte mir mein Getränk. Sie begrüßten sich, auch Emilia, die hinterherkam. Ich nutzte das, um mich ein wenig auf dem Fest umzusehen. Es waren ein paar Kollegen in Yolandas Alter da, die mir etwas verlegen »Hallo« sagten. Sie fragten sich wahrscheinlich, warum ihre Freundin uns unbedingt hatte einladen müssen. Das Auftauchen eines Chefs ist auf einer Feier nicht angenehm. Ich musste von hier ver-

schwinden, ohne dass es jemand bemerkte. War alles eine Frage des Wartens auf den richtigen Augenblick, aber nicht einmal darauf hatte ich Lust. Ich näherte mich unauffällig dem Ausgang. Die Ankunft einer Gruppe von kreischenden Mädchen kam mir sehr gelegen. Mit zwei Sätzen war ich draußen. Ich drehte mich einmal im Kreis, und noch bevor ich Luft holen konnte, hielt mir ein Mann lächelnd die Hand hin.

»Inspectora! Wie geht es Ihnen?«

Ich erkannte ihn nicht gleich und suchte in meinem Kopf nach seinem Namen.

»Erkennen Sie mich nicht?«

Noch immer verwirrt, sagte ich:

»Señor Artigas, entschuldigen Sie, hier habe ich wirklich nicht mit Ihnen gerechnet.«

»Ich komme von einer Besprechung. Wir werden hier in der Nähe ein Einkaufszentrum bauen.«

Ich nickte lächelnd und wusste nicht, was ich sagen sollte. Es verblüffte mich, dass er mich wie eine alte Bekannte ansprach.

»Ich ...«

»Sie amüsieren sich gut?«

Er zeigte auf meine Hand, und erst da wurde ich gewahr, dass ich noch das Whiskyglas in der Hand hatte. Wir lachten.

»Ich bringe es hinein oder besser, tun Sie es für mich, ich habe mich nämlich davongeschlichen.«

Er brachte das Glas hinein und war einen Augenblick später zurück.

»Sie kommen mir sehr gelegen«, sagte ich.

»Und Sie schulden mir was. Wie wär's, trinken wir irgendwo was?«

Wir setzten uns in Bewegung. Ich war etwas durcheinander und wusste nicht, was zum Teufel ich hier mit diesem freundlichen, distinguierten Mann verloren hatte.
»Wie geht's Marina?«
»Gut, ihr geht's immer gut. Haben Sie das Mädchen gefunden?«
»Das ist nicht so einfach. Wir haben keine Ahnung, wo sie stecken könnte.«
»Komisch, ein Mädchen auf der Straße, mit einer Pistole …«
»Es gibt einen Haufen herumlungernder Kinder ohne Familie oder sonst wen, der sie vermisst.«
»Das ist unglaublich.«
»Es ist aber so. Die Unterwelt in den Großstädten wird immer härter, immer brutaler.«
»Gehen wir hier rein?«
Es war eine unpersönliche Cafetería, in der ein paar Pärchen saßen und plauderten. Wir setzten uns an einen Tisch. Ich bestellte wieder Whisky. Im hellen Licht des Lokals konnte ich ihn besser betrachten. Er wirkte wie ein Mann, der gegen alles gefeit ist, ruhig und mit einem Hauch von Kindlichkeit, wie ein Engländer, der am Wochenende seinen Rosengarten pflegt, oder ein Universitätsprofessor, der immer einen Haufen Seminararbeiten zu korrigieren hat. Er strahlte Ruhe und Unbedarftheit aus.
»Was bringt eine Frau wie Sie dazu, Polizistin zu werden?«
»Ich bin Anwältin. Ich hatte zusammen mit meinem ersten Mann eine Kanzlei. Ich verließ sie und meinen Mann auch. Der Beruf der Polizistin erschien mir lebendiger, realer.«
Obwohl sein Verhalten diskret und einfühlsam war, konnte er seine Neugier nicht bezähmen.
»Haben Sie das irgendwann einmal bereut?«

»Ich pflege nie etwas zu bereuen.«
»Das ist gut.«
»Besser gesagt, ich bereue nicht die wichtigen Entscheidungen, die kleinen täglichen Vorfälle bereue ich ständig.«
Er lächelte und sah mich voller Sympathie an. Ich ihn auch.
»War Ihre Frau sehr erbost über Marinas Identifizierung?«
»Ich würde lügen, wenn ich nein sagen würde. Ja, sie war sehr aufgebracht, aber das ist mir egal. Meine Frau ist schnell aufgebracht, kämpft ständig und unter Hochdruck. Sie ist sehr erfolgreich im Beruf, und ihr Fachgebiet ist sehr kompliziert.«
»Ihres denn nicht?«
»Ich bin Techniker. Meine Aufgabe hat keinen kommerziellen Faktor. Ich mache Pläne, Studien, Projekte ...«
Wir tranken und plauderten. Die Zeit verging auf sehr angenehme Weise. Ich sah auf die Uhr.
»Es ist schon fast zehn. Ich werde mir ein Taxi nehmen müssen.«
»Mein Auto steht im Parkhaus zwei Straßen weiter. Ich bringe Sie nach Hause.«
Er hatte einen schönen deutschen Wagen. Auf dem Rücksitz lagen Papiere, Pläne, ein Schutzhelm und ein Kinderjäckchen herum. Er hielt vor meinem Haus und sah es sich aufmerksam an.
»Sie wohnen an einem interessanten Ort.«
»Dahinter gibt es einen kleinen Garten.«
»Haben Sie schon mal daran gedacht, das Haus auszubauen?«
»Nein, mein Gott, das wäre viel zu kompliziert. Und teuer!«
»Sollten Sie es einmal vorhaben, geben Sie mir Bescheid. Ich hätte da so ein paar Ideen.«

»Das werde ich.«
Ich schloss die Tür auf und machte das Licht an. Meine Haushaltshilfe hatte so rigoros nach dem eigenen Ordnungssinn aufgeräumt, dass ich mich wie eine Fremde im eigenen Haus fühlte. Plötzlich erinnerte ich mich an die Unannehmlichkeiten des Tages: die Frau in der Werkstatt, die rumänischen Schneiderinnen, die Büstenhalter nähten, die Straßenkinder, die Kinderpornographie … Erst jetzt wurde mir bewusst, dass ich schon eine ganze Weile ein Lächeln auf den Lippen trug, das sofort erlosch.

Drei

Yolandas und Sonias erster Überwachungstag der Werkstatt erbrachte keinerlei Ergebnisse. Die rumänischen Näherinnen begannen ihre Arbeit um acht Uhr morgens, gingen mittagessen, kehrten um zwei zurück und machten um sieben Uhr Feierabend. Sie hatten beobachtet, dass einige etwas später gingen, doch sollten sie gelegentlich ein paar illegale Überstunden machen, gehörte das nicht in unseren Zuständigkeitsbereich. Laut dem Bericht der jungen Polizistinnen, die sich gegenseitig abwechselten, gab es keine verdächtigen Bewegungen, es waren weder Kinder noch andere Besucher aufgetaucht, nichts. Garzón warnte mich:
»Seien Sie vorsichtig, Inspectora, Comisario Coronas ist zu Ohren gekommen, dass Sie beide Polizistinnen für das Auffinden Ihrer Pistole eingesetzt haben, weil Sie sich noch immer darüber ärgern.«
»Wer behauptet das?«
»Bah! Klingt ja fast so, als kennten Sie unsere reizenden Kollegen nicht! Um Kollegen anzuschwärzen, braucht es nicht viel.«
Er hatte natürlich recht. Am dritten Tag der Überwachung zitierte mich Coronas in sein Büro. Er zeigte sich versöhnlich, war aber nicht bereit, mir einen Anpfiff zu ersparen. Vorher aber unterzog er mich einer gewissen Therapie.
»Petra, ich habe mir schon gedacht, dass der Diebstahl Ihrer

Waffe und dessen Umstände Sie ein wenig traumatisiert haben. Aber dass Sie gleich zwei Polizistinnen ausschließlich auf eine nicht sehr fundierte Ermittlungsspur ansetzen, finde ich wirklich übertrieben.«

»Hier gibt's kein Trauma, ich folge nur einer Eingebung, dass wir dem Mädchen auf der Spur sind ...«

»Ohne triftige Hinweise kann man keine Operation in Gang setzen, die zwei Polizistinnen absorbiert, ganz zu schweigen von Ihnen selbst. Sind Sie mit der Erfassung der Drogendelikte aus den letzten zwei Jahren weitergekommen?«

»Nein, nicht sonderlich. Ich fand es wichtiger ...«

»Eine Stecknadel im Heuhaufen zu suchen? Sollten Sie in Ihrer Freizeit Lust haben, alle Heuhaufen der Stadt zu durchstöbern, nur zu! Aber in der Arbeitszeit und mit Mitteln der Policía Nacional kommt das nicht infrage! Haben Sie mich verstanden? Rufen Sie Yolanda sofort zurück.«

Mir blieb nichts anderes übrig, als den Befehl zu befolgen. Ich hatte kein vernünftiges Argument zu meiner Verteidigung, also fuhr ich selbst zu Yolanda, um sie ihrer Aufgabe zu entheben. Ich musste die Werkstatt noch einmal sehen. Sie saß in ihrem Wagen und aß ein Sandwich. Ich setzte mich auf den Beifahrersitz.

»Was führt Sie denn hierher?«

»Gibt's was Neues?«

»Vor ungefähr zwei Stunden ist ein Lieferwagen vorgefahren. Drei Arbeiter haben große Kartons aufgeladen, ich vermute, mit den fertigen Büstenhaltern. Die Inhaberin hat den Fahrer bezahlt.«

»Ist daran etwas merkwürdig?«

»Na ja, wenn der Fahrer die Lieferung abholt, sollte er bezahlen, nicht umgekehrt.«

»Kann sein, dass sie ihm nur den Transport bezahlt oder in seinem Auftrag arbeitet … Ich glaube nicht, dass es etwas Wesentliches ist. Iss dein Sandwich auf, Yolanda, wir ziehen ab.«

»Wir hören auf? Drei Tage sind nicht viel Zeit, wenn wir noch ein bisschen warten, finden wir vielleicht etwas heraus …«

»Ich weiß, aber alle denken, dass ich hysterisch bin, weil mir die Waffe geklaut wurde. Der Comisario hat angeordnet, hier die Segel zu streichen.«

Sie zuckte die Achseln und zog ein missmutiges Gesicht.

»Die sollten wissen, dass Sie nicht so leicht hysterisch werden.«

»Leider denken nicht alle wie du, zudem ist es gut möglich, dass sie recht haben. Diese Sache könnte zur Obsession werden, und das darf nicht geschehen.«

»Aber was wird das Mädchen mit der Pistole machen?«

»Wenn sie sich gut genug auskennt mit dem Leben auf der Straße, verkauft sie sie an einen ihr bekannten Gauner. Wenn sie so naiv ist, wie es ihrem Alter entspricht, wird sie sie in den Müll werfen, und alles wäre gut. Fahr zum Kommissariat, ich bin mit dem Taxi gekommen.«

Sie startete den Wagen, und wir verließen unseren Überwachungsposten. Den ganzen Weg über redeten wir kaum, aber als wir an unserem Ziel ankamen, bemerkte sie plötzlich:

»Ricard fand, dass Sie neulich sehr hübsch aussahen.«

»Na, das ist ja fein«, sagte ich beiläufig.

»Er hat mir hinterher einen Vortrag gehalten und behauptet, dass es vielleicht einfacher gewesen wäre, mit Ihnen zusammenzuleben, statt mit mir.«

»Was für ein Blödsinn!«

»Er bezog sich aufs Alter, er sagt immer, dass seine Generation, und auch Ihre, viele Traumata mit sich herumschleppten, die ein jüngerer Mensch unmöglich verstehen kann.«
»Hör mal, Yolanda, ich glaube nicht, dass du darunter leiden solltest.«
»Nein, ich leide ja nicht darunter, es macht mich nur nachdenklich. Was halten Sie denn davon, dass Ricard und ich zusammenleben?«
»Was ist das, eine Umfrage, ein Intelligenztest? Wenn's dir nichts ausmacht, wechseln wir das Thema oder besser noch, wir reden gar nicht mehr. Ich habe eigentlich keine Lust zu plaudern.«
»Ja, Inspectora.«
Sie war nie böse, wenn ich so harsch mit ihr umsprang, was unvermeidlicherweise dazu führte, dass ich es hinterher bereute. Doch diesmal fühlte ich mich bestätigt. Ich musste verhindern, dass Yolanda eine Mutterfigur in mir sah. Sie bewunderte mich, sie gehorchte mir blind ... Nein, als Bezugsperson für jemanden trug man große Verantwortung, und das war mir wirklich zu anstrengend.
Die Wochen nach unserem letzten Versuch, die kleine Diebin ausfindig zu machen, waren unglaublich ruhig und langweilig verlaufen. Mit heiliger Geduld arbeitete ich den Stapel Drogenakten ab, die ich in den Computer eingeben musste. Alles andere war ebenfalls Routine. Langsam vergaß ich meine Glock. Dennoch ertappte ich mich manchmal dabei, auf der Straße neugierig die Immigrantenkinder zu beobachten. In Raval gibt es viele. Auf den Ramblas sah ich mehrere marokkanische Kids, die vor den Schaufenstern Theater machten. Der Inhaber eines Ladens, ein Pakistani, kam herausgelaufen, um sie zu verscheuchen, und sie stoben auseinander wie Mücken, wobei sie lauthals lach-

ten und mir unverständliche Bemerkungen zuriefen. Eine Stecknadel im Heuhaufen. Fast war ich versucht, auf sie zuzugehen und sie mit dem Foto in der Hand nach dem Mädchen zu fragen, aber es hätte nichts genützt. Meine Pistole lag hoffentlich in den Abwasserkanälen Barcelonas, und dort würde sie bleiben, bis der Rost sie zerfressen hätte.

Marcos Artigas rief mich noch ein paarmal an. Das erste Mal nur, um zu fragen, ob ich etwas von der kleinen Rumänin gehört hätte. Doch sogleich fügte er hinzu, ob ich einen Kaffee mit ihm trinken würde. Wollte er etwas von mir? Das wunderte mich, ein verheirateter Mann mit einem ganz anderen sozialen Hintergrund …? Er war bestimmt nur neugierig, oder er fürchtete, dass seine Tochter noch einmal zu uns kommen müsste. Ich lehnte seine Einladung ab, ich wollte mich nicht in Schwierigkeiten bringen. Beim zweiten Anruf war es anders, er brauchte etwas von mir, das mich ein wenig ins Schleudern brachte: Er benötigte eine offizielle Bestätigung von mir oder sonst einer Abteilung darüber, dass seine Tochter in einem Ermittlungsverfahren eingesetzt worden war. Der Grund? Seine Frau verlangte das, mehr sagte er nicht.

Ich hatte mich mit Marcos Artigas in einer Bar verabredet. Eigentlich wollte ich nicht weiter über das erbetene Dokument reden, aber es blieb mir nichts anderes übrig.

»Ich habe dieses Schreiben selbst unterzeichnet, Marcos, weiß aber nicht, ob es offiziell anerkannt wird. Wie auch immer, wenn Sie sonst noch etwas von mir brauchen … Gutes wird mit Gutem vergolten. Ich werde Ihnen für Ihre Mitarbeit im Fall der kleinen Diebin immer dankbar sein.«

»Das klingt aber sehr offiziell.«

Ich wusste nicht, was ich darauf erwidern sollte. Was wollte er von mir? Plötzlich überfiel mich große Müdigkeit

und das Gefühl, die Welt sei ein ständiger Tauschhandel, ein Markt, auf dem du andauernd etwas kaufen und anbieten musst. Aber ich hatte nicht genug getrunken, um ihm ehrlich zu sagen, was ich dachte, und es war auch nichts so Schreckliches geschehen, um vor ihm zu explodieren. Wie ein Dummkopf sah ich ihn an und sagte:
»Wir haben uns auch in einem offiziellen Rahmen kennengelernt, Marcos, ich glaube nicht, dass sich daran etwas geändert hat.«
Er lächelte traurig, nickte höflich und sagte dann:
»Ich habe nichts gegen Offizielles einzuwenden, Petra, aber ich glaube, dass wir manchmal blind an den großen Gelegenheiten vorbeirauschen. Korrektes und distanziertes Verhalten hindert uns Menschen oft daran zu handeln, zu entscheiden, Neues aufzubauen.«
Ich wusste nicht, worauf er hinauswollte, ich war genervt, ich hatte eine schlechte Phase. Mir war meine Pistole gestohlen worden, ich hatte einen Blick in die Welt der Kinderkriminalität geworfen, die schwerwiegende moralische Probleme aufwarf. Ich ertappte mich sogar dabei, das in Frage zu stellen, was mir in den letzten Jahren das größte Glück beschert hatte: mein Alleinsein. Und plötzlich tritt ganz zufällig ein Typ in mein Leben und hält mir unverständliche Reden über verpasste Gelegenheiten, das Aufbauen von Neuem … Zu viel für mich. Ich wollte einfach nur schlafen. Überdies schossen mir mangels eigener Gedanken abgedroschene Phrasen durch den Kopf: ein kreativer, attraktiver Mann mit einer Frau, mit der er sich seit einiger Zeit nicht mehr so gut verstand … Was glaubst du, was er von dir will, Petra? Mein Ego sagte es mir klipp und klar: Vögeln, er wollte vögeln, einen netten One-Night-Stand, nichts weiter. Ich hatte nie etwas an

dieser Art von menschlicher Annäherung auszusetzen gehabt, aber ausgerechnet jetzt … Er dachte wohl, eine Polizistin sei ein exotischer Leckerbissen für einen Mann des Establishments. Ich war davon überzeugt, ihn zum Teufel gejagt zu haben, wenn wir uns unter anderen Umständen kennengelernt hätten. Obwohl – vielleicht lag es auch nur daran, dass nicht ich die Initiative ergriffen hatte, und das widerstrebte mir außerordentlich. Schon seit Jahren war ich nicht mehr Objekt, sondern Subjekt, ich wartete nicht mehr darauf, zum Tanz aufgefordert zu werden, ich suchte mir meine Partner selbst aus. Ich war die jagende Diana, die launische Prinzessin, die mit dem Finger auf den Auserwählten zeigt, das sexistische Raubtier. Und ich war nicht in der Stimmung. Schon in den letzten Tagen, als ich Daten ihrer Wichtigkeit nach in den Computer eingab, hatte ich wieder überlegt, ob es nicht doch eine gute Idee wäre, in ein Kloster zu gehen. Das dachte ich ernsthaft, ich gebe jedem, der es hören will, mein Wort. Ein Kloster ist ein ausgesuchter Ort, abgelegen, anachronistisch, in gewisser Weise elegant. Außerdem konnte ich noch mein Berufsleben ableisten und erst nach meiner Pensionierung den Schleier nehmen. Ich hatte es sogar dem Subinspector erzählt. Ein Fehler, ganz gewiss ein Fehler. Es sah mich an, als wäre ich gerade im Leichenhemd dem Grab entstiegen, und hatte gerufen: »Verdammt, Petra! Ein Kloster und elegant? Ich habe einmal meine Cousine besucht, die einem Kloster in Salamanca beigetreten ist, und das war entsetzlich schäbig. Ich kann Sie mir nicht beim Essen von Glastellern und Trinken aus Tonbechern im Refektorium vorstellen, auch nicht beim Aufstehen um fünf Uhr morgens oder im Flanellrock. Und vor allem kann ich mir nicht vorstellen, dass Sie die Anordnungen der Mutter Oberin befolgen. Falls Sie nicht gar selbst Mutter Oberin werden wollten.« Ich erzählte Garzón meine Träume nicht gerne, denn er war im Laufe der Jahre zu so etwas wie meiner inneren Stimme geworden, die mir immer die ungeschminkte Wahrheit vorhielt.

Jedenfalls sagte ich Marcos Artigas, dass ich nicht mit ihm ausgehen wollte. Da nicht explizit erwähnt worden war, ob es sich um mehr handelte, war diese Absage ganz einfach und entspannt.

»Ich verstehe Sie gut, Inspectora. Ein Mann mit Eheproblemen kann eine sehr ungemütliche Gesellschaft sein. Zu viele Vorträge über die Vergangenheit.«

»Verstehen Sie mich nicht falsch, es ist nur … ich habe wenig Zeit.«

»Ich rufe Sie wieder an, Petra, wenn Sie mehr Zeit haben und ich weniger zu erzählen.«

Ich nahm mir vor, meine Absage nicht zu bereuen, obwohl Artigas dem Schauspieler Jeff Bridges ähnelte, den ich immer sehr sexy gefunden habe.

Eines Abends gegen neun Uhr wurde ich plötzlich gewahr, dass mir beim Arbeiten die Zeit wie im Fluge vergangen war. Offenbar war ich Opfer eines Automatismus geworden, der meinen Kopf auf hartnäckige Weise in Besitz genommen hatte, denn es war mir noch nie passiert, von einer so monotonen und dämlichen Arbeit derart absorbiert zu werden. Ich schaltete den Computer aus, legte die Unterlagen zu einem Stapel zusammen und warf, bevor ich das Licht ausmachte, noch einen Blick in den Raum, wie es jeder Mensch tut, der viele Stunden am Arbeitsplatz verbracht hat und es am nächsten Tag wieder tun wird. Ein Blick, der schwankt zwischen dem Gefühl, seine Pflicht erfüllt zu haben, und der Gewissheit, dass man am nächsten Tag weitere Arbeit zu erledigen hat, der aber meistens nichts anderes als Überdruss ausdrückt.

Ich verließ das Büro und fand auf dem Flur das übliche Treiben vor: Kollegen, die scherzend und trällernd in den Feierabend gingen, die diensthabenden Streifenpolizisten, die eintreffenden Putzfrauen … Dieses Szenario hatte mich nie sonderlich interessiert, aber an diesem Tag nahm ich es wahr, als wäre es neu für mich. Fast alle wirkten zufrieden, an die Arbeitsatmosphäre gewöhnt, selbstsicher … alle außer mir. Petra, sagte ich mir, entweder du tust augenblicklich etwas für deine Stimmung und munterst dich ein wenig auf, oder du rutschst in eine Depression. Ich ging zu Garzóns winzigem Büro, um ihn auf ein Bier einzuladen, aber er war schon weg. Das war auch kein Hindernis, dann würde ich es eben allein trinken. Ich überquerte die Straße zum La Jarra de Oro und setzte mich an den Tresen. Der Kellner war überrascht.

»Sie noch hier, Inspectora?«

»Sehen Sie ja.«

Nach der Arbeit trank ich nie etwas. Ich hatte es immer eilig, nach Hause zu kommen. Den Arbeitstag mit einem Drink zu beenden war für mich ein untrügliches Zeichen für den Abstieg. Es war die Vorstellung von gescheiterten Menschen, Menschen, die ängstlich versuchten, die Rückkehr in ihr Privatleben, wie auch immer das aussehen mochte, um ein paar Stunden hinauszuschieben. Ich trank das Bier in einem Zug. Auf der Straße schlug mir frische und ziemlich feuchte Luft entgegen. Als ich in der Tiefgarage schon meinen Wagen aufschließen wollte, ließen mich eilige Schritte hinter mir aufschrecken. Ein Mann kam auf mich zugelaufen. Ich griff nach meiner Pistole, schärfte meinen

Blick und erkannte den Streifenpolizisten Domínguez, der mir Zeichen machte, auf ihn zu warten.
»Was ist denn los, Domínguez?«
»Guten Abend, Inspectora. Comisario Coronas hat gesagt, Sie seien noch im Hause. Er muss dringend mit Ihnen sprechen.«
»War der Comisario noch in seinem Büro?«
»Nein, er war schon nach Hause gegangen, musste aber noch einmal wiederkommen.«
»Gehen wir.«
Wir gingen ins Kommissariat zurück. Domínguez war groß und schlaksig und hatte noch Pickel im Gesicht.
»Wissen Sie, was passiert ist, Domínguez?«
»Keine Ahnung. Ich weiß nur, dass er kurz nach Verlassen des Hauses in Begleitung eines Herrn zurückgekehrt ist. Ich habe jemanden sagen hören, es sei ein Inspector aus einem anderen Kommissariat, aber das will nichts heißen. Sie wissen ja, was die Leute manchmal so reden.«
Diesmal war es nicht bloßes Getratsche. Als ich Coronas' Büro betrat, saß dort ein Mann um die fünfzig, der mich ernst ansah.
»Petra, darf ich Ihnen Juan Atienza vorstellen, vom Kommissariat in Gràcia. Er ist auch Inspector.«
Wir gaben uns die Hand, und ich lächelte ihn an, doch er erwiderte das Lächeln nicht, er blieb ernst, was mich unruhig werden ließ. Coronas bat uns, Platz zu nehmen.
»Es ist etwas passiert, das Atienza Sie wissen lassen möchte, Petra.«
»Verflixt, Comisario, was für eine Geheimniskrämerei! Ich bin schon ganz unruhig.«
Atienza setzte zum Sprechen an. Wir hatten uns noch nie gesehen. Er war nervös.

»Nein, beruhige dich, na ja, vielleicht auch nicht. Also, vorgestern wurde eine Leiche gefunden, ein Kerl mit ausländischem Aussehen, den wir noch nicht identifiziert haben. Man hat ihm mit einem Schuss buchstäblich die Genitalien zerfetzt. Wir haben den Fall ganz normal behandelt, es sah nach Racheakt aus, vielleicht irgendeine Drogensache. Das Projektil steckte noch in seinem Körper, es wurde in die Ballistik geschickt und ... nun ja, es stammt aus der Waffe, die dir gestohlen wurde. Es ist uns vor einer Stunde bestätigt worden.«

Aus meinen Fingerspitzen entwich das Blut, sie begannen zu kribbeln. Ich hätte etwas fragen müssen, aber ich war völlig leer im Kopf. Die beiden Männer sahen mich an. Ich konnte nur ausrufen:

»Mein Gott!«

Coronas wurde gewahr, dass ich völlig blockiert war. Er stand auf und legte mir die Hand auf die Schulter.

»Sind Sie in Ordnung, Petra?«

»Ja ja, es ist nichts. Ich fühle mich nur, als hätte man mir einen Schlag auf die Nase versetzt.«

»Ist ja kein Wunder«, sagte Atienza.

»Hören Sie, Petra, dieser Fall wurde Inspector Atienza und zwei weiteren Kollegen übertragen, alle aus der Mordkommission. Aber unter den gegebenen Umständen – und diese Kollegialität ehrt ihn – hat Atienza gedacht, dass Sie ihn vielleicht übernehmen wollen. Ich werde mit meinem Kollegen Lopera sprechen, dem Comisario in Gràcia, wenn Sie ...«

»Natürlich akzeptiere ich«, antwortete ich schnell. Atienza sah mich zufrieden an.

»Heute ist es schon zu spät, aber wenn du morgen bei mir vorbeikommst, gebe ich dir die Unterlagen. Wir erledigen die Übergabe und ...«

»Könnten wir das nicht noch heute Abend machen?«
Coronas sah mich stirnrunzelnd an und sagte:
»Petra, wir alle wissen, dass dies eine sehr heikle Angelegenheit für Sie ist, aber Sie müssen auch verstehen, dass um diese Uhrzeit alle wissenschaftlichen Abteilungen geschlossen sind. Außerdem möchte Inspector Atienza Feierabend machen, morgen sehen wir die Dinge viel klarer.«
»Wo hat man ihn gefunden?«
»In einer Gasse im unteren Teil von Gràcia. Er lag vor der Tür zu einem Lager.«
»Wie lange war er schon tot?«
»Laut Einschätzung des Pathologen am Tatort nicht länger als vier Stunden.«
»Das heißt …«
»Dass er gegen zwei Uhr nachts ermordet wurde. Es gibt keine Augenzeugen. Niemand hat etwas Verdächtiges gesehen oder gehört.«
»Ist er von Anwohnern gefunden worden?«
»Nein, von Leuten der Stadtreinigung.«
»Mehr Hinweise gibt es nicht?«
»Wir stehen ganz am Anfang der Ermittlungen.«
»Aber ihr seid euch sicher, dass …«
»Kein Zweifel, es war deine Pistole. Du weißt doch, dass die von der Ballistik sehr genau sind.«
Coronas sah mich missbilligend an.
»Belassen Sie es jetzt dabei, Petra. Morgen ist auch noch ein Tag.«
Ich verließ das Kommissariat zum zweiten Mal an diesem Abend, hatte aber das Gefühl, als wäre zwischen dem ersten Mal und jetzt ein Jahr vergangen. Mein Gemütszustand hatte sich radikal verändert. Schwankte ich vorher zwischen Mittelmäßigkeit und Depression, befand ich mich jetzt

in höchster Aufregung. »Morgen, morgen«, wiederholte ich, als würde sich die Zeit nicht Sekunde für Sekunde die ganze Nacht lang dahinschleppen. Beim Lesen eines Buches würde ich mich nicht konzentrieren können. Mich interessierte auch kein Fernsehfilm, und noch viel weniger durfte ich schlafen gehen. Wie sollte ich denn schlafen, wenn mir die Fragen wie Gespenster durch den Kopf tanzten? Am besten war, noch nicht nach Hause zu gehen.

Ich rief Garzón an und brachte ihn auf den neuesten Stand.

»Haben Sie Lust, essen zu gehen?«

»Aber nicht, um das zu feiern.«

»Ich muss mit jemandem über diese Geschichte reden, bevor mir der Kopf platzt. Kommt Ihnen das ungelegen?«

»Ich habe mir Mangold gekocht, aber er steht gerade vor mir und sieht nicht sehr appetitlich aus, er wirkt irgendwie langweilig.«

»Ich erwarte Sie in einer halben Stunde im Salambo in der Calle Torrijos, Ecke Plaza de la Revolución.«

Er war pünktlich, und nach dem großen Appetit zu urteilen, mit dem er zehn Minuten später seine Nudeln mit Pilzen verschlang, schien er seinem Mangold nicht nachzuweinen.

»Es ist passiert, was passieren musste«, sagte ich schicksalsergeben.

»Und Sie konnten es nicht verhindern.«

»Ich weiß, aber zumindest hatten wir angefangen zu ermitteln und Spuren verfolgt. Hätte man uns nicht befohlen, aufzuhören ...!«

»Sehr allgemeine Spuren, nichts, was uns auf einen bestimmten Weg geführt hätte.«

»Was ist Ihrer Meinung nach passiert, Fermín?«

»Fragen Sie mich das im Ernst? Ich habe keine Ahnung! Die

Tatsache, dass man ihm die Eier zerfetzt hat, lässt natürlich an einen Racheakt denken. Wenn es sich um ein Verbrechen aus Leidenschaft, also eines Liebhabers im Viertel, handelt, hätte man davon gewusst, man hätte etwas gesehen oder gehört. Da muss irgendeine Mafia dahinterstecken.«

»Na schön, aber warum mit meiner Pistole? Wie ist meine Pistole aus den Händen des Mädchens in den Besitz eines Mafiakillers gekommen?«

»Es ist möglich, dass das Mädchen aus einem kriminellen Umfeld kommt. Sie könnte die Tochter eines Drogenhändlers oder die Schwester eines Dealers sein ... Oder sie hat die Pistole einfach verkauft, um an Geld zu kommen.«

»Was denn für eine Tochter oder Schwester, uns wurde doch gesagt, dass sie keine Familie hat!«

»Was weiß denn ich! In diesen zerrütteten Familien, wie es heute heißt, passiert doch immer etwas. Vielleicht wurde sie vor langer Zeit verlassen, oder sie ist von zu Hause ausgerissen, und niemand vermisst sie.«

»Das ergibt keinen Sinn. Aber gut, nehmen wir an, Delia gehört zu einer Verbrecherfamilie: Wurde sie losgeschickt, um die Pistole zu stehlen, oder war es ihre eigene Idee, um den Clan zu unterstützen?«

»Beides ist möglich. Wie auch immer, Inspectora, Sie merken bestimmt auch, dass diese Mutmaßungen ziemlich sinnlos sind. Wir haben nichts, von dem wir ausgehen können.«

»Alle diese Mutmaßungen hätte ich im Bett angestellt, wenn ich Sie nicht angerufen hätte.«

»Wenn es Sie erleichtert, dann fahren Sie fort, wie man bei Gericht sagt. Obwohl ich an Ihrer Stelle lieber aufessen und aufhören würde zu grübeln.«

»Ich habe keinen Appetit.«

»Bestellen wir einen Tee und ein paar von den kleinen Kuchen, die ich beim Reinkommen gesehen habe. Ich liebe Süßes, dieser ganze Honig, die Mandeln, die Schokolade, der Blätterteig ...«
»Gibt es irgendetwas, das Ihnen den Appetit verderben könnte, Subinspector?«
»Essen. Alles andere funktioniert nicht.«
»Wäre ich doch auch so.«
»Keine Angst, Petra, wir haben den Fall übertragen bekommen, und wir werden ihn lösen. Aber wenn Sie in Interessenkonflikte geraten, werden Sie sich verzetteln, und ich werde ihn allein lösen müssen.«
»Das zu hören hat mir gerade noch gefehlt.«
»Nein, was Ihnen fehlt, ist, ein wenig klassische Musik zu hören, wie Sie es so gerne vor dem Schlafengehen tun. Das wird Sie beruhigen. Möchten Sie eine Schlaftablette?«
»Schlaftablette?«
»Die hat mir Emilia gegeben.«
»Warum, haben Sie Einschlafprobleme?«
»Nein, aber Emilia versteift sich darauf, dass ich sie behalten soll, für den Fall, dass ich mal nicht schlafen kann. Sie glaubt, ich sähe so schreckliche Dinge im Dienst, dass mich jede Nacht Albträume heimsuchen. Sie stellt sich vor, dass ich jeden Morgen eine gevierteilte Leiche auf dem Schreibtisch liegen habe.«
»Sie haben ihr doch sicher erklärt, dass dem nicht so ist.«
»Tausendmal, aber es bringt nichts. Ich merke allmählich, dass Frauen einen immer vor irgendwelchen Problemen schützen möchten, ob es nun welche gibt oder nicht.«
»Die Antwort darauf spare ich mir.«
»Besser so.«

Ich konnte einfach keine Ruhe finden, bis ich nicht die Informationen aus dem Kommissariat von Gràcia hatte. Die Leiche eines Mannes Mitte dreißig. Als er erschossen wurde, hatte er keinen Ausweis bei sich, und seine Fingerabdrücke befanden sich nicht in unserer Kartei. Die körperlichen Merkmale: blonde Haare, blaue Augen, sehr helle Haut, markante Wangenknochen und kräftiger Körperbau, es könnte sich um einen Osteuropäer handeln. Ich hatte keine weiteren Anhaltspunkte, um ihn zu identifizieren. Das Ergebnis der Autopsie sollte bis Mittag vorliegen.
Coronas verhielt sich sehr anständig, und der Fall ging problemlos in meine und Garzóns Hände über. Yolanda und Sonia bildeten unser Basisteam. Das machte mich ausgesprochen zufrieden, und paradoxerweise war ich nicht mehr so mutlos. Wenn ein Opfer nicht identifiziert ist und es fast keine Hinweise gibt, macht sich der Ermittler normalerweise mit übelster Laune ans Werk, aber für mich bedeutete die Übernahme des Falls an sich schon eine Erleichterung. Endlich durfte ich mich mit dem merkwürdigen Diebstahl meiner Glock befassen.
Ich war Atienza dankbar dafür, dass er mir den Mordfall übergeben hatte. Sein Verhalten war keineswegs üblich. Wir Polizisten pflegen uns angesichts einer Leiche wie Aasgeier aufzuführen, er aber überließ sie großzügig meinen gierigen Krallen. Er war ehrlich, als er mir seine Gründe dafür erklärte.
»Es ist ziemlich schlimm, wenn dir die Pistole gestohlen und dann auch noch einer damit umgebracht wird. Hinzu kommt, dass wir die Mordfälle sowieso bald den Mossos d'Esquadra überlassen müssen. Es ist also besser, dass wir sie bis dahin unter uns aufteilen.«
Ich dachte nicht darüber nach, was wir in Zukunft tun

würden. Im Augenblick war dies mein Toter, und niemand würde ihn mir wegnehmen. Garzón war auch zufrieden. Ich sagte zu ihm:
»Wenn Sie wollen, fahren wir in die Pathologie, um das Ergebnis der Autopsie abzuholen.«
»Vorher müssen wir was essen.«
»Irgendwo ein Sandwich.«
Ihm blieb nichts anderes übrig, als sich damit zufriedenzugeben. Doch als wir im Auto saßen, konnte er mit seiner Meinung nicht hinter dem Berg halten.
»Ich finde, dass Sie Ihren Verstand benutzen sollten, um Ihren persönlichen Interessenkonflikt so klein wie möglich zu halten, Inspectora. Ich habe Ihnen ja schon gesagt, dass zu große Leidenschaft bei der Arbeit zu Komplikationen führen kann.«
»Keine Sorge, Fermín, ich verspreche Ihnen, dass wir jeden Tag warm essen werden. Heute ist eine Ausnahme.«
»Ich habe etwas anderes gemeint. Sie aber auch immer! Sie glauben, ich sei unfähig, mir um etwas nicht Materielles Sorgen zu machen.«
»Keineswegs, aber ich weiß, dass regelmäßige Nahrungsaufnahme sehr wichtig für Sie ist.«
Er dachte über meine Antwort nach und klopfte sie nach irgendeiner Doppeldeutigkeit ab. Am Ende entschied er sich vorsichtshalber für einen theoretischen Diskurs.
»Für gute berufliche Leistungen ist es sehr wichtig, regelmäßig zu essen. Kürzlich habe ich in einer Zeitschrift gelesen, dass wegen schlechter Ernährung viel Arbeitszeit verplempert wird.«
»Das betrifft aber weder Sie noch mich.«
»Sie müssen schon zugeben, dass wir oft hektisch und irgendwas zwischendurch essen.«

Ich erwiderte nichts. Er sah mich von der Seite an, er wollte Krieg.
»Sie sagen nichts?«
»Sie haben mich überzeugt.«
»So schnell?«
»Sehen Sie ja.«
»Ich dachte, Sie fühlten sich besser.«
»Was wollen Sie damit sagen?«
»Dass ich Ihre Frechheiten vermisse.«
»Lassen Sie sich nicht entmutigen, ich werde schon wieder in Form kommen.«
Wir stärkten unsere Leistungsfähigkeit mit ein paar Schinkensandwiches und einem frischen Bier. Garzón vervollständigte das noch mit einer Portion Oliven und Kartoffelchips. In Hochform betraten wir die Gerichtsmedizin, um mit dem Pathologen zu reden.
Es war ein zurückhaltender Mann mittleren Alters, der uns seine Ergebnisse selbst vorlas.
»Mein Eindruck ist, dass der Schuss aus nächster Nähe abgegeben wurde. Der Schmerz und der Schock haben ihn ohnmächtig werden lassen, und in diesem Zustand ist er wahrscheinlich recht schnell verblutet. Der erste Bericht vom Tatort bestätigt dies. Auf dem Boden gab es eine große Blutlache, die sich bis zum Abfluss am Bordstein ausgedehnt hatte.«
Dieses Detail beeindruckte mich. Ich sah den Toten zum ersten Mal als einen Menschen und nicht nur als Opfer, auf das man die erste Kugel meiner Pistole abgefeuert hatte.
»Was noch, Doktor?«
»Sein Gesundheitszustand war gut. Er hat weder Drogen genommen noch Alkohol getrunken. Kurz vor seinem Tod hat er noch gegessen.«

»Konnten Sie feststellen, welche Art von Nahrungsmitteln?«
»Ich würde sagen, es war arabische Küche, denn die Analyse hat ergeben, dass es sich um Kräuter, Lamm, ungesäuertes Brot und Datteln handelte.«
Garzón und ich wechselten einen hoffnungsvollen Blick. Das war ein wichtiger Hinweis. Im Stadtteil Gràcia gab es eine Menge arabische Restaurants, aber obwohl es viele waren, grenzte das Wissen, dass er in einem gegessen hatte, den Radius erheblich ein.
»Gibt es eine Gebissanalyse?«
»Die ist noch nicht fertig, das wird noch ein paar Tage dauern.«
»Was halten Sie davon, Doktor?«
»Ich weiß nicht, was ich Ihnen sagen soll. Aber wenn man einem Mann einen gezielten Schuss in die Genitalien verpasst, ist das kein übliches Vorgehen. Mehr noch, wer das getan hat, ging das Risiko ein, dass das Opfer nicht stirbt, dass ihm noch jemand helfen könnte, bevor es verblutete ... Ich weiß nicht, entweder haben Sie es hier mit dem Racheakt einer organisierten Mafia oder einem Verbrechen aus Leidenschaft zu tun. Aber in beiden Fällen handelt es sich um die Begleichung einer Rechnung. Doch das müssen Sie herausfinden, ich bin Wissenschaftler. Wollen Sie die Leiche sehen?«
Er führte uns in den Kühlraum und zog die entsprechende Wanne heraus. Dann öffnete er den Reißverschluss. Das bleiche Antlitz des Todes. Das Gesicht des Mannes drückte noch Schmerz aus. Er hatte gut ausgesehen, regelmäßige, wohlproportionierte Gesichtszüge gehabt und war sehr groß gewesen. Ich dachte, theoretisch dürfte es nicht allzu schwierig sein, ihn zu identifizieren.

»Er war wie ein Model gekleidet«, sagte der Pathologe.
»Das hat man uns nicht gesagt.«
»Er trug einen Nadelstreifenanzug. Ich verstehe nicht viel davon, aber ich würde sagen, dass er von einem guten Schneider stammt. Auch eine Markenkrawatte, ich erinnere mich aber nicht daran, welche.«
»Wir werden die Sachen von Inspector Atienza anfordern.«
»Sie müssen uns alle Beweismittel schicken.«
Wir drei betrachteten das reglose Gesicht. Leblose Körper besitzen eine große Anziehungskraft, selbst wenn man an ihren Anblick gewöhnt ist.
»Soll ich Ihnen die Wunde zeigen?«
Ich lehnte ab, aber Garzón nickte. Ich ging hinaus, es war nicht nötig, meinen Kopf mit grausamen Bildern zu bevölkern. Nachdem der Subinspector ausgerufen hatte: »Mein Gott, wie entsetzlich!«, hörte ich nur angespannte Stille hinter mir.
»Es war unmöglich, diesen Teil wiederherzustellen. Er wird so begraben.«
»Da wurde anscheinend eine ziemlich große Rechnung beglichen.«
»Nun ja«, sagte der Pathologe seufzend. Die beiden Männer kamen zu mir. Garzóns blasses Gesicht war entstellt vor Ekel.
»Ein Gemetzel, Inspectora. Das hätten Sie sehen sollen, um sich eine Vorstellung von der Grausamkeit des Mordes zu machen.«
»Das kann ich mir auch so, das brauche ich nicht so plastisch.«
Wieder auf der Straße, sog mein Kollege in tiefen Zügen Frischluft in seine Lungen.
»Verdammt! Man muss hart im Nehmen sein, um so etwas

zu machen. Können wir irgendwo reingehen? Ich muss etwas trinken. Wirklich, dringend. Mir ist ein wenig übel.«

»Subinspector Garzón, wenn wir alle naslang irgendwo halten müssen, damit Sie etwas essen oder trinken können, wird sich die Ermittlung monatelang hinziehen. Obwohl ich befürchte, dass im Augenblick Ihre Arbeitsleistung wirklich von diesem Glas abhängt.«

»Wenn man Sie hört, könnte man glatt denken, ich sei Alkoholiker oder fresssüchtig. Und zu allem Überfluss haben Sie sich den Anblick ja erspart.«

»Niemand hat Sie gezwungen, sich diese Wunde anzusehen, nur Ihre ungesunde Neugier.«

»Wie können Sie so frivol sein, Inspectora? Bei einer Ermittlung ist alles wichtig!«

»Da haben Sie recht, alles ist wichtiger als Essen und Trinken.«

»Ihr Frauen seid so grenzenlos intolerant! Ihr müsst immer Dampf machen: Iss nicht zu viel, geh früh schlafen, lass uns heiraten, hör nicht auf zu arbeiten ...«

»Ich verbiete Ihnen, mich mit Ihren privaten Problemen zu behelligen!«

Wir schrien uns inzwischen mitten auf der Straße an, verbissen in diesen seltsamen Streit, der keinen vernünftigen Grund hatte. Zu absurd, um die Gelegenheit ungenutzt vorübergehen zu lassen. Ich war nicht in der besten Verfassung und Garzón offensichtlich auch nicht. Obwohl ich es ihm sehr übel nahm, dass er mich frivol genannt hatte, versuchte ich ihn zu beschwichtigen.

»Subinspector, finden Sie, wir sind in der richtigen Stimmung für den Beginn einer Ermittlung, die sich so schwierig gestaltet?«

»Nein.«
»Warum ändern wir sie dann nicht einfach?«
»Gut, wie Sie wünschen.«
»Jetzt gehen wir erst einmal in diese Bar, trinken ein Glas. Und dann denken wir in Ruhe darüber nach, wie wir uns organisieren. Sind Sie damit einverstanden?«
»Die letzte Frage war überflüssig.«
»In Ordnung, ich ziehe sie zurück.«
Würdig wie ein Feldmarschall nach der Schlacht gab Garzón meinem Vorschlag nach, obwohl er den Anblick der Leiche bestimmt schon verkraftet hatte. Wenn man sich bei einem Streit einlenkend zeigte, konnte man ihn immer herumkriegen, dachte ich verschmitzt.
Mit zwei Gläsern Cognac vor uns begannen wir nachzudenken, aber der Subinspector vereitelte sogleich jeglichen Versuch der Konzentration auf den Fall.
»Tut mir leid, Inspectora, ich war ziemlich gemein. Ich bitte Sie um Verzeihung.«
»Vergessen Sie's, ich habe mich auch nicht gerade sehr fein ausgedrückt.«
»Das macht der Druck. In letzter Zeit explodiere ich bei jeder Kleinigkeit.«
»Lassen wir's, Fermín, wirklich.«
»Man kann nicht gelassen bleiben, wenn einem wie besessen Gedanken durch den Kopf gehen.«
»Fangen wir mit der Arbeit an?«
»Wenn es unsere Arbeit irgendwann erlaubt, würde ich gerne mal ein freundschaftliches Gespräch mit Ihnen führen. Es würde mir guttun, über bestimmte Dinge mit Ihnen zu reden.«
»Garzón, wir werden reden, essen, kommentieren, ich wäre sogar bereit, auf einem Feldbett mit Ihnen zu ruhen, aber

wir sollten in diesem verdammten Fall endlich anfangen, uns zu organisieren, einverstanden?«

»Einverstanden, einverstanden, werden Sie nicht gleich wieder ungehalten. Schauen Sie, ich habe schon mein Notizbuch herausgeholt. Womit fangen wir an?«

»Wir müssen von Atienza die Sachen des Toten anfordern. Da übergibt uns der Witzbold ganz offiziell den Fall und behält die Beweisstücke! Wir müssen auch den Tatort aufsuchen.«

»Und alle arabischen Lokale in Gràcia abklappern.«

»Und die Kinderpornographieringe durchgehen, die uns Inspector Machado genannt hat. Was bedeutet, noch einmal diese Werkstatt in *La Teixoneira* aufzusuchen.«

»Die wirkte nicht besonders verdächtig. Da haben nur Frauen genäht.«

»Wo es Frauen gibt, riecht es immer nach Kindern.«

»Ist gut, ich habe es notiert. Wissen Sie was?«

»Sagen Sie schon.«

»Wir haben höllisch viel Arbeit vor uns.«

»Diese Einschätzung ist unnötig. Das wusste ich schon.«

Gràcia ist ein ziemlich großer Stadtteil im Zentrum Barcelonas. Vor Jahren war es vor allem ein Arbeiterviertel, doch das hat sich wegen der günstigen, zentralen Lage verändert. Auch heutzutage gibt es noch alteingesessene Bewohner, meist ältere Menschen, doch in letzter Zeit wurde das Viertel durch Modernisierungen und Verkauf der Häuser stark aufgewertet, hatte aber seine gesellige und etwas altmodische Szene-Atmosphäre nicht verloren. Im Straßenbild herrschte jetzt die Jugend vor, die jungen Leute gingen hier abends aus. Die meisten sind Studenten, aber auch Alternative jeglicher Couleur. Als Folge dieses neuen

Trends nahm die Zahl der Bars, kleinen Restaurants (viele von ihnen mit fremdländischer Küche), ungewöhnlichen Modegeschäfte, Buchhandlungen und Internetcafés stetig zu. Yolanda spielte die perfekte Führerin, auch wenn sie normalerweise nicht in Gràcia ausging. Sie bevorzugte die Diskotheken ihres Viertels oder die großen Vergnügungscenter am Stadtrand und, seit sie mit Ricard zusammen war, die Filmothek und den Palau de la Música. Ich stellte sie mir beim Besuch einer Bergman-Retrospektive oder eines Mahler-Konzerts vor, was sie mir gleich noch sympathischer machte. Nur fürchtete ich, dass sie direkt ins kalte Wasser der Hochkultur gestoßen wurde, ohne wünschenswerte Zwischenetappen der Bildung durchlaufen zu haben. Doch was soll's, die Liebe beschert uns manchmal ungeahnte Lebensumstände, die wir uns nie hätten vorstellen können. Ich selbst war mit Hugo, meinem ersten Mann, eine Anwältin der Upperclass gewesen und wurde eine bürokratische und spitzfindige Kriminalbeamtin, als ich versuchte, mein Leben mit meinem zweiten Mann Pepe einzurichten. Und jetzt, frei von den Geiseln der Liebe, war ich eine kämpferische, fast anarchistische Polizistin, die endlich ihr gewünschtes Ziel erreicht hatte: allein und unabhängig zu sein.

Die Gasse, in der unser Opfer niedergestreckt wurde, trug den schicksalhaften Namen *Perril* (Gefahr), und sie wirkte nicht besonders bedrohlich. Wir sahen uns den Tatort aus allen möglichen Blickwinkeln an und auch die Fotos, wie die Leiche gefunden worden war: der Tote hockte leicht nach links geneigt an einer Hauswand. Als man ihn erschoss, hatte er höchstwahrscheinlich gestanden und war dann mit dem Rücken an der Wand langsam hinuntergerutscht. Dort musste er seinen Todeskampf ausgefochten

haben, bis er sterbend zur Seite gesunken war. Doch da man das Gässchen recht gut überblicken konnte, war es tatsächlich seltsam, dass niemand den Mord beobachtet oder zumindest die Leiche gesehen hatte.
»Zwei Uhr nachts ist schon sehr spät«, behauptete Garzón.
»An welchem Wochentag wurde er erschossen?«, fragte Yolanda.
»Donnerstag.«
»Dann ist es noch merkwürdiger, dass er nicht gesehen wurde. Am Donnerstag gehen die Ersten schon auf die Rolle. Da ist doch alles brechend voll.«
»Zu meiner Zeit ist man nicht so viel ausgegangen, wir haben mehr gearbeitet.«
»Also wirklich, Subinspector, ich arbeite auch viel und bin trotzdem immer viel ausgegangen! Wenn man jung ist, regeneriert man sich eben schneller.«
Mir fiel auf, dass Yolanda in der Vergangenheitsform vom Ausgehen sprach, und dann musste Garzón auch noch knurrend erwidern:
»Von wegen schneller regenerieren! Wir reden hier nicht von schneller Erholung, sondern von der Arbeit und der Lust, die Zeit sinnvoll zu nutzen. Aber das tut ihr jungen Leute heutzutage ja nur noch selten.«
Bevor das Ganze eskalierte, schritt ich ein:
»Hier geht es um einen Toten. Bleiben wir bitte beim Thema. Glaubst du, dass irgendjemand den Mord beobachtet hat und schweigt, Yolanda? Du kennst doch das Viertel, glaubst du, wir sollten die Nachbarn noch einmal befragen?«
»Schauen Sie, Inspectora, um zwei Uhr morgens können hier Leute vorbeikommen oder auch nicht. Stimmt schon, donnerstags ist es ziemlich belebt, aber diese Straße liegt doch etwas ab vom Schuss der gut besuchten Bierkneipen.

Außerdem sind die Leute, die hier wohnen, völlig okay, und die herkommen, auch. Das ist keine Gegend mit hoher Verbrechensrate und dergleichen. Hier gibt es Alternative, Hausbesetzer … Ich glaube nicht, dass bei einer Befragung was Neues herauskommt.«

»Jedenfalls finde ich nicht das Fehlen von Zeugen auffällig, sondern dass der Mörder so leichtsinnig war, an einem Ort, an dem er so unschwer zu erkennen gewesen wäre, auf das Opfer zu schießen.«

»Vielleicht ist das Opfer davongelaufen, und man hat es hier erwischt, oder vielleicht hat es sich hierhergeflüchtet im Glauben, der Täter würde es nicht wagen, hat es aber doch getan«, mutmaßte Yolanda.

»Würde mich nicht wundern. Wenn wir einer Mafia auf der Spur sind, ob nun Drogenring oder was anderes, die denken nicht zweimal nach. Die sind sogar imstande, jemanden beim feierlichen Hochamt hops zu nehmen«, sagte Garzón.

»Und wenn es Mord aus Eifersucht war?«, schlug die junge Frau vor.

»Mit der Pistole der Inspectora? Nein, denk mal ein bisschen nach, Mädchen.«

»Belassen wir es dabei. Yolanda, du fängst an, in den umliegenden Bars nachzufragen, und zeigst das Foto des Toten. Und mach uns eine Liste der arabischen Lokale in Gràcia.«

»Zu Befehl, Inspectora.«

»Der Subinspector und ich werden einen Blick auf die Hinterlassenschaften des Mannes werfen. Wir können nicht weitermachen, ohne uns eine genauere Vorstellung von ihm zu machen. Wir treffen uns später wieder.«

Als wir ins Auto stiegen, kam genau das, was ich befürchtet hatte:

»Dieses Mädchen geht mir auf die Nerven.«
»Erst kürzlich haben Sie sich mit ihr und ihrer Kollegin kaputtgelacht.«
»Ich sage ja nicht, dass ich sie nicht sympathisch finde, aber sie könnte sich schon etwas förmlicher ausdrücken, wenn wir im Dienst sind.«
»Hat sie sich unförmlich ausgedrückt?«
»Ihre Ausdrucksweise! Sie redet, wie ihr der Schnabel gewachsen ist!«
»Kommen Sie, Fermín, Sie und ich haben auch nicht gerade den feinsten Umgangston.«
»Nein, stimmt schon, aber wir drücken uns vernünftig aus, manchmal auch vulgär, das gebe ich zu – aber immer im Rahmen der Gauner- und Bullentradition. Wir fluchen lautstark, wir sagen auch Zuhälter, Knilch, Aufstand machen, sich jemanden vorknöpfen. Doch wir benutzen keine so bescheuerten Ausdrücke wie Zoff machen, sich die Kante geben, auf die Rolle gehen, okay … Das ist doch die reine Unkultur, Inspectora.«
Ich konnte nicht anders als auflachen. Garzón sah mich verständnislos an.
»Sie sind unglaublich, lieber Kollege. Jetzt machen Sie schon Sprachanalysen.«
»Sie können so viel lachen, wie Sie wollen, aber so sind eben meine Ansichten darüber. Seit ich mit Emilia zusammen bin, bin ich viel feiner geworden, auch wenn es nicht so wirkt.«
»Ich fand Sie immer viel feiner als ein Stilett.«
»Danke.«
»Obwohl ich auch finde, dass Sie seit Tagen nicht gut drauf sind und schon glaubte, es sei meine Schuld, dass wir uns ständig streiten.«

»Wir werden reden, und ich erzähle es Ihnen.«
»Das werden wir tun, aber nicht jetzt. Jetzt will ich, dass Sie sich auf den Mistkerl konzentrieren, der hier tot aufgefunden wurde.«
»Mistkerl? Es ist wohl noch zu früh, um zu sagen, ob er einer war. Vielleicht handelt es sich um ein unschuldiges Opfer.«
»Wenn er das ist, dann hat ihn Gott im Himmel aufgenommen.«

Im Grunde war Atienza froh darüber, den Fall los zu sein. Er sagte es ohne Umschweife:
»Bei diesem Toten stinkt etwas, das habe ich im Gefühl. Wie kommt ihr voran?«
»Wie ein flussabwärts treibender Korken, vorwärts, aber eben treibend. Bis jetzt war es unmöglich, irgendwie in die Tiefe zu gehen, keine brillante Idee, keine Intuition.«
»Hier habt ihr die Sachen des Toten.«
Er stellte eine große Schachtel auf den langen Tisch der Asservatenkammer. Dann schaltete er das Deckenlicht ein, was dem Raum das seltsame Aussehen einer illegalen Spielhölle verlieh, und öffnete Plastiktüten.
»Der Anzug ohne Etiketten. Sie wurden alle herausgetrennt. An der Jacke sind noch Reste vorhanden. So etwas tut man nicht zufällig, sondern weil man nicht will, dass die Marke der Kleidung, die man trägt, erkannt wird. Es ist auch kein Zufall, dass er eine Brieftasche bei sich hatte, aber keinen Ausweis, wahrscheinlich hatte er keinen, illegaler Einwanderer. Das Hemd …«
»Hat doch ein Etikett. Ist das von Versace?«
»Vielleicht eine Imitation.«
»Schnösel mögen Imitationen.«

Die beiden sahen mich befremdet an, und Atienza sprang darauf an.
»Meine Frau steht auf so was. Sie sagt, wenn sie die Knete hätte, dann würde sie sich eine Nachbildung dieser Sessel kaufen, wie es sie im Museum gibt.«
»Bei Möbeln ist das was anderes«, stotterte ich wenig überzeugt.
»Ich finde sie scheußlich. Ich habe ihr gesagt, sollte sie eines Tages so ein Ding anschleppen, reiche ich am nächsten Tag die Scheidung ein.«
»Und was hat sie darauf erwidert?«, interessierte sich mein Untergebener.
»Dass sie sparen würde, um sich gleich zwei zu kaufen.«
Beide lachten wie zwei Piraten in der Taverne.
»Ihr Frauen seid aber auch ...«
»Wir Frauen sind in freier Wildbahn gar nicht schlecht, schrecklich macht uns erst die Ehe.«
Der Subinspector sah mich schräg an. Atienza konzentrierte sich wieder auf den Inhalt.
»Ihr seht ja, was er in der Brieftasche hatte: dreihundert Euro, eine Busfahrkarte und zwei Zeitungsausschnitte.«
»Kann ich die mal sehen?«
»Sie beweisen nicht viel.«
Ich studierte sie neugierig. Einer stammte aus einem Sportblatt, ein Artikel über einen Sieg des Clubs Barça. Der andere war eine Parfümwerbung mit einem schönen, halb nackten Mädchen.
»Sie beweisen, dass er Spanisch lesen konnte.«
»Aber sonst nichts.«
»Gewöhnliche Schuhe, aber gute Qualität. Schwarze Strümpfe. Ah, und diese dicke Goldkette trug er um den Hals. Geld und darüber hinaus Gold. Solltet ihr noch glau-

ben, dass man ihn abgemurkst hat, um ihn zu berauben, dann könnt ihr das vergessen.«

»Daran haben wir gar nicht gedacht. Das ist eindeutig die Begleichung einer Rechnung«, sagte Garzón. »Und so, wie der Kerl aussieht, Schönling, Nadelstreifenanzug, Goldkette … würde ich behaupten, er war ein Zuhälter, wie er im Buche steht. Auch der Schuss in die Eier weist darauf hin, dass es hier um Genitales geht. Und wäre da nicht die Kleinigkeit, dass Ihre Pistole die Mordwaffe ist, Inspectora, würden wir im Prostituiertenmilieu suchen statt unter Kindern.«

»Kann sein, dass Sie recht haben, aber dann sagen Sie mir, was das Mädchen und meine Pistole mit der Geschichte zu tun haben.«

Atienza sah uns mit einem Lächeln auf den Lippen abwechselnd an.

»Verdammt, Kollegen, mit dem Fall werdet ihr viel Arbeit haben. Wenn ihr den Kerl erst mal identifiziert habt, wäre das schon die halbe Miete.«

Seit das Agieren ausländischer Mafia-Organisationen und illegale Einwanderung in Spanien an der Tagesordnung sind, gestaltet sich das Identifizieren von Mordopfern immer schwieriger. Es laufen zu viele namenlose Menschen auf der Straße herum. Inspector Atienza hatte genug Erfahrung, um leichtfertig Prognosen abzugeben. Es war wirklich ein extrem heikler Fall, aber das war mir egal, ich würde ihn lösen, und wenn es das Letzte wäre, was ich in meinem verdammten Leben tun würde.

Wir trafen uns mit Yolanda auf der Plaza de Rius y Taulet. Auf dem Standesamt von Gràcia fand eine Hochzeit statt. Wir setzten uns auf die Terrasse einer Bar, wo die mittäg-

lichen Sonnenstrahlen gegen die Kälte ankämpften, die der Frühling noch nicht hatte vertreiben können.
»Sieben Lokale, aber nichts. Die meisten Bars eher fürs Nachtleben, eine normale, in einer anderen gibt es Mittagstisch … Ich glaube, in der direkten Umgebung der Calle Perril habe ich alle abgeklappert. Niemand hat ihn je gesehen, niemand kennt ihn.«
»Glauben Sie, dass die Leute aus Angst den Mund halten, Subinspector?«
Garzón hörte mir nicht zu. Er war fasziniert vom Spektakel der Hochzeitsfeier. Es war ein ziemlich junges Brautpaar. Ein paar Gäste warfen Reis. Die junge Frau hielt sich schützend die Hände vors Gesicht, sie trug ein grünes Kleid und hatte große Augen, der Bräutigam auch.
»Subinspector?«
»Pardon, ich war abgelenkt von der Hochzeit. Diese ganze Aufregung! Arme Kinder.«
Yolanda richtete sich auf, als hätte sich in ihrem Rücken eine Feder gespannt.
»Arm, warum?«
»Sie wissen ja nicht, worauf sie sich einlassen. Niemand bringt den jungen Leuten bei, was die Ehe ist. Und komm mir jetzt nicht damit, dass ihr heute schon vor der Ehe zusammenlebt. Heiraten ist eine andere Dimension. Heutzutage sehe ich wirklich keinen Sinn darin, eine so große Verpflichtung einzugehen.«
»Vergessen Sie nicht, dass es die befreiende Scheidung gibt, Fermín.«
Eine fast weinende Yolanda unterbrach unser zynisches Geplauder, bevor wir auflachen konnten.
»Ich verstehe Sie wirklich nicht, ich verstehe ältere Menschen nicht! Sie sind alle ausgebrannt, verbittert, nichts ge-

fällt Ihnen. Alles ist kitschig, schnöselig, lächerlich, nichts lohnt sich mehr, weder zu heiraten noch Kinder in diese Welt zu setzen. Ich möchte Sie jedoch wissen lassen, dass ich gerne heiraten würde, ich glaube nicht, dass es eine Dummheit ist! Und wenn es geht, werde ich in Weiß heiraten!«

Mit weinerlichem Gesicht stand sie auf und verschwand grußlos. Garzón stand der Mund offen.

»Aber … was hat sie denn? Wo will sie denn hin? Wie kann sie es wagen, zwei Vorgesetzte einfach so sitzen zu lassen? Soll ich ihr befehlen zurückzukommen?«

»Lassen Sie sie, Subinspector, sie hat Liebeskummer. Es wird schon vorübergehen. Sie müssten doch Verständnis für diese Art Probleme haben.«

»Ich meine mich zu erinnern, dass auch Sie hin und wieder welche hatten.«

»Natürlich, das war kein Vorwurf. Wir haben doch erst neulich darüber gesprochen. Aber ich bin ein wenig bestürzt darüber, wie viel Raum die Gefühle in unserem Leben heutzutage einnehmen.«

»Das ist normal, Inspectora. Früher hatte man keine Wahl. Man hat geheiratet und wusste, wenn es gut ging, waren alle glücklich und zufrieden, und wenn nicht … musste man eben die Zähne zusammenbeißen und durchhalten! Heute hat man eine größere Auswahl, man kann zusammenleben, ohne standesamtlich oder kirchlich zu heiraten, sogar Schwule können heiraten, man kann sich trennen, scheiden lassen, die Liebe, aber nicht das Heim teilen … Na ja, die Möglichkeiten sind unbegrenzt. Und um eine Wahl zu treffen, muss man natürlich nachdenken, herausfinden, was man will, was einem entspricht … und auch bestimmen, was für eine Art Liebe man empfindet, ob sie eine ist, die tägliche Pflege braucht, ob sie von der wilden Sorte ist oder nur fürs Wochenende ... Ein ganz schönes Durcheinander, Inspectora! Sie wissen das sehr gut, trotz dieses geschickten Ablenkungsmanövers.«

Das junge Brautpaar lächelte eingeschüchtert in die Runde, die beiden waren ein wenig überfordert von dem sozialen Akt, als würden sie nichts verstehen, als würden sie aus einem Traum erwachen. Ich versuchte, mich an meine Gefühle und Gedanken bei meinen beiden Hochzeiten zu erinnern. Beim ersten Mal erschöpften sich die Eindrücke im Trauungsakt selbst: die Gäste, die Familie, die Hoffnung, dass mein schönes Brautkleid in seinem ganzen Glanz erstrahlen möge ... und das Befremden, Hugo neben mir zu sehen. Es war, als hätte ich ihn getroffen, ohne dass wir uns je vorgestellt worden waren. In Wirklichkeit hatten wir fast das ganze Jurastudium zusammen absolviert, ich betrachtete ihn als Freund, wie jemanden, von dem ich fast alles wusste. Aber einen Augenblick zuvor war er mein Ehemann geworden, und wie Garzón es so schön formulierte, hatte das andere Dimensionen und nichts mit dem Zusammenleben ohne Trauschein, mit Liebe oder Freundschaft zu tun.

Mit Pepe war es anders. Bei dieser Hochzeit herrschten gute Laune und ironischer Humor vor. Ich war älter als er, ich war Polizistin, unsere Zukunft schien ungewiss ... Die Gäste betrachteten uns, als wäre das alles ein amüsanter Scherz. Obwohl ich in meinem Inneren ganz andere Eindrücke ausbrütete. Ich hatte geglaubt, wenn wir die Werte der traditionellen Partnerschaft auf den Kopf stellen würden, könnten wir zu ewigem Einverständnis finden. Es gäbe keine Spannungen, keine Konkurrenz ... Ich würde unangefochten die erste Geige spielen, und was hatte man als dominanter Part schon zu fürchten? Die Zeit beantwortete mir diese Frage: Sich selbst musste man fürchten. Ich habe selbst zerstört, was ich aufzubauen versuchte.

»Woran denken Sie, Inspectora?«

»Denken, ich und denken? Als ich das letzte Mal nachdachte, ist mir so angst und bange geworden, dass ich mir fest vorgenommen habe, es nie wieder zu tun.«

Vier

In Gràcia gab es jede Menge arabische Restaurants: Libanesen, Marokkaner, Ägypter ... In jedem kostete Garzón etwas anderes. Die Betreiber waren im Viertel gut integriert, ihre Lokale stets gut besucht, hauptsächlich von jungen Gästen. Das Essen war gesund, schmackhaft, vielfältig und billig. Niemand konnte mit diesem Angebot mithalten. Als wir im vierten Lokal ankamen, hatte Garzón schon einiges probiert: Lammfleischhäppchen, vegetarische Kroketten, Humus ... Ich glaube, als der Inhaber des Restaurants Equinox unser Opfer wiedererkannte, bedauerte er das zutiefst. Das Equinox gehörte zwei libanesischen Brüdern, beide schon fortgeschrittenen Alters. Der ältere von ihnen, ein freundlicher und höflicher Mann, der fließend Spanisch sprach, nahm das Foto von dem Opfer und nickte sofort.

»Ja, ich erinnere mich an diesen Mann, ich bin mir sicher, dass er hier gegessen hat, obwohl ich mich nicht genau erinnere, wann. Ziemlich spät, ich glaube, er aß in der letzten Runde zu Abend. Er fiel auf mit seinem dunklen Anzug, so groß und blond ... und mit seinem ausländischen Akzent.«

»Haben Sie eine Ahnung, aus welchem Land er stammte?«

»Ich weiß nicht, Russland vielleicht, ich denke, aus einem osteuropäischen Land, aber ich kann es nicht genau sagen.«

»War er allein?«

»Ja. Er kam, aß und ging wieder. Ich glaube, Jazmina hat ihn bedient.«
Er sagte etwas auf Arabisch zu einem der Kellner und kurz darauf tauchte eine junge Frau auf, der der Lokalbesitzer unser Foto zeigte. Mit stärkerem Akzent als ihr Chef sagte sie:
»Ja, ich habe ihn bedient, aber ich erinnere mich nicht daran, was er gegessen hat.«
»Das ist nicht wichtig. Wir wollen wissen, ob Ihnen etwas an ihm aufgefallen ist.«
»Nein, nichts. Er war zum ersten Mal da. Er lächelte nicht und sagte auch nichts. Er aß und telefonierte mit dem Handy, zahlte und ging.«
»Er hatte ein Handy?«
»Ja.«
»Sind Sie sicher?« Die junge Frau verstummte einen Augenblick erschrocken. Garzón versuchte, sie zu beruhigen.
»Sehen Sie, das ist sehr wichtig, aber wenn Sie sich nicht genau an das erinnern, was wir fragen, wollen wir Sie nicht drängen, sagen Sie uns einfach, an was Sie sich erinnern.«
»Er telefonierte mit dem Handy, ich weiß nicht mehr, wie lange.«
»Sprach er in einer anderen Sprache?«
»Nein, er sprach Spanisch. Ich bin mir sicher, weil er es nicht gut sprach. Er hatte einen harten Akzent.«
»Erinnern Sie sich an etwas, das er gesagt hat?«
»Ich habe nicht darauf geachtet.«
»An nichts, kein einziges Wort oder einen Namen?«
Die junge Frau schüttelte den Kopf.
»War er beim Reden verärgert, traurig, zufrieden?«
Sie fühlte sich langsam unter Druck gesetzt. Mein Kollege wollte meine Ungeschicklichkeit ein wenig abschwächen.

»Die Inspectora will damit sagen, ob Sie sich an die Art des Gesprächs erinnern. Was weiß ich, manchmal fällt uns auf, dass jemand vor aller Welt telefoniert, als wäre er allein zu Hause, dass er schreit oder sich aufregt über etwas, das er erfahren hat …«
»Ich habe nicht darauf geachtet. Er war immer gleich, auch als er telefonierte, war sein Verhalten nicht anders. Aber wir haben immer viele Gäste, und ich schaue sie mir nicht so genau an.«
»Wir verstehen. Danke, Jazmina, Sie haben das sehr gut gemacht.«
Als sie weg war, sah sich der Restaurantbesitzer noch ein letztes Mal das Foto an.
»Das hier ist ein ruhiges Viertel, wir leben friedlich miteinander. Wenn sich hier die Mafia oder schräge Vögel einnisten, sind wir verloren. Entfernen Sie die so schnell wie möglich.«
»Wir sind schon dabei, wie Sie sehen.«
Auf der Straße blendete uns die Sonne. Der Subinspector rief:
»Kein Handy bei den Sachen des Toten!«
»Nein.«
»Vielleicht ist es ihm zwischen dem Essen und seiner Ermordung gestohlen worden.«
»Sehr unwahrscheinlich.«
»Dann hat es der Mörder mitgehen lassen. Sagen Sie mir den Grund.«
»Er wollte nicht, dass wir den Toten identifizieren.«
»Der Mörder ist kein Profi. Er war ungeschickt. Er hätte das Geld und die Kette mitnehmen sollen, um uns auszutricksen. Er war ungeschickt wie ein Kind.«
»Wollen Sie andeuten, dass Delia …? Nein, Inspectora, nein.

Ein kleines Mädchen erschießt nicht einfach so jemanden. Dafür muss man schon sehr abgebrüht sein.«

»Oder großen Hass empfinden.«

»Vergessen Sie's, Ihre Pistole ist bestimmt längst nicht mehr im Besitz des Mädchens. Sie hat sie jemandem gegeben, der sie benutzt hat, um sich zu rächen. Töten ist kein Kinderspiel.«

»In den Händen eines Kindes ist alles ein Spiel.«

»Vielleicht war es ein Spiel, die Pistole zu klauen, obwohl ich das bezweifle, aber töten … und wozu?«

»Um sich zu rächen.«

»Ein Kind rächt sich nicht.«

»Ich möchte Sie daran erinnern, dass ein Kind nichts anderes als die Brut des Menschen ist.«

»Eben, Jungtiere werden mit anderen Messlatten gemessen, und ein Mord ist eine Nummer zu groß, Inspectora.«

»Mord ist etwas Ernstes, wenn man Sinn für Moral hat, aber hat ein Kind Sinn für Moral? Es drückt mit einer Spielzeugpistole ab und lässt jemanden damit verschwinden, ein unschuldiges Spiel, einfach amüsant. Man braucht ein Bewusstsein für das Gute und das Böse, um etwas ernst zu nehmen.«

»Bringen Sie mich nicht durcheinander, Petra, bitte. Sinn für Moral, Bewusstsein für das Gute und das Böse … Das ist Philosophie, und wir haben kein philosophisches Dezernat im Polizeicorps.«

»Was ich ziemlich bedauerlich finde.«

»Ich werde es Comisario Coronas wissen lassen, aber in Ihrem Namen! Nein, kehren wir zum Einfachen, zum Logischen und Normalen zurück. Beginnen wir mit der Statistik. Wie viele Kinder begehen einen Mord in der Kriminalgeschichte unseres Landes, eines jeden Landes?«

»Ehrlich gesagt wenige, aber es sind auch nur wenige mit

einer schönen Glock bewaffnet. Eine Waffe ist wie ein mechanisches Spielzeug, es bietet viele Möglichkeiten, ohne viel Federlesens jemanden umzubringen.«
»Lassen wir es jetzt, Inspectora?«
»Zumindest packen wir es an. Wie geht's weiter?«
»Rufen Sie den wunderbaren Informanten von Machado an. Wir werden mal bei ihm vorbeischauen, was meinen Sie?«
»Gut, ich schlage vor, wir kehren zu Fuß ins Kommissariat zurück. Das wird Sie fit halten.«
»Soll das eine Anspielung sein?«
»Das ist nur ein Slogan, beruhigen Sie sich.«
Es war ein wunderbarer Tag voller Licht, die Sonne verströmte milde Wärme. Wir gelangten in die Calle Mayor von Gràcia, einer schmalen, sehr lebendigen Straße voller Geschäfte, Menschen und Autos. Hinter der Calle Diagonal ging es abwärts Richtung Meer und zum Paseo de Gràcia, bestimmt die eleganteste Straße Europas: breit, sehr gepflegt und ruhig, obwohl sie der Vorzeigeboulevard der Stadt ist. Die Luxusgeschäfte bewiesen mit kleinen Symbolen im Schaufenster ihre Macht: ein Kleid, ein paar ausgewählte Schmuckstücke … Verheißungen eines hochkarätigen Interieurs. Nur wenige wagten einzutreten, nicht einmal, um ihre Neugier zu befriedigen. Diese Geschäfte imponieren, sie sind an sich schon eine Auslese. Wenn du etwas kaufen kannst, stehen dir die Türen offen. Wenn nicht, macht es dir das Verhalten der Verkäuferinnen sofort klar. Ihre Freundlichkeit oder ihre Verachtung sind solcherart, dass du von selbst verschwindest oder dich ganz klein und erbärmlich fühlst. Garzón blieb plötzlich interessiert vor dem Schaufenster von Chanel stehen.
»Das ist die Marke dieser alten Französin, stimmt's? Die so dünn war.«

»Sie sind vielleicht ein Kulturbanause, Fermín! Coco Chanel war etwas mehr als eine dünne Alte. Sie ist eine Ikone der weiblichen Eleganz!«
»Bah, mir ist es unverständlich, dass jemand aus dem simplen Grund, elegant zu sein, in die Geschichte eingeht. Bei dem Hunger auf der ganzen Welt!«
»Sie lösen alles mit Essen! Denken Sie doch mal daran, dass es auf der Welt noch andere Dinge gibt, und ob es uns gefällt oder nicht, die Eleganz ist eines davon. Außerdem wird die Geschichte von satten Leuten geschrieben.«
»Stimmt. Aber sagen Sie mir, was könnte das dort ungefähr kosten?«
Er zeigte auf ein Kostüm aus karierter Jacke mit ausgefransten Nähten und einem sehr kurzen Minirock.
»Keine Ahnung, viel wahrscheinlich.«
»Was für ein Fetzen! Es sieht aus, als hätten sie nicht genug Zeit gehabt, es fertig zu nähen. Früher waren die Sachen teuer, weil sie von guter Qualität und gut verarbeitet waren. Heutzutage hängt alles vom Namen desjenigen ab, der sie entworfen hat. Würden Sie für diesen Fetzen einen Haufen Geld bezahlen?«
»Ich?«
»Ja, Sie zum Beispiel.«
»Ich fände es vermutlich unmoralisch, so viel Geld am Körper zu tragen.«
»Sehen Sie?«
»Das heißt aber nicht, dass es mir nicht gefällt. Gäbe es nicht so große Ungleichheit, wäre es nicht so teuer ... Aber wenn ich es unbedingt tragen müsste, dann ja, gerne.«
»Ja, und wenn meine Großmutter Eier gehabt hätte, wäre sie mein Großvater.«
»Fermín!«

»Verzeihung, das ist nur ein altes Sprichwort, das mir plötzlich eingefallen ist.«
Er lachte beseelt und glücklich darüber, mich empört zu haben. Ihm war nicht zu helfen.
»Und um solchen Blödsinn zu reden, bleiben wir hier stehen?«
Er wurde sofort wieder ernst.
»Sie finden das Blödsinn, stimmt's?«
»Mensch, Garzón, ich glaube nicht, dass unser Botschafter in London bei diplomatischen Empfängen solche Sprichwörter zum Besten geben würde. Aber keine Sorge, es ist witzig.«
»Tja, immer den Finger am Puls der Zeit ...«
»Ich verstehe Sie wirklich nicht. Worauf wollen Sie hinaus, wollen Sie mir das ganze populäre Sprichwörterbuch herunterbeten, bis wir in den Ruhestand gehen?«
»Nein, entschuldigen Sie, ich habe nur laut gedacht.«
Er erwartete, dass ich fragte, welche Art von Gedanken sein Lächeln verdüstert hatte, aber ich verkniff es mir. Das könnte nach hinten losgehen und ich wollte nichts anderes, als diese Straße und die Luft genießen und einen Moment den von meiner Waffe niedergestreckten Mann vergessen. Obwohl mir Garzón einen Augenblick später leidtat. Mit wem konnte er außer mir schon reden? Was war ich bloß für eine unsensible Egoistin geworden? Für mich war meine Ruhe etwas Unantastbares, aber was steckte dahinter? Wahrscheinlich nichts, ein verlassenes Nest. So was passiert Alleinstehenden oder Witwern schon mal, erst verkapseln sie ihre Gefühlswelt und dann verschanzen sie sich hinter einem dicken Schutzpanzer, verplomben ihn und bauen einen Graben zur Abschreckung drum herum, bis sich herausstellt, dass innen gar nichts ist, nichts außer

absoluter Leere. Ich würde bestimmt genauso enden, es sei denn, ich würde mich in die Dienste einer Nichtregierungsorganisation stellen.

»Gehen wir ein Bierchen trinken, Fermín?«

»Finden Sie das jetzt passend?«

»Wenn ich mich bemühe, fallen mir bestimmt ein paar Gründe ein.«

»Na dann los, gerade habe auch ich festgestellt, dass ich Durst habe.«

Wir setzten uns in ein Straßencafé auf dem Paseo, das trotz der Jahreszeit gut besucht war. Horden von Touristen standen für die Besichtigung von Gaudís Casa Batlló Schlange.

»Es werden immer mehr Touris«, schimpfte ich.

»Stört Sie das?«

»Ein wenig. Sie schlendern langsam die Straße entlang, bleiben ständig irgendwo stehen und lassen einen nicht vorbei, sie sind nie angemessen angezogen und außerdem ist ihnen die Zunahme von rauchfreien Lokalen im Zentrum zu verdanken. Stören im Sinne des Wortes vielleicht nicht. Aber sie sind lästig.«

»Sie zerstören das Gesamtbild.«

»Das ist eine treffende Beschreibung.«

»Es ist auch ein Problem.«

»Was ist ein Problem?«

»Das Bild. Wir alle machen aus unserem Leben ein Bild, und die Dinge müssen exakt an ihrem Platz sein, wie wir es wünschen, wie wir es entworfen haben. Etwas anderes passt nicht hinein.«

Ich lauschte ihm schweigend. Ich fand seine Ausführungen hochinteressant.

»Jeden Morgen stehen wir auf und überprüfen, ob das Bild noch gleich ist. Wir atmen erleichtert auf, wenn es so ist, und kämpfen den ganzen Tag darum, dass niemand auch nur einen Pinselstrich hinzufügt, der nicht vorgesehen war.«

»Das ist wunderschön, Fermín.«

»Glauben Sie etwa, ich sage das, weil es wunderschön ist?«

»Ich bitte Sie, verstehen Sie mich nicht falsch. Was Sie sagen, hat Tiefgang. Ich habe vor kurzem was Ähnliches gedacht.«

»Vermutlich lässt ein müßiger Spaziergang einen klarer denken.«

»Ja, aber sehen Sie, dieses Bild, von dem Sie sprechen, ist es nicht in Wirklichkeit das, was man selbst entworfen hat und was man zu sein erreicht hat?«

»Sind Sie genauso so, wie Sie immer sein wollten?«

»Darauf kann ich nur mit Nein antworten.«

»Dann fragen Sie sich mal, warum Sie Ihr Bild verteidigen, als würde Ihr Leben davon abhängen.«

»Einverstanden, Garzón, bis hierher mit der Philosophie. Jetzt steigen wir mal zwei Stufen tiefer, denn unterhalb der Philosophie liegt immer die Realität. Erzählen Sie.«

Er sah mich amüsiert an.

»Sie sind mir vielleicht eine, Inspectora! Wie immer schießen Sie locker aus der Hüfte und treffen mich abgelenkten Pechvogel mitten ins Herz. Diese Treffsicherheit!«

»Verdammt, bei Ihnen ist das auch einfach! Sie wollen mir schon seit Tagen etwas Persönliches erzählen, und ich, blöd wie ich bin, wollte Ihnen nicht zuhören. Jetzt ist der richtige Augenblick, nutzen Sie ihn.«

»Ich möchte Sie nicht belasten.«

»Solange ich noch Bier im Glas habe, kann mich nichts erschüttern. Also los.«

»Außerdem wissen Sie bereits, worum es sich handelt.«

»Um die Heirat?«

»Um die Heirat!«
»Hat Ihnen Emilia ein Ultimatum gestellt?«
»Nein, aber sie ist traurig, sie fängt immer wieder davon an. Sie sagt, sie möchte die ihr verbleibenden Jahre in meiner Gesellschaft verbringen, mit mir zusammenleben. Sie sagt, sie war nie verheiratet und sie wäre so gerne Ehefrau.«
»Würde ihre Schwester mit Ihnen zusammenleben?«
»Nein, sie würde im Haus der Familie bleiben, aber sie haben eine andere schöne Wohnung, in die wir ziehen könnten, eigentlich haben sie mehrere Wohnungen in Barcelona. Das ist das Problem.«
»Ein Problem wäre es, sie nicht zu haben.«
»Verstehen Sie doch, ich will damit sagen, dass es zwischen uns ein großes soziales Gefälle gibt.«
»Das Sie auch unverheiratet haben.«
»Aber Sie wissen doch, dass die beiden zu einer angesehenen Familie Barcelonas gehören, sie haben eine Loge im Liceo, sie gehören verschiedenen Clubs an. Und sagen Sie mir: Was hat ein dicker, lächerlicher Polizist in diesen Kreisen verloren?«
»Fürchten Sie das Geschwätz der Leute? Ich kenne Emilia gut genug, um zu wissen, dass ihr das egal ist.«
»Ich fürchte, dass ich mich selbst fehl am Platze fühlen würde, weil ich weder weiß, wie ich mich verhalten noch was ich unterlassen soll.«
»Verhalten Sie sich wie immer. Mir gefällt's und Emilia offensichtlich auch. Sonst hätte sie sich wohl kaum in Sie verliebt.«
»Soll das heißen, Sie raten mir, zu heiraten?«
»Ja.«
»Aber Sie waren doch noch nie eine Verfechterin der Ehe.«
»Kommt immer drauf an. Es ist unübersehbar, dass Sie

Emilia um nichts auf der Welt verlieren möchten, ist das richtig?«

»Ja.«

»Ich schätze, dass Sie das aufs Spiel setzen, wenn Sie nicht heiraten. Überlegen Sie es sich gut, Fermín, wägen Sie das Risiko ab. Bedenken Sie, dass Ihr Widerstand nichts anderes ist als die Angst, Ihre derzeitige bequeme Lage aufzugeben. Das Bild zu verändern, wie Sie vorhin so schön sagten.«

Er nickte bestätigend, trank einen Schluck Bier und sah mich ernst an.

»Ich werde Sie auf dem Laufenden halten.«

»Über den Verlauf Ihrer Zweifel oder Ihre Entscheidung?«

»Nur über die Entscheidung, sobald ich sie getroffen habe. Ich möchte Sie nicht länger belästigen.«

»Sie belästigen mich nicht, aber ich weiß aus Erfahrung, dass die Notwendigkeit, zwanghaft über ein Thema zu reden, nichts anderes als der verbrämte Wunsch nach einem Aufschub ist.«

»Ich weiß, ich weiß, machen Sie mich nicht verrückt. Gehen wir wieder an die Arbeit?«

»Ich habe überhaupt keine Lust.«

»Das ist kein verbrämter Wunsch nach einem Aufschub.«

»Es ist schwer, auf der Grundlage von persönlichem Versagen eine Aufgabe in Angriff zu nehmen.«

»Martern Sie sich immer noch wegen des Diebstahls Ihrer Pistole?«

»Sie sehen ja, was für ernste Folgen er hatte.«

»Wäre dieser Typ nicht mit Ihrer Waffe ermordet worden, hätte man es mit irgendeiner anderen getan. Es gibt einen Haufen Knarren auf dem Schwarzmarkt.«

»Das ist es, was ich nicht weiß.«

»Als wäre es nur das! Wir wissen überhaupt wenig.«

»Erinnern Sie mich nicht daran.«
»Eben das versuche ich ja gerade, Sie daran zu erinnern. Mal sehen, ob Sie endlich in Bewegung kommen.«
Wir zahlten und machten uns wieder auf den Weg. Dem Subinspector hatte es offensichtlich gutgetan, sich auszusprechen. Er wirkte aufgeräumter und weniger verschlossen. Vielleicht sollte auch ich eine Gesprächstherapie machen, obwohl mein Kummer keineswegs konkret war, was jedes Gespräch erschweren würde. Könnte ich genau benennen, was mein Problem ist, wäre der erste Schritt zur Lösung bereits getan.
Garzón ging in sein Büro, und ich machte mich an den Bericht, den ich über den nicht identifizierten Toten schreiben musste. Ermittlungen in Lokalen: ohne Ergebnis. Ermittlungen in arabischen Restaurants: teilweise erfolgreich. Wichtig: Handy verschwunden. Was war uns an diesem Morgen bei den Ermittlungen vor Ort entgangen? Vielleicht hätten wir die Liste der arabischen Lokale komplett abarbeiten müssen. Wir hatten dasjenige gefunden, in dem das Opfer am Mordabend gegessen hatte, aber wir wussten nicht, ob er ein Freund der arabischen Küche gewesen war und noch andere Lokale im Viertel aufgesucht hatte. Ich rief Yolanda an und beauftragte sie mit der Vollendung der Ermittlungen. Sie war zwar ruhiger als vorher, als sie uns auf der Plaza de Rius y Taulet zurückgelassen hatte, verhielt sich aber noch immer merkwürdig. Ich wollte nicht wissen, warum. Von jetzt an würde ich diejenige sein, die am schlechtesten über das Privatleben ihrer Kollegen informiert war. Vielleicht gelänge es mir so, mich vernünftig auf den Fall zu konzentrieren, bei dem ich keinen richtigen Ansatz fand. Ich wusste nicht, womit wir es zu tun hatten, ob mit einer Kinderporno-Mafia, einem Mädchenhänd-

lerring, einem Psychopathen mit einer Tochter als Komplizin … Alles klang absurd, lächerlich. Ich nahm an, das hatte mit der Verwicklung eines Kindes in den Fall zu tun. Wie könnten ein Kind und ein Mord zusammenpassen? Es waren zwei Gegensätze, die sich abstießen. Man konnte zwischen ihnen nicht die geringste Verbindung herstellen. Aber diese verdammte kleine Diebin existierte, ich hatte sie mir nicht ausgedacht. Und mit der geklauten Pistole war ein Verbrechen begangen worden. Das war eine Verkettung von Fakten, deren Erklärung zu finden so unmöglich zu sein schien, als handle es sich dabei um eine mythologische Prophezeiung oder um einen dieser Kriminalromane mit Verschwörungen, Verwünschungen und Ritualen. Wenn uns etwas sehr beschäftigt, sind wir davon wie besessen, und die Auflösung wird immer abstrakter, immer phantastischer. In so einem Fall muss man sich unbedingt an die Fakten und an die Realität halten. Die kleine Diebin stammte aus keinem Horrorthriller, auch nicht aus der Welt der Poltergeister. Sie war höchstwahrscheinlich eine Außenseiterin dieser Gesellschaft und dieses Landes, die stahl, um zu überleben. Mehr nicht. Ein Straßenkind, eine zufällige Immigrantin, eine Figur aus einem Charles-Dickens-Roman, allein und verloren in der großen Stadt. Hatte ich etwa geglaubt, sie sei die Personifizierung des Teufels, das Produkt von Verwünschungen aus dem Jenseits? Gedanken, die jeglicher Logik entbehrten, schnürten mir die Kehle zu und trockneten meinen Mund aus. Und allen Anstrengungen zum Trotz, vernünftig zu denken, begann der Reiz des Okkulten, des Abstrusen, des Düsteren sich meiner zu bemächtigen. Zum Glück gab es die kleine Zeugin, die das Geistermädchen auch gesehen hatte. Plötzlich erinnerte ich mich an sie und ihren Vater. War es möglich, dass mein Auftauchen eine Ehekrise ausgelöst hatte? Und ich hatte ihm nicht einmal richtig zugehört an dem Abend, als ich ihn auf der Straße getroffen hatte. Ich suchte seine Telefonnummer heraus und rief an. Als der Rufton erklang, bekam ich Panik. Was zum Teufel tat ich da? Weshalb rief ich Marcos Artigas an? Mir blieb keine Zeit zu überlegen, ob ich auflegen sollte oder nicht, denn da sagte eine sanfte, aber feste Stimme:

»Hallo?«

»Bist du's, Marina?«

»Ja.«

»Hier ist Petra Delicado, erinnerst du dich an mich?«

»Ja, die Inspectora.«

»Genau. Wie geht's dir?«

»Gut. Soll ich noch mehr Fotos anschauen?«

»Nein, im Augenblick nicht.«

»Schade!«

»Schade, warum?«

»Es hat mir gefallen, es war witzig. Und einfach.«

»Du hast das wunderbar gemacht.«

»Ja.«

Dieses verflixte Mädchen redete im Telegrammstil, und ich wusste nicht, was ich noch sagen sollte.

»Marina, ist dein Papa zu Hause?«

»Nein. Mein Papa wohnt nicht mehr hier.«

Ich verschluckte mich fast. Was bedeutete das, verdammt noch mal, war er abgehauen, hatte er sich getrennt? Wie auch immer, ich wollte es nicht wissen, jetzt wollte ich nur noch auflegen und dieses Gespräch beenden, das ich gar nicht hätte führen sollen.

»Gut, ist nicht so wichtig, eigentlich wollte ich nichts Besonderes von ihm.«

»Warten Sie, ich gebe Ihnen seine Handynummer.«
»Nein, ist nicht nötig. Die habe ich schon. Adiós, meine Kleine.«
Ich legte auf, ohne dass sie sich verabschieden konnte. Weiche, Satan! Jetzt fehlte mir nur noch, mich auf einen weiteren Gefühlsschlamassel einzulassen ... Jetzt lauerten nicht nur die Arbeitskollegen, sondern auch schon die Eltern von Zeugen. Nein, ganz entschieden nein.
In dieser Nacht schlief ich sehr schlecht. Ich erwachte mehrmals, aufgeschreckt von Bildern kleiner Mädchen mit teuflischen Fratzen, die den Weltuntergang verkündeten. Wenn ich Albträume habe, beruhige ich mich gewöhnlich, indem ich mich aufs Sofa setze, ein Glas heiße Milch trinke und ein wenig lese. Normalerweise funktioniert das. Die entspannte Atmosphäre meines Hauses zusammen mit gewissen angenehmen Alltagsritualen lässt mich innerlich zur Ruhe kommen und verscheucht den belastenden Albdruck. Aber in dieser Nacht hielt das Unwohlsein an. Ich traute mich nicht einmal, den Fernseher einzuschalten, sonst ein bewährtes Mittel, um vom Albtraum ins Vulgärste abzugleiten, aus Angst, einen dieser Horrorfilme zu erwischen, in denen Kinder besessen sind oder von dämonischen Sekten fanatisiert werden. Ich las einfach bis zum Morgengrauen weiter, duschte heiß und verließ das Haus. Ganz in der Nähe gab es eine Bar, die früh aufmachte.
Kaum war ich durch die Tür getreten, pochte mein Blut wieder warm und kräftig durch die Adern. Der Duft nach Kaffee und frischem Hefegebäck, der Anblick der ersten Arbeiter, die mit großem Appetit frühstückten, sogar die fröhliche Stimme des Inhabers, der mich geradezu liebevoll fragte: »Was soll's denn sein, Señora?«, ließen mich vor Dankbarkeit fast weinen. Ja, das war die reale Welt,

bevölkert mit großteils freundlichen und einfachen Menschen, gutmütig, fleißig und fähig zu lachen, zu scherzen und sich zu lieben. Da begriff ich, was mit mir los war. Dieser Fall machte mich aus einem einzigen Grund so betroffen: Ich hatte das Antlitz des Bösen gesehen. Als Polizistin hatte ich mich mit gewöhnlichen Verbrechen auseinandersetzen müssen, aber noch nie, nicht mal im Entferntesten mit etwas, das mit Kindesmissbrauch zu tun hatte. Das bedeutete ein Extra an Entsetzen, an Grausamkeit, an moralischem Elend, das ging tiefer. Wie bei verprügelten Frauen oder verspotteten Bettlern oder betrogenen Einwanderern oder ausgeraubten Armen oder Blinden, die absichtlich an den Rand des Abgrunds geführt werden, bestand das Böse darin, die Schwächeren, diejenigen, die nichts hatten, nicht den geringsten Schutz, auszubeuten. Diese Kinder hatten kaum drei Schritte in dieser Welt gemacht und schon kam das reinste und gleichgültigste Böse über sie, wie totes Eis, das sich in ihre Seele bohrt und sie erstarren lässt.

Vielleicht sollte ich Comisario Coronas bitten, mich von dem Fall abzuziehen. Dafür brauchte es keine großen Erklärungen. Die Tatsache, dass die Mordwaffe meine Pistole war, bedeutete persönliche Befangenheit, die sich, offen gestanden, negativ auf die Ermittlungen auswirken konnte. Trotz alledem hatte ich die Absicht, bis zum Ende durchzuhalten, selbst auf die Gefahr hin, mein jahrelang so geschätztes Alleinsein nicht mehr genießen zu können.

Garzón erwartete mich mit dem Fuß auf dem Gaspedal. Ich weiß nicht, wie er es anstellte, aber er war zufrieden.

»Machen wir uns auf den Weg, Inspectora, die Zeit vergeht wie im Flug!«

»Heute wollen Sie nicht mal einen Kaffee vorher trinken?«
»Den trinken wir in Gesellschaft eines Gentleman in einem feinen Club.«
»Den Spitzel hatte ich völlig vergessen!«
»Sie sind ganz schön durch den Wind und auch ein wenig naiv, wenn Sie mir diese respektlose Bemerkung erlauben.«
»Ich habe kaum geschlafen.«
»Liebeskummer?«
»Nein, dieser Fall macht mich fertig.«
»Beruhigen Sie sich.«
»Ich habe keinerlei Grund, mich zu beruhigen. Wir haben es mit einem Phantomkind zu tun, und das Opfer behandeln wir wie einen Täter. Und zu allem Überfluss wird mit meiner Pistole herumgeballert! Finden Sie diese Situation beruhigend?«
»Na ja, so betrachtet... aber Sie müssen optimistisch in die Zukunft schauen. So steht es in allen Selbsthilfebüchern.«
»Und seit wann lesen Sie Selbsthilfebücher?«
»Was glauben Sie denn, wie ich es geschafft habe, so ein Ausbund an Ausgeglichenheit und Weisheit zu sein? Weil ich mich seit frühester Kindheit mit Selbsthilfe beschäftigt habe. Während die anderen Kinder in der Schule die gotischen Könige, Spaniens Flüsse und sonstiges sinnloses Zeug auswendig lernten, habe ich unter dem Pult heimlich das Buch *Wie man glücklich wird und jeden Tag mariniertes Rebhuhn isst* gelesen.«
»Heute ist mir nicht zum Scherzen zumute, Garzón.«
»Schlecht, denn nur mit ein wenig Witz können wir ertragen, was uns erwartet. Ich habe Sie gewarnt, Inspectora!«
Ich sah ihn schräg an, nur um festzustellen, dass es ihm, mal abgesehen vom Scherzen, ernst war. Er begann etwas zu pfeifen, das sich nach Militärmarsch anhörte, so un-

gestüm, wie es klang. Nun ja, mein Untergebener hatte den Schlüssel zum immerwährenden Glück gefunden, das war nicht zu übersehen.

Wir betraten eine schäbige Bar in der Barceloneta zu einer Uhrzeit, zu der die Gäste aus älteren Männern bestanden, die von den Jahren der Arbeit und des Alltagslebens gezeichnet waren. Einige tranken Bier, andere klammerten sich an ihren Kaffee und starrten stumpfsinnig auf die Mattscheibe. Unser Mann saß an einem Tisch weiter hinten. Er veranstaltete ein lächerliches Ablenkungsmanöver, indem er uns so lautstark begrüßte, als wären wir uns zufällig begegnet. Zu meiner Überraschung empfand ich sofort heftigsten Abscheu. Garzón bestellte uns allen Kaffee und sah ihn geringschätzig an.

»Du hast uns also auf den Arm genommen, was, Abel?«

Der Kerl legte sich theatralisch die Hand auf die Brust, ein weiterer Beweis für sein fehlendes schauspielerisches Talent.

»Ich und Sie auf den Arm nehmen? Können Sie mir erklären, warum?«

»Du hast uns in eine nette Schneiderwerkstatt geschickt, wo alles legal abläuft. Aber damit kommst du nicht durch, verstehst du, damit nicht. Also noch mal von vorn. Und diesmal bist du dran, mein Bürschchen, diesmal bist du wirklich dran.«

»Moment mal, nicht so schnell. Ich habe Ihnen gesagt, dass ich mit dem Schlamassel nichts zu tun habe. Hin und wieder schnappe ich was auf, weiß aber nicht, ob es stimmt oder nicht. Aber diese Schneiderwerkstatt ist nicht sauber. Vor einiger Zeit gab's dort Krach, und alle wurden erwischt, aber zwei Typen haben in meinem Beisein gesagt, dass es weitergeht. Wie, wann und was, weiß ich nicht, aber darin

steckt ein Körnchen Wahrheit, das garantiere ich Ihnen. Ich will auf der Stelle tot umfallen, wenn ich lüge.«
»Fast wünsche ich mir, Sie lügen.« Ich machte zum ersten Mal den Mund auf.
»Sehr witzig, wirklich.«
»Mich brauchen Sie gar nicht anzusprechen, mit Schwachköpfen rede ich nicht.«
Der Kerl lief rot an vor Empörung. Er wollte schon etwas erwidern, doch Garzón hielt ihn davon ab, indem er ihm einen Geldschein zuschob.
»Das ist vom Comisario, du sollst dir was Schönes davon kaufen.«
»Danke. Ich erinnere mich noch an Zeiten, als es bei der Polizei noch keine Frauen gab. Bessere Zeiten.«
Ich sagte nichts. Der Subinspector setzte sein Verhör fort, bei dem abwechselnd von Drohungen und Versprechungen von mehr Geld die Rede war, aber der Typ wich keinen Millimeter von seiner Version ab: In der Werkstatt war weiter etwas faul. Am Ende machte Garzón ihm ein Zeichen mit dem Kopf.
»Hau ab und immer schön den Mund halten, steht dir besser. Und wenn du uns nicht die Wahrheit gesagt hast, kann es passieren, dass du zwar nicht umgelegt wirst, aber immerhin eine ordentliche Tracht Prügel verpasst kriegst.«
Sánchez steckte die Geldscheine in die Jackentasche und marschierte davon, als wäre nichts geschehen. Ich legte mich mit meinem Kollegen an.
»Wenn es stimmt, dass er etwas weiß, dann verstehe ich nicht, warum wir ihn nicht festnehmen, statt ihm Geld zuzustecken, verflucht noch mal.«
»Sie haben das Prinzip mit den Informanten nicht kapiert, Petra. Dieser Typ hat Dreck am Stecken, denn er bewegt

sich in den Kreisen, die uns interessieren, und er weiß einiges vom Hörensagen. Ihn einzusperren würde uns nichts bringen.«

»Und die besagten Leute aus diesen Kreisen einzusperren?«

»Brächte noch viel weniger.«

»Verarschen Sie mich nicht.«

»Ich will Sie nicht verarschen. Immerhin hat er uns Hoffnung gemacht, und zudem in die Richtung, die Sie vermutet haben.«

»Bei dieser Werkstatt kam mir von Anfang an etwas faul vor. Wir hätten die Observation nicht aussetzen dürfen.«

»Wir werden sie wieder einsetzen.«

»Ja, aber vorher müssen wir noch mal mit Inspector Machado reden.«

Am selben Nachmittag empfing uns Machado in seinem Büro.

»Der Fall in La Teixonera ist aufgeklärt, und ich halte es für ziemlich unwahrscheinlich, dass ein mafiöses Netz am selben Ort weiteragiert. Wir hatten im Internet pornographische Fotos gefunden, und die Spuren führten in diese Werkstatt. Alle Verantwortlichen sind im Knast, aber es kann uns natürlich einer entwischt sein, jemand, der eher außen vor geblieben ist, oder uns ist eine kleinere Sache, die dort noch stattfindet, entgangen. Ich werde euch die Akte des Falles rüberschicken, dann könnt ihr euch selbst ein Bild machen, obwohl ich glaube, dass Sánchez euch an der Nase herumgeführt hat.«

Ich betrachtete Machados Schreibtisch voller Akten, Notizen und Briefe. An Arbeit schien es ihm nicht zu mangeln. Er merkte, dass sein Material und seine Organisation meine Aufmerksamkeit erregten.

»Es wirkt alles ein wenig chaotisch, ist es aber nicht. Ich habe hier mehr oder weniger den Überblick. Seit einiger Zeit läuft der größte Teil übers Internet, also bleibt mir und meinem Team nichts weiter übrig, als uns damit zu beschäftigen und wie die Verrückten durchs Netz zu surfen.«
»Mit guten Ergebnissen?«
»Sie sind sehr schwer zu erwischen, sehr schwer. Die virtuelle Welt ist noch obszöner als die reale.«
»Beide Welten sind ein immer größeres Chaos.«
»Mutlos, Petra?«
»Ich fürchte, ja. Ich wollte dich um einen Gefallen bitten, Machado. Du hast doch bestimmt sichergestellte Fotos von Kinderpornographie, oder?«
»Die meisten leiten wir als Beweismittel für die Voruntersuchungen an die Gerichte weiter. Aber wir haben noch einen ganzen Haufen. Sie stammen aus laufenden Ermittlungen, andere aus ungelösten Fällen ...«
»Ich brauche die ... schlüpfrigsten.«
»Die schrecklichsten, meinst du wohl. Wir ordnen sie nicht nach Thematik, sondern nach Datum.«
»Gibt es keine, die du als besonders schrecklich in Erinnerung hast?«
»Alle lassen einem die Haare zu Berge stehen. Lass mich mal nachdenken, welche mich besonders stark beeindruckt haben. Warte mal, ich frage Ráfols, wie der Fall hieß, der ...«
Er verschwand aus unserem Blickfeld. Garzón sah mich verblüfft an. Ich hatte ihn nicht in meine Pläne eingeweiht, also enthielt seine Verblüffung auch einen leichten Vorwurf. Und den musste er natürlich aussprechen.
»Gibt es etwas, was ich wissen sollte, so rein zufällig?«
Diese Art von ironischen Pseudoanmahnungen ging mir

auf die Nerven, auch die Tatsache, dass mein Verhalten in angespannten Situationen getadelt wurde. Ich schwieg. Und er fuhr fort:
»Ich meine nur, wenn Sie mich über Ihre Pläne informieren würden, könnte ich mein Scherflein beitragen, schließlich arbeiten wir zusammen.«
»Gehen Sie mir nicht auf den Geist, Fermín, es ist nicht der richtige Zeitpunkt.«
Machado kam zurück und unterbrach damit unsere dienstliche Zänkerei. Er hatte mehrere Aktenmappen unterm Arm.
»Ich hoffe, ihr habt in den letzten Stunden nichts gegessen. Ich kann Leute nicht kotzen sehen.«
Er warf sie geschlossen auf den Schreibtisch und wies geringschätzig mit dem Kinn darauf.
»Nur zu, sucht euch was aus. Sie stammen von einem ungelösten Fall, den wir im Netz aufgestöbert haben. Es war unmöglich, die Verantwortlichen zur Rechenschaft zu ziehen. Ihr werdet mir nachsehen, wenn ich sie mir nicht noch mal ansehe. Ich versuche, diese Bilder nur anzuschauen, wenn es unbedingt nötig ist, das ist meine Art, meine geistige Gesundheit zu bewahren, obwohl die schon ziemlich angegriffen ist.«
Gegen den Impuls ankämpfend mich umzudrehen und zu gehen, öffnete ich eine Mappe allzu forsch und beliebig, um glaubwürdig zu sein. Garzón tat dasselbe mit einer anderen. Machado gab vor, sich auf seine Unterlagen zu konzentrieren. Wir vermieden es, uns anzusehen, und bemühten uns, lautlos zu atmen, man hörte nur das Knistern von Machados Papieren und das Rascheln vom Durchsehen der Fotos. Nach ewigen fünf Minuten warf Garzón die Mappe auf den Tisch.
»Mein Gott!«, sagte er leise und zähneknirschend.

Ich hielt Machado ein Foto hin, von einem Jungen, der ungefähr drei Jahre alt sein musste, das Schlimmste und Unmenschlichste, das ich gefunden hatte und das bewirkte, dass du dich schämst, als Mann oder Frau geboren zu sein.
»Mach mir eine Kopie von dem hier, Machado, so groß wie möglich. Wir wollen doch mal sehen, ob es als Türöffner zum schlechten Gewissen funktioniert.«
Der Inspector legte es auf den Scanner und druckte es dann für uns aus. Erst dann warf er einen flüchtigen Blick darauf.
»Ach ja, das ist gut!«
Als ich es in der Hand hielt, starrte Garzón erschüttert darauf. Machado lächelte uns traurig an.
»Sie haben euch gefallen, was?«
»Ja, sehr hübsch.«
»So ist das. Manchmal wird mir gesagt, ich hätte ständig eine Scheißlaune. Verdammt noch mal, die hätte jeder an meiner Stelle!«
»Ich verstehe.«
»Viel Glück. Und sobald ihr auf was stoßt, das in meine Zuständigkeit gehört, ruft ihr mich sofort an, und wir treten in Aktion, einverstanden?«
»Keine Sorge.«
Schweigend verließen wir das Kommissariat. Ein Autofahrer hupte wie verrückt, weil ein anderes Auto so abgestellt war, dass er seine Parklücke nicht verlassen konnte. Plötzlich schoss Garzón auf den Fahrer zu, steckte den Kopf ins Fenster und fauchte ihn an:
»Hören Sie auf zu hupen oder ich nehme Sie fest!«
»Was erlauben Sie sich, wer sind Sie überhaupt?«
Er zeigte ihm ziemlich aggressiv seine Polizeimarke. Dem Autofahrer blieb der Mund offen stehen, er verstand gar nichts und wusste nicht, was er tun sollte. Ich ging zu

ihnen, ergriff Garzón am Arm und zerrte ihn weg. An der nächsten Straßenecke entzog er sich meiner Hand mit einer brüsken Bewegung.
»Lassen Sie mich in Ruhe! Ich habe es satt, bis hin zum Essen ständig kontrolliert zu werden. Ich hab's satt, dass Sie Initiativen ergreifen, ohne mich vorher zu informieren! Was sage ich, mir steht's bis hier oben! Und dass Sie meine Vorgesetzte sind und ich Sie nicht anschreien darf, ist mir scheißegal, verstanden? Ich schreie so lange, wie ich will, und wenn man mich nach Alcatraz bringt, umso besser, dort muss ich weder Sie noch den beschissenen Polizeiapparat ertragen, der mir nichts außer Verdruss gebracht hat.«
Ich legte ihm die Hand auf die Schulter und sagte leise zu ihm:
»Ich fühle mich auch schrecklich, Subinspector. Gehen wir einen Kaffee trinken?«
Er ließ erschöpft den Kopf hängen, dann nickte er matt. Wir gingen in eine Cafetería, und ich bestellte statt Kaffee einfach Whisky. Garzón muckte nicht einmal auf. Wir tranken ihn schweigend. Ein Kellner plauderte mit einem Gast, alles ganz normal.
»Wie steht's mit der Arbeit, Manolo?«
»Na ja, gut, ich meine, geht so. Wer arbeitet schon gerne.«
»Niemand, den ich kenne. Arbeiten ist einfach unzeitgemäß.«
»Mehr noch als auf einem zweirädrigen Wagen zu fahren, meine ich.«
Ich sah den Subinspector von der Seite an, räusperte mich und murmelte ihm leise zu:
»Wollen Sie den beiden nicht einen Vortrag über die sozialen Werte der Gesellschaft halten?«

Er lächelte flüchtig. Ich fuhr fort:
»Kommen Sie schon, los. Sie können denen auch Ihre Dienstmarke zeigen und sie festnehmen. Das wird sie ordentlich einschüchtern.«
Er sah mich mit reuigem Gesichtsausdruck an.
»Ich möchte Sie um Verzeihung bitten, Inspectora.«
»Ist unwichtig, vergessen Sie's so schnell wie möglich.«
»Als ich diese Fotos gesehen habe, ist eine solche Wut in mir hochgestiegen. Wut auf alles und jeden.«
»Ich weiß, wie Sie sich fühlen.«
»Ja, aber Sie sind nicht schuld daran, was ich fühle oder nicht. Außerdem stimmt es nicht, was ich gesagt habe, ich habe Sie nicht satt und will Sie auch nicht aus den Augen verlieren.«
»Was würden Sie denn auch ohne mich tun? Ich bin doch Ihr Augenstern, der Grund Ihrer Existenz, ich bin ... die Chefin Ihres Herzens!«
»Na ja, Sie müssen auch nicht gleich so übertreiben.« Er lächelte wieder.
»Jedenfalls war es eine typisch männliche Reaktion.«
»Mein Gott, schon wieder verschissen. Ich hätte die Gelegenheit nutzen und ihm einen feministischen Vortrag halten sollen, stimmt's?«
»So was in der Art.«
Es tat mir gut, ihn wieder scherzen und mit einem angedeuteten Lächeln unter dem Schnurrbart streiten zu sehen.
»Und jetzt, wo alles wieder in Ordnung ist, machen wir uns auf den Weg.«
»Wohin, Inspectora?«
»Jeder nach Hause, und morgen geht's weiter. Möchten Sie wissen, warum ich mir das widerlichste Foto ausgesucht habe?«

»Ist nicht nötig, ich glaube, ich weiß es schon.«
Wir verabschiedeten uns auf der Straße wie an jedem normalen Tag. Da ich das Auto nicht dabeihatte, nahm ich den Bus nach Poblenou. Es würde mir guttun, mich unter normale Menschen zu mischen und zu sehen, wie die Sekretärinnen nach Hause fuhren und wie die Händler nach einem Arbeitstag ihre Jalousien herunterließen. Garzón hatte seine Gespenster verscheucht, ich noch nicht. Was ich ihm gesagt hatte über die typisch männliche Verhaltensweise, war zwar nur ein Vorwand gewesen, um ihn zu einer Reaktion zu bewegen, aber im Grunde glaubte ich es wirklich. Männer verwandeln ihr Entsetzen in Wut, sie lassen sie raus und befreien sich somit von ihrer inneren Ohnmacht. Wir Frauen durchlaufen kompliziertere Prozesse, um uns den Kummer aus der Seele zu reißen, deren Funktionieren ich im Augenblick vergessen hatte.
Ich steckte den Schlüssel ins Türschloss und zog ihn sofort wieder heraus. Ich konnte nicht allein zu Hause sitzen, noch nicht. Ich ging in die Bar, in der ich am Morgen gefrühstückt hatte. Ein anderer Kellner als morgens servierte mir den doppelten Whisky, den ich so dringend brauchte. Ich trank ihn wie Medizin, er wirkte sofort. Der Alkohol floss durch meine Adern und wärmte mich. Mein Handy klingelte. Jetzt bitte nicht, dachte ich.
»Ja?« Ich ertrug meine eigene Stimme nicht.
»Inspectora Petra Delicado?«
»Wer ist da?«
»Marcos Artigas.«
»Wer?«
Eine ungemütliche Pause folgte am anderen Ende der Leitung, das Schweigen eines Menschen, der nicht weiß, wie er sich zu erkennen geben soll.

»Ich bin der Vater Ihrer kleinen Zeugin.«
»Ach ja, natürlich, entschuldigen Sie.«
»Ich glaube, Sie hatten versucht, mich zu erreichen. Meine Tochter hat so was erwähnt.«
»Die schlaue Marina.«
»Ja. Wollten Sie mit mir sprechen?«
Die Erlebnisse der letzten Stunden hatten ihn gänzlich aus meinem Kopf verbannt. Ich suchte verzweifelt in meinem Gedächtnis, wie das Telefongespräch mit dem Kind verlaufen war. »Mein Papa wohnt nicht mehr hier.« Na schön, ich wollte nichts Besonderes, ich wollte nur freundlich sein und um Verzeihung bitten dafür, sollte ich ihm Schwierigkeiten mit der Ehefrau eingehandelt haben, um es mal so auszudrücken. Was ja offensichtlich stimmte, wenn er ausgezogen war. Mein Verstand arbeitete auf Hochtouren, aber auch so noch verzögerte sich meine Antwort. Seine Stimme am anderen Ende der Leitung klang unsicher.
»Inspectora, sind Sie noch dran?«
»Ja, ich habe Sie angerufen, weil ich einen Moment mit Ihnen sprechen wollte, aber das ist jetzt nicht mehr wichtig.«
»Erinnern Sie sich daran, was es war?«
»Hören Sie, es ist eigentlich unwichtig, aber umständlich zu erklären. Aber da wir uns gerade sprechen, sagen Sie mir: Wohnen Sie nicht mehr zu Hause? Marina sagte so was, aber ich muss sie falsch verstanden haben.«
»Sie haben sie ganz richtig verstanden. Aber das ist auch recht umständlich zu erklären.«
»Aha.«
»Inspectora, wo sind Sie gerade?«
»In einer Bar in der Nähe meines Hauses, ich trinke Whisky.«

»Sind Sie mit der Arbeit fertig?«
»Wie heißt es so schön im Fernsehkrimi: Im Dienst trinke ich nicht.«
Er lachte auf, bestimmt stieß ihn mein flapsiger Ton ab.
»Ich bin auch mit meiner Arbeit fertig und trinke gerade ein Bier. Ich schlage Ihnen vor, dass wir zusammen etwas trinken, was halten Sie davon?«
»Wunderbar. Zwei einsame Herzen zusammen gegen die Einsamkeit.« War ich das, die so einen Blödsinn verzapfte? Oder war es im Gegenteil genau das, was mir am besten entsprach?
»Aber hallo, außer Polizistin sind Sie auch noch Dichterin! Wir haben zwei Möglichkeiten: Entweder verabreden wir uns irgendwo in der Nähe unserer jeweiligen Wohnsitze oder auf halbem Weg in der Mitte.«
»Ich möchte eigentlich nicht von hier weg. Um ehrlich zu sein, ist der doppelte Whisky, den ich gerade trinke, nicht der erste heute Abend. Es wird besser sein, wenn ich mein Bett in der Nähe habe.«
»Gut, sagen Sie mir die Adresse, und ich bin gleich da.«
Ich mochte nicht darüber nachdenken, ob das richtig oder falsch gewesen war. Auf keinen Fall. In dem Augenblick interessierte mich das alles überhaupt nicht. Ich wollte trinken, plaudern und dabei nicht nur vergessen, was ich gesehen hatte, sondern auch, dass ich es am nächsten Tag wieder sehen würde und am übernächsten und überübernächsten und alle Tage, bis wir diesen deprimierenden Fall abgeschlossen hatten, wenn wir ihn denn abschließen würden.
Die Bar war voller Gäste. Hier konnte man sich problemlos aufhalten, ohne wahrgenommen zu werden. Nachdem ich ein Weilchen auf den Fernseher ohne Ton oberhalb des Tre-

sens gestarrt hatte, begrüßte mich lächelnd ein großer, blonder Mann mit Bart. Ich erkannte ihn nicht gleich. Ich meine, ich erkannte nicht gleich sein Gesicht, das ich mir bisher nicht sehr aufmerksam angesehen hatte. Er hatte weiße Zähne und strahlende Augen. Er reichte mir die Hand, und da wurde mir bewusst, dass ich mit ihm verabredet war, was mich ein wenig befangen machte. Doch so schlimm war's auch wieder nicht, ein weiteres Glas würde schnell Abhilfe schaffen. Er setzte sich neben mich an den Tresen.
»Freut mich sehr, Sie zu sehen, Petra.«
»Wollen wir uns duzen? Ich bin zwar keine große Freundin vom Duzen, aber schließlich sind wir im gleichen Alter.«
»Wunderbar!«
In dem Moment wäre es ideal gewesen, er hätte schweigend mit mir getrunken, aber das war undenkbar. Das Drehbuch schrieb vor, dass wir plaudern mussten, bis wir beide uns einigermaßen wohl fühlten.
»Wie kommt ihr in dem Fall voran?«
»Schlecht. Wir haben keine Spuren, keinen Ansatz, keine Ideen.«
»Klingt nicht sehr hoffnungsvoll.«
»Selbst wenn wir ihn lösen, gibt es keinen Funken Hoffnung. Weißt du, was wir finden werden? Wir werden einen Sumpf der menschlichen Fäulnis, des moralischen Elends, des willkürlichen Bösen, der totalen Ignoranz vorfinden. Dort werden wir aufräumen, aber an einer anderen Stelle wird er wieder auftauchen. Solange es Menschen gibt, gibt es keine Hoffnung.«
»Man kann in so kurzer Zeit nichts Bittereres sagen!«
»Ich hätte dich warnen sollen, du wirst dieses reizende Treffen vielleicht nicht genießen. Heute ist wirklich nicht mein Tag, verzeih mir.«

»Mir geht's im Augenblick auch nicht gerade blendend. Ich würde sogar sagen, so schlecht ging's mir noch nie.«
Ich versuchte ihn zu mustern, ohne dass er es merkte. Er wirkte ernst und ein wenig verstört, aber ich fand ihn keineswegs verzweifelt. Ich trank einen Schluck von meinem Whisky.
»Marina hat mir gesagt, dass du ausgezogen bist. Ist es das, wonach es aussieht?«
»Genau das.«
Als mir die Situation bewusst wurde, stieg augenblicklich Panik in mir auf. Ich hatte mich darauf eingelassen, etwas mit ihm zu trinken, doch vielleicht gab er mir die Schuld für den Streit mit seiner Frau und die überstürzten Folgen. Was sollte ich tun, fliehen? Nein, es war besser, weiterzutrinken. Ich trank den Whisky wie Medizin.
»Ich hoffe wirklich, dass das mit der Zeugenaussage ...«
»Marinas Aussage war nur die Explosion einer Bombe, die bereits gezündet war.«
»Verstehe, bedaure es aber trotzdem. Wirst du bald nach Hause zurückkehren?«
»Wir haben uns getrennt, es ist nichts Vorübergehendes. Es gibt kein Zurück. Was meinst du, sollten zwei sehr unterschiedliche Menschen besser nicht heiraten?«
»Bist du dir sicher, dass du über Eheprobleme reden möchtest?«
Er sah mich mit einem bitteren Lächeln an. Dann lachte er herzlich auf.
»Du bist eine sehr originelle Frau, weißt du das?«
»Natürlich. Alle, die mich kopieren wollten, sind gescheitert. Ich glaube, ich sollte von denjenigen, die mit mir sprechen wollen, Eintritt für die Vorführung meiner Person verlangen.«

»Ich meine es ernst, mein Eindruck ist, dass du nicht dem landläufigen Rollenverständnis folgst.«
»Vielleicht ist meine ganze Originalität auch dem Whisky zu verdanken, den ich getrunken habe. Trinken wir noch einen?«
»Warum nicht?«
»Nicht, dass ich unhöflich wirken möchte oder dir nicht zuhören mag, ich bin nur davon überzeugt, dass das Reden über Gefühlsthemen nichts bringt. Wozu auch? Die Liebe hält nicht ewig. Es gibt Paare, denen bleiben noch Gemeinsamkeiten, wenn ihnen die Leidenschaft abhandengekommen ist, und es gibt andere, die sie durch nichts ersetzen können. Alles andere ist psychologisches Geschwätz, das zu nichts führt.«
»Ist dir das so klar, wie du vorgibst?«
»Soll ich dir sagen, was ich glaube? Willst du das wirklich wissen?«
»Nur zu, ich bin auf das Schlimmste gefasst.«
»Ich glaube, dass Liebesgeschichten reine Frivolitäten sind, und außerdem sind sie ein Scheiß. Es gibt genug anderes auf der Welt, über das man reden kann.«
»Was, zum Beispiel?«
»Zum Beispiel das Böse. Menschen sind grundlegend böse.«
»Im Menschen gibt es auch Böses, klar, aber man muss so tun, als existiere es nicht. Ansonsten wird man verrückt.«
»Das kannst vielleicht du in deinem Architektenbüro, ich aber nicht. Ich nenne dir ein Beispiel: Ich bin ein Mensch, der das Alleinsein liebt. Daran ist nichts Philosophisches, gar nichts. Ich meine, dass ich mein Leben auch ohne Gesellschaft gemütlich, praktisch und angenehm organisiere. Na schön, heute Abend hast du mich hier erwischt, weil ich nicht nach Hause mochte. Ich hätte es nicht ertragen, ein

Buch zu lesen oder Musik zu hören, ich musste Menschen um mich haben. Diese Bar ist heute Abend meine menschliche Gesellschaft.«
»Aber als Polizistin musst du doch gegen das Böse immun sein. Es gehört doch in gewisser Weise zu deinem Leben.«
»Und was bist du? Eine Art Superman in Pantoffeln? Kannst du mir, verdammt noch mal, erklären, wie man dagegen immun wird?«
Ich wühlte in meiner Tasche, holte das schändliche Foto heraus und knallte es vor ihn auf den Tresen. Artigas sah es sich aufmerksam an, und seine Reaktion war, als hätte er einen Schlag ins Gesicht erhalten. Als ich es wieder einsteckte, wurde mir klar, dass diese impulsive Handlung unverzeihlich war. Wir stützten uns auf den Tresen und tranken, ohne uns anzublicken.
»Tut mir leid«, sagte ich schließlich. »Du hättest dieses Foto nicht sehen dürfen, es ist ein Sachverständigenbeweis.«
»Ich verstehe, dass es niederschmetternd sein muss, in so etwas zu ermitteln. Hat das etwas mit deinem aktuellen Fall zu tun?«
»Nicht direkt, aber dieser Dreck stammt aus demselben Mülleimer.«
»Wirklich schrecklich.«
»Tut mit leid, wenn ich dir den Abend verdorben habe. So einen Auftritt hast du nicht verdient. Ich habe zu viel getrunken, und jetzt kann ich nur noch nach Hause und schlafen gehen. Lass mich wenigstens bezahlen.«
Wir gingen zusammen und spürten, wie die nächtliche Feuchtigkeit unerbittlich in unsere Kleider drang. Mein Kopf war ziemlich alkoholvernebelt, und ich war nicht mehr ganz sicher auf den Beinen. Ich hielt ihm die Hand hin. Er lächelte.

»Kann ich dich nach Hause begleiten?«
»Ich bin betrunken, aber so sehr auch wieder nicht.«
»Nicht deshalb, ich möchte ein paar Schritte gehen.«
Ich ließ ihn mitkommen, und wir gingen die paar Schritte schweigend.
»Wir sind schon da«, sagte ich.
»Das Haus mit den Möglichkeiten zum Umbau.«
»Es hat mehr Möglichkeiten als seine Besitzerin, mich kann man nicht mehr ummodeln.«
»Ein guter Architekt entwickelt die unglaublichsten Projekte.«
Ich sah ihn an, ohne zu begreifen, warum er das gesagt hatte. War auch egal, es war ein so surreales Treffen gewesen, dass es nicht lohnte, einen Sinn darin zu suchen. Ich drehte mich um und wollte die Tür aufschließen, als ich ihn sagen hörte:
»Gibt es ein Sofa in deinem Haus, Petra?«
Ich nickte möglichst normal.
»Warum lässt du mich diese Nacht nicht darauf schlafen? Ich wohne vorübergehend in einem eher unpersönlichen Apartment.«
»Wie du willst, aber das beinhaltet keine weitere Einladung. Ich werde nichts mehr trinken und möchte auch nicht mehr reden.«
»Bestens, ich bin auch müde.«
»Ich hole dir ein Federbett und ein Kopfkissen. Ich habe ein Gästezimmer, aber keine Lust, dir das Bett zu machen.«
»Ich ziehe das Sofa vor.«
»Und noch etwas: Ich gebe dir einen Wecker, du stellst ihn auf sieben, stehst auf und gehst. Nimm's mir nicht übel, aber ich bin mir nicht sicher, ob ich morgen früh jemanden sehen möchte. Einverstanden?«

»Abgemacht.«

Wir gingen hinein. Während er sich aufmerksam im Wohnzimmer umsah, holte ich ihm das Bettzeug und legte es aufs Sofa.

»Dort ist eine Toilette, und diese Tür führt in die Küche. Wenn du noch etwas essen oder trinken willst, bedien dich einfach. Gute Nacht.«

Ich stieg langsam die Treppe hinauf. Er zog seinen Mantel aus. Plötzlich rief er mir nach:

»Petra.«

»Ja, was ist?«

»Ich bin dir sehr dankbar, ich wollte heute Nacht auch nicht allein schlafen.«

»Es war doch ganz einfach.«

»Sehen wir uns wieder?«

»Ein andermal vielleicht.«

»Ich rufe dich an.«

Müde und beschwipst löste ich zwei Aspirin in einem Glas Wasser auf und trank es leer. Dann schlüpfte ich in den Pyjama und ins Bett. Ich musste vollkommen verrückt geworden sein: Da lag ein Mann, den ich kaum kannte, wie ein alter Freund auf meinem Sofa. Obwohl, war das wichtig? Wir alle sind in derselben Wildnis verloren, warum jemandem, der friert, eine Decke verweigern? Außerdem, richtig bedacht war es angenehm zu wissen, dass mir heute Nacht ein gebildeter und offensichtlich gutmütiger Mann so diskret Gesellschaft leistete.

Fünf

Yolanda hatte Ringe unter den Augen, und wie sie mir berichtete, war das Gesicht ihrer Kollegin Sonia wegen der Observation ebenfalls von Erschöpfung gezeichnet.
»In dieser Werkstatt passiert nichts Besonderes, Inspectora. Es sei denn, Sie wollen mal den Arbeitsschutz unter die Lupe nehmen, aber da gibt's auch nichts Prickelndes. Manche Frauen gehen etwas später, sie machen wahrscheinlich Überstunden, das war's. Die meisten gehen pünktlich, und man sieht sie immer ganz angeregt miteinander reden. Ich glaube nicht, dass sich jemand so natürlich verhält, wenn er in was Illegales verwickelt ist. Im Augenblick wirkt es so, als würde da drin wirklich nur genäht werden.«
»Jedenfalls bleibt ihr weiter dran. Jetzt ist Sonia dort, oder?«
»Sie wird sich schon den Hintern platt gesessen haben, die Arme. Ich lege mich bis zur Ablösung heute Nachmittag ein wenig aufs Ohr. Ich habe vergangene Nacht kein Auge zugemacht.«
»Wir leben in stürmischen Zeiten, liebe Yolanda«, erwiderte ich rasch, bevor sie mir die Gründe für ihre schlaflose Nacht darlegen konnte. Aus Erfahrung weiß ich, dass Menschen nur über Schlaflosigkeit klagen, wenn sie persönliche Probleme haben, die sie dir auch erzählen wollen. Ich glaube, sie hatte verstanden, dass dies meine Art war, sie

loszuwerden, aber sie hatte mir wieder einen dieser Blicke zugeworfen, die einen leisen, aber spürbaren Vorwurf enthielten. Umso schlimmer. Ich war im Laufe der Jahre schon zur Vertrauensperson für Garzóns Herzensangelegenheiten geworden, wenn auch eher unfreiwillig. Jetzt fehlte mir nur noch, dass ich das auch für dieses Mädchen wurde. Sollte sie sich doch Sonia, einer Freundin in ihrem Alter oder ihrer Mutter anvertrauen, hatte Yolanda etwa keine Mutter? Aber meine Strategie nützte gar nichts, Yolanda verließ mein Büro, kehrte augenblicklich zurück und fragte mich ohne Umschweife:

»Inspectora, finden Sie es richtig, wenn ich weiter mit Ricard zusammenbleibe?«

»Ich? Ich weiß nicht, Yolanda, ich habe nicht darüber nachgedacht. Warum fragst du nicht deine Mutter um Rat?«

»Meine Mutter? Meinen Sie das ernst?«

»Absolut. Mütter haben viel Lebenserfahrung und sind diejenigen, die uns am besten kennen. Wer kennt dich besser als deine Mutter?«

»Mich? Jeder! Der Kellner, der mir morgens im La Jarra de Oro den Kaffee serviert, die Frau am Fahrkartenschalter … jeder außer meiner Mutter. Außerdem, was für eine Lebenserfahrung soll denn meine Mutter haben? Ihr Leben lang mit einem Macho wie meinen Vater verheiratet, ein Leben lang Hausfrau ohne Freunde oder Geliebte. Sagen Sie mir, was sie mir raten sollte. Wenn es wenigstens Sonias Mutter wäre, die war früher Hippie und hat mehr erlebt. Wissen Sie, wie Sonias große Schwester heißt?«

»Keine Ahnung.«

»Morgenröte, sie heißt Morgenröte. Und Sonia wurde nur so genannt, weil die Großmutter darauf bestand, aber eigentlich sollte sie Baumwolle heißen.«

»Baumwolle Hidrófilo?«
»Ich verarsche Sie nicht, es stimmt. Ihre Mutter sagte, dass Baumwolle etwas Natürliches und Gutes sei, sie wächst auf dem Feld und ist weiß, sanft und weich. Sie wissen doch, wie die Hippies in den sechziger Jahren drauf waren.«
»Glaubst du, dass eine Mutter, die ihren Töchtern so dämliche Namen gibt, eine gute Ratgeberin wäre? Deine hat bestimmt mehr gesunden Menschenverstand.«
»Aber nein, Inspectora, ich weiß schon, wovon ich spreche. Als ich meinen Eltern sagte, dass ich zu Ricard ziehe, sind sie ausgeflippt. Und alles nur wegen des Altersunterschieds und weil er Psychiater ist. Stellen Sie sich vor, mein Vater hat sogar zu mir gesagt, dass man einem so alten Mann, der darüber hinaus auch noch Irrenarzt ist, nicht über den Weg trauen kann.«
»Vielleicht ist das gar nicht so abwegig.«
»Aber Ricard ist doch so alt wie Sie!«
»Und wir beide sind um einiges älter als du, wenn ich dich daran erinnern darf.«
»Ja, na schön, stellen Sie sich vor, ich gehe jetzt zu meinen Eltern, nachdem sie das mit dem Irrenarzt geschluckt haben, und erzähle ihnen, dass ich ihn in die Wüste schicken werde.«
»Du musst dich fragen, was du willst, unabhängig von den Meinungen anderer.«
»Was denn nun: Soll ich meine Mutter fragen oder nicht?«
»Yolanda, frag, wen du willst, nur mich nicht. Ich bin wirklich nicht die Richtige, um dir in Gefühlsdingen Ratschläge geben zu können, verstehst du?«
»Hat es damit zu tun, dass Ricard Ihr Freund war?«
»Nein. Es hat damit zu tun, dass das hier ein Kommissariat ist und wir zum Arbeiten hier sind, und ich bin deine Che-

fin und habe dir gerade einen Befehl erteilt, den du noch nicht ausgeführt hast.«
»Ja, Inspectora, Subinspector Garzón ist auch Ihr Untergebener und arbeitet hier, aber mit ihm gehen Sie ins La Jarra de Oro, trinken Bier und reden mit ihm über seine Privatangelegenheiten. Nur mit mir nicht, mir wollen Sie nicht mal fünf Minuten zuhören.«
Sie sah mich störrisch an. Mein Gott, diese Dickköpfigkeit, gut für die Ermittlungen, in anderen Zusammenhängen lästig! Aber sie ließ sich nicht einschüchtern, sie erwartete eine Antwort und bohrte mir weiter ihren Blick in die Augen, als würde ihr nächster Atemzug davon abhängen. Ich räusperte mich und suchte nach einer Ausflucht.
»Also, Yolanda, was willst du eigentlich genau von mir?«
»Dass Sie mit mir ein Bier trinken gehen und reden, wenn sich die Gelegenheit ergibt. Das ist doch nicht zu viel verlangt.«
»Ist ja gut, ist ja gut, in Ordnung. Wir werden schon eine Gelegenheit finden, aber was ich dir sagen kann, ist auch nur eine Meinung unter Tausenden.«
Sie nickte heftig.
»Gut, aber vergessen Sie nicht, was Sie mir versprochen haben. Adiós, Inspectora.«
Stur wie ein Maulesel, die gute Yolanda. Ich mochte sie und war mir sicher, dass sie eine gute Polizistin werden würde, aber ihre Hartnäckigkeit in Sachen Liebe könnte ihre Zukunft verbauen und meinen Geduldsfaden reißen lassen. Dass sich ein junges Mädchen in ihrem Alter so in dieses Thema verbiss, war nichts Außergewöhnliches, aber alle Welt war nur mit ihren Liebesgeschichten beschäftigt! Die Jungen, die Alten, die Damen mittleren Alters, selbst die Familienväter. Und nebenbei brach unsere Gesellschaft entzwei und

brachte alles Elend zum Vorschein. Oder war ich langsam von meiner Arbeit besessen? Die Liebe nimmt großen Raum im Leben eines jeden Menschen ein, das zu leugnen wäre sinnlos. Aber ich war keine Expertin. Am liebsten hätte ich Yolanda gesagt, sie solle Ricard endgültig verlassen. Sie waren ein Paar ohne Zukunft, ein Tandem mit Schlagseite, was die Erfahrungen anbelangte. Außerdem versuchte er, sie zu verändern, und das fand ich unverzeihlich. Sie waren so verschieden in allem! Alter, Ausbildung, Geschmäcke, soziale Herkunft … Natürlich waren das auch Emilia und Garzón, und Letzterem hatte ich unlängst geraten, ohne Furcht vor diesen Unterschieden zu heiraten. Das Prinzip wurde immer offensichtlicher: Wenn du einmal eine Meinung über etwas Persönliches abgeben sollst, sagst du besser genau das, was der andere hören will, und nur das.

Der Subinspector steckte den Kopf zur Tür herein.

»Fahren wir, Petra?«

Ja, besser nicht allzu viel grübeln und sich widerspruchslos in den Schlamassel begeben. Die Liebe und das Böse, ein gutes Gegensatzpaar.

Im Auto war ich schläfrig, während Garzón am Steuer trällerte.

»Ich weiß nicht, ob ich es Ihnen gesagt habe, Inspectora, aber es gibt noch eine schlechte Nachricht in unserem Fall. Na ja, sagen wir, sie ist nicht gut. Der Bericht von Interpol liegt vor, das Opfer war auch im Ausland nicht polizeilich erfasst.«

»So viel Glück hätte mich auch gewundert.«

»Es hätte aber sein können.«

»Ist es aber nicht. In diesem Fall gibt es keine einzige Tür, die sich öffnet, keine. Alles nur Türen, die uns vor der Nase zugeschlagen werden.«

»Es wird schon eine geben, in die wir wenigstens den Fuß stellen können.«
Er trällerte weiter, als würde er nicht bemerken, dass alle Düsternis der Welt über unseren Köpfen hing. Wir ermittelten im selben Fall, doch mein Kollege wirkte entschieden frischer als ich. Das Ganze ging mir viel zu sehr an die Nieren, das war schon fast krankhaft. Ganz zu schweigen davon, dass ich einen Fremden auf meinem Sofa übernachten ließ, um mich nicht allein zu fühlen. Ich, Petra Delicado, war zu so etwas Absurdem fähig?
Wir erblickten den Wagen, in dem Sonia observierte. Da wir sie darüber informiert hatten, dass wir auftauchen würden, reagierte sie nicht und grüßte nur ganz verstohlen. Garzón klingelte, und kurz darauf stand die Chefin, die ich vom ersten Moment an verabscheute, mit ihrem mürrischen Gesichtsausdruck in der Tür. Ihr Gesicht sprach Bände, aber anders als beim ersten Mal ließ sie sich nicht in Beschimpfungen aus. Sie beschränkte sich darauf, eisig zu fragen:
»Haben Sie einen richterlichen Beschluss?«
Garzón holte das schreckliche Pornofoto heraus und hielt es ihr brutal unter die Nase.
»Wir haben dies hier, schauen Sie es sich gut an. Wir werden nur fünf Minuten brauchen, aber wenn Sie uns nicht reinlassen, werden wir denken, dass Sie so nette Dinge wie hier auf dem Foto decken. Wir wollen nur mit den Frauen reden.«
Das Foto muss sie beeindruckt haben, denn sie ließ uns wortlos eintreten. Dann richteten sich all diese Blicke, die vorher auf die Büstenhalter konzentriert waren, auf uns. Ich ergriff das Wort.
»Wir werden Ihnen ein sehr unangenehmes Foto zeigen. Ich bitte Sie, es sich genau anzusehen und darüber nach-

zudenken, was Sie sehen. Dann verteilen wir an jede von Ihnen ein Kärtchen. Darauf steht unsere Telefonnummer.«
Garzón, der noch eine weitere Vergrößerung hatte anfertigen lassen, hielt das Foto hoch, damit man es aus allen Blickwinkeln sehen konnte. Verhaltene, aber sichtbare Reaktionen. Einige Frauen schlugen die Hände vors Gesicht, andere tuschelten angewidert miteinander.
»Ich weiß nicht, ob Sie alle Spanisch sprechen, aber es braucht auch nicht viele Worte für das, um was wir bitten. Ich weiß auch nicht, ob Sie kleine Kinder haben, aber ich glaube, es ist leicht zu erkennen, was für eine Schweinerei das ist. Also bitte, gehen Sie in sich, und wenn Ihnen heute Abend oder morgen oder vielleicht übermorgen einfällt, wer zu so etwas fähig ist, rufen Sie die Telefonnummer auf dem Kärtchen an. Es wird alles vertraulich behandelt, niemand wird den Namen derjenigen erfahren, die sich mit uns in Verbindung gesetzt hat.«
Garzón verteilte die mitgebrachten Visitenkarten. Ich half ihm auf der anderen Seite. Wie abgesprochen sahen wir die Näherinnen nicht an. Wir wollten eine anonyme Anzeige, kein öffentliches Geständnis, von dem wir sehr wohl wussten, dass es das nicht geben würde.
Als wir damit fertig waren, verabschiedeten wir uns von der Chefin mit einem Kopfnicken und verschwanden. Wieder auf der Straße, schnaubte Garzón:
»Was für ein Glück, dass es funktioniert hat, denn sie hätte wirklich einen richterlichen Beschluss von uns verlangen können.«
»Dieses Foto ist ein schrecklicher, aber effizienter Passierschein. Hoffen wir, dass es außer Türen auch noch Gewissen gibt.«
Gewissen, Türen, Herzen … warten, mehr konnten wir

im Augenblick nicht tun, nur warten. Eine der häufigsten und schwierigsten Aufgaben von Polizisten, wenn bei den Ermittlungen Alarmstufe Rot angesagt war. Während des Wartens fuhren wir nach Gràcia, um noch einmal den Tatort zu erkunden. Wir klapperten erneut die umliegenden Lokale ab. Die Inhaber oder Geschäftsführer kannten uns schon und wunderten sich über unsere Hartnäckigkeit, weswegen sie uns mit gewissen Vorbehalten empfingen. Garzón fragte vergebens, ob sie sich vielleicht noch an etwas erinnert hätten, dessen sie sich anfangs nicht sicher gewesen seien, irgendeine Kleinigkeit, oder ob ihnen später Zweifel gekommen wären. Aber nein, dieser Tote war bis zu seinem Tod unsichtbar gewesen. Auch ins Restaurant Equinox gingen wir noch einmal, wo uns der sympathische Inhaber sofort wiedererkannte. Garzón hatte beschlossen, dass wir dort essen würden. Wir plauderten mit dem Lokalbesitzer, während er uns bediente, aber wie zu erwarten, konnte er uns nichts Neues mitteilen. Garzón kaute schweigend sein Lammfleisch, und seine gute Laune vom Morgen schien wie weggeblasen zu sein.
»Sie wirken nachdenklich.«
»Ehrlich, Petra, ich beginne langsam zu glauben, dass Sie mit Ihrem anfänglichen Pessimismus in diesem Fall recht hatten. Keine einzige Spur, nicht mal eine schlechte! Und jetzt rackern wir uns schon ein paar Tage daran ab. Ein Toter unbekannter Herkunft und ein Mädchen, das sich mit Ihrer Pistole in Luft aufgelöst hat.«
»Haben Sie wegen des Fotos des Mädchens in den anderen Kommissariaten nachgehakt?«
»Ich muss gestehen,· nein. Ich vertraue unseren Kollegen. Sie haben es alle an der verdammten Pinnwand hängen, und außerdem haben alle mitbekommen, dass …«

»Reden Sie weiter, nur keine Hemmungen, sagen Sie ruhig, dass alle mitbekommen haben, dass mir dieses Mädchen die Pistole gestohlen hat. Im Augenblick ist das Getratsche der Kollegen noch das Geringste. Jedenfalls sollten Sie einmal herumtelefonieren, es wäre nicht das erste Mal, dass es unsere Kollegen vermasseln.«
Er holte sein Notizbuch hervor und notierte es sich, ich glaube, eher um mich zufriedenzustellen, als dass er von der Maßnahme überzeugt gewesen wäre. Zum Schluss tranken wir einen Pfefferminztee. Es war eines der schweigsamsten Mittagessen mit dem Subinspector gewesen, an das ich mich erinnere. Normalerweise versuchten wir uns gegenseitig Mut zu machen, aber diesmal waren wir beide im Begriff abzustürzen.
»Soll ich Ihnen was sagen, Fermín? Wenn es uns nicht gelingt, diesen Fall zu lösen, werde ich den Dienst in der Mordkommission quittieren.«
»Aber, was sagen Sie denn da?«
»Was Sie gehört haben. Ich werde darum ersuchen, wieder ins Archiv versetzt zu werden. Schließlich ist es noch gar nicht so lange her, dass ich dort gearbeitet habe.«
»Blödsinn, Inspectora. Eine rein emotionale Reaktion.«
»Ich bin erschöpft. Bei dieser Arbeit lernt man wirklich nichts dazu, man stolpert ständig über Schwierigkeiten, mit denen man nicht gerechnet hat, und entdeckt nur, dass der Mensch noch tiefere Abgründe in sich trägt.«
»Ja, aber die Erschöpfung lässt sich überwinden, und was den Menschen anbelangt ... was soll ich Ihnen sagen.«
»Sagen Sie nichts. Ich gehe in mein Büro. Was machen Sie?«
»Ich mache mich sofort an den Rundruf.«
»Dann haben wir ja den gleichen Weg.«

Obwohl er es nicht zugeben mochte, auch ihm machten die zunehmenden Komplikationen des Falles zu schaffen. Wir verabschiedeten uns im Kommissariat auf dem Flur, wo ich über Yolanda stolperte. Sie gab vor, überrascht zu sein, aber ich wusste, dass sie auf mich gewartet hatte, auch wenn es wie ein zufälliges Über-den-Weg-Laufen aussehen sollte. Sie würde keine Ruhe geben, bis ich nicht mit ihr geredet hatte, nein, sie würde mich nicht in Ruhe lassen.

»Inspectora ...«

»Ich kann dir versichern, dass das jetzt ein ganz schlechter Zeitpunkt ist.«

»Aber Sie haben doch gesagt ...«

Ich ließ sie nicht ausreden, schnappte sie am Arm und schob sie auf die Straße hinaus.

»Komm schon, wir gehen ins La Jarra de Oro. Du wirst mir verzeihen, wenn ich kein Bier trinke. Ich habe gerade gegessen und trinke lieber einen Kaffee.«

»Wie Sie meinen, Inspectora. Und ich lade ein.«

Ich dachte, wenn ich zuvor eine Zusammenfassung abgäbe von dem, was ich schon wusste, könnte ich die Vertraulichkeiten abkürzen.

»Also, Ricard versucht dich zu ändern und wirft dir deine Vorlieben, deine Arbeit und deine Wesensart vor. Ihr stimmt in fast nichts überein.«

»Ich sehe schon, Sie erinnern sich gut. So wie Sie sich verhalten, würde jeder denken, Sie interessieren sich nicht für die Probleme anderer Leute, doch dann stellt sich heraus, dass Sie aufmerksamer und verständnisvoller sind, als es scheint.«

»Aber ich bin auf dem richtigen Weg, oder?«

»Ja und nein.«

Ich verfluchte mein Pech. Es war wohl die bessere Taktik,

sie reden zu lassen. Schließlich hatte sie mich erwischt, es war nur eine Frage der Geduld.

»Erklär mir das.«

»Es stimmt, was Sie gesagt haben. Das ist der Grund, warum es schlecht läuft. Denn Sie wissen ja, wenn alles gut geht, passiert nichts.«

O, mein Gott, der Stil des Subinspectors war mir tausendmal lieber! Er war direkter, konkreter, er verzettelte sich nicht im Offensichtlichen wie dieses trotzige Mädchen. In einem übertriebenen Anfall von Geduld nickte ich vehement.

»Ich will damit sagen, dass Ricard ein guter und sehr intelligenter Mensch ist. Er ist so intelligent, dass es wehtut, weil er den ganzen Tag daran denkt, was uns als Paar nützlich ist und was nicht, wie wir Menschen sind und wie wir sein sollten. Ich glaube, wenn er mehr über fremde Menschen und weniger über uns nachdenken würde, wäre alles wunderbar gelaufen. Aber nein, er muss über sich selbst und über die an seiner Seite nachdenken. Natürlich gefällt ihm nichts von dem, was er sieht, und er ist bis in die Haarspitzen voller Neurosen. Wie soll ich denn jemand mögen, der sich selbst nicht mag?«

In aller Eile suchte ich in meinem Gedächtnis nach einer Phrase, die für den Moment geeignet schien. Ich fand eine, die normalerweise funktionierte.

»Hast du mit ihm darüber gesprochen?«

»Anfangs nicht, aber dann habe ich Anspielungen gemacht, um es ihm nicht so direkt zu sagen.«

»Und wie hat er reagiert?«

»Er nimmt mich nicht ernst. Er sagt dann so Zeugs wie: ›Du Schlingel meines Lebens‹, oder ›Polizistin *mio cuore*‹, das ist italienisch … Sie wissen ja, wie verrückt er ist.«

»Ich wäre dir dankbar, wenn wir beim Thema blieben und du aufhörst, von Ricard zu reden, als wäre er mein Exmann. Wir hatten eine kurze Affäre, das war's. Ich weiß nicht, wie er in seinem tiefsten Inneren ist, und es interessiert mich auch nicht.«
»Verzeihen Sie, Inspectora, wird nicht wieder vorkommen. Ich habe gesagt, dass mich Ricard meistens wie ein kleines Mädchen behandelt. Er tut das liebevoll, ohne Herablassung, glauben Sie ja nicht. Aber am Ende kommt nie was dabei heraus, denn wenn er so mit mir redet, fange ich an zu lachen und … Wir kommen nicht weiter. Er wurde nur ärgerlich mit mir, als ich ihm ein Psychologiebuch gab. Der Titel lautet: *Lebe deine Beziehung aus und respektiere deinen Partner*. Na ja, an dem Tag kriegte er einen Anfall. Aber der ging schnell vorüber, und dann lästerte er über das Buch. Wissen Sie, was es mich gekostet hat, es zu finden?«
»Vielleicht ist das eine Art, wie ihr zusammen funktioniert. In einer Beziehung muss nicht alles perfekt sein. Man kann innerhalb des Unperfekten ein gewisses Gleichgewicht finden, sich dessen bewusst sein und weitermachen.«
»Ja schon, an so was hatte ich auch gedacht. Natürlich hätte ich es nicht so ausgedrückt wie Sie, Inspectora. Das Schlimme ist, beim Weitermachen passieren Dinge.«
»Dinge?«
»Ich habe mich in einen anderen verliebt, Inspectora.«
»Jetzt reicht's, Yolanda, das hättest du auch gleich sagen können! Das hat überhaupt nichts mit dem zu tun, worüber wir gesprochen haben. Warum bist du nicht gleich damit herausgerückt?«
»Weil es mir so leidtut, Inspectora«, ihr versagte die Stimme. »Weil Ricard so ein verrückter Kerl ist und alles

und mich nicht akzeptiert, wie ich bin, aber ehrlich gesagt liebt er mich sehr, und er ist schon so alt, so allein und so unpraktisch … Ich weiß nicht, Inspectora, einfach zu ihm sagen, ich gehe zu einem anderen, finde ich ziemlich heftig. Ich habe das schon mal gemacht, mit meinem ersten Freund, wenn ich so weitermache, ruiniere ich meinen Ruf.«

Ich erbarmte mich ihrer, sie war ein anständiges Mädchen und so hübsch mit den Tränen in den Augen!

»Beruhige dich, meine Liebe. Alles wirkt viel schlimmer, wenn man mittendrin steckt, aber du kannst nicht aus Mitleid bei einem Mann bleiben, das geht nie gut. Stell dir vor, du opferst dich, um ihm nicht wehzutun, und nach einiger Zeit verlässt er dich. Und was dann?«

»Ja, daran habe ich auch schon gedacht.«

»Ein Erwachsener übersteht das immer. Eigentlich wissen alle Erwachsenen, dass das Leben hart ist und dass wir es so hinnehmen müssen. Sag mal, deine neue Liebe ist doch ein junger Mann in deinem Alter, oder?«

»Ja, er ist nur vier Jahre älter als ich.«

»Natürlich, das Übliche.«

»Sie kennen ihn, Inspectora.«

»Ja, wer ist es denn?«

»Domínguez.«

»Domínguez, der galicische Kollege?«

»Ja«, flüsterte sie verunsichert.

»Verdammt!«

»Was ist, Inspectora?«

»Ich weiß nicht, mein Kind, aber er scheint mir ein bisschen tranig zu sein. Bist du wirklich in ihn verliebt?«

»Ich wusste es, ich wusste, dass Sie das sagen würden! Ich habe schon gemerkt, dass er sie nervös macht.«

»Also, Yolanda, ich will ja nichts sagen, aber dieser Junge ... ist er nicht zu provinziell für dich?«
»Er ist sehr zärtlich, Inspectora, und absolut in Ordnung. Alles, was ich sage oder tue, findet er gut, oder zumindest erscheint es ihm normal. Außerdem vögelt er ...«
»Yolanda!«
»Entschuldigung, aber ich rede mit Ihnen so offen, dass ich manchmal meine gute Kinderstube vergesse.«
»Schon gut. Ich sehe, dass du sehr gut weißt, was du willst.«
»Ich habe mich entschieden, aber ich weiß nicht, wie ich es anstellen soll.«
»Du wirst schon einen Weg finden, bestimmt. Und ich wünsche dir, dass alles gut geht.«
»Und der Rat, Inspectora?«
»Welcher Rat?«
»Sie müssen mir einen Rat geben.«
»Ich habe dir im Laufe des Gesprächs schon mehrere gegeben. Hast du das etwa nicht bemerkt?«
»Doch, aber ich habe einen abschließenden Rat erwartet.«
»Sag Ricard die Wahrheit, Yolanda, je früher, desto besser. Und bevor du mit Domínguez zusammenziehst, lebe eine Weile allein, so kannst du dir darüber klar werden, ob du ihn wirklich liebst. Reicht das oder erwartest du noch mehr Ratschläge?«
»Nein danke, Inspectora. Ich bin Ihnen sehr dankbar. Ihre Worte haben mir wirklich geholfen. Es stört mich nur, dass Sie Domínguez nicht mögen.«
Ich lächelte und zog sie liebevoll am Haar, und während sie zahlte, ging ich ins Kommissariat zurück. Wir Menschen sind ein globales Desaster und wir Frauen am schlimmsten. Domínguez! Diese kluge, fleißige junge Frau, schön

und gesund wie ein frisch gepflückter Apfel, war scharfsichtig genug zu erkennen, dass sie an der Seite eines Endvierzigers, der beabsichtigte, sie nach seinen launischen Vorgaben umzumodeln, nichts verloren hatte. Perfekt, meinen Applaus. Doch obwohl sie noch nicht mal aus dieser aussichtslosen Beziehung heraus war, hatte sie schon was mit einem anderen Mann. Und welchen Mann hatte sie sich unter den vielen auf diesem verrückt gewordenen Planeten aussuchen müssen? Ausgerechnet Domínguez! Einen einfachen Streifenpolizisten mit der entnervenden Ausstrahlung einer Schlaftablette, der so langsam sprach, als könnte er sich nicht entscheiden, was er als Nächstes sagen wollte. Vielleicht waren seine Verführungskünste außergewöhnlich, aber seit wann brauchte es Liebe, um zufriedenstellend zu vögeln? Aber nein, Yolanda hatte sich in diese Art von Dorftrottel verliebt. Wir Frauen sind wie Taxifahrer, die Leerfahrten vermeiden und sich augenblicklich einen neuen Fahrgast suchen. Mein Handy klingelte.

»Petra? Hier ist Marcos Artigas.«

»Wie geht's, Marcos? Hast du gut geschlafen auf meinem Sofa?«

»Wie ein Stein. Das war wirklich merkwürdig, nicht wahr?«

»Nicht alles, was ungewöhnlich ist, ist merkwürdig. Wir haben uns ganz zivilisiert Gesellschaft geleistet. Das ist gut so.«

»Du hast recht. Hör mal, ich wollte dir einen noch ungewöhnlicheren Vorschlag machen. Ich würde sogar sagen, dass der wirklich merkwürdig ist. Hättest du Lust, zu einem Theaterstück mitzukommen, in dem Marina auftritt?«

»Ich wusste nicht, dass Marina Schauspielerin ist.«

»Es ist eine Schulaufführung. Ihre Mutter kann nicht, und

ich habe gedacht, du hättest vielleicht Lust, mir ein wenig mehr von dieser eben erwähnten zivilisierten Gesellschaft zu leisten.«
»Findest du das angemessen? In ihrer Schule …«
»Es ist nichts Ungewöhnliches, in Begleitung einer Freundin hinzugehen.«
»Einverstanden. Bei dem, womit ich mich auseinandersetzen muss, wird es mir guttun, ein paar glückliche und zufriedene Kinder zu sehen.«
»Wunderbar. Es fängt um neun an. Soll ich dich um acht von zu Hause abholen?«
»Nicht nötig, gib mir die Adresse, ich komme hin.«
Selbst in meinen schlimmsten Albträumen oder depressivsten Phasen mit Magenschmerzen hätte ich mir nicht vorstellen können, dass ich eine solche Einladung annehmen würde: einen getrennt lebenden Vater zu einer Schulaufführung zu begleiten. Da lauerte gleich doppelte Gefahr: ein schreckliches Schauspiel der lieben Kleinen, die angeblich ganz entzückend etwas darboten, und die keineswegs auszuschließende Möglichkeit, dass der Erzeuger dir alle seine aktuellen Probleme erzählt. Ein unverdauliches Gericht, das zu schlucken ich jedoch bereit war, nur um mich nicht in der Einsamkeit meines Hauses erneut mit dem schrecklichen Foto konfrontieren zu müssen.
Ich begann, die Berichte über unsere entmutigenden Ermittlungen zu schreiben, Berichte über das, was wir nicht wussten. Dennoch fühlte ich mich etwas besser, auch wenn bei mir die Tatsache, dass das Verbrechen mit meiner Pistole begangen worden war, zusätzlich Schuldgefühle auslöste, die so schnell wie möglich unterbunden werden mussten. Wir hatten andere komplizierte Ermittlungen hinter uns, in denen fehlende Beweise und das Abkommen

von der Fährte jede Bewegung erschwert hatten. Dennoch hatte ich mich nie so schlecht wie jetzt gefühlt. Ich musste mir ständig vor Augen führen, dass der Diebstahl meiner Pistole nicht meine Schuld gewesen war. Es war eine verhängnisvolle Verkettung von Umständen und besonders fatal, weil die Diebin ein Kind war. Doch wie diese lästigen Selbsthilferatgeber, die Garzón zu lesen schien, empfahlen: immer positiv denken. Soll heißen, ich musste mir einreden, dass die zögerlichen Schritte, die wir bisher gemacht hatten, uns irgendwohin führten.
Um Viertel vor sieben fuhr ich meinen Rechner herunter. Mir blieb gerade noch Zeit, nach Hause zu fahren und mich umzuziehen. Was zog man für eine Schulaufführung an? Mir würde schon was einfallen, jedenfalls nicht das, was ich anhatte: schwarzer Pullover, Jeans und Blazer. So angezogen hatte ich das Gefühl, drei Meilen gegen den Wind nach Bulle zu riechen. Ich ging, ohne mich von Garzón zu verabschieden. Ihm war zuzutrauen, dass er mich ganz frech gefragt hätte, wo ich hinwollte. Würde ich ihm die Wahrheit sagen, würde ich mich seinem Spott aussetzen, und nicht nur das, sondern auch seiner ungesunden Neugier und falschen Auslegungen. Er könnte sogar denken, dass ich was mit Artigas hätte und es aus emotionalen Gründen täte. Kam nicht in Frage, ich würde kein Öl in das sich ausbreitende Feuer der Liebesleiden und -freuden gießen.
Meine Wahl fiel auf ein graues Cheviotkostüm und dazu, damit es nicht zu vornehm wirkte, einen pistaziengrünen Rollkragenpullover. Ich kämmte und schminkte mich, und mein Spiegelbild warf mir eine ziemlich elegante Frau mit hochgezogener Augenbraue zurück. Gut, was würde das Selbsthilfebuch jetzt raten? Bestimmt so etwas wie: Lächeln Sie, und Sie fühlen sich gleich besser. Ich gehorchte,

und aus dem Spiegel sah mich eine Allerweltsfrau mit gezwungenem Lächeln an. Zum Teufel damit! Wollte ich etwa wie eine in die Jahre gekommene Hausfrau oder eine liberale Berufstätige wirken, die zu einer Aufführung ihres süßen Sprösslings geht? Nein, kein Buch würde mir helfen, zu überspielen, dass ich eine gestresste Polizistin war, die zu einer absurden Veranstaltung ging, um einem Fall zu entkommen, der sie aus dem Gleichgewicht gebracht hatte.
Marinas Schule lag im oberen Teil Barcelonas. Es war eine dieser fortschrittlichen, superteuren Privatschulen ohne konfessionelle Bindung, eine Eliteschule, an der selbstverständlich dreisprachig, in den Sprachen Spanisch, Katalanisch und Englisch, unterrichtet wurde. Vor dem Eingang standen kleine Grüppchen, die sich mit der unverwechselbaren bürgerlichen Zurückhaltung begrüßten, die diese Leute verinnerlicht haben. Ich fand mein Outfit einigermaßen passend, und schon beruhigter machte ich mich auf die Suche nach Artigas. Als er mich entdeckte, kam er in Begleitung von zwei ungefähr zwölfjährigen Jungs auf mich zu und stellte sie mir vor.
»Das sind meine Söhne Hugo und Teo.«
Ich war platt. Seine Söhne? Wie viele Kinder hatte Marcos Artigas eigentlich? Ich sagte nichts, das war aber egal, denn Artigas sah meine Verblüffung sofort.
»Hugo und Teo sind Zwillinge, auch wenn sie sich nicht sehr ähnlich sehen, sie sind aus meiner ersten Ehe.«
»Aha, sehr erfreut«, sagte ich dämlicherweise.
»Und ich habe noch einen älteren Sohn, Federico, er ist sechzehn. Er kann heute aber nicht kommen, weil er für eine Prüfung lernen muss.«
»Wahnsinn, was für ein eifriger Erzeuger!«
Er lachte auf und schüttelte den Kopf.

»Irgendwann erzähle ich dir mal die Zusammenhänge meiner Familie.«
Ich gab den beiden Jungs die Hand, die mich ansahen, als wäre ich ein komischer Kauz, woraus ich schloss, dass sie von meinem Beruf wussten. Wir gingen in die Aula, und ich setzte mich neben Artigas, der mir zuflüsterte:
»So eine faszinierende Einladung hattest du bestimmt noch nie, reiner Kinderabend.«
»Ich bin auf alles vorbereitet.«
Er lachte wieder.
»Hatte ich dir nicht gesagt, dass ich drei Söhne habe?«
»Ich wusste nicht mal, dass du geschieden bist.«
»Es war eine lange Ehe, im Gegensatz zur zweiten, die hat nur sieben Jahre gehalten.«
»Nicht schlecht.«
»Wie auch immer, jetzt bin ich ausschließlich Vater fürs Wochenende und die halben Ferien. Ich suche eine große Wohnung.«
Ich merkte, wie einer der Jungs sich den Hals verrenkte, um mich verstohlen zu mustern. Er hatte kurzes Haar, Sommersprossen und einen sehr wachen Blick.
»Du hast ihnen gesagt, dass ich Polizistin bin, stimmt's?«
»Woran hast du das gemerkt?«
»Weil sie mich so neugierig ansehen.«
»Wenn du nichts anderes vorhast, könnten wir nach diesem Rührstück – das ist es bestimmt – zusammen essen gehen. Aber ich warne dich, meine Söhne haben eine lange Liste an Fragen.«
»Ich denke mal, dass ich die beantworten kann.«
Das Licht ging aus, und ich stellte mein Handy ab. Artigas flüsterte mir ins Ohr:
»In diesem Stück wirken alle Schüler mit, egal welchen

Alters. Wie es in der Einladung heißt, sprechen die Schauspieler nicht, sie drücken alles mit dem Körper aus.«
Er zog ein ironisch resigniertes Gesicht, und ich lächelte ihn an, die Situation war wirklich amüsant. Es erklang flotte klassische Musik, die den synkopischen Rhythmus klar vorgab. Auf einer Seite der Bühne erschien ein Kind in einem Entenkostüm. Ihm folgten Hand in Hand ein ganzer Reigen gelber Enten, jede etwas kleiner als die vorige. Die Eltern im Publikum riefen amüsierte Kommentare. Es handelte sich zweifelsohne um kleine Kinder, nicht älter als drei Jahre. Sie gingen zögerlich, unkonzentriert und sahen in alle Richtungen, womit sie die Reihenfolge durcheinanderbrachten. Es war ein komisches Schauspiel, und die Zuschauer begannen zu lachen. Die Kleinen trugen Schwimmflossen aus Pappe an den Füßen, um sie wirklich wie Schwimmvögel aussehen zu lassen. Das letzte Kind, ein Liliputentchen, stolperte, weil es seine Schwimmflossen verkehrt herum anhatte. Aber weder das kleine Entchen noch seine Kameraden störte das, und auch nicht, dass dieser Umstand heiteres Gelächter beim Publikum hervorrief. Marcos und ich lachten auch und tauschten einen glücklichen Blick. Es war nicht der letzte wohlwollende Blickwechsel. Bei einer Kinderaufführung kann es so viele Unwägbarkeiten geben, dass man sich der spontanen Heiterkeit nur schwer entziehen kann. Alles war ein wenig ungelenk, was zugleich das größte Vergnügen war: Die Elefanten liefen viel zu schnell, eine Gazelle stürzte, und die größeren Kinder, die Giraffen darstellten, wussten nicht so genau, wie sie mit der Länge ihres Halses umgehen sollten. Ich merkte, dass Hugo und Teo am meisten lachten. Während sie vor Lachen brüllten, stupsten sie sich gegenseitig in die Rippen. Nach diesem eher anarchischen Aufmarsch der Tiere flatterten ein paar

graziöse Libellen im Ballettröckchen und mit durchsichtigen Flügeln an den Armen auf die Bühne. Unter ihnen war Marina, blond und ätherisch, die, ernst und konzentriert auf ihre Aufgabe, auf Zehenspitzen die Bühne überquerte, wozu ein Stück von Debussy gespielt wurde. Sie war wirklich reizend, und ich musste gerührt lächeln, als ich mich an ihre unschätzbare Hilfe bei den Ermittlungen erinnerte. Ich sagte zu ihrem Vater:

»Sie macht das sehr gut.«

»Vielleicht wird aus ihr ein Star«, erwiderte er scherzend.

»Dieses Mädchen wird in allem herausragen, was auch immer sie sich vornimmt.«

Er zuckte die Achseln und lächelte. Artigas war wirklich sympathisch, und seine Idee, mich einzuladen, weniger absurd, als ich angenommen hatte.

Nach der Vorstellung mussten wir in der Eingangshalle auf das Mädchen warten. Während Marcos andere Elternpaare begrüßte, wandte ich mich an die Zwillinge:

»Hat es euch gefallen?«

»Alles ist ihnen misslungen«, sagte einer von ihnen. Der andere ergänzte die wenig mitfühlende Kritik:

»Ich sehe keinen Sinn in einem Theaterstück, in dem nicht gesprochen wird. In Theaterstücken muss gesprochen werden.«

»Nicht immer, siehst du ja. Und dafür, dass es keinen Sinn hatte, habt ihr ordentlich gelacht.«

»Bah!«

»Du bist Polizistin, stimmt's?«, fragte Ersterer und sah zu seinem Vater hinüber.

»Inspectora.«

»Trägst du eine Waffe?«

»Ja.«

»Hier, in der Tasche?«
»Ja, ich habe sie dabei. Aber hier werde ich sie euch nicht zeigen«, beeilte ich mich klarzustellen.
Artigas kam zusammen mit Marina zurück, auf deren Stirn noch die Libellenfühler klebten. Sie küsste mich zur Begrüßung. Ich weiß nicht, ob sie das spontan tat oder ob ihr Vater sie dazu angehalten hatte, aber ich war angenehm überrascht. Gleich darauf sagte sie:
»Sag ihnen ...«, und zeigte auf ihre Brüder, »sag ihnen, dass ich wirklich für die Polizei gearbeitet und Fotos angesehen habe.«
Ich schaute die Jungen an.
»Das ist wirklich wahr. Ohne ihre Hilfe wären wir in dem Fall, an dem wir arbeiten, nicht weitergekommen.«
»Was für ein Fall ist das?«
»Das darf ich euch nicht sagen, das muss geheim bleiben.«
»Lasst die Inspectora in Ruhe. Und löchert sie bloß nicht mit Fragen, sonst gehen wir nicht essen.«
Während er mir Vorschläge machte, welche Restaurants sich für beide Altersgruppen eigneten, lauschte ich mit einem Ohr dem Gespräch der drei Kinder.
»Was für ein lächerliches Theater! Deshalb hast du Papa gesagt, dass wir kommen sollen? Im Fernsehen gab's ein Fußballspiel!«
»Du bist echt unterbelichtet«, verteidigte sich die süße Marina in mir unbekannter Ausdrucksweise. »Du magst nur Fußball und Sport. Alles andere gefällt dir nicht, weil du es nicht verstehst.«
»Und was gab's zu verstehen bei diesem kleinen Trottel, der seine Flossen verkehrt rum anhatte? Er hat einem richtig leidgetan, der Blödmann!«
Marina fiel über den Jungen her, aber in dem Augenblick

drehte sich ihr Vater, der die Feindseligkeiten nicht mitbekommen hatte, zu ihnen um und beendete den Streit.
»Kommt Kinder, wir gehen ins Coliseo.«
Im Coliseo gab es Hamburger, Salate und Pasta bester Qualität. Ich fand, es war eine gute Wahl. Wir bekamen einen großen Tisch und riesige Speisekarten mit Zeichnungen zu den Gerichten. Plötzlich bekam ich Panik. Worüber spricht man mit Kindern? Worüber spricht man mit Männern, die man kaum kennt? Worüber spricht man in einer so ungewöhnlichen Situation? Die drei Kleinen waren still, obwohl ich spürte, wie die vergifteten Pfeile über den Tisch flogen, weil ich den Streit vorher mitbekommen hatte.
»Sehr witzig dieser Junge, der eine Ente spielte!«, sagte der Junge mit Namen Hugo plötzlich sarkastisch. »Man wusste nicht, ob er kam oder ging.«
Aber Marina war geübt darin, sich trotz ihres zarten Alters zu verteidigen.
»Ich wusste es. Kluge Menschen wissen das.«
»Am besten waren die Libellen, die Ballett tanzten. Anfangs dachte ich, es wären Fliegen«, stichelte Teo nicht minder boshaft.
Von Marinas Teller flog eine Bratkartoffel auf Teos Schoß. Ich beobachtete sie verblüfft und sah dann Artigas an. Er war in sein Essen vertieft und schien nichts mitzubekommen von dem unterschwelligen Krieg, der sich unter seinen Sprösslingen entfesselte. Aber offensichtlich war ihm die fliegende Kartoffel doch nicht entgangen, denn er sagte:
»Kinder, benehmt euch.«
Dann kam das Verhör, bei dem mir die üblichen Fragen gestellt wurden, aber diesmal strenger, ohne diese höfliche Zurückhaltung, die Erwachsenen eigen ist. Hast du schon viele Serienmörder erwischt? Was für eine Pistole hast du?

Bist du vielen Gefahren ausgesetzt? Hast du schon mal jemanden umgebracht? Ich glaube, Artigas litt anfangs ein wenig und versuchte in manchen Momenten sogar, sie zurückzuhalten, aber als er feststellte, dass ich ganz gut allein klarkam, kehrte seine ruhige Gelassenheit zurück. Auch er steuerte ein paar Fragen bei, und alles endete glücklich mit dem Herzeigen meiner Pistole. Das war natürlich das Einzige, was sie wirklich aufregend fanden, der Rest schien sie eher enttäuscht zu haben. Es gibt wenige Serienmörder in Spanien, die Risiken bei den Ermittlungen sind gering, es wird selten geschossen und noch viel weniger getötet. Darüber hinaus kühlte ich ihren anfänglichen Enthusiasmus mit dem Geständnis ab, dass ich schon lange nicht mehr an den vorschriftsmäßigen Schießübungen teilgenommen hatte. Nur Artigas wird mir für diese Entmythologisierung dankbar gewesen sein, denn ich bezweifle, dass es einem Mitglied der katalanischen Mittelschicht gefallen würde, wenn einer seiner Sprösslinge Berufung zum Polizisten zeigte.

Um halb elf, einer zivilisierten Uhrzeit, waren wir mit dem Abendessen fertig. Marina war sichtlich müde, und die Zwillinge waren schweigsam und förmlich, was ich ebenfalls als Ermüdungserscheinung interpretierte. Marcos Artigas bestand zunächst darauf, mich nach Hause zu bringen, ich lehnte hartnäckig ab und beendete die Debatte, indem ich demonstrativ ein freies Taxi heranwinkte. Ich verabschiedete mich von den Kindern, und ihr Vater hielt mir die Tür auf. Dabei sagte er:

»Ich fühle mich so schuldig, dich zu dieser … familiären Veranstaltung mitgenommen zu haben. Ich glaube, mir ist erst jetzt bewusst geworden, wie wenig du an so etwas gewöhnt bist, bis wir in den Genuss kamen, und mit dem Genuss ist es so eine Sache …«

»Gerade, weil es für mich so ungewohnt war, habe ich mich köstlich amüsiert, wirklich. Deine Kinder sind sehr aufgeweckt.«

Wir gaben uns zwei keusche Küsse auf die Wangen, und das Taxi fuhr los. Ich war zufrieden und hatte Artigas nicht aus Höflichkeit angelogen. Tatsächlich war alles für mich ziemlich ungewöhnlich gewesen, und das gerade, weil es so gewöhnlich war: Kinder, die essen und sich gegenseitigansticheln, Fragen stellen, mit vollen Backen kauen, lachen ... Wunderbar, eine Dosis Normalität, die meine innere Düsternis tatsächlich verscheucht hatte. Diese Nacht würde ich gut schlafen.

Ich duschte, zog meinen Pyjama an und legte mich mit einem Buch ins Bett. Gedanken über das Abendessen lenkten mich ab. Es war wirklich eine Überraschung, dass ein moderner Mann wie Artigas vier Kinder hatte, selbst wenn zwei gleichzeitig geboren wurden und alle vier aus zwei Ehen stammten. Heutzutage hat niemand mehr vier Kinder, es ist altmodisch, fast schon geschmacklos. Die Jungs waren wirklich sympathisch, man konnte sogar sagen, wohlerzogen. Sie brüllten nicht ständig herum, sie störten nicht, verlangten nicht dauernd Aufmerksamkeit und trugen eine mehr als humorvolle Ironie zur Schau. Wie wohl Artigas' erste Frau war? Warum hatten sie sich getrennt? Warum hatte er wieder geheiratet und noch dazu eine Frau, die offensichtlich so gar nicht zu ihm passte? Nun ja, dieser Mann war anders als die meisten Männer, er hatte etwas Unvergleichliches an sich. Gelassen und etwas zerstreut wirkte er wie eine Mischung aus übernächtigtem Hippie und einem vernünftigen Menschen, der mit beiden Beinen fest auf dem Boden stand. Ich seufzte. Jedenfalls dankte ich ihm und seinem Zwergentrupp aus ganzem Herzen dafür, dass sie mich einen Abend lang den Fall hatten vergessen lassen. Bei diesem Gedanken fiel mir ein, dass ich das Handy noch nicht wieder eingeschaltet und auch den Anrufbeantworter nicht abgehört hatte. Ich glaubte nicht, dass etwas Besonderes vorgefallen war, aber getrieben von meinem Pflichtgefühl ging ich nachsehen.

Zehn! Zehn Anrufe von Garzón bewiesen, dass ich mich geirrt hatte. Zehn identische Nachrichten. Sechs identische auch auf dem Anrufbeantworter: »Petra, wo stecken Sie denn? Rufen Sie mich bitte sofort zurück. Es ist dringend!« Mein Herz klopfte hektisch. Ohne dieses abschließende »Es ist dringend« hätte ich gedacht, dass es sich um ein persönliches Problem des Subinspectors handelte. Aber nein, die Dringlichkeit bezog sich eindeutig auf den Fall. Es war fast Mitternacht. Was sollte ich tun, ihn anrufen? War es nicht schon zu spät für das, weswegen ich so dringend gebraucht wurde? In dem Moment klingelte mein Handy. Ich schreckte hoch und es fiel herunter. Zum Glück war es nicht kaputtgegangen, es klingelte eindringlich weiter, unpassend für diese Uhrzeit. Meine plötzlich aufsteigende Nervosität wurde durch die Stimme meines Kollegen auch nicht gemildert.

»Inspectora, na endlich! Wo waren Sie denn, verdammt? Ich rufe Sie wie bekloppt an seit ...«

»Ich weiß schon, Garzón, was soll das werden, eine Dienstaufsichtsbeschwerde?«

»Überhaupt nicht. Kommen Sie sofort ins Kommissariat. Eine der rumänischen Näherinnen hat sich gemeldet, will aber nicht mit mir reden. Ich habe Yolanda oder Sonia vorgeschlagen ... aber es geht nicht um irgendeine Frau, es müssen Sie persönlich sein. Sie sitzt seit zehn Uhr hier, aber länger kann ich sie nicht festhalten. Ich fürchte, wenn sie geht, überlegt sie es sich morgen anders und sagt nichts mehr.«

»Ist Sie in Ihrer Nähe? Geben Sie sie mir. Wie heißt sie?«

»Illiana Illiescu.«

»Illiana, verstehen Sie mich?«

»Ja.«

Ich begriff die Sorge des Subinspectors, die Stimme klang unsicher und zittrig, vielleicht ängstlich.

»Ich bin Petra Delicado, die Inspectora, die kürzlich bei Ihnen gewesen ist. Ich fahre jetzt los und bin gleich da. Ich bitte Sie, nicht zu gehen, auch wenn Sie schon so lange gewartet haben, bitte.«

»Ich muss morgen wieder arbeiten, in die Werkstatt, sehr früh.«

»Ich fahre sofort los, hören Sie, sofort! Wir bringen Sie dann nach Hause.«

Ich legte auf und war einen Augenblick ganz leer im Kopf. Womit sollte ich anfangen? Die Jeans, ohne Unterwäsche, einen dicken Pullover über die Pyjamajacke, flache Schuhe, Mantel, Autoschlüssel. Die Hochspannung verursachte mir heftige Kopfschmerzen. Mir blieb keine Zeit für ein Aspirin. Ich hastete los.

Bei der Ankunft im Kommissariat wurde aus den Kopfschmerzen Migräne. Wo hatte Garzón diese Zeugin hingesetzt, in mein Büro? Ich hoffte, dass sie noch nicht gegangen war. Der Streifenpolizist Domínguez hatte Nachtwache. Ich erwiderte seinen Gruß kaum, doch mir schoss durch den Kopf: Du hast vielleicht ein Glück, mein Lieber, und du wirst dir auch noch einbilden, dass du es verdient hast! Ich riss die Tür auf, und – dem Himmel sei Dank! – da saß der Subinspector zusammen mit einer schüchtern wirkenden dunkelhaarigen Frau Anfang dreißig, die mich erschrocken ansah. Ich entspannte mich so schnell wie unter den gegebenen Umständen möglich und setzte eine Miene auf, die beruhigend wirken sollte. Automatisch gab ich ihr die Hand, die sie kräftig drückte.

»Wie geht's? Ich bin Petra Delicado. Ich hoffe, Sie mussten nicht zu lange warten.«

Ich entdeckte, dass sie schwanger war. Ziemlich gekünstelt lächelte ich jetzt auch den Subinspector an.

»Haben Sie Illiana etwas angeboten, Subinspector, einen Kaffee oder eine Limonade?«

»Ja, Inspectora, aber sie wollte nichts.«

»Na, das liegt daran, weil ich nicht da war. Aber jetzt trinken Sie eine heiße Schokolade aus unserem wunderbaren Automaten, nicht wahr?«

Sie zuckte die Achseln und wusste nicht, was sie tun oder sagen sollte.

»Wären Sie so freundlich und holen uns die Schokolade, Fermín? Ich nehme auch eine.«

Ich machte ihm ein verstohlenes Zeichen, damit er endlich kapierte. Er sollte verschwinden, bis ich ihn rufen würde. Kaum hatte er den Raum verlassen, sah mich die junge Frau ängstlich an.

»Ich will reden und etwas sagen.«

»Wir haben keine Eile, lassen Sie sich Zeit, entspannen Sie sich. Der Subinspector wird eine Weile brauchen.«

»Mein Mann will nicht, dass ich nachts allein auf Straße gehen, er unten auf mich warten.«

»Ihr Mann hat die ganze Zeit auf Sie gewartet? Aber warum haben Sie ihm denn nicht gesagt, er soll hereinkommen? Ich werde einen Kollegen hinausschicken, der soll ihn holen. Er erfriert doch da draußen.«

»Nein, er daran gewöhnt, es ihm nichts machen, er in Ordnung; aber ich will reden und gehen.«
»Legen Sie los, Illiana, erzählen Sie. Ich höre Ihnen aufmerksam zu.«
»In der Werkstatt einmal Probleme mit schlechten Fotos mit Kindern, vor ein bisschen Zeit. Es nicht war die Señora Chefin, sondern ein anderer Chef, den ich nicht kennen und der nicht mehr da.«
»Ja, das wissen wir. Alle betroffenen Personen wurden damals festgenommen.«
»Alle nicht. Eine Frau, die in Werkstatt arbeitet, sagen, dass ich viel Geld verdienen, wenn ich mein Kind habe. Sie sagt, sie vermieten ihre Tochter und ihr nichts passieren, sie verdienen Geld mit Fotos.«
»Eine Ihrer Arbeitskolleginnen?«
»Ja, aber sie nicht mehr da.«
»Nicht mehr da? Ich meinte, Sie hätten gesagt, sie arbeitet mit Ihnen zusammen.«
»Sie ist weg. Verschwunden, als Sie erstes Mal kamen. Ich nichts gesagt, weil mein Mann sagt, nicht unsere Angelegenheit. Aber ich habe gesehen das Foto, das Sie gestern gezeigt haben.«
Sie stockte einen Moment, als würde sie nicht die richtigen Worte oder den Mut finden weiterzureden. Ich ließ ihr Zeit. Ihr Gesicht verzog sich verächtlich.
»Diese Fotos schlecht, diese Frau sehr schlecht. Eine Frau haben Kinder und nicht so was machen. Es ist sehr, sehr schlecht.«
»Ja, das ist es, schrecklich. Wer ist diese Frau, Illiana?«
»Marta, Marta Popescu.«
»Wissen Sie, wo sie wohnt?«
»Nein, nichts. Sie nie sagen, wo sie wohnt.«

»Sind Sie sicher?«
»Ich hergekommen, um zu reden, ich rede die Wahrheit, aber, wo wohnen, nicht wissen.«
Trotz ihrer Sprachprobleme war sie perfekt zu verstehen. Ich glaubte ihr, aber ich musste noch mehr wissen.
»Wie alt ist sie, wie alt ist ihre Tochter?«
»Ihre Tochter nicht wissen. Marta größeres Alter als ich.«
»Hat sie Ihnen gesagt, was sie machen wird? Wo sie hingeht?«
»Marta nicht sprechen. Sie eines Tages nicht auf Arbeit. Señora Chefin viel geschrien.«
»Ihre Chefin war erbost darüber, dass sie ihr nicht gesagt hat, dass sie geht?«
»Ja.«
»Sie hat Ihnen vorgeschlagen, Fotos von Ihrem Kind machen zu lassen?«
»Ja.«
»Sie hat Ihnen gesagt, dass Sie bezahlt würden?«
»Ja, viele Euros.«
»Hat sie Ihnen gesagt, wer Sie bezahlen würde?«
»Nein, hat sie nicht.«
»Gibt es noch etwas, das Sie mir sagen können, etwas, das sie Ihnen erzählt hat?«
»Nein. Mein Mann auf Straße warten.«
»In Ordnung. Machen Sie sich keine Sorgen, niemand wird erfahren, dass Sie uns das erzählt haben. Sie können sich darauf verlassen.«
Ich rief nach Garzón. Er betrat sofort den Raum und versuchte, die Komödie mit der Schokolade glaubwürdig zu machen.
»Tut mir leid, es hat ein bisschen gedauert, niemand hatte Münzen für den Automaten.«

»Illiana geht jetzt. Begleiten Sie sie zum Ausgang, Subinspector?«
Die Rumänin wollte meinen Kollegen nicht vor den Kopf stoßen, nahm den Pappbecher und trank ihn in einem Zug aus. Ich holte dreißig Euro aus meinem Geldbeutel und gab sie ihr.
»Das ist für Sie und Ihren Mann, nehmen Sie sich ein Taxi nach Hause.«
Sie schüttelte heftig den Kopf.
»Ich herkommen, weil Fotos schlecht, sehr schlecht. Nicht wegen Euros.«
»Verstehen Sie mich nicht falsch. Das bekommen alle, die wegen einer Aussage lange im Kommissariat warten müssen, alle«, log ich.
Da nahm sie endlich das Geld und steckte es ein. Garzón begleitete sie zum Ausgang. Nach zwei Minuten war er zurück, ihn dürstete nach Information. Ich berichtete ihm. Er nickte zustimmend, ohne eine einzige Frage zu stellen.
»Gut, perfekt, gut. Ihr Köder hat Erfolg gehabt. Zu hören oder zu sehen ist nicht dasselbe. Zumindest in bestimmten Fällen. Was zum Teufel war denn das mit ihrem Mann? Sie ist mit einem großen Kerl weggegangen.«
»Ihr Mann hat draußen auf sie gewartet, damit sie nicht allein heimgehen muss.«
»Er hat zwei Stunden auf sie gewartet, ohne zu wissen, wann sie rauskommt?«
»Das sehen Sie ja. Diese Leute glauben, keinerlei Rechte zu haben, sie nehmen alles auf sich.«
»Es ist zum Verzweifeln!«
»Genau das tun sie, verzweifeln. Machen wir uns auf den Weg?«
»Ja, wir gehen schlafen.«

»Wer denkt denn an Schlafen?«
»Inspectora, es ist ein Uhr in der Früh. Wo wollen Sie denn hin um diese Uhrzeit?«
»Na schön, einverstanden, gehen wir schlafen. Aber nicht, ohne uns einen Schlachtplan für morgen überlegt zu haben.«
»Der Plan ist klar, wir müssen wieder in die Werkstatt. Die Betreiberin wird ja wohl in der Personalakte die Adresse dieser Popescu haben, ob sie dann zu Hause ist, wenn wir sie aufsuchen, wird sich erweisen.«
»Ich erwarte Sie morgen früh um acht.«
»Um acht? Das wird sich auch noch erweisen, mein Gott!«
Schon im Gehen drehte er sich noch einmal um.
»Übrigens, wo waren Sie denn, als ich Sie nicht erreichen konnte, Inspectora?«
»Muss ich antworten?«
»Nein, verzeihen Sie, jeder hat seine Privatsphäre«, sagte er ein wenig beleidigt.
»Ich war in einer Schulaufführung von Kindern.«
Er sah mich mit gequältem Blick an.
»Ich sagte ja schon, jeder hat seine Privatsphäre, Petra. Aber Sie müssen nicht gleich sarkastisch werden. Gute Nacht.«
Hochmütig stolzierte er den Flur hinunter. Wenn ich ihm noch gesagt hätte, dass ich mit drei Kindern Hamburger essen war, wäre er imstande gewesen, mir eine zu knallen.

Sechs

Ich legte mich nicht ins Bett, sondern schlief nur mit einer Decke zugedeckt auf dem Sofa. So hatte ich das Gefühl, dass die Nacht schneller vergehen würde. Oder vielleicht hoffte ich nur darauf, dass sich die Wohnzimmergespenster gnädiger zeigten als die im Schlafzimmer. Frauen, die ihre Kinder für pornographische Fotos verkauften. Schändlich missbraucht von der eigenen Mutter, dem Wesen, das dich theoretisch immer beschützt und über dich wacht, der einzige Mensch, bei dem du Zuflucht suchen kannst, stößt dich in den Dreck. Na fein, das Leben ist schön. Wie werden diese Kinder die Welt sehen, wenn sie heranwachsen? Das Leben ist schön, ja. Wirtschaftliches Elend, das moralisches Elend bewirkt. Die wohltuenden Auswirkungen des familiären Abendessens mit den Artigas hatten sich schlagartig verflüchtigt. Aber ich musste schlafen. Der Morgen nahte schon. Wenn es doch schon hell werden würde. Ich musste dringend an dem Fall weiterarbeiten. Jetzt wollte ich nicht mehr nur den Täter, das Mädchen und meine Pistole finden. Nein, jetzt galt es, einen ganzen Kinderpornoring aufzudecken, die Verantwortlichen einen nach dem anderen zu finden und sie dem Richter zu übergeben, sie vorher in die Zange zu nehmen, anzuspucken und zu erreichen, dass sie sich des Ausmaßes ihres Verbrechens bewusst wurden, dass sie sich schämten, dass sie wünschten, nicht geboren worden zu sein. Obwohl es auch gut sein konnte, dass gar kein Ring existierte. Wenn wir diese Frau finden und herausfinden würden, dass sie allein diese Obszönität begangen hatte, was würde ich dann tun? Sie auch in die Zange nehmen? Woher kam diese Frau? Was für ein Leben führte sie? Hatte ihre Mutter auch ihre Würde verkauft? Konnte sie lesen und schreiben? War sie vielleicht schon mal im Gefängnis gewesen? Ohnmächtige Wut angesichts der Unmöglichkeit, die Welt zu verbessern, peinigte mich. Mir blieb nichts anderes übrig, als die Zähne zusammenzubeißen und sie zu ertragen. Das tat ich, bis ich von der Erschöpfung überwältigt endlich einschlief.

Um sechs wachte ich auf und fühlte mich deutlich besser. Die heiße Dusche und der Kaffee beförderten mich praktisch in die Normalität zurück. Vor dem Verlassen des Hauses aß ich sogar noch einen Toast. Bei meiner Ankunft im Kommissariat fühlte ich mich im Gleichgewicht, das ich sogleich zu verlieren drohte, als ich feststellte, dass noch niemand da war. Ich rief Sonia und Yolanda an und zog sie von der Observation der Werkstatt ab, es lohnte sich nicht mehr. Dann gab ich den Namen Marta Popescu in den Computer ein in der Hoffnung, dass sie in der Datenbank erfasst war. Schließlich setzte ich mich mit der Ausländerbehörde in Verbindung, vielleicht hatte sie dort Spuren hinterlassen.

Pünktlich um acht erschien Garzón.

»Gehen wir vorher noch einen Kaffee trinken, Subinspector?«

»Na so was, ich dachte schon, Sie wollten sofort ins Auto springen!«

»Ich gehe davon aus, dass diese Frau nicht mehr in ihrer Wohnung ist. Macht also nichts, wenn wir zehn Minuten

später eintreffen. Gestern wollte ich alles überstürzen, das ist nicht gut für eine Ermittlung.«
Ich konnte es meinem Kollegen auch nie recht machen. Jetzt sah er mich an, als wäre es ihm lieber, ich wäre so hektisch wie am Abend zuvor.
»Was ist los, finden Sie das unangebracht?«
»Nein, keineswegs. Ich habe nur nachgedacht.«
»Darf man erfahren, worüber?«
»Wie schnell Frauen ihre Meinung ändern.«
»Immer noch dasselbe Thema? Werden Sie mir auch noch nach dreißig Jahren Zusammenarbeit mit konfuzianischen Maximen über Frauen kommen? Lassen Sie es sein, Fermín, wir Frauen sind wunderbar, ob wir nun unsere Meinung ändern oder nicht.«
»Daran habe ich nie gezweifelt.«
»Und außerdem sind Sie ziemlich rechthaberisch.«
»Verdammt!«, murmelte er vor sich hin. »War Konfuzius verheiratet, Inspectora?«
»Keine Ahnung, warum?«
»Nichts, nichts, reine Neugier.«
Als wir eintrafen, waren alle Näherinnen schon bei der Arbeit. Ich warf einen flüchtigen Blick auf sie und stellte fest, dass Illiana Illiescu konzentriert an ihrer Nähmaschine arbeitete und ganz normal tat. Die Chefin bat uns in ihr Büro, einen winzigen Raum mit einem Tisch und drei Stühlen. Diesmal schimpfte sie nicht und ärgerte sich auch nicht über unser Auftauchen. Mit säuerlichem, ernstem Gesicht fragte sie uns etwas resigniert, was wir nun schon wieder wollten.
»Wir suchen Marta Popescu und wissen, dass sie hier gearbeitet hat.«
»Ah, daher weht der Wind! Kann ja sein, dass jemand, der hier gearbeitet hat, in Schwierigkeiten ist, aber in meinem

Unternehmen brauchen Sie nicht nach Verbrechern zu suchen, denn Sie werden sie nicht finden.«
»Verstanden, das wissen wir bereits. Können Sie unsere Fragen beantworten?«
»Marta Popescu ist vor fast einem Monat verschwunden. Anfangs ging sie mir auf die Nerven, ich solle sie fest einstellen. Dann arbeitete sie drei Monate hier, wobei ihre Leistung allerdings ziemlich zu wünschen übrig ließ, und ist eines schönen Tages nicht mehr zur Arbeit erschienen. Sie hat nicht mal die fünf Tage Lohn kassiert, die ihr noch zustanden.«
»War sie legal im Land?«
»Mir hat sie ihren rumänischen Pass gezeigt. Ich habe sie eingestellt und bei der Krankenkasse angemeldet. Ich sagte ihnen ja schon, dass hier alles seine Ordnung hat.«
»Dann haben Sie bestimmt auch ihre Adresse.«
»Natürlich habe ich die. Warten Sie, ich hole ihre Personalakte.«
Sie öffnete einen Aktenschrank aus Metall, der quietschte, und zog die Akte heraus. Darin befand sich eine Kopie des Arbeitsvertrages, die Meldung bei der Krankenkasse und eine Karteikarte. Die angegebene Adresse befand sich in Raval. Und schließlich noch eine Fotokopie von Popescus Pass, womit wir auch ein Foto von ihr hatten: eine Frau Mitte dreißig, dunkelhaarig, die herausfordernd direkt in die Kamera starrte.
»Wissen Sie, ob sie eine Tochter hatte?«
»Nein, ich weiß nichts von ihr. Mir ist es eigentlich lieber, nichts über das Leben meiner Angestellten zu wissen. Manche Fälle kennt man besser nicht.«
Ich reichte das Material dem Subinspector, der es aufmerksam durchsah.

»Ist Ihnen etwas Merkwürdiges an ihr aufgefallen?«
»Nein. Sie war schweigsam, aber das sind sie alle.«
»Hat sie mal jemand abgeholt?«
»Keine Ahnung. Nach Feierabend bleibe ich meist noch und kümmere mich um den Bürokram.«
»Die letzten Tage vor ihrem Verschwinden, fanden Sie sie da nervös, oder hat sie was Ungewöhnliches gemacht?«
»Weiß ich nicht, ich habe nicht darauf geachtet. Wie sollte ich auch, ich konnte ja nicht wissen, dass sie einfach so verschwindet.«
Plötzlich mischte sich Garzón ein.
»Hier steht, dass ihr letzter Arbeitstag der 20. Januar war. Stimmt das wirklich?«
»Ja, daran erinnere ich mich. Es war ein Mittwoch, mitten in der Woche, und wir hatten einen ziemlich großen Auftrag. Ich war erstaunt, als sie nicht zur Arbeit erschien, aber sie hatte kein Telefon, also konnte ich sie auch nicht anrufen. Ich fragte die Mädchen, ob sie etwas wüssten oder ob sie krank sei, aber keine hat geantwortet. Offensichtlich hatte sie hier kaum Freundinnen, und hätte sie welche gehabt, hätten die auch geschwiegen. Sie schweigen immer.«
»Also ist sie am 21. nicht mehr zur Arbeit erschienen.«
»Genau.«
Garzón holte sein Notizbuch heraus und blätterte darin. Plötzlich sah er mich mit einem Gesichtsausdruck an, den ich nicht entziffern konnte.
»Gehen wir, Inspectora?«
Ich wandte mich noch einmal an die Frau.
»Wir nehmen diese Personalakte als Beweismittel mit. Wenn wir den Fall gelöst haben, bekommen Sie sie zurück.«
»Und wenn es inzwischen eine Betriebsprüfung gibt?«

»Dann sollen die sich an uns wenden.«
Wir liefen rasch zum Auto.
»Was ist los, Subinspector?«
»Am 21. Januar waren wir zum ersten Mal in dieser Werkstatt, Inspectora. An dem Tag war sie schon nicht mehr da.«
»Jemand hat sie gewarnt.«
»Ahnen Sie, wer?«
»Natürlich ahne ich das! Rufen Sie ihn an oder soll ich?«

Abel, unser wunderbarer Informant mit dem Namen eines biblischen Opfers und der lasterhaften Biografie. Wir besorgten uns von Machado seine Adresse und überrumpelten ihn in seiner Bude. Die Stimme hinter der Tür verriet, dass der Kuppler noch nicht lange wach war.
»Mach auf, Sánchez, wir müssen dir ein paar Fragen stellen«, sagte Garzón mit ruhiger Stimme.
»Was wollen Sie denn hier, verdammt noch mal? Unsere Abmachung lautete, dass wir uns immer an einem unauffälligen Ort treffen.«
»Mach auf, es dauert nicht lange. Wir haben nur ein paar Fragen und sind gleich wieder verschwunden.«
Wir hörten ihn fluchen und Verwünschungen ausstoßen, während er am Schloss hantierte und die Sicherheitskette abnahm. Kaum hatte sich die Tür ein paar Zentimeter geöffnet, warf sich Garzón brutal dagegen. Die Tür sprang auf, und der Subinspector stürzte sich auf den unvorbereiteten Sánchez, der ins Taumeln geriet. Er schnappte ihn am Hemd und drängte ihn auf ein altersschwaches Sofa, auf dem er schließlich wie ein Waschlappen hing. Vor lauter Angst protestierte er nicht einmal.
»Ganz ruhig. Beweg dich bloß nicht.«
»Aber was ist denn los, verdammt noch mal?«

Garzón schlug ihm mit dem Handrücken ins Gesicht.
»Still, Sánchez, ganz still! Du siehst ja, was los ist.«
Ich schloss die Tür und durchsuchte den Raum, während mein Kollege dasselbe mit dem Schlafzimmer tat. Es war eine schäbige Höhle mit grauen Wänden und schmutzigem Fußboden, in der es nach vollen Aschenbechern und angebranntem Essen stank. Ich wühlte in den Möbeln und ließ alles, was ich in die Hand nahm, einfach fallen.
»Dazu haben Sie kein Recht!«
Ich reagierte nicht und suchte weiter nach etwas, das uns als Beweis dienen könnte. Ein Foto, irgendetwas Schriftliches ... Doch der einzige Schatz dieses Pechvogels waren veraltete Zeitschriften, leere Bierdosen und schrecklicher Plastik-Nippes. Kurz darauf kam Garzón aus dem Schlafzimmer.
»Nichts, Inspectora. Ich schaue mir noch die Küche und das Bad an.«
»Darf man denn erfahren, was Sie suchen?«
Als der Subinspector den Raum verließ, ging ich zu ihm.
»Marta Popescu, was kannst du mir über sie sagen?«
»Nichts, ich weiß nicht, wer das ist.«
Ich zog die Pistole und zeigte sie ihm.
»Ich habe nicht so viel Kraft wie der Subinspector. Wenn ich damit auf dich schießen muss, wird das wehtun.«
Er sah mich ironisch lächelnd an.
»Nur zu.«
Ich schlug ihm mit dem Griff ins Gesicht. Er schrie auf und griff sich an den Mund. Es floss Blut. Entsetzt, fast heulend stammelte er:
»Aber was wollen Sie denn von mir? Ich schwöre Ihnen, dass ich nichts getan habe.«
Ich änderte weder meinen Ton noch meine gelassene Haltung.

»Marta Popescu, los, rede.«
Der Subinspector kam zurück und lachte theatralisch auf.
»Na toll, Inspectora, die Party hat schon ohne mich angefangen!«
»Vielleicht brauche ich Sie noch. Ich würde gerne sehen, was passiert, wenn Sie ihn mit der Pistole schlagen.«
»Ist gleich erledigt, geben Sie her!«
Sánchez verschanzte sich hinter seinen Händen.
»Nein, bitte nicht! Ich schwöre Ihnen, wenn ich etwas wüsste, würde ich es Ihnen sagen.«
»Vielleicht weißt du etwas von einem Kinderpornoring, vielleicht weißt du genug, um den Rest deiner Tage im Gefängnis zu verfaulen.«
»Sie irren sich, Inspectora, wirklich.«
»Warum hast du uns dann zu Marta Popescu geführt? Warum hast du sie dann gewarnt, bevor wir in der Werkstatt auftauchten?«
»Alles hat eine Erklärung.«
»Schieß los, wir haben Zeit. Wir hören dir zu.«
»Sie wissen doch, dass es in der Werkstatt Ärger gab. Es wurden viele Leute geschnappt. Marta war auch darin verwickelt, weil man von ihrer Tochter Fotos gemacht hatte, aber sie ist entwischt. Marta kannte das Mädchen auf dem Foto, ich habe die beiden mal zusammen gesehen.«
»Sie ist entwischt, weil du sie gewarnt hast. Inspector Machado wird dich etwas gefragt haben, und du hast befürchtet, dass es einen ziemlichen Aufstand geben würde. Du hast diese Frau gewarnt, damit man sie bei der Razzia nicht erwischt. Ich will wissen, warum.«
»Ich habe mit ihr geschlafen. Sie ist eine hübsche Frau und hat einen tollen Körper.«
»Gut, weiter.«

»Niemand aus der Organisation hat sie verpfiffen, sie blieb, wo sie war, und dort ist sie die ganze Zeit gewesen.«
»Stand sie in Verbindung mit einem anderen Ring?«
»Ich schwöre Ihnen, ich weiß nicht, ob sie das Mädchen noch öfter hat fotografieren lassen. Sie hätte mir nichts erzählt, weil sie mir nicht mehr traute. Sie wusste schon, dass ich mit Ihnen gesprochen habe.«
»Gut, weiter.«
»Ich hatte sie satt. Sie verfolgte mich, sie ging mir auf den Wecker, sie verlangte sogar Geld. Einmal sagte sie, dass sie mich heiraten wolle, was sie aber wirklich wollte, waren legale Papiere, und ich bin doch nicht blöd. Ich vögle gerne, aber ohne Komplikationen, verstehen Sie? Ohne Verpflichtung. Einmal drohte sie mir damit, den Bullen zu flüstern, dass ich ihr geholfen hatte, der Razzia zu entkommen. Das war Scheiße, das hätte mich teuer zu stehen kommen können und hätte natürlich dazu geführt, dass ich vor Inspector Machado schlecht dastehe und er mir nicht mehr vertraut, ganz zu schweigen von der Kohle, die ich verloren hätte. Dann tauchten Sie auf mit Ihren Fragen, und ich witterte die Chance, sie loszuwerden. Aber ich musste vorsichtig vorgehen, es durfte nicht zu einfach aussehen, Sie mussten sie selbst finden. Aber sonst war kein weiteres Manöver nötig. Als ich ihr sagte, dass Sie dort auftauchen würden, flippte sie aus und beschimpfte mich. Ich habe sie nicht wiedergesehen. Ich wollte nicht, dass Sie sie erwischen, nur, dass sie verschwindet, sonst nichts.«
»Ist sie noch in ihrer Wohnung?«
»Nein, sie sagte mir, sie würde sich eine andere suchen. Ich habe ihr aber gesagt, dass ich die Adresse nicht wissen wolle. Sie rief auch nicht an. Ich weiß nicht, wo sie ist.«

»Das ist gelogen.«
»Ich schwöre Ihnen bei Gott, dass ich nicht weiß, wo sie wohnt.«
Ich wollte ihn schon wieder schlagen, aber der Subinspector hielt mich zurück.
»Schwörst du auch bei Gott, dass du nicht weißt, wo wir sie finden könnten?«
Entgegen aller Erwartungen blieb Abel Sánchez stumm und in sich zusammengesunken. Er wand sich noch einen Moment. Garzón blieb hartnäckig.
»Inzwischen kann es dir doch egal sein, ob wir sie kriegen, Sánchez, sei kein Esel. Das Einzige, was sie über dich auspacken könnte, hast du gerade selbst erzählt … Es sei denn, es gibt noch etwas anderes, das sie erzählen könnte.«
»Nein, ich versichere Ihnen, nein, alles war, wie ich es erzählt habe.«
»Dann rück schon endlich damit raus, wo können wir sie finden? Ist das Mädchen noch bei ihr?«
»Ja klar, das Mädchen ist immer bei ihr. Sie ist acht Jahre alt, wo soll sie denn sonst sein?«
Als ich sah, dass sich ein kleiner Hoffnungsschimmer zeigte, mischte ich mich ein.
»Belastet es dein Gewissen nicht, dass diese Frau weiter ihr Kind missbraucht, Sánchez? Um Himmels willen! Wenn du redest, können wir vielleicht vergessen, dass du Marta Popescu die Razzia erspart hast.«
Er nickte ein paarmal und sah mich dann mit seinen gelblichen Augen an:
»Sie arbeitet in einer anderen Werkstatt, in Hospitalet. Sie hat mich angerufen, um mir die Adresse zu geben, falls ich sie treffen wollte. Sie sagte mir auch, dass sie ein paar Tage in einer Pension wohnen würde, ich weiß nicht, in welcher,

und dass sie mich wieder anrufen würde, wenn sie eine neue Wohnung hätte.«
»Hast du die Telefonnummer.«
»Sie hat kein Telefon. Und ich schwöre Ihnen, das kann ich wirklich schwören, dass sie mich nie wieder angerufen hat. Ich war selbst überrascht. Ich habe geglaubt, dass ich sie wieder einschüchtern müsste, indem ich ihr sagte, dass Sie ihr auf den Fersen sind, aber das war gar nicht nötig.«
»Gib uns die Adresse.«
Er blätterte im Telefonbuch und zog zwischen den ersten Seiten einen Zettel heraus. Garzón riss ihn ihm aus der Hand, warf einen Blick darauf und steckte ihn in die Jackentasche.
»Sie haben mir versprochen, dass Sie nichts gegen mich unternehmen.«
Wir gingen ohne ein weiteres Wort. Er wiederholte:
»Sie haben es mir versprochen!«
Auf der Straße sagte ich zu meinem Kollegen:
»Übergeben Sie ihn augenblicklich Machado. Der wird schon wissen, was er mit ihm anstellen soll.«
»Der wird ihn wieder freilassen, draußen ist er nützlicher als drinnen.«
»Toll. Man sieht ja, wie verlässlich diese Informanten sind.«
»Mensch, Inspectora, ein Informant ist schon per definitionem nicht gerade eine barmherzige Ordensschwester! Und ich möchte Sie daran erinnern, dass dieser Vogel uns auf die richtige Fährte gesetzt hat.«
»Einverstanden, dafür müssten wir ihm wohl noch einen Orden anheften, was?«
Als wären wir im Begriff, den Fall abzuschließen, gab Garzón während der ganzen Autofahrt triumphierende Kommentare von sich. Sein Gottvertrauen regte mich auf.

»Sie verkaufen nicht nur bereits das Bärenfell, sondern investieren schon das Geld, das Sie dafür erhalten haben. Listen Sie mir die Tatsachen auf, tun Sie mir den Gefallen.«
»Ganz einfach. Marta Popescu gehörte nicht zu der aufgeflogenen Organisation, sie beschränkte sich darauf, ihre eigene Tochter zu verkaufen, damit man sie ab und zu fotografieren konnte. Sie entkommt der Razzia, aber sie ist nicht die Einzige, es ist noch einer aus dem Ring ungestraft davongekommen: unser totes Gespenst. Der beschließt eines Tages, sie zu suchen, und macht ihr einen Vorschlag, vielleicht, ihm das Mädchen auszuleihen, um das Geschäft auf eigene Rechnung zu machen. Sie weigert sich erschrocken, doch er besteht hartnäckig darauf. Eines Tages beschließt sie, sich den Kerl vom Hals zu schaffen, ruft ihn an, verabredet sich mit ihm und erschießt ihn. Schluss.«
»Und meine Pistole, wie gelangt meine Pistole in ihre Hände?«
»Vielleicht hat sich Delia die ganze Zeit bei ihr versteckt.«
Bei dem Satz begann in meinem Kopf ein Lämpchen zu blinken. Von allem, was mein Kollege gesagt hatte, gefiel mir diese letzte Schlussfolgerung am besten, sie wirkte am wahrscheinlichsten. Garzón sah mich von der Seite an und stellte fest, dass sein Vortrag Eindruck auf mich gemacht hatte. Noch euphorischer fuhr er fort:
»Soll heißen, wenn wir diese Marta erwischen, ist es sehr wahrscheinlich, dass die verflixte kleine Pistolendiebin bei ihr ist.«
»Der erste Teil scheint mir dennoch nicht ganz stimmig: Der Kerl bedrängt die Frau, Wiederaufnahme des Geschäfts …«
»Es können auch andere Gründe gewesen sein, aber zwi-

schen dem Toten und Marta Popescu gab es Streit, davon bin ich überzeugt!«
»Triumphieren Sie nicht zu früh!«
Der Subinspector wurde albern, er stimmte eine improvisierte Melodie an, deren einziger Text lautete: »Sieg! Sieg!«
»Also noch mal, Garzón, Inspector Machado hat im Gefängnis nachgefragt, er hat den Verurteilten vom Pornoring in der Werkstatt Fotos von unserem Toten gezeigt. Und nichts, niemand hat zugegeben, ihn zu kennen.«
»Dieses Gesindel schützt sich gegenseitig.«
»Wenn einer davongekommen ist und die anderen nichts mehr zu verlieren haben? Würde mich sehr wundern.«
»Petra, manchmal ist es ganz praktisch, wenn einer aus der Organisation nicht im Knast landet, so kann er das Geschäft weiterführen, er kann den Angehörigen der Betroffenen Geld schicken. Wenn er sie schon nicht denunziert hat ... Hätte er sie denunziert, wäre das was anderes.«

Die Werkstatt in Hospitalet war keine Schneiderei im eigentlichen Sinne. Die Arbeiterinnen, ebenfalls ausschließlich Immigrantinnen, nähten lediglich die Reißverschlüsse in woanders angefertigte Jeans. Die Geschäftsführerin war eine junge Frau, die uns freundlich behandelte.
»Marta Popescu, ist ihr denn etwas passiert?«
»Warum fragen Sie das?«
»Sie kommt schon eine Zeit lang nicht mehr zur Arbeit.«
»Haben Sie versucht, mit ihr in Verbindung zu treten?«
»Sie hat mir keine Telefonnummer gegeben.«
»Auch keine Adresse?«
»Doch, Inspectora, aber ich kann nicht bei einer Arbeiterin, die nicht mehr auftaucht, zu Hause vorbeischauen. Da hätte ich viel zu tun. Ich habe eine ganze Weile auf sie gewartet,

das ist schon viel. Schließlich habe ich eine andere Frau eingestellt, eine Ecuadorianerin. Einfach unabgemeldet nicht zur Arbeit zu erscheinen ist Grund für eine fristlose Entlassung.«

»Ich verstehe. Können Sie uns ihre Adresse geben?«

Die neue Wohnung von Marta Popescu befand sich in der Calle Valencia, nahe beim Los-Encants-Markt. Sie war als Einzimmerapartment ausgegeben. Auf dem Weg dorthin versuchten Garzón und ich gleichermaßen, unsere Anspannung mit Plaudern zu überspielen. Keiner von uns beiden mochte laut aussprechen, was wir am meisten fürchteten: dass wir die Rumänin nicht unter dieser Adresse finden würden.

»Haben Sie es gemerkt? Die Werkstattleiterin wollte sich vor uns rechtfertigen. Wie man sieht, hat die Polizei doch noch moralische Autorität.«

»Machen Sie sich nichts vor, Subinspector, die Polizei mag diese junge Frau so beeindrucken, wie einen Spitzel Versprechungen beeindrucken. Jeder pflegt seine kleinen Tabus, aber ich fürchte, das hat nichts mit der moralischen Autorität der Polizei zu tun.«

Bei anderen Gelegenheiten hätte Garzón mir leidenschaftlich widersprochen und mich als Pessimistin und Spielverderberin abgestempelt; aber in dieser Situation nickte er nur. In Gedanken war er woanders, ich vielleicht auch. Uns fehlte die nötige Konzentration, um unsere jeweiligen Rollen in der eingespielten Gesprächschoreographie richtig zu spielen.

Es war ein schlichter Altbau ohne Fahrstuhl. Das, was sich so hochtrabend Apartment nannte, befand sich im obersten Stockwerk neben einer Gemeinschaftsterrasse und war eine Art Taubenschlag. Wir klingelten mehrmals, aber nie-

mand reagierte. Garzón klopfte und dröhnte mit seinem lautem Bass:
»Sofort aufmachen, Polizei!«
Absolute Stille. In dem Stockwerk gab es keine weiteren Wohnungen, aber das Gebrüll lockte eine Nachbarin an, die erschrocken heraufkam. Eine ältere Frau.
»Ich habe sie seit Tagen nicht gesehen«, sagte sie grußlos. »Sie nicht und das Mädchen auch nicht.«
»Kennen Sie sie?«
»Nein, sie wohnen noch nicht lange hier, aber ich sehe sie rauf- und runtergehen. Das Mädchen ist ganz reizend, sie dürfte sechs oder sieben Jahre alt sein. Sind Sie von der Polizei? Was ist passiert?«
Garzón schaffte sie uns geschickt vom Hals.
»Nichts Ernstes, Señora, gehen Sie in Ihre Wohnung zurück, und schließen Sie die Tür. Wenn wir etwas von Ihnen brauchen, melden wir uns.«
Sie gehorchte sofort, dieses »Schließen Sie die Tür« enthielt etwas, das sie einschüchterte. Der Subinspector sagte knurrend zu mir:
»Gott schütze uns vor neugierigen Nachbarinnen. Was machen wir, Inspectora?«
»Was zum Teufel sollen wir denn machen? Wir haben keinen richterlichen Beschluss.«
»Aber ich will sehen, was es da drin gibt. Ich erinnere Sie daran, dass eine Minderjährige in Gefahr ist und wir sie finden müssen.«
»Das ist ja alles schön und gut, Fermín, aber ...«
»Scheiß auf Beschlüsse und eingezogene Schwänze, mit Verlaub, Inspectora! Treten Sie zurück.«
Ohne meine Zustimmung abzuwarten, gab er der Tür einen Tritt, und sie sprang auf. Ich sagte verblüfft zu ihm:

»Sind Sie verrückt geworden?«
»Jetzt ist sie offen. Ich glaube nicht, dass diese Rumänin mich anzeigen wird. Ich zahle ihr aus eigener Tasche ein neues Schloss und gut. Also los.«
Mit zittriger Hand schob ich die Tür ganz auf. Die Wohnung war klein, und im Wohnzimmer lag – eine tote Frau. Wir traten schweigend näher. Sie lag auf dem Rücken, ihre starren Augen standen offen, und es hing starker Verwesungsgeruch in der Luft. Neben ihr eine Lache aus geronnenem Blut.
»Marta Popescu?«
»Ich nehme es an. Und das Kind?«
»Ist offensichtlich nicht da. Schauen Sie mal hinter die Tür da, das muss das Bad sein.«
Um keine Spuren zu verwischen, öffnete er sie mit seinem Taschentuch. Es war tatsächlich ein kleines Badezimmer, so alt und heruntergekommen wie die restliche Wohnung, die nur aus einem Raum, dem Bad und einer winzigen Kochnische bestand.
»Auf in den Kampf, Fermín! Rufen Sie den Untersuchungsrichter, den Gerichtsmediziner und die Spurensicherung an, auch Yolanda und Sonia.«
Er holte sein Handy heraus, und ich schaute mich um, ohne etwas zu berühren. Was ich sah, war Armut, fast Elend. Zwei Pritschen, ein Tisch, ein altersschwacher Kühlschrank ... und inmitten dieser heruntergekommenen Einrichtung ein moderner Designfernseher mit Großbildschirm. Hatte sie ihre Tochter ins Pornogeschäft gebracht, um den zu kaufen? Oder war dieser überdimensionale Apparat ein Relikt aus besseren Zeiten? Ich sah mir die Leiche an, obwohl das nicht angenehm war. Das Gesicht hatte einen Ausdruck angenommen, den man unmöglich interpretieren konnte.

Es war die Grimasse des siegreichen Todes, des absoluten Herrschers über den menschlichen Körper. Hatte die Frau etwas von einem Monster? Nicht wirklich: ungefähr fünfunddreißig Jahre alt, vielleicht jünger, das Haar rot gefärbt, ein ebenmäßiger Körperbau, ihre Züge müssen schön gewesen sein, eine schlichte Kittelschürze ... An den Fingern trug sie mehrere Goldringe. Eine normale Frau, ziemlich hübsch, die Goldschmuck trug und demzufolge eine Vorliebe für Accessoires hatte, die so etwas Gewöhnliches wie eine Kittelschürze trug, wenn sie zu Hause war. Und eine Frau, die sich so harmlos und gewöhnlich verhält, ist dennoch fähig, ihre siebenjährige Tochter, das eigene Kind, zu verkaufen, damit andere ihren Körper, ihren Geist und wahrscheinlich ihre ganze Zukunft besudeln. Ich verstand es nicht, unmöglich, ich konnte mir einfach nicht vorstellen, wie diese Frau gewesen war, als sie noch lebte.
Der Subinspector kam näher, er hatte seine Anrufe erledigt.
»Sie hat eine Wunde im Bauch, sehen Sie? Dort ist viel vertrocknetes Blut, auch unter dem Körper. Sie muss verblutet sein.«
»Was schätzen Sie, wie lange ist das her?«
»Keine Ahnung, so viel Erfahrung habe ich nicht, aber bestimmt schon eine ganze Weile, es stinkt.«
»Sehen Sie die Wunde?«
»Sie ist nicht genau zu erkennen, der Stoff hat sich mit Blut vollgesogen.«
»Glauben Sie, das könnte eine Schusswunde sein?«
»Inspectora, stellen Sie mir doch keine Fragen, die ich nicht beantworten kann!«
»Verzeihen Sie, mein Wissensdurst ist wohl stärker als ich.«

»Nein, verzeihen Sie, ich habe mich vor lauter Anspannung hinreißen lassen.«
»Besser, wir beruhigen uns.«
Was folgte, beruhigte niemanden. Der Pathologe, die Nachbarn, die Spuren, die Fotos … und die Untersuchungsrichterin, die uns fragte, warum die Tür gewaltsam geöffnet wurde.
»Wir haben geglaubt, das Wimmern eines Kindes zu hören«, log ich, bevor Garzón ins Fettnäpfchen treten konnte. »Aber es muss aus der Nachbarschaft gekommen sein.«
Ihr Gesichtsausdruck besagte, dass sie mir nicht glaubte, doch dann nickte sie, als würde sie das Ganze als nicht so wichtig erachten. Ich bin mir sicher, dass nur die Tatsache, dass dieser Mord in direktem Bezug zu unseren Ermittlungen stand, uns spätere Abmahnungen ersparte.
Der Pathologe vermutete nach einer ersten Begutachtung, dass die Leiche seit ungefähr zwanzig Tagen dort lag und dass die Wunde mit einer Schusswaffe zugefügt worden war. Ein direkt aufgesetzter Schuss in den Bauch. Für weitere Hinweise mussten wir die Autopsie abwarten. Yolanda und Sonia befragten die Nachbarn, ohne Ergebnis, die Wohnung war zu abgelegen von den anderen, niemand hatte einen Schuss, einen Schrei oder Kampfhandlungen gehört. Am nächsten Tag wurde das Opfer von der Werkstattbetreiberin und Abel Sánchez identifiziert. Es war ohne jeden Zweifel Marta Popescu.
Coronas wollte mich sprechen, Einzelheiten erfahren und noch einmal durchgehen, welche Fortschritte wir bis zu diesem Zeitpunkt gemacht hatten, und er wollte wissen, wer so brutal die Tür eingetreten hatte.
»Das war ich«, sagte ich, doch er mochte mir wohl keine Szene machen, denn er schwieg einfach.

Auf weitere Erklärungen mussten wir noch ein wenig warten. Die Autopsie bestätigte die ersten Einschätzungen und umriss sie schärfer: ein aufgesetzter Schuss in den Bauch, keinerlei Anzeichen eines Kampfes, die Frau hatte keine Drogen genommen.
Drei Tage später kam aus der Ballistik der krönende Abschluss: Marta Popescu war mit einer Glock erschossen worden, genauer gesagt mit der, die mir vor ein paar Wochen gestohlen wurde. Sie war vor dem unbekannten Mann gestorben, woraus sich eindeutig ergab, dass sie nicht seine Mörderin war. Jetzt hatten wir schon zwei Leichen, beide durch den Gebrauch meiner Waffe, und zwei verschwundene Mädchen. Hatte jemand noch mehr zu bieten? Als ich das erfuhr, hätte ich am liebsten laut aufgeheult. Als Ersatz für diese Reaktion, die ich verabscheute, machten sich hinter meiner Stirn heftige Kopfschmerzen bemerkbar: Stressmigräne.

Wir waren erschüttert, alle, das ganze Team, das ganze Kommissariat, wenn man mir gesagt hätte, ganz Barcelona, hätte ich das auch geglaubt. Wenn wir unsere bisherigen Hinweise miteinander verknüpften, entstand ein ungestaltes Frankensteinmonster. Marta Popescu war von einer ihr bekannten Person ermordet worden, jemand, der auch unseren ersten Toten kannte. Beide Opfer kannten die kleine Diebin. Wenn ich an diesem Punkt angelangt war, präzisierte Garzón immer:
»Sagen Sie einfach, beide wurden umgelegt von jemandem, der die kleine Diebin kannte.«
»Das sind mir zu viele Bekanntschaften. Würde es sich nicht um ein Kind handeln, würden Sie, ohne zu zögern, schlussfolgern, dass der Pistolendieb auch der Mörder

unserer Opfer ist. Aber Ihr Denkmuster basiert auf der verbreiteten Annahme, dass die Kindheit heilig sei. Na schön, Fermín, entweder irre ich mich gründlich, oder wir haben es mit einer kleinen blutrünstigen Bestie zu tun.«

»Seien Sie doch nicht so barbarisch, Inspectora, das kann nicht sein!«

Yolanda und Sonia, die dem Gespräch beiwohnten, machten bei der Antwort meines Kollegen gleichzeitig einen Satz. Sonia, die nicht die Hellste war, sah sich zu dem Kommentar genötigt:

»Mein kleiner Neffe tritt den Leuten gern vors Schienbein, weil es ihm Spaß macht.«

Yolanda sah sie vorwurfsvoll an.

»Also wirklich, das ist was ganz anderes. Es ist ja wohl nicht dasselbe, jemanden vors Schienbein zu treten oder einfach so abzuknallen.«

»Alles ist ein perverses Spiel, aus welchem Blickwinkel auch immer man es betrachtet«, sagte ich, um die junge Frau nicht ganz schlecht dastehen zu lassen. Und an Garzón gewandt:

»Sie stimmen doch wenigstens mit mir überein, dass der Mörder in beiden Fällen derselbe ist?«

»Da wäre ich mir nicht so sicher. Dem Mann wurde mitten in die Eier geschossen, woraus man schließen kann, dass es sich um einen sexuell begründeten Racheakt handelt. Der Frau hingegen wurde in den Bauch geschossen.«

»Und was schließen Sie daraus, war das ein gastronomisch begründeter Racheakt?«

»Machen Sie sich nicht über mich lustig, Petra, Sie wissen ganz genau, was ich meine.«

»Natürlich weiß ich das. Solange wir nur ein Opfer hatten,

war die Symbolik, die wir seinem Tod gegeben haben, in Ordnung, aber jetzt ist es absurd, bei der Interpretation beider Taten Parallelen zu ziehen.«

»Ich kann Ihnen nicht folgen.«

»Garzón, wir müssen herausfinden, welche Gemeinsamkeiten die beiden Schüsse aufweisen. Können Sie mir folgen? Zum Beispiel, dass beide aufgesetzt waren.«

»Wenn die Opfer ihren Mörder kannten, ist das normal. Sie haben sich seelenruhig unterhalten, bis ...«

»Wenn sie sich unterhalten haben, hätte der Schusskanal beim ersten Opfer einen größeren oder geringeren Neigungswinkel ergeben. Dieser Mann war viel größer als der Durchschnitt.«

»Nicht notwendigerweise.«

»Sie sind stur wie ein Maultier! Wie kann ich Ihnen beweisen, dass ...«

»Wie können Sie etwas beweisen, dessen Sie sich gar nicht sicher sind?«

Garzón hatte recht, ich sollte keine Laborexperimente wie in der Schule veranstalten, um meinen dialektischen Gegner zu überzeugen. Was ich brauchte – was wir bei diesen Ermittlungen brauchten –, war eine schlagkräftige, genaue Formel wie bei Einsteins Relativitätstheorie. Plötzlich hatte ich eine Idee. Ich wandte mich an die zwei jungen Polizistinnen, die zunehmend irritiert unserem polemischen Wortgefecht gelauscht hatten.

»Also, eine von euch beiden besorgt mir Kopien von den Autopsien beider Opfer. Vierfach, wenn's geht.«

Yolanda versetzte Sonia einen leichten, aber flinken Stoß in die Rippen, worauf diese sich in Bewegung setzte. An der Tür wandte sie sich noch einmal um und fragte:

»Vierfach? Also, das heißt je vier Kopien, oder?«

»Genau, Mädel, genau!«, versetzte Yolanda entnervt, weil die intellektuelle Beschränktheit ihrer Kollegin unübersehbar war.
Als sie verschwunden war, fühlte sich Yolanda anscheinend verpflichtet, sie zu verteidigen:
»Sie ist sehr fleißig und beschwert sich nie über etwas.«
Garzón und ich nickten verständnisvoll. Nach einer Weile, die sich ewig hinzuziehen schien, kam Sonia stolz mit den Kopien zurück und verteilte sie an uns.
»Dann wollen wir mal sehen, helfen Sie mir. Das Opfer mit dem Schuss in die Genitalien war ein großer Mann. Hier steht genau ein Meter neunzig. Das heißt, sein Unterkörper war ungefähr in der Höhe ...« Ich sah den Subinspector an. »In welcher Höhe hat ein Mann seine Genitalien, Subinspector?«
»Was für eine Frage!«, schnaubte der Angesprochene. Die beiden Mädchen brachen in fröhliches Gelächter aus. »Soll uns das weiterbringen?«, fragte er missmutig.
»Ich gebe Ihnen mein Wort, dass ich es ernst meine.«
Er zog ein resigniertes Gesicht.
»Ich bin ein Meter neunundsechzig groß, habe aber keine Ahnung ...«
Yolanda sprang auf.
»Ich habe ein Maßband in meinem Schreibtisch.«
Ohne auf unsere Zustimmung zu warten, lief sie los. Zum Glück war sie schnell zurück, denn das Warten wurde ungemütlich. Triumphierend kam sie mit dem Maßband zurück, doch plötzlich genierte sie sich und wusste nicht, was sie damit machen sollte. Sie legte es auf den Tisch. Der Subinspector schnappte es sich und sagte mit einem ironischen Seufzer zu seinem Publikum:
»Sie brauchen nicht die Wand anzustarren, als wären Sie in

einer Kunstausstellung. Ich denke nicht daran, mich auszuziehen.«
Angesichts dieses ungezwungenen Kommentars konnten die Mädchen wieder lachen, und die Spannung löste sich auf. Er nahm Maß.
»In ungefähr achtzig Zentimeter Höhe.«
»Das heißt, dann hatte unser Opfer sie in etwa auf der Höhe von neunzig Zentimetern. Und der Bauch, Subinspector, in welcher Höhe ist Ihr Bauch? Obwohl, warten Sie, wir müssen erst nachsehen, wie groß Marta Popescu war.«
Yolanda hatte es sofort.
»Ein Meter fünfundfünfzig.«
»Ich bin auch so klein«, sagte Sonia. »Ein Meter siebenundfünfzig.«
Begeistert über ihre plötzliche Hauptrolle maß sie die Entfernung von ihrem Bauch zum Boden.
»Fast neunzig Zentimeter.«
Ich schluckte schwer, zum ersten Mal bei dieser Ermittlung schlug mein Herz hoffnungsvoll.
»Glücklicher Zufall, finden Sie nicht?«
»Worauf wollen Sie hinaus, Inspectora?«
»Beide Opfer wurden mit meiner Pistole erschossen, aber es gibt noch eine Gemeinsamkeit: Beide Schusswunden liegen auf derselben Höhe von neunzig Zentimetern, unabhängig vom Körperorgan, das getroffen wurde. Vielleicht ist das die Höhe, aus der ein Kind einen aufgesetzten Schuss abgeben kann. Und beide Male hat es das getan, weil es die sicherste Art zu treffen ist, wenn man keine Erfahrung mit Waffen hat.«
Meinem Vortrag folgte dumpfes Schweigen.
»Dann hat die kleine Diebin laut Ihnen noch immer Ihre Pistole und benutzt sie auch. Einverstanden, aber warum?«

»Ich weiß es nicht, Fermín. Ich weiß nicht, was diese beiden Opfer verbindet, aber es muss eine Verbindung geben. Zumindest im Kopf dieses Mädchens.«
»Und die Tochter der Popescu?«, fragte Yolanda mit dünnem Stimmchen.
»Am wahrscheinlichsten ist, dass sie mit der kleinen Diebin zusammen ist, obwohl sie auch auf eigene Faust verschwunden sein kann. Läuft die Fahndung nach ihr?«
»Ja, Inspectora, wir haben zwei Einheiten auf sie angesetzt.«
»Haben wir etwas Interessantes in der Wohnung der Rumänin gefunden?«
»Nichts, keinen Zettel, keine Adresse ... Sie wohnten noch nicht lange dort.«
»Und Abel Sánchez?«
»Inspector Machado nimmt ihn sich gerade vor.«
»Gut. Wir müssen noch einmal zum El Roure. Ihre Hypothese, Fermín, ist, offen gesagt, gut. Die beiden Mädchen könnten sich irgendwann dort kennengelernt haben. Diese Psychologin, wie hieß sie noch?«
»Inés Buendía.«
»Genau. Inés Buendía hat uns gesagt, dass die Kinder aus zerrütteten Familien nur eine bestimmte Zeit im Notdienst verbringen, dann kehren sie zu ihren Familien zurück. Das könnte der Fall bei der kleinen Popescu gewesen sein.«
Wieder Grabesstille.
»Was für ein Scheißfall, nicht wahr, Señoras?«
»Scheißfall, ja.«
Wir verließen schweigend den Raum. Da rief Sonia:
»Sie haben uns keine Anweisungen gegeben, Inspectora Petra!«
Ich sah, wie Yolanda ihr wieder den Ellbogen in die Seite rammte. Zu Sonias Unterstützung sagte ich lächelnd:

»Sehr gut aufgepasst, Sonia. Du und Yolanda, ihr schließt euch im Augenblick einer Einheit auf der Suche nach den Mädchen an.«
Sie nickte glücklich und stolz, und ich nutzte die Gelegenheit hinzuzufügen:
»Und wenn du es noch einmal wagst, mich ›Inspectora Petra‹ zu nennen, bin ich imstande, dir eine Tracht Prügel zu verabreichen, verstanden?«
Sie nickte hektisch und verschwand erschrocken mit Yolanda, die ihr hoffentlich erklären würde, dass ich gar nicht so übel war, wenn man erst mal mit mir warm geworden ist.
Garzón und ich sahen uns an.
»Sie und ich zum El Roure, nicht wahr, Fermín?«
»Ja, Inspectora Petra. Wie Sie wünschen.«
Er konnte seine Besorgnis mit diesem Scherz nicht überspielen. Diese Sache von mordenden kleinen Mädchen und Zuhältermüttern hatte sein Weltbild eindeutig ins Wanken gebracht. Nichts stimmte mit dem überein, was übereinstimmen sollte. Weder waren die Kinder unschuldig noch die Mütter liebevoll und beschützend. Ich ahnte, was er dachte, als er am Steuer sagte:
»In was für einer Welt leben wir eigentlich, Petra? Nichts ist, wie es sein sollte. Man möchte sich am liebsten in die Gruft legen und das Leben vorüberziehen lassen, ohne sich zu rühren.«
»Das hat schon der heilige Antonius versucht.«
»Und?«
»Schlimm ausgegangen, ihm sind bedrohliche Löwen und nackte Frauen erschienen, die ihn in Versuchung führten, den Geschlechtsakt auszuführen.«
»Und wie hat er der Versuchung widerstanden?«
»Ich weiß es nicht, vielleicht hat er sich vorgestellt, die

Löwen zu vögeln und von den Damen gebissen zu werden. Er wurde verrückt, der Arme, ich glaube nicht, dass Sie das durchmachen möchten.«

Er lachte leise in seinen Bart und seufzte dann traurig.

»Sie bringen mich zum Lachen, aber ich versichere Ihnen, dass mich das alles an den Rand der Verzweiflung treibt.«

»Mich auch, das kann ich nicht leugnen. Es gibt solche und solche Fälle, nicht wahr?«

Mein Handy klingelte. Es war Marcos Artigas. Er lud mich zum Abendessen ein.

»Ein Familienessen?«, fragte ich.

Sein Auflachen überraschte mich nicht.

»Nein, Gott bewahre! Diesmal ohne Kinder. Tut mir leid, wenn ich mir den Ruf eines nervenden Vaters eingehandelt habe.«

»Überhaupt nicht. Holst du mich um zehn ab? Dann kann ich mich noch umziehen.«

»Klar, mache ich.«

Schweigen und Seitenblicke vom Subinspector. Dann endlich die Frage:

»Sind Sie mit einem Mann zusammen, Petra?«

»Es handelt sich nur um geteilte Einsamkeit, um Freundschaft. Und Sie?«

»Ich bin mit keinem Mann zusammen.«

»Spielen Sie sich nicht auf. Wie läuft's mit Emilia?«

»Wir streiten weiter, ob Hochzeit oder nicht …«

»Sie sind ganz schön stur, wie?«

»Ich mache es wie der heilige Agustín, ich widerstehe der Versuchung.«

»Antonius.«

»Antonius.«

Wir schwiegen einen Augenblick. Dann fügte er hinzu:

»Am Ende werde ich mangels Alternativen auch Löwen vögeln.«
»Oder ein Leben lang glücklich sein.«
»Vielleicht.«
Wir wechselten einen Blick gegenseitigen Verständnisses, den erst die Ampel unterbrach, als sie auf Grün sprang. Freie Fahrt, los, durchhalten und weitermachen, solange die Straßen sind, wie sie sind.

Die Leiterin von El Roure sei ein paar Besorgungen machen, sagte uns Inés Buendía. Aber sie stünde uns so lange zur Verfügung. Sie holte drei Becher Kaffee aus dem Automaten und setzte sich zu uns. Doch unsere Fragensalve erlaubte keinen Aufschub. Garzón feuerte die erste ab, bevor sie es noch richtig gewahr wurde.
»War bei Ihnen in diesem Haus einmal ein Mädchen, die Tochter einer gewissen Marta Popescu?«
»Nur dem Namen nach kann ich Ihnen das nicht sagen. Ich müsste in der Kartei nachsehen, aber solange die Chefin nicht zurück ist ... Sie wird nicht lange brauchen. Sie muss oft zur Bank, Rechnungen von Lieferanten bezahlen, zu Sitzungen der *Generalitat* ... Sie hat viele Verpflichtungen, die Arme.«
»Wir werden warten, keine Sorge. Erinnern Sie sich daran, ob sich Delia mit irgendwem angefreundet hat, als sie hier war?«
»Das weiß ich nicht. Ich sagte Ihnen ja schon, dass sie sehr rebellisch war, sehr temperamentvoll. Sie mochte keine Gesellschaft und weigerte sich zu reden. Eigentlich glaube ich das nicht. Aber wer weiß, die Mädchen sind ja auch unter sich und teilen sich nachts einen Schlafsaal, da werden sie nicht bewacht. Wir sind zu dem Schluss ge-

kommen, dass es aus psychologischer Sicht besser so ist. Wir wollen nicht, dass sie sich wie in einer polizeilichen Institution fühlen.«

Kaum hatte sie das ausgesprochen, wurde ihr die Taktlosigkeit bewusst, und sie versuchte es wiedergutzumachen.

»Ich wollte sagen, wie in einem Gefängnis, aber da Sie von der Polizei sind, habe ich mich versprochen. Ich wollte nicht …«

»Wir haben Sie schon verstanden, ist nicht so wichtig. Sagen Sie, Inés, könnten wir nicht mit ein paar Mädchen sprechen, die mit Delia zusammen waren? Sie können uns bestimmt sagen, mit wem sie zu tun hatte, vielleicht können sie uns wichtige Hinweise geben.«

»Ui, Inspectora, das wird schwierig! Ich habe Ihnen ja schon gesagt, dass nur meine Chefin befugt ist, die Erlaubnis zu was auch immer zu erteilen, aber ich bezweifle ehrlich, dass sie Sie die Mädchen befragen lässt. Ich weiß schon, Sie als Polizisten können nicht verstehen, dass wir Sie so wenig bei Ihren Ermittlungen unterstützen. Aber bedenken Sie auch, was der Name an sich bedeutet: Wir sind ein Kindernotdienst, und Notdienst beinhaltet Schutz. Diese Kinder – welche Teufelchen sie auch sein mögen – haben in fast allen Fällen sehr gelitten und sind nicht schuld an ihrem Leid.«

»Wir wollen niemanden die Schuld geben, sondern einem Mädchen helfen, das sich in große Schwierigkeiten gebracht hat und in Gefahr sein könnte.«

»Ich weiß, natürlich weiß ich das. Aber um ein Mädchen zu finden, können wir nicht alle anderen einem großen psychischen Druck aussetzen. Die Chefin ist wie eine Mutter für die Mädchen, und ich versichere Ihnen, sie tut alles, um sie zu schützen.«

Genau in dem Augenblick kam Pepita Loredano zur Tür

herein und konnte bei unserem Anblick ihr Missfallen nicht verbergen. Zu der Psychologin sagte sie:
»Mir wurde gesagt, du hast Besuch.«
»Der Besuch ist für dich. Du erinnerst dich doch an die Inspectora und ihren Assistenten, nicht wahr?« Unübersehbar versuchte sie uns mit der Höflichkeit zu behandeln, die uns ihre Chefin versagte.
»Ja, natürlich.« Sie gab uns lustlos die Hand.
»Ich lasse Sie jetzt allein, es war mir ein Vergnügen.«
Ich sah ihr nach und hatte das Gefühl, dass sie unsere einzige Trumpfkarte war.
»Haben Sie Ihre Pistole schon wieder gefunden, Inspectora?«, fragte mich Pepita Loredano mit einem vorwurfsvollen Ton in der Stimme.
»Nein, noch nicht. Und was noch schlimmer ist, wir glauben, sie ist noch im Besitz dieses Mädchens.«
»Na fein!«
»Das ist gar nicht fein, wirklich nicht.« Ich verwünschte diese Person, aber ich musste mich beherrschen. »Ich kann Ihnen versichern, dass das Mädchen hier nicht aufgetaucht ist.«
»Heute wollen wir Sie nach einem anderen Mädchen fragen, das gleichzeitig mit Delia hier gewesen sein könnte.«
»Ach ja? Und was hat dieses andere Mädchen angestellt?«
»Señora Loredano, ich bitte Sie, ändern Sie Ihre Haltung.«
»Ich verstehe nicht, was Sie meinen.«
Garzón ahnte die Gefahr und griff ein.
»Señora, es ist sehr wichtig für uns zu erfahren, ob dieses Mädchen hier bei Ihnen mit Delia zusammengetroffen ist. Sie hat nichts angestellt, und wir werden ihr auch nichts tun, wirklich.«
»Wissen Sie wenigstens ihren Namen?«

»Nein, aber wir wissen, dass ihre Mutter Marta Popescu hieß.«
»Hieß?«
»Sie wurde vor ein paar Tagen ermordet, und was den Vater anbelangt … wissen wir nicht, wer es sein könnte.«
Sie presste verzweifelt ihre Handflächen auf die Schläfen.
»Was für eine Katastrophe, Herrschaften, was für eine Katastrophe! Wann wird die Polizei endlich zum Schutz von Minderjährigen aktiv?«
»Ich kann Ihnen mein Wort darauf geben, dass wir sie nicht umgebracht haben!«, warf ich ihr ziemlich frostig an den Kopf. Garzón spielte wieder den Schiedsrichter zwischen uns.
»Die ganze Angelegenheit ist sehr bedauerlich und ausgesprochen ernst, deshalb bitten wir Sie um Ihre Mithilfe.«
»Kommen Sie mit in mein Büro«, gab sie schließlich nach, als wäre sie die Königin von Saba.
Wir folgten ihr. Ich verspürte große Lust, mich auf sie zu stürzen und sie zu ohrfeigen, aber ich beschränkte mich aufs Ertragen des fast Unerträglichen. Ernst wie der Tod setzte sie sich an ihren Computer. Garzón nutzte das, um mich ein wenig zu beschwichtigen, er wollte verhindern, dass meine Wut zum Ausbruch kam. Pepita Loredanos Stimme klang jetzt so neutral wie die eines Navigationsgerätes.
»Ja, hier ist sie. Rosa Popescu, Tochter von Marta Popescu. Dieses Mädchen war ein Jahr lang in unserer Obhut. Ihre alleinerziehende Mutter ist eine Zeit lang der Prostitution nachgegangen. Die Nachbarn im Haus hatten gemeldet, dass sie das Kind allein in der Wohnung ließ, daraufhin wurde ihr das Sorgerecht entzogen. Nach einem Jahr konnte sie ihre Wiedereingliederung in die Gesellschaft nachwei-

sen. Sie hatte in einer Schneiderwerkstatt Arbeit gefunden und sich Papiere besorgt.«

»Steht da noch mehr über sie?«, hakte der Subinspector nach.

»Siebenunddreißig Jahre. Reiste zusammen mit ihrer Tochter illegal ein, niemand weiß, wie. Sie hat nie mehr Anlass zur Besorgnis gegeben. Sie ging einer geregelten Arbeit nach und versorgte das Mädchen gut.«

»Haben Sie das überprüft?«

»Die Sozialarbeiterin macht regelmäßig Hausbesuche, doch wenn nach einiger Zeit alles gut läuft, gilt der Fall als erledigt.«

Ich mischte mich ein, diesmal mit einem Gefühl der Überlegenheit.

»Anscheinend sind Ihre Sicherheitsmaßnahmen keineswegs ausreichend, Señora Loredano.«

»Was meinen Sie?«

»Ich meine, dass Marta Popescu ihre Tochter in letzter Zeit für pornographische Fotos verkauft hat.«

»Das ist eine Lüge!«

»Das ist die absolute Wahrheit!«

»Beweisen Sie das!«

Garzón ging sanft dazwischen.

»Ich fürchte, es ist wahr, Señora.«

Die Leiterin errötete bis in die Haarwurzeln. Vor Empörung konnte sie kaum sprechen.

»Was wollen Sie überhaupt? Diese Frauen sind Abschaum, der reinste Abschaum. Ich verstehe nicht einmal, wieso die Natur ihnen erlaubt, Kinder zu kriegen. Achtzig Prozent der Kinder werden hier abgeliefert, weil ihre Väter und Mütter sie missbrauchen, sie verschachern, sie verlassen, sie misshandeln oder vernachlässigen. Diese Menschen ekeln mich an, das ist die Wahrheit, sie ekeln mich an. Was können wir hier dagegen tun? Nur wenig, hören Sie, nur wenig.«

»Hören Sie auf, mich anzuschreien, und akzeptieren Sie endlich, dass wir auf derselben Seite stehen!«

»Niemals, Inspectora, ich werde niemals etwas akzeptieren, das nicht stimmt! Sie schließen Ihren Fall ab, bestimmen den Schuldigen, und Adiós. Hier werden Kinder aufgenommen, die schon mit sechs, acht oder zehn Jahren menschlicher Abfall sind, und von uns erwartet man, dass wir sie auf den richtigen Weg zurückbringen. Aber das ist sehr schwer, hören Sie, praktisch unmöglich, und wissen Sie, warum? Weil diese Mädchen bereits selbst hart, verschlagen und grausam sind, weil sie schon wie ihre eigenen Eltern sind.«

Sie sah mich herausfordernd an, mit verzerrtem Gesicht und glühenden Augen. Garzón brach das Schweigen, das spürbar im Raum lastete.

»Bitte, meine Damen, bitte! Was halten Sie davon, wenn wir gehen, Inspectora?«

Ich nickte und verließ ohne ein weiteres Wort den Raum. Hinter mir hörte ich, wie sich der Subinspector höflich von der Frau verabschiedete. Ich marschierte durch den Garten und setzte mich ins Auto. Garzón kam einen Augenblick später nach. Ich ließ den Wagen an.

»Verdammt, Inspectora, Frauen können ja solidarisch und verständnisvoll miteinander sein, aber wenn sie unterschiedlicher Meinung sind, werden sie zu Kampfhunden!«

»Ich habe mich saublöd verhalten«, erwiderte ich lakonisch.

»Warum sagen Sie das jetzt?«

»Weil sie recht hat. Wir bestimmen den Schuldigen, und damit ist unsere wunderbare Arbeit zu Ende. Und das auch nur, wenn wir ihn finden!«

Wir wechselten kein weiteres Wort. Zwischen uns breitete sich eine mit etwas Undefinierbarem aufgeladene Stille aus. Garzón kannte mich gut genug, um zu wissen, dass mir das Reden in dem Moment schwerfiel.

»Soll ich Sie nach Hause bringen, Fermín?«

»Nein, ich muss noch ein paar Dinge erledigen. Lassen Sie mich dort an der Ecke bitte raus.«

Ich gehorchte. Er stieg aus und sagte von draußen:

»Grübeln Sie heute Nacht nicht darüber nach, in Ordnung, Inspectora?«

»Bis morgen.«

Hinter mir begannen Barcelonas hysterische und ungeduldige Autofahrer schon zu hupen. Ich gab Gas, und in dem Maße, wie ich mich entfernte, wurde mir bewusst, wie sehr ich Garzóns Gesellschaft brauchte. Er hätte jetzt noch ein paar Frotzeleien von sich gegeben, die mich zum Lachen gebracht hätten, oder ein paar Unverschämtheiten, die mich erst empört und schließlich auch amüsiert hätten. Aber zugleich wollte ich nicht mit ihm zusammen sein, denn seine Gegenwart hätte mich andauernd an das erinnert, was ich gerade zu hören bekommen hatte: Wir suchten einen Schuldigen, und die Heimleiterin stellte klar, dass die Mädchen, denen sie helfen sollte, längst Kanonenfutter waren. Absolute Ohnmacht.

Meine Kehle war wie zugeschnürt, als ich vor meinem Haus parkte. Beim Überqueren der Straße sah ich einen großen blonden Mann aus seinem Wagen steigen. Es war Marcos Artigas. Ich hatte unsere Verabredung völlig vergessen und war zu spät dran. Sein Lächeln wirkte liebevoll. Er hatte einen klaren Blick, große, beschützende Hände und trug eine Felljacke, die sich öffnete, als er die Arme ausbreitete.

»Petra, wie geht es dir?«

Mit seiner Stimme assoziierte ich eine Anzahl angenehmer Eindrücke: den Geruch nach Thymian und Rosmarin, meinen Vater, wenn er von der Arbeit kam, das morgendliche Aufwachen im Bett mit einem Lichtstrahl in meinem Gesicht, das Rauschen des Mittelmeers. Ich ging auf ihn zu und umarmte ihn fest. Ich verbarg mein Gesicht an seiner weichen, breiten Schulter. So hätte ich einschlafen können. Er, klug wie er war, sagte kein Wort. Ich drückte mich an ihn, er beschützte mich, er war mein flauschiger Wachhund. Ohne mich von ihm zu lösen, sagte ich:
»Verzeih mir, ich bin sehr deprimiert. Ich habe einen so schrecklichen Fall …«
»Möchtest du noch essen gehen?«
»Und du?«
»Ich möchte nur da sein, wo du bist.«
»Komm.«
Ich schloss die Tür auf und zog ihn sanft hinein.
»Ich möchte nicht von deiner Seite weichen«, sagte ich zu ihm. »Aber so werden wir auf der Treppe hinfallen.«
»Wir werden nicht hinfallen.«
Ich kuschelte mich in seinen rechten Arm, verbarg mein Gesicht an seinem Hals, und so gingen wir in mein Schlafzimmer hinauf. Ich knipste nur die Nachttischlampe an, wir zogen uns aus und legten uns ins Bett. Noch nie hatte ich sehnlicher gewünscht, es möge auf der Welt Harmonie oder Ordnung herrschen, irgendetwas, das den Dingen ihren Wert zurückgab, etwas, das das tobende Leben beschwichtigte, das die absolute Leere füllte, das den Schwindel linderte.

Sieben

Wenn Marta Popescu Prostituierte gewesen war, musste sie einen Grund gehabt haben, damit aufzuhören. Dieser Gedanke ging mir ständig durch den Kopf. Garzón konnte mich nicht überzeugen mit seiner Vermutung, dass der Missbrauch ihrer Tochter lukrativer gewesen sei. Nein, irgendetwas hatte sie die Prostitution aufgeben lassen, vielleicht wurde sie bedroht, oder vielleicht hatte sich die Möglichkeit geboten, eine Aufenthaltsgenehmigung in Spanien zu bekommen. Sie arbeitete in einer Schneiderwerkstatt und hatte nur zufällig oder gezwungenermaßen ihre Tochter als Fotomodell verkauft. Damit waren wir wieder bei unserem Informanten. Dieser Halunke hatte uns nicht alles gesagt, was er wusste. Die Popescu und er hatten eine Affäre gehabt, und so unbedeutend sie auch gewesen sein mochte, man teilt nicht das Bett mit einer Frau, ohne das eine oder andere von ihr zu erfahren. Ich musste ihn noch einmal befragen. Unser Kollege Machado konnte nicht die richtigen Fragen stellen, ohne die genauen Zusammenhänge des Falles zu kennen. Also waren wir dran. Obwohl wir ihn uns schon zweimal vorgeknöpft hatten, hatte er doch nie gesagt, was ich hören wollte. Ich überlegte, auf welche Weise ich bessere Ergebnisse bei ihm erzielen konnte. Ihn einschüchtern, womit? Wieder mit den üblichen übertriebenen Drohungen? Was war

sein Schwachpunkt, mal angenommen, dieser verfluchte Scheißkerl hatte einen? Das allerdings müsste Machado wissen. Wir gingen zu ihm. Zunächst stellte er mir eine Frage:
»Bist du bereit, die Vorschriften zu übertreten?«
»Der Subinspector hat kürzlich eine Tür eingetreten, und wir hatten keinen richterlichen Beschluss.«
»Nicht schlecht. Aber diesmal müsst ihr noch etwas weiter gehen.«
»Wie weit?«
»Ihr wollt doch wissen, ob er noch eine Karte im Ärmel hat, oder?«
»Lass uns nicht noch mehr Zeit verlieren, Machado.«
»Setzt eine dieser jungen Polizistinnen, die für euch arbeiten, auf ihn an. Auf junge Mädchen steht er besonders.«
»Kommt nicht in Frage, vergiss es! Ich werde nichts tun, was gegen die Würde der Frau verstößt.«
»Na dann, Petra, du wirst schon wissen, was du tust. Es ist dein Gewissen, aber ich versichere dir, dass Sánchez nur unter der Gürtellinie zu kriegen ist. Wenn er ein hübsches Mädchen vor sich hat, wird er singen. Vielleicht ist es mit ein wenig Flirten ja schon getan.«
»Glaubst du, ich kann so etwas von diesen Mädchen verlangen? Kommt nicht in Frage, Machado, wirklich nicht!«
»Na schön, werd nicht gleich böse mit mir, ich wollte ja nur helfen.«
Als wir wieder allein waren, verhielt sich Garzón merkwürdig. Er druckste herum, sah mich von der Seite an und pfiff. Ich wollte meine Entscheidung rechtfertigen.
»Was Machado einfällt! Unglaublich, eine grässliche Idee.«
»Ja, natürlich, eine merkwürdige Idee«, sagte er lahm.
»Ich finde schon schlimm genug, den Spitzeln Geld zu

geben, aber ihnen meine Mädchen als Lockvögel ... Kommt gar nicht in Frage!«
Garzón pfiff und trällerte wechselweise vor sich hin. Mir platzte der Kragen.
»Hören Sie endlich mit diesem Konzert auf! Warum spucken Sie's nicht endlich aus?«
»Ich? Was sollte ich denn ausspucken?«
»Was Sie denken, verdammt noch mal!«
»Nichts Besonderes. Ich habe mich nur daran erinnert, dass der Inspector sagte, es sei Ihr Gewissen.«
»Und auf welchen Gedanken bringt Sie das?«
»Dass Sonia oder Yolanda vielleicht ein anderes Gewissen haben.«
»Na wunderbar! Aber ich kann mein Gewissen als Chefin nicht mit solchen Aufgaben belasten.«
»Vielleicht wollen sich die beiden den Kerl aber vornehmen, um ihr Gewissen nicht mit noch mehr Opfern zu belasten.«
»Doch da sie erst gar nichts davon erfahren, wird ihr Gewissen rein bleiben.«
»Das mit dem Gewissen ist so eine Sache, Inspectora. Ich glaube, dass jeder, der ein Gewissen hat, selbst entscheiden sollte, finden Sie nicht?«
»Na schön! Aber Sie werden es den beiden sagen! Schlagen Sie es ihnen vor, keinesfalls befehlen!«
Ich hatte die Entscheidung auf ziemlich heuchlerische Weise auf ihn abgewälzt und wusste genau, dass Garzón es tun würde. Und tatsächlich, am nächsten Tag sagte er mir, dass sich die Mädchen ohne jeglichen Einwand bereit erklärt hätten. Ich wollte gar nicht wissen, wie sie es anstellen würden, ob es nur eine von ihnen versuchen wollte oder ob sie zusammen ein erotisches Kommando organisierten.

Ich tat nichts anderes, als mich selbst zu belügen, aber so konnte ich wenigstens mein Gesicht wahren.
Drei Tage später sortierte ich gerade zusammen mit dem Subinspector die Ermittlungsakten, als Sonia und Yolanda hereinkamen, um Bericht zu erstatten. Sie waren zufrieden, alles hatte bestens funktioniert. Yolanda hatte ganz professionell ein kurzes Protokoll abgefasst und las es vor. Ein wesentlicher Fakt war, dass Marta Popescu die Prostitution aufgegeben hatte, weil sie sich in einen Mann verliebt hatte. Es musste ein illegaler Einwanderer gewesen sein, weil sie Sánchez gedrängt hatte, sie zu heiraten, um an Papiere heranzukommen. Sánchez hatte beteuert, keine Ahnung zu haben, wer Martas neuer Freund gewesen war. Davon hätten sie ihn nicht abbringen können. Er hatte nur angedeutet, dass er zu dem Pornoring gehört haben könnte, der in der Werkstatt in La Teixonera aufgeflogen war.
»Gute Arbeit!«, sagte der Subinspector.
»Ja, wirklich gute Arbeit«, bekräftigte ich. »Und ich kann euch versichern, dass es mir überhaupt nicht gefallen hat, euch auf diese Mission zu schicken.«
»Sie brauchen sich keine Sorgen zu machen, Inspectora, das war supereinfach!«, sagte Yolanda. »Wir sagten ihm, wir wollten ihm ein paar Fragen stellen, er protestierte und meinte, er hätte es satt. Dann habe ich ihn angemacht, und als er schon so spitz wie Lumpi war, ist Sonia reingekommen.«
»Ja, das war genial! Als ich reinkam, hatte Yolanda ihre Hand an seinem Hosenstall, und der Typ stöhnte, als würde er sterben ...«
»Mensch, so genau will das wirklich keiner wissen! Also, während der ... Handarbeit fragte ich ihn aus, bis er sang.«

»Ja, als er fast kam, sind wir gegangen, der Arme, es ging ihm richtig schlecht. Aber schließlich …«

»Hatte er gesungen«, unterbrach Yolanda sie schneidend, bevor Sonia sich zu noch naturalistischeren Schilderungen hinreißen ließ. Dann sah sie mich lächelnd an.

»Machen Sie sich keinen Kummer wegen uns, Inspectora. Das ist ein armer Teufel, und wir mussten nichts Besonderes tun.«

Als die beiden Polizistinnen das Büro verlassen hatten, lachte Garzón noch mindestens zehn Minuten lang. Rot wie eine Tomate, versuchte er vergebens, sich zu beruhigen.

»Sehen Sie, Inspectora, es war gar nicht so schlimm! Diese Mädchen heutzutage nehmen so was ganz gelassen und genieren sich außerdem nicht. Nur Sie neigen leider immer gleich zur Tragödie.«

Ich rieb mir heftig das Gesicht. Der Subinspector sah mich plötzlich ernst an.

»Sind Sie verärgert, Petra?«

»Nur ein bisschen müde, nichts weiter.«

»Nicht verärgert?«

»Warum fragen Sie mich das?«

»Ich kenne Sie und weiß, dass solche Dinge Sie normalerweise ziemlich mitnehmen.«

»Heute fühle ich mich dagegen gefeit.«

»Besser so.«

»Was nicht heißt, dass mich dieser Fall nicht langsam wahnsinnig macht. Wir kommen nicht weiter, Subinspector, merken Sie das? Einen Schritt weiterzukommen ist völlig aussichtslos.«

»Das stimmt nicht ganz, wir machen kleine Schritte.«

»Immer im Kreis und wieder im Kreis.«

»Aber Sie haben eine Theorie aufgestellt, nicht wahr?«

»Fragmentarisch und ohne Beweise, aber … ja. Ich bin davon überzeugt, dass Marta Popescu sich in unsere namenlose Leiche verliebt hatte. Er hat sie in die Welt der Kinderpornographie hineingezogen und … da ist Schluss mit der Klarheit. Lassen Sie uns Folgendes machen. Fahren Sie mit einem Foto des Toten in beide Werkstätten, und zeigen Sie es denen. Ich habe ständig das Gefühl, dass wir in unseren Ermittlungen etwas übersehen haben. Irgendeine der Frauen müsste ihn erkennen, vielleicht hat er Marta einmal von der Arbeit abgeholt …«

»Die Sache mit Ihrer Pistole hat alles widerlegt.«

»Ja, aber meine Theorie geht in eine andere Richtung, vergessen Sie das nicht.«

»Ein mordendes Mädchen.«

»Das aus Rache handelt.«

»Da gehen unsere Meinungen auseinander. Ein Mädchen, das eine Waffe stiehlt, das beide Opfer ausfindig macht, das keine Mutter hat noch sonst wen, der seiner Spur folgt … und jemand, der die Tochter eines Opfers mitnimmt! Sagen Sie mir, Inspectora, wo ist dieses verdammte Mädchen, wo versteckt es sich, warum hat es sich in Luft aufgelöst?«

»Ich sage Ihnen wie unser reizender Spitzel: Ich weiß es nicht, ich weiß es nicht, ich weiß es nicht. Im Augenblick müssen wir den Toten identifizieren, das hat absolut Vorrang. Während Sie den Frauen das Foto zeigen, gehe ich ins Gefängnis.«

»Aber …«

»Ja, ich weiß schon, die Knastbrüder werden in dem Fall nicht reden! Aber wir müssen es versuchen, oder? Manchmal scheitern polizeiliche Theorien. Man müsste ein Lockmittel finden, um ihre Zunge zu lösen.«

»Dann los, Inspectora. Freut mich, dass Sie nicht die Lust

verlieren. Und es freut mich noch viel mehr, was Sie vorhin gesagt haben.«
»Was denn?«
»Dass Sie sich gegen den Schmutz gefeit fühlen.«
Ich nickte, ohne weitere Erklärungen abzugeben, und wir machten uns auf den Heimweg. Es stimmte, etwas hatte sich verändert, seit ich in diesem schrecklichen Fall ermittelte. Anfangs stand ich am Rande einer Depression, aber etwas hatte mich davor bewahrt. Bei den holprigen Ermittlungen hatte ich keine Zeit gehabt, vielleicht auch nicht das Bedürfnis, wie sonst Innenschau zu betreiben. Konnte auch sein, dass ich darauf verzichtete, weil das Ergebnis aus schwer verdaulichen Spekulationen bestanden hätte. Schließlich war unübersehbar, dass mir mein Liebesabenteuer mit Marcos Artigas gutgetan hatte.
Marcos war ein vernünftiger, ruhiger und reizender Mann, und im Bett zeigte er sich leidenschaftlich und großzügig. Offensichtlich machte es mir Mut, in einem Moment, in dem ich besonders empfindlich auf die einsamen und die schrecklichen Seiten des Lebens reagierte, mit so einem Menschen Umgang zu haben. Doch eines war völlig klar: Es handelte sich um etwas absolut Einmaliges und Harmloses. Nichts würde sich ändern. Es war nicht das erste Mal, dass ich mit einem Freund einen One-Night-Stand ausgelebt hatte, doch das änderte nichts an meinen Grundsätzen: Frieden, Genuss der selbst gewählten Einsamkeit und keine Liebe. Zum Glück erwies sich Artigas als idealer Mann, der tunlichst keine Erklärungen verlangte oder Prioritäten setzte. Seine Situation eignete sich bestens für erotische Treffen ohne Verpflichtungen, wie häufig bei einer Scheidung. Richtig bedacht, war er ziemlich ausgeglichen dafür, dass er in einem Trennungsprozess steckte.

Ich konnte keine Anzeichen großer Betroffenheit erkennen, wie es in solchen Fällen üblich ist. Natürlich kannte ich ihn kaum, und es war gut möglich, dass seine Teufelsaustreibungen innerlich abliefen. Doch seine Kontrolliertheit ohne Säbelrasseln oder blutige Selbstgeißelungen ließ auf eine Gelassenheit schließen, die kaum zu überbieten war. Ich hatte ihn in mein Bett gelassen, weil ich Normalität suchte, und Normalität hatte ich gefunden. Keine Ahnung, ob sich die Liebesnacht wiederholen würde, doch ich war davon überzeugt, dass Artigas und ich uns immer in schöner Erinnerung behalten würden. Schließlich hätte ich auch auf andere Systeme zurückgreifen können, um der Depression zu begegnen: mit einer Freundin essen zu gehen, ein Wochenende im Wellnesscenter zu verbringen oder eines dieser Selbsthilfebücher zu lesen, die der Subinspector zu konsultieren pflegte, wenn auch nur zum Spaß. Aber meine Generation hatte immer eine besondere Vorliebe für den Sex, wir setzen ihn als multifunktionelle Therapie ein. Gibt es etwas Regenerierenderes als eine gute Bettgeschichte? Wie sich die gestaltet, ist nicht so wichtig. Zudem kann man, unabhängig davon, wer einen bei dem Abenteuer begleitet, in den Akt all das hineinphantasieren, was man bei früheren Partnern vermisst hat. Ist dein Selbstwertgefühl ins Schwanken geraten? Du brauchst lediglich wie eine Stute aus Jerez auf deinem Partner zu reiten, und du fühlst dich wie auf einem atemberaubenden Berggipfel. Du brauchst Zärtlichkeit und Verständnis? Kuschle dich an deinen Partner, nachdem ihr euch geliebt habt, wie ein altes Ehepaar, das voller Dankbarkeit und Freundschaft zum zigsten Mal zusammen zu Bett geht. Deshalb heißt es, Sex sei im Wesentlichen reine Einbildung. Ich gehöre zu einer promisken Generation, die keine andere Wachstumshilfe brauchte. Wir haben es normalerweise mit der Medizin geschafft, die uns die Natur mitgegeben hat. Jedenfalls hatte ich meine Liebesgeschichte mit Marcos Artigas unter Kontrolle und sie würde zudem kurz bleiben. Ich beglückwünschte mich, unter diesen Umständen den idealen Mann gefunden zu haben: erwachsen, sympathisch, attraktiv, selbstsicher und angenehm im Umgang. Ich war davon überzeugt, dass er ein drittes Mal und dazu eine wunderbare Frau heiraten würde.

All diese tröstlichen Gedanken verflogen vor der Bürotür von Flora Mínguez, der Richterin, die unseren Fall betreute und ihre Besucher immer gerne ein wenig warten ließ. Als sie mich schließlich hereinbat, konnte sie sich eine ironisch-theatralische Begrüßung nicht verkneifen.

»Inspectora Petra Delicado! Was verschafft einer bescheidenen Richterin diese Ehre?«

Wir waren im gleichen Alter, und es war nicht das erste Mal, dass wir in einem Fall zusammenarbeiteten. Sie hatte mich immer höflich behandelt und uns bei den Ermittlungen Hilfestellung geleistet, aber ich wusste, dass ihr Ruf, hart zu sein, kein Gerücht war, weshalb ich immer förmlich blieb.

»Das klingt nach Vorwurf, Euer Ehren.«

»Überhaupt nicht, ich freue mich lediglich, Sie zu sehen, was ja nicht so einfach ist.«

»Aber Sie erhalten doch regelmäßig die Berichte über den Fall, oder nicht?«

»Absolut pünktlich, aber ich fürchte, dass sie immer das Künstlersignet von Subinspector Garzón tragen, und er ist es auch, der mich normalerweise um Anordnungen und Beschlüsse ersucht.«

»Ich möchte mich nicht herausreden, Euer Ehren, aber dieser Fall absorbiert mich mit Haut und Haar. Es ist ein schwieriger und unangenehmer Fall.«
»Ja, und wie ich gesehen habe, wird er immer komplizierter. Ich nehme an, dass die beiden Morde mit Ihrer Pistole zusammenhängen.«
»Das tun Sie, Euer Ehren, ganz bestimmt, ich muss es nur noch beweisen können. Deshalb bin ich unter anderem hier.«
»Ich weiß nicht, weswegen Sie hergekommen sind, aber es ist bestimmt etwas Außergewöhnliches.«
»Ich muss die Identität des ersten Opfers, eines Ausländers, herausfinden, das kann nicht länger warten. Die Ungewissheit macht alles noch schwieriger.«
»Vermutlich ja, und was kann ich tun?«
»Euer Ehren, ich muss im Gefängnis den Kopf des Kinderpornorings verhören. Er heißt Juan Expósito, ich kann Ihnen sogar sein Aktenzeichen nennen.«
»Wozu sollte ich das brauchen?«
»Ich muss diesem Mann für seine Informationen etwas anbieten können.«
»Was denn?«
»Verkürzung der Haftzeit, Hafterleichterungen, irgendeine Form von Strafminderung.«
Ihre harmonisch geformten Augenbrauen bildeten eine mürrische Linie. Ich begriff, dass sie Schwierigkeiten machen würde.
»Unmöglich, Inspectora, unmöglich. Vergessen Sie's.«
»Meine Kollegen, die sich am besten mit dem Thema auskennen, das zur Verurteilung dieses Typen führte, versichern mir, dass er bestimmt nicht reden wird, es sei denn …«

»Dieses Thema, wie Sie das nennen, ist das erbärmlichste Verbrechen, dem man mit null Toleranz begegnen muss. Erwarten Sie keine Verhandlungen über eine Straferleichterung von mir, denn Sie werden sie nicht bekommen. Versuchen Sie es bei einem anderen Richter.«

»Sie wissen, dass kein Richter, der nichts mit der Untersuchung meines Falles zu tun hat, mir zuhören wird.«

»In dem Fall …«

»Euer Ehren, bitte, es wäre ein internes Abkommen unter Anwälten, das keinerlei öffentliche Aufmerksamkeit erregen würde. Das Verbrechen, für das dieser Mann verurteilt wurde, ist bereits ein abgeschlossener Fall, während der in meinen Händen noch zu lösen ist. Wir könnten das Leid neuer, unschuldiger Opfer verhindern.«

»Dafür gibt es keine Garantien. Die Justiz muss blind und unflexibel sein. Wer verurteilt ist, muss zahlen.«

»Euer Ehren …«

»Es gefällt mir, dass Sie so hartnäckig und leidenschaftlich Ihre Arbeit machen, Petra, aber ich weise Sie darauf hin, dass ich das auch tue. Ich verteidige meine Überzeugungen und die Art, wie man die Dinge tun soll. Bieten Sie diesem Mann Erleichterungen, damit er im Gefängnis studieren kann, suchen Sie legale Alternativen, aber bitten Sie mich um nichts unter der Hand, denn die Antwort bleibt immer dieselbe: Nein.«

Mein Gott, wie ich Frauen mit festen Überzeugungen hasste! Und ich wusste, dass es sinnlos war, sich ihnen offen zu widersetzen. Wunderbar, dann würde ich eben lügen, ich würde diesen widerlichen Häftling befragen und ihm das Blaue vom Himmel versprechen. Und dann … »Rom bezahlt Verräter nicht«. Mein Sinn für Moral litt beträchtlich, alles ändert sich, wenn du mit einem Grad an

Niedertracht konfrontiert wirst, der dich von dem Motto abbringt: »Urteile nicht, und du wirst nicht verurteilt«. Diesmal sah ich mich befähigt, ohne jegliches Hemmnis zu urteilen, und fürchtete auch nicht, meinerseits verurteilt zu werden.

Machado empfahl mir, Expósitos Akte und alle Dokumente der Ermittlungen in La Teixonera aufmerksam zu lesen. Zusammen mit dem »Kopf« waren mehrere Komplizen zu Fall gebracht worden, doch mein Kollege beteuerte mir, dass es sinnlos wäre, mit ihnen zu sprechen; sie waren lediglich Befehlsempfänger und würden den Mund nicht aufmachen, wenn ihr Chef sie nicht dazu autorisierte. Obwohl ich darauf gehofft hatte, durch eine Konfrontation der weniger wichtigen Beteiligten etwas aus ihnen herauszuholen, begriff ich, dass die Welt des organisierten Verbrechens ihre eigenen Gesetze hat. Aus den Ratschlägen meines Kollegen konnte ich ableiten, dass hier die Rede von harten, sehr schwierigen Kerlen war.

»Überleg dir gut, was du ihm dafür anbietest, Petra. Hat dir die Richterin irgendein Bonbon versprochen?«

»Ich fürchte, nein.«

»Dann sei vorsichtig.«

»Er ist im Gefängnis, womit sollte er mich denn bedrohen?«

»Diese Leute sind dermaßen durchtrieben, Petra, völlig unberechenbar. Expósito ist alles egal. Du wirst sehen, wenn was dabei herausspringt, würde er die eigene Mutter an einen Schlachter verkaufen. Erwarte nicht zu viel Boshaftigkeit bei ihm, du wirst nur Härte und Gleichgültigkeit vorfinden. Deshalb glaube ich, dass er dir nichts sagen wird. Das Einzige, was ihm bleibt, ist sein Schweigen.«

»Ich muss es zumindest versuchen.«

Ich setzte mich in den Besprechungsraum des Kommissariats und begann, die Akte zu lesen, die man mir überlassen hatte. Im ersten Teil wurde berichtet, wie die Kinder als mögliche Pornomodelle rekrutiert wurden. Es gab natürlich immer jemand, der sie zur Verfügung stellte, der den Handel betrieb. Ein Erwachsener. Väter, Mütter, Vormünder, jemand, unter dessen Aufsicht die Kleinen standen. Manchmal standen Namen dabei, manchmal nicht. Ausgerechnet diejenigen, die sie beschützen sollten, boten sie an wie Frischfleisch. Ich fühlte mich wieder schlecht, diese maßlose Wehrlosigkeit war das Schrecklichste, was mir bisher begegnet war. Dieser Fall gefiel mir immer weniger, er gefiel mir überhaupt nicht. Wenn aber Delia die Mörderin war? Wie sollte man es verdauen, wenn ausgerechnet ein unschuldiges Wesen in die Fänge des Bösen gerät? Mir blieb nichts anderes übrig, als aus der Schwäche Kraft zu schöpfen, mir keine Fragen zu stellen und weiterzumachen. Vielleicht sollte ich mich mit Marcos Artigas treffen und sei es nur auf einen Kaffee. Im Übrigen hatte er mich seit unserem letzten Treffen nicht mehr angerufen. Vielleicht war er erschrocken? Oft rief der Mann nach einem sexuellen Abenteuer an. Die Männer möchten gerne wissen, ob sie gut waren, ob sie ihre Männlichkeit ins richtige Licht gerückt haben. Aber dieser hatte nicht angerufen. Wahrscheinlich wollte er damit deutlich machen, dass er dem keinerlei Bedeutung beimaß. Eine unnötige Vorsichtsmaßnahme bei mir. In dem Moment klingelte mein Handy, und ich dachte schon, es sei er. Ich irrte mich, es war Ricard, mein vorletzter Geliebter.

»Arbeitest du noch, Petra?«

»Ja.«

»Könnten wir nicht einen Kaffee zusammen trinken? Ich

bitte dich, es wird nicht lang dauern, aber ich muss dringend mit dir sprechen.«

Da hatte ich den gewünschten Kaffee, nur dass die Gesellschaft weniger dazu angetan war, meine Stimmung zu heben, sondern dass ich riskierte, erneut in die Depression abzugleiten. Jedenfalls konnte ich nicht ablehnen. Die kurze und seltsame Affäre mit dem Psychiater war nicht sonderlich dramatisch zu Ende gegangen. Und ich könnte die Gelegenheit nutzen und ihn über den Ursprung des Bösen im Menschen ausfragen. Wir verabredeten uns im La Jarra de Oro.

Er sah nicht gut aus. Dieser attraktive und eitle Mann schien sich gehen zu lassen, Dreitagebart, graue Gesichtsfarbe, ein Hemd, das nicht zum Pullover passte ... Natürlich hatte ich geahnt, worüber er mit mir reden wollte, aber nicht, wie groß seine Verzweiflung war.

»Petra, mir geht's beschissen.«

»Du siehst auch wirklich nicht gut aus.«

»Yolanda will mich verlassen. Vermutlich weißt du das schon, oder?«

»Sie hat was erwähnt. Hat sie dir gesagt, warum?«

»Sie hat sich in einen Polizisten ihres Alters namens Domínguez verliebt.«

Ich hob die Arme im Sinne von »Was soll man da machen!«, aber noch bevor ich eine abgedroschene Phrase von mir geben konnte, fuhr er aufgeregt fort:

»Neulich hat sie ihn mir sogar vorgestellt.«

»Und, wie ist er?«

»Kennst du ihn denn nicht?«

»Doch, natürlich, er arbeitet auch bei der Mordkommission.«

»Dann verstehe ich nicht, wie du mich fragen kannst, wie

er ist. Ein Bursche aus Galicien, einfältig, langsam, wohl etwas schwer von Begriff ... Was sieht Yolanda in so einem Kerl?«

»Was für eine Frage, Ricard, meine Güte, woher soll ich das denn wissen? Was siehst du im anderen, wenn du dich verliebst? Na ja, Liebe eben.«

»Diese Erklärung ist lächerlich, und du bist normalerweise brillant. Komm mir doch nicht mit solch einer Binsenweisheit.«

»Ich darf dich dies nicht fragen, und ich kann dir jenes nicht beantworten ... Bist du sicher, dass du mit mir reden wolltest?«

»Ja, verzeih mir, versteh mich nicht falsch. Ich will damit nur sagen, dass dieser Junge ihrem Leben nichts beisteuern wird.«

»Also wirklich, Ricard, du bist Psychiater! Ein junger Mensch verliebt sich nicht, weil ein anderer seinem Leben etwas beisteuern kann, daran denkt man erst in unserem Alter. So einfach ist das.«

»Dann verstehe ich es nicht. Ich bin zärtlich zu Yolanda, ich gebe ihr Stabilität, die Möglichkeit, vieles zu lernen, ein bequemes Leben ohne große Aufregung.«

»Dann mag sie vielleicht Aufregungen.«

»Das ist nicht witzig. Und wenn du Sex meinst ...«

Ich unterbrach ihn barsch.

»Nein, bitte, darüber will ich nicht sprechen. Also, Ricard, verzeih mir, wenn ich es so pragmatisch angehe: Yolanda hat sich in einen anderen verliebt, und was kann ich da machen?«

»Mit ihr reden. Du stehst für sie auf einem Sockel. Für sie bist du genau so, wie eine Frau sein sollte. Ich bitte dich nicht, sie zu meinen Gunsten zu beeinflussen, so dreist

bin ich nicht! Ich bitte dich nur, sie zum Nachdenken anzuregen.«
»Und wenn das, was beim Nachdenken herauskommt, nicht zu deinen Gunsten ist?«
»Das wird nicht passieren. Wenn sie nachdenkt, wird ihr klar werden, dass sie sich irrt, dass es im Grunde das Beste für sie ist, bei mir zu bleiben. Ich bitte dich nur darum, sie nachdenklich zu machen.«
Er war so außer sich, dass mir nichts anderes übrig blieb, als seinem Bitten nachzugeben. Außerdem wollte ich ihn loswerden. Verdammte Männer!, dachte ich, immer so selbstsicher bis ins Mark, anmaßend, besserwisserisch, aber unfähig, eine Niederlage oder einen Abschied wegzustecken. Ich würde nie wieder eine feste Beziehung eingehen. Auf dem Weg zurück zur Arbeit fragte ich mich: War Marcos Artigas auch so? Ja, natürlich, warum sollte er denn anders sein! Angefangen damit, dass er nicht mal den Anstand besaß, mich anzurufen und zu fragen, wie's mir ginge. Vielleicht sollte ich ihn anrufen, doch unter welchem Vorwand? Sollte ich etwa sagen: »Glaub ja nicht, dass es eine Beziehung wird, weil ich einmal mit dir ins Bett gegangen bin.« Es war eindeutig, dass ihn das gar nicht interessierte. Aber ich wollte es selbst sein, die das klarstellte. Sollte ich ihn nun anrufen oder nicht? Ich entschied, einen Rat in die Tat umzusetzen, den ich schon oft anderen gegeben hatte: Tu, was du tun möchtest. Ich rief ihn an.
»Erinnerst du dich an mich? Ich bin Petra Delicado, Inspectora der Polizei.«
»Petra, du hast aber auch immer Einfälle!«
»Wenn du dich nicht meldest …«
»Wann sehen wir uns? Gleich, heute Abend, wann?«

»Jetzt nicht, ich muss arbeiten. Besser morgen. Ich muss ins Gefängnis und werde voraussichtlich deprimiert wieder rauskommen. Es wird mich aufmuntern, mit dir zu reden.«
»Wunderbar, ruf mich an, wenn du fertig bist.«
»Und wenn du beschäftigt bist?«
»Egal, ich werde mich von allem frei machen. Um ehrlich zu sein, ich habe mich nicht getraut, dich anzurufen.«
»Wieso?«
»Ich habe den Eindruck, dass man eine Polizistin in einem laufenden Mordfall immer irgendwie stört.«
»So schlimm ist es nun auch wieder nicht. Für einen Freund bleibt immer Zeit.«
»Gut, dann sehen wir uns morgen.«
Das war schon viel besser. Alles an seinem Platz. Männer glauben immer, unentbehrlich zu sein, und ab und zu muss man ihnen klarmachen, dass dem nicht so ist.

Ich wollte nicht vom Subinspector ins Gefängnis Can Brians begleitet werden, weil ich es für besser hielt, dem Verbrecher allein gegenüberzusitzen. Eine bestimmte Strategie hatte ich mir nicht zurechtgelegt. Im Verlauf des Gesprächs würde ich schon sehen, was angemessen wäre. Unter allen Umständen wollte ich ihm Informationen entlocken, ihn anflehen, zornig werden, lügen.
Das Gefängnis war bedrückend. Was auch immer diejenigen, die hier eingeschlossen waren, getan haben mochten, der Gedanke daran, dass zwischen diesen vier Wänden Menschen verfaulten, war schrecklich. Nur wenigen von ihnen würde eine Wiedereingliederung in die Gesellschaft gelingen. Die meisten saßen ihre Zeit ab, ohne sich etwas vorzunehmen, vielleicht auch ohne richtig zu begreifen,

was sie getan hatten. Wenn sie es dennoch taten, wurden manche vor Reue verrückt.
Ich wurde in einen kleinen Besucherraum geführt, in dem die Häftlinge mit ihren Anwälten sprechen konnten. Ein unpersönlicher, schmuckloser Raum. Beim Warten auf Expósito war ich ruhig, ich hatte mir fest vorgenommen, mich von keinerlei Gefühl hinreißen zu lassen. Ich bedauerte lediglich das Rauchverbot, sonst hätte ich mir eine anstecken können. Als der Kerl schließlich auftauchte, bedauerte ich das Verbot noch viel mehr. Ich brauchte einen guten Halt, eine Zigarette oder vielleicht noch etwas größeres, als ich Expósito sah. War mir Sánchez schon wie ein Galgenvogel erschienen, musste ich einräumen, dass er, verglichen mit dem hier, eher Cary Grant war. Ungefähr sechzig Jahre alt, klein und kräftig, verhärmt, mit ausweichendem, dann wieder penetrantem Geierblick und schütterem, zitronengelb gefärbtem Haar. Er trug ein kariertes Hemd, dessen obere drei Knöpfe offen standen, und auf der Hand die Tätowierung eines asiatischen Buchstabens. Es fehlte nur das Schild, auf dem stand: »Ich bin ein Verbrecher«. Ich seufzte innerlich und wartete auf Worte, von denen ich glaubte, sie würden von selbst kommen. Doch es war er, der das Gespräch in Gang brachte, wenn man das denn so nennen kann.
»Es kommen mich nicht viele Polizisten besuchen. Liegt vielleicht daran, dass sie wissen, dass ich sie nicht mag.«
Endlich kamen die Worte, aber ich wusste nicht, ob es die richtigen waren. Ich hörte mich sagen:
»Ich mag Sie auch nicht. Ich würde lieber irgendeinen Käfig im Zoo besuchen.«
Er lachte röchelnd auf, es klang asthmatisch.
»Aber hallo, Sie sind ja richtig witzig! Freut mich, so werde ich wenigstens gut unterhalten.«

»Ich will mich auch gut unterhalten, Expósito.«
»Na, dann mal los. Wer erzählt den ersten Witz?«
»Ich will, dass Sie mir etwas über Ihren Fall erzählen, wegen dem Sie hier einsitzen.«
Er lachte wieder wie eine erkältete Hyäne.
»Ja, der war gut! Nicht schlecht für den Anfang.«
»Ich meine es ernst.«
»Noch witziger.«
»Hören Sie auf mit den Späßchen, sonst werden Sie es noch bedauern.«
»Sie können mir nicht drohen, Inspectora. Alles, was Sie mir antun könnten, ist hier drin unmöglich. Das Gefängnis schützt mich, das sehen Sie ja.«
»Vielleicht kann ich Ihnen was versprechen, das Sie interessiert.«
Er kramte in seiner Hosentasche, holte eine kleine Mentholzigarette heraus und begann, daran zu saugen. Hin und wieder formte er mit seinem glibberigen Fischmaul ein O und tat so, als würde er Rauch ausblasen. Ich wartete, bis er seine Clownnummer beendet hatte, im Glauben, er lasse sich bitten, doch dann sagte er etwas, das mich entsetzte:
»Ich weiß sehr gut, dass die Polizei in solchen Fällen immer lügt. Aber keine Sorge, versprechen Sie nur, was Sie versprechen wollen, und wenn es dann nicht eingelöst wird, lege ich jemanden um.«
»Was sagen Sie da?«
»Dass ich, ohne hier rauszugehen und ohne mir die Hände schmutzig zu machen, jemanden umbringen werde, irgendwen, ich kann Ihnen jetzt noch nicht sagen, wer der Pechvogel sein wird. Mein Arm reicht sehr weit. Denken Sie also gut darüber nach, was Sie sagen werden.«

Da wurde mir klar, was für ein Vogel der Typ war und wie sehr ich ihn unterschätzt hatte.
»Haben Sie keinerlei Interesse am Leben, Expósito, gibt es nichts, was Ihnen wirklich gefällt? Ich meine, was man nicht kaufen oder verkaufen kann?«
Er war ein wenig irritiert und wusste nicht, worauf ich hinauswollte. Er kaute weiter mit seinen gelblichen Zähnen auf der Zigarettenspitze herum.
»Alles ist zu kaufen und zu verkaufen.«
»Das stimmt nicht, haben Sie gesehen, was für ein schöner Tag heute ist? Haben Sie die Vögel unten im Hof singen hören?«
»Sind Sie hergekommen, um mir diesen Scheiß zu erzählen?«
»Nein, aber ich möchte Ihnen klarmachen, dass Sie nicht alles unter Kontrolle haben. Ich hätte gern, dass Sie sich selbst mal ansehen und entdecken, dass Sie nichts anderes als ein Dummkopf sind. Wissen Sie, wie die Jahreszeiten im Laufe des Jahres entstehen? Wissen Sie, wie viele Vogelarten es in Spanien gibt? Haben Sie die leiseste Ahnung, wer den *Lazarillo de Tormes* geschrieben hat? Sie sind ein Dummkopf und ein Esel, Expósito. Wahrscheinlich können Sie nicht mal lesen.«
Sein zynisches Grinsen war erloschen, und sein pickeliges Gesicht hatte sich verdüstert zu einer Grimasse, die einen gewissen Jähzorn erahnen ließ.
»Wissen Sie, aus welchem Material der Eiffelturm gemacht ist, wo der Sudan im Atlas zu finden ist? Haben Sie schon einmal eine Symphonie von Beethoven zu Ende gehört? Bah! Wahrscheinlich weiß jeder Erstklässler mehr als Sie.«
»Ich konnte als Kind nichts lernen! Na und? Sind eben nicht alle Wohlstandskinder.«

Jetzt war ich es, die lachte, fast so theatralisch wie er, aber klangvoller. Ich sah, dass er wütend wurde, sein Gesicht lief rot an. Ich änderte meinen Tonfall und die Strategie.
»Und trotzdem, Expósito, Sie sehen ja. Ich weiß so vieles und habe so lange studiert, und am Ende will ich wissen, was Sie wissen. Das Leben ist seltsam, nicht wahr? Und der einzige Weg, damit ein Typ wie Sie auch nur annähernd einen Wert hat, ist der, mir zu sagen, was Sie wissen. Endlich wird es für etwas nützlich sein.«
Er war ziemlich außer sich, aber er war schwer zu knacken. Sein Blick war wie glühendes Eisen.
»Ich werde nicht reden, Sie Klugscheißerin, ich werde Ihnen keinen einzigen Namen nennen.«
Ich spürte, wie sich eine unsichtbare Wand zwischen uns schob, sah aber dennoch einen Hoffnungsschimmer. Ich holte die Fotos der beiden Leichen aus der Tasche und legte sie ihm hin.
»Sie geben mir keine Namen, einverstanden, sagen Sie mir nur, ob Sie die kennen.«
Er nickt weder, noch schüttelte er den Kopf, sein Rattengesicht zeigte keinerlei Regung. Wir verharrten mindestens zwei Minuten stumm. Ich konnte nicht den geringsten Schluss ziehen, was in seinem Kopf vor sich ging. Würde er mich zum Teufel jagen, würde er noch zehn Minuten so durchhalten? Ich hatte es nicht geschafft, ihn zum Reden zu bringen, ich hatte mich darauf beschränkt, ihn einen Nichtsnutz zu nennen in der naiven Hoffnung, ihn in seiner Eitelkeit zu treffen. Aber alle, mit denen ich gesprochen hatte, hatten recht behalten, dieser Typ würde ohne Gegenleistung niemals den Mund aufmachen, und ich konnte ihm nichts anbieten. Noch eine Minute, jetzt sah er zu dem Beamten an der Tür hinüber. Nun ja, zumindest hatte ich

es versucht. Ich stand auf und drehte ihm den Rücken zu, aber da wurde meine letzte Hoffnung bestätigt. Ich hörte Expósito mit seiner unangenehmen Stimme sagen:
»Ihn ja.«
»Ihn haben Sie gekannt?«
»Ja.«
»Hat er für Sie gearbeitet?«
»Ja, ein Rumäne.«
»Warum wurde er nicht festgenommen?«
»Reiner Zufall.«
»Sagen Sie mir seinen Namen?«
»Wir können das ganze Leben hier sitzen bleiben, aber ich werde Ihnen keinen Namen nennen.«
Ich glaubte ihm, er scherzte nicht und bluffte auch nicht.
»Wissen Sie, wer ihn umgebracht hat?«
»Nein, irgendein Spinner, das muss ein Idiot gewesen sein.«
»Warum ein Idiot?«
»Der hatte doch bei niemandem Rechnungen offen.«
»Also haben nicht Sie seine Liquidierung angeordnet.«
»Nein, der war für die Organisation unwichtig, Typ Fußvolk. Warum sollte ich das riskieren?«
»Und die Frau, kennen Sie die Frau?«
»Die habe ich noch nie gesehen.«
»Stimmt das?«
»Ja. Und jetzt ist gut, keine Fragen mehr, ich bin müde.«
Ich nahm die Fotos und hielt mich gerade noch zurück, diesem Mistkerl zu danken. Das fiel ihm wiederum auf.
»Sie bedanken sich nicht mal bei mir?«
»Bleib ganz ruhig, Expósito, und denke gelegentlich mal darüber nach, was du getan hast. Das wird dir helfen, weiterhin ein Scheißkerl zu sein.«
Er verzog seinen Mund zu einem zynischen Grinsen, und

ich stand auf. Der Wachmann öffnete mir die Tür. Da rief der Häftling mir etwas nach, und ich wandte mich um.
»Hören Sie, den Lazarillo hat keiner geschrieben, damit Sie wissen, dass ich das weiß.«
»Sie wollen damit sagen, dass der Autor anonym war, stimmt's? Wenn ihn niemand geschrieben hätte, gäbe es ihn nicht. Sehen Sie nun, was für ein Dummkopf Sie sind, Expósito? Adiós.«
Er tat, als wollte er sich auf mich stürzen, aber der Wachmann hielt ihn zurück. Ich ging unbeirrt weiter.

Am selben Nachmittag erzählte ich Garzón von dem merkwürdigen Verhör. Er kam aus seiner Verblüffung gar nicht mehr heraus.
»Ich glaub's nicht! Wie haben Sie ihn zum Reden gebracht, womit haben Sie ihm gedroht?«
»Mit nichts, ich habe ihn bei seinem Minderwertigkeitskomplex gepackt.«
»Sie sind ein Hammer, was für ein Minderwertigkeitskomplex ist denn das?«
»Ich hab ihm gesagt, dass er weder was von Literatur noch von Geographie versteht und ein ungebildeter Esel ist, da fühlte er sich angepisst. Er wollte mir beweisen, dass das, was er weiß, für mich wichtig ist.«
»Das ist ja unglaublich! Sie haben zu dem Kerl gesagt, er hätte keine Ahnung von Literatur? Wann werden Sie aufhören, mich zu überraschen, Inspectora? Also wirklich!«
»Jedenfalls wollte er mir keine Namen nennen.«
»Wenn Sie ihm vielleicht noch vorgehalten hätten, dass er auch nichts von Weltgeschichte versteht ...«
»Ich mache keine Witze, Fermín. Warum wollte er mir den Namen des Rumänen nicht nennen? Schließlich ist er tot.«

»Ja, aber wenn er uns seinen Namen sagt und wir seinen Wohnsitz finden, könnten wir Hintergrundinformation über diesen Ring finden, der ihn ins Gefängnis gebracht hat, es könnten noch mehr Mittäter auftauchen, und keiner von dieser Bande möchte ein Verräter sein. Denn wenn es weitere Verhaftungen gäbe, wäre er der nächste Tote. Jedenfalls ist die Information, die Sie ihm da entlockt haben, phänomenal.«

»Wir werden ja sehen, was wir damit anfangen können.«

»Gut, aber erstens ist der Tote Rumäne. Er hatte mit dem Geschäft der Kinderpornographie zu tun, er ist bei der Razzia, die zur Verhaftung seiner Kumpane geführt hat, entkommen und war ein simpler Handlanger.«

»War er nicht eher ein Verräter als ein Handlanger? Er hatte seine Zunge nicht im Zaum, alle außer ihm wurden geschnappt, und jetzt rächt sich Expósito aus dem Gefängnis heraus.«

»Das ist eine Möglichkeit. Aber das wüssten wir, dann hätte Machado einen Tipp gekriegt, aber dem war nicht so, man hat sie übers Internet erwischt, niemand hat ihm etwas gesteckt. Außerdem gibt es da noch Ihre Pistole und die kleine Diebin und die tote Frau und die Tochter der toten Frau mit unbekanntem Aufenthaltsort.«

»Da sehen Sie, dass der Ausflug ins Gefängnis nichts gebracht hat?«

»Er hat wohl etwas gebracht. Wir klären einen Fakt nach dem anderen. Und außerdem werden wir dank Ihnen eines Tages erfahren, dass Expósito im Gefängnis Universitätsprofessor geworden ist.«

»Ich würde meine Kinder nicht in seine Vorlesungen schicken.«

»Ich kann meinerseits mitteilen, dass die Chefin der Werk-

statt, in der Marta Popescu arbeitete, den Rumänen auf dem Foto wiedererkannt hat.«
»Was Sie nicht sagen!«
»Ja, sie hat gesehen, wie er sie einmal von der Arbeit abgeholt hat. Er ist ihr aufgefallen, weil er ein so schöner Mann war.«
»Und?«
»Sie hat gesehen, wie sich die beiden auf den Mund küssten und zusammen weggegangen sind, weiter nichts. Soll heißen, sie waren ein Paar. Schon wieder eine Gewissheit mehr.«
Wir gaben uns alle Mühe, im dichten Nebel wenigstens einen Lichtstreif am Horizont zu sichten. Eine Hypothese zu wagen war nicht einfach, denn diese kleine Diebin, vielleicht sogar Mörderin, machte alles komplizierter, sie passte absolut nicht in den logischen Zusammenhang.
Garzón versuchte sich an einer folgerichtigen Verknüpfung von Tatsachen, indem er die vorliegenden Hinweise damit abglich, ließ es aber nach einer Weile sein. Es war unmöglich. Warum kannte Delia beide Opfer? War sie mit ihnen aus Rumänien gekommen? In dem Fall müsste sie bei dem Mann gelebt haben, denn hätte sie bei der Popescu gewohnt, hätten sich die Nachbarn an zwei Mädchen erinnert. War der ermordete Rumäne Delias Vater? Wir durften nicht vergessen, dass wir das Mädchen als Mörderin in Erwägung zogen. Hatte sie ihren eigenen Vater und seine Geliebte umgebracht? Aus welchem Grund? Wer war ihre Mutter, und wo war sie?
»Subinspector, die neuesten Informationen bringen das männliche Opfer mit dem Pornofall der Werkstatt in Verbindung.«
»Und beide Opfer miteinander.«
»Dann wissen wir schon, was wir dringend tun müssen.

Erstens: Machados Akte über den Fall noch mal ganz genau durchgehen, sie auseinandernehmen, sie auswendig lernen, wenn nötig. Yolanda soll sich darum kümmern. Zweitens: Ich möchte, dass unsere Datenbank nach allen toten oder verschwundenen Personen, identifiziert oder nicht, durchsucht wird, und zwar nach allen, von denen man annehmen kann, dass sie aus Rumänien stammen.«
»Ich fürchte, ohne Namen ist das wie das Suchen einer Stecknadel im Heuhaufen.«
»Nicht ganz. Die Mutter dieses Mädchens muss tot sein, Garzón. Das Mädchen hat das Nest verlassen, und keine Mutter hält es tatenlos aus, im leeren Nest zu verharren. Ich habe weniger Hoffnung, dass der Vater auftaucht, aber wer weiß das schon.«
»Aber beide können vor langer Zeit im eigenen Land gestorben sein.«
»Sie können auch umgebracht worden sein, und deshalb hat die Kleine sie gerächt.«
»Sie unterstellen Kindern weiterhin hartnäckig das Verhalten von Erwachsenen, Inspectora, und das darf nicht sein.«
»Tun Sie, was ich gesagt habe, wir wollen uns nicht streiten. Wenn etwas dabei herauskommt, haben wir noch genug Zeit, uns ausgiebig zu streiten. Aber hier fehlen uns die Elternfiguren.«
»Immerhin haben wir doch etliche Versuche unternommen, die Eltern zu finden.«
»Wir haben lebende Menschen gesucht, jetzt bin ich davon überzeugt, dass wir auf der Spur von Toten sind.«
»Wie Sie meinen. Ich werde Yolanda Ihre Anweisungen weitergeben.«
»Lassen Sie, das mache ich schon. Ich muss sowieso mit ihr reden.«

Rache, Rache war zweifelsohne der gemeinsame Nenner unserer Toten. Das klang vielleicht ein bisschen zu sehr nach Shakespeare, aber dieses Mädchen hatte aus Rache getötet. Es fielen mir nur wenige Motive ein, weshalb ein zehnjähriges Mädchen sich rächen sollte: Mord, Versklavung, Entführung? Ein Elternteil oder beide? Für ein Mädchen in diesem Alter gibt es keine wichtigeren Bezugspersonen als die Eltern. Yolanda notierte sich ohne einen Kommentar oder eine Frage, was sie tun sollte. Sie arbeitete effizient und zuverlässig wie eine Qualitätsuhr. Als sie sich zum Gehen wandte, raffte ich mich auf, das Versprechen, das ich Ricard gegeben hatte, zu halten.
»Yolanda, wo willst du denn so schnell hin?«
»Die Unterlagen des Werkstattfalles durchsehen, Inspectora, Ihre Befehle ausführen. Gibt es noch etwas?«
»Na ja, ich würde gerne einen Moment mit dir reden, weil …«
Ich verzichtete auf eine geschwollene Rede über den Nutzen des Nachdenkens über die eigenen Gefühle. Was zum Teufel konnte ich ihr sagen?
»Also Yolanda, Ricard hat mich gebeten, dich zu bitten, noch einmal bewusst über deine Entscheidung, ihn zu verlassen, nachzudenken.«
Augenblicklich verdüsterte sich ihr Gesicht, und sie sah zu Boden. Dann ließ sie sich kraftlos auf einen Stuhl fallen.
»Es ist schon zu spät, Inspectora Delicado, ich habe gestern Abend meine Sachen bei ihm abgeholt. Das alles ist sehr schmerzlich für mich, fast so, als wäre ich verlassen worden.«
»Ich weiß, ich weiß, ich kenne das. Und du bist natürlich davon überzeugt, dass du das Richtige tust.«
»Ja. Ich habe es mir genau überlegt, ich habe lange darüber

nachgedacht und von allen Seiten beleuchtet, aber ich kann die Liebe nicht verleugnen. Ich liebe Domínguez sehr, Inspectora.«
Ich erinnerte mich an meine eigenen Vorbehalte, jetzt redete ich nicht in Ricards Namen.
»Natürlich, das habe ich nicht vergessen. Und du glaubst, dass Domínguez … na ja, du findest, dass Domínguez der ideale Mann für dich ist?«
»Er ist sehr zärtlich, Inspectora, und sehr fleißig. Aber vor allem hat er meine Wellenlänge. Wir sind fast gleichaltrig und mögen die gleichen Dinge. Er findet mich gut, wie ich bin, er will mich nicht ändern. Außerdem sind wir uns einig, eine Familie zu gründen. Ich will Kinder haben, Inspectora, und wissen Sie, was Ricard gesagt hat, als ich das ansprach? Dass ihn schon der bloße Gedanke, sich zu reproduzieren, deprimieren würde! Und wenn ich schon Verantwortung für ein Lebewesen übernehmen wollte, sollte ich mir eine Siamkatze zulegen, die seien sehr schmusig.«
Die nihilistischen Ansichten des Psychiaters kamen mir bekannt vor.
»Ein Hammer, wirklich, Inspectora! Na schön, wir verarschen uns alle mal gegenseitig, mit Verlaub. Aber man muss sich auch mal zurückhalten können und eine Sache ernst nehmen.«
»Das verstehe ich sehr gut. Außerdem ist da nichts mehr zu machen. Lebe dein Leben, Yolanda, ich bin mir sicher, dass alles gut gehen wird.«
Sie küsste mich auf die Wange, bevor sie ging. Ich lächelte ihr nach. Sie war entzückend, und ich hoffte, dass dieser einfältige Domínguez sie glücklich machen würde.

Acht

Die Leiterin des Polizeiarchivs war Inspectora Magdalena González, eine Frau Mitte vierzig, groß, dunkelhaarig, hübsch, die die männlichen Strukturen der Abteilung auf den Kopf stellte. Ich kannte sie und wusste, dass sie aktive, intelligente Mitarbeit schätzte. Ich schilderte ihr den Fall, sie hörte zu und nickte hinterher bedächtig mit dem Kopf.

»Was für eine Geschichte, Petra! Das sieht nicht gut aus, egal, aus welcher Perspektive man es betrachtet.«

»Du sagst es, wir decken nach und nach etwas auf, aber es fehlt der logische Strang, an dem wir ziehen könnten.«

»Und diese Mädchen, wo könnten sie sich versteckt haben?«

»Wenn sie wirklich zusammen sind, dann haben sie ein gutes Versteck. Wir haben zwei Einheiten auf ihre Suche angesetzt, aber sie sind nicht zu finden.«

»Gut, dass ich nicht in einem Fall mit Kindern ermitteln muss, ich denke an meine drei, es würde mich krank machen.«

»Dieser macht einen garantiert sterbenskrank.«

»Glaub ja nicht, dass ich dir große Hoffnungen machen kann, in den Computerdateien ... Zwar können wir Rumänen und Rumäninnen, die in den letzten zwei Jahren gestorben oder verschwunden sind, herausfiltern, die zudem

in dem passenden Alter sind, um als Eltern dieses Mädchens in Frage zu kommen, doch was versprichst du dir davon? Das sind nur Namen, wenn es sie denn gibt.«
»Wir wüssten um die Umstände ihres Todes oder Verschwindens, das wäre doch schon was. Wir könnten lose Fäden verknüpfen, Nachforschungen anstellen.«
»Ich will dich ja nicht entmutigen Petra, aber seit die Einwanderung in Spanien so zugenommen hat … habe ich manchmal das Gefühl, es sterben Phantome, Gespenster. Es ist, als würden sich Menschen, die ein Leben und Kinder hatten, die einer Arbeit nachgingen, einfach in Luft auflösen. Wir haben etliche ungelöste Todesfälle, deren Opfer niemand identifizieren konnte, niemand. Sie haben keinerlei Spuren hinterlassen. Sie sind ätherisch, ohne Erinnerung, ohne Anfang oder Ende.«
»Das klingt furchtbar.«
»Das ist es auch. Mir stehen die Haare zu Berge, wenn wir einen solchen Fall zu den Akten legen. Weißt du, was es bedeutet, dreißig, vierzig Jahre zu leben, ohne dass hinterher jemand Notiz davon nimmt?«
»Ich kann es mir ziemlich gut vorstellen. Ich glaube, wenn ich einmal sterbe, wird etwas Ähnliches passieren.«
»Mein Gott, Petra, du hast vielleicht Einfälle!«
»Ich meine es ernst, aber es ist mir nicht sonderlich wichtig. Du hast Kinder und weißt, dass dich jemand überlebt, aber ich bin eine einsame Seele und zahle für meine Freiheit einen Preis, manchmal einen sehr hohen. Obwohl ich vermute, dass die Pechvögel in deiner Datenbank nicht wirklich die Wahl haben.«
»Bist du deprimiert, sollen wir zusammen essen gehen?«
Ich lachte auf. Ich hatte mich von meinen Gedanken hinreißen lassen.

»Wir gehen ein andermal essen, mach dir keine Sorgen um mich, mir geht's gut.«
»Wo wir schon bei einem so heiklen Thema sind: Glaubst du wirklich, dass man dank seiner Kinder der Nachwelt erhalten bleibt? Keinesfalls, meine Liebe, keinesfalls. Wenn ein Elternteil stirbt, versucht ein Kind als Erstes zu vergessen, dass es ihn gegeben hat. Man muss weiterleben, heißt es nicht so?«
»Hör mal, ich bin nicht gekommen, um dir den Tag zu verderben.«
»Du verdirbst mir gar nichts, meine Liebe, im Gegenteil, du bringst mich zum Nachdenken. Und bei dieser Scheißarbeit ist es nicht schlecht, ein wenig nachzudenken. Ständig arbeiten! Und wenn du nach Hause kommst ... weiterarbeiten! Dann musst du die Waschmaschine einschalten, nachsehen, ob noch Milch und Zucker im Haus sind ... Es tut gut nachzudenken, selbst wenn die Schlussfolgerungen düster ausfallen.«
Magdalena war bekannt dafür, eine Naturgewalt zu sein, und das war sie zweifelsohne, in jeder Lage bewies sie Mut und Energie. Jetzt stemmte sie die Hände in die Hüften und lächelte mich an:
»Ich habe nicht vergessen, dass auch du nur hergekommen bist, um meine Gutmütigkeit auszunutzen.«
»Stimmt. Wie lange brauchst du für eine einigermaßen akzeptable Liste für mich?«
»Hast du's eilig?«
»Ich weiß nicht.«
»Das ist die ehrlichste Antwort, die du mir je gegeben hast. Morgen hast du sie.«
Unser Umgang war immer herzlich gewesen. Wir kannten uns aus der praktischen Phase als Polizistinnen und hatten

hin und wieder auf die Schnelle etwas zusammen gegessen. Doch sie hatte ihre Familie, die sie vereinnahmte, und ich war die einsame Wölfin. Ah, ich vermute, eine Familie ist für vieles gut und man kann ihr immer eine praktische Seite abgewinnen, aber die vielen damit verbundenen Pflichten und Bürden hatten mich immer davor zurückschrecken lassen. Sollen doch die Menschen, die dafür geschaffen sind, in dieser Gemeinschaft zu leben, glücklich sein! Ich begnügte mich mit einer Nische in der Höhle.
An dem Abend entdeckte ich im Kühlschrank, dass meine Haushaltshilfe mir ein großes Beefsteak und Tomaten gekauft hatte, die wunderbar aussahen. Unter normalen Bedingungen hätte ich mich sofort an die Arbeit gemacht: einen Tomatensalat mit Büffelmozzarella und ein kurz gebratenes Fleischopfer. Aber ich hatte keinen Appetit, auch keine Lust zum Kochen, so einfach die Zubereitung auch sein mochte. Irgendetwas stimmte nicht mit mir, alle meine fröhlichen und selbstgenügsamen Rituale, die ich mir in den Jahren des Alleinlebens angeeignet hatte, wirkten irgendwie überholt. Aber ich hatte keine Alternative. Wenn man allein lebt, dann bleibt einem nichts anderes übrig, als sich Raum und Zeit in kleine wohltuende Gewohnheiten sowie Verpflichtungen einzuteilen, denen man sogar noch etwas abgewinnen kann. Aber nein, heute Abend nicht, mangelndes Interesse und Antriebslosigkeit waren die logische Folge meiner derzeitigen Situation. Ich ertappte mich dabei, wie ich erneut die Vermutung, dass sich ein zehnjähriges Mädchen mit meiner Pistole für den Tod ihrer Eltern an zwei Menschen gerächt hatte, in Gedanken durchspielte. Es war nicht gerade das Märchen von Schneewittchen. Das war Shakespeare pur, aber ohne Könige, ohne Adlige, ohne Gespenster. Es war Shakespeare mit Hunger, Elend, Porno-

graphie und Rohheit. Ein moderner Klassiker. Ich durfte dies nicht als etwas Alltägliches betrachten. Auch ich hatte einen Magen und war sensibel, obwohl ich alles Mögliche angestellt hätte, um das zu vergessen. Deshalb musste ich mir eine Verschnaufpause gönnen und durfte keine Selbstanalyse durchführen, die mir klarmachte, wie angegriffen ich war. Konnte sein, dass ich das tatsächlich war, aber nur vorübergehend.

Zur Feier dieser Erkenntnis, die bewies, bis zu welchem Grad mein Verstand ausgereift war und noch funktionierte, schenkte ich mir einen Whisky ein. »Gut, Petra, gut«, sagte ich mir, »nutzen wir die Medizin, die der Mensch geschaffen hat«, und nahm einen ersten Schluck von der schottischen Weisheit. Da klingelte das Telefon.

»Petra, hier ist Ricard. Ich nehme an, du wirst mir ein kurzes Gespräch nicht verweigern.«

»Ich verweigere mich nicht, Ricard, das ist zu drastisch. Ich werde schlicht mein Recht in Anspruch nehmen, es abzulehnen. Wir werden reden, natürlich werden wir reden, aber bei einer anderen Gelegenheit, vielleicht sogar in einem anderen Leben. Gute Nacht.«

Ich legte auf und beglückwünschte mich für die unbeschwerte, fast anmutige Art, mit der ich mir eine möglicherweise absurde Situation erspart hatte. Aber das Telefon klingelte wieder. Na schön, die Leute kapieren eine Antwort oder ein Schweigen im richtigen Moment nicht, wie es im Theater oder Film geschieht. Es wäre einfacher gewesen, ihn mir mit den üblichen Ausreden vom Hals zu schaffen: Ich habe Kopfschmerzen, ich muss arbeiten … Ich nahm ab.

»Petra, ich finde es nicht in Ordnung …«

»Soll ich dir sagen, was nicht in Ordnung ist, Ricard, soll

ich es dir sagen? Es ist nicht in Ordnung, dass du mich um neun Uhr abends zu Hause anrufst, um mir wieder deinen Liebeskummer zu beichten. Es tut mir wirklich leid, das musst du verstehen. Ich habe mit Yolanda gesprochen, wie du mich gebeten hast, und es gibt nichts mehr, was ich noch tun kann. Sie hat sich in einen anderen verliebt, so einfach ist das. Und dagegen ...«

»Ja, wunderbar! Und dann fällt dir nichts Besseres ein, als sie dienstlich auf eine Mission zu schicken, bei der sie einen Kerl masturbiert. Ich dachte, du bist Feministin, du hättest ein bisschen Würde!«

»Hat sie dir das erzählt?«

»Sie hat in meinem Beisein mit Sonia darüber gesprochen.«

»Ich dachte, sie wohnt nicht mehr bei dir.«

»So ist es, aber ...«

Ich konnte nicht mehr zuhören, plötzlich stieg unbändige Wut in mir auf.

»Ricard, ich bin müde. Lass mich bitte in Ruhe. Wir müssen uns doch nicht zerstreiten.«

»Ich dachte, du bist eine echte Feministin. Ich hätte nie gedacht, dass du eine Untergebene benutzen würdest für diese Art Vorgehen, typisch für die reaktionäre Polizei in unserem Land. Ich bin davon überzeugt, dass es Gesetze gibt, die so etwas ahnden.«

»Gibt es. In dem Fall pflegt man uns zum Tode durch das Beil zu verurteilen. Du kannst mich ja anzeigen. Ist mir jedenfalls lieber, als deine Anrufe zu ertragen.«

Ich legte wieder auf, entschlossen, nicht mehr abzuheben, sollte das Telefon noch einmal klingeln. Aber nein, es blieb ruhig. Ich starrte auf mein Whiskyglas. Mir war die Lust vergangen. Die Vorwürfe des hysterischen Psychiaters hatten mir gerade noch gefehlt. Ich verstand nicht, was ihn dazu veranlasste, mich anzugreifen, obwohl es eine andere Frau war, die ihn verlassen hatte. Hatte es damit zu tun, dass er sie durch mich kennengelernt hatte? Den Überbringer der schlechten Nachricht bestrafen? Gut, wie sagt ein unvergleichliches Sprichwort: Ein Unglück kommt selten allein. Mir standen die Probleme bis zum Hals, und darüber hinaus wurde ich von einem früheren Gelegenheitsliebhaber belästigt. Bei diesem Gedanken stieg so ohnmächtige Wut in mir hoch, die mir kalt wie ein eisgekühltes Messer die Eingeweide durchschnitt. War ich noch zu retten? Wie konnte ich zulassen, dass ein Typ wie Ricard mir mit Konsequenzen drohte? Ich habe mich immer bemüht, aus meiner Position als Polizistin keinen persönlichen Nutzen zu ziehen. Ich fand, das war das Unmoralischste, was jemand tun konnte. Dennoch war der Moment gekommen, amoralisch zu sein und Maßnahmen zu ergreifen, die jemand anderem den Magen umdrehten. Ich würde Ricard anrufen und ihn mit einer Anzeige wegen Nötigung einschüchtern, oder ich würde einen Schläger anheuern, der ihn ordentlich verprügelte, oder ich würde zu ihm fahren und ihn mit der Pistole bedrohen. Ja, das würde ich tun, ich hatte genug davon, immer die Dämliche, die reine Seele, das empfindsame Gewissen zu spielen. Ich trank einen Schluck, und er schmeckte nach Galle. Am Fenster hörte ich ein sachtes Trommeln. Es hatte zu regnen begonnen. Wenn ich zu Hause war, pflegte mich nächtlicher Regen in einen frommen Zustand zu versetzen. Aber meinem Geist war nicht nach Frömmlerei. Vielleicht war ihm nie wieder danach. Ich presste meine Finger an die Schläfen.

Der Unterschied zwischen einem geistig gesunden Menschen und einem, der es nicht ist, beruht darin, dass, an einem bestimmten Punkt der Verzweiflung angekommen,

der Gesunde handelt und der Kranke verzagt. Ich mochte ja dämlich sein, aber ich hatte nicht meinen Verstand verloren, also rief ich, ohne weiter darüber nachzudenken, Marcos Artigas an.
»Petra, wie schön, von dir zu hören.«
»Nicht wirklich.«
»Warum?«
»Weil du mich nie anrufst. Immer muss ich dich anrufen und dich darum bitten, dass wir uns sehen.«
»Der zweite Teil stimmt nicht, da komme ich dir immer zuvor. Und das mit den Anrufen lässt sich auch erklären.«
»Gut, dann komm her, und erkläre es mir persönlich.«
»In zwanzig Minuten bin ich bei dir.«
Dieser Mann war wie die Feuerwehr, er kam nur, wenn man ihn rief, aber dann in Windeseile. Ein sehr impulsives Verhalten von mir, ihn einfach so anzurufen, aber wozu hat man einen Geliebten, wenn man ihn im Notfall nicht anrufen kann?
Ich fand ihn wieder schön. Gott sei's gedankt! Manchmal präsentiert einem der subjektive Blick in empfindsamen Momenten später eine frustrierende Rechnung. Er lächelte, als wäre er immer auf alle Unwägbarkeiten vorbereitet. Aber er hatte sich doch gerade erst getrennt, seine zweite Ehe war den Bach runtergegangen, und außerdem hatte er eine Kinderschar im Schlepptau wie Zeus im Olymp! Warum war er so gefasst? War er ein Supermann, unsensibel, ein Pokerface?
»Ich kann dir Whisky und schlechte Laune anbieten, sonst nichts.«
»Ich nehme Ersteres.«
»Ich weiß nicht, ob ich den zweiten Teil weglassen kann.«
»Macht nichts, dann bin ich dein Mülleimer.«

Ich lächelte traurig und holte noch ein Glas aus der Küche.
»Nein, Marcos, das wäre nicht gut. Es wäre unverzeihlich, meine schlechte Laune an einem Mann wie dir auszulassen.«
»Und was für ein Mann bin ich?«
»Nun ja, ein Mann, der anderen seinen Schmerz nicht zeigt. Vielleicht ist Schmerz das falsche Wort, aber du steckst mitten in einer Trennung ...«
»Alle Trennungen sind schmerzhaft. Ich nehme an, du weißt das sehr gut. Aber ich versuche, meinen Verstand zu gebrauchen.«
»Ja, und du glaubst, vor einer Geliebten muss man die intimsten Gefühle verbergen.«
»Kommt es dir so vor?«
»Ach, so viel habe ich nun auch nicht darüber nachgedacht.«
»Und wenn es genau das Gegenteil wäre? Und diese ›Geliebte‹ so wichtig für mich wäre, dass ich sie nicht in die Flucht schlagen will mit ständigen Tiraden über die Scheidung?«
Er kämpfte mit harten Bandagen, dieser Kerl, er musste ein professioneller Verführer sein. Und ich sollte vorsichtiger sein. Ich lachte ziemlich falsch auf.
»Mach mal halblang, du musst nicht gleich so übertreiben. Im Übrigen stört es mich nicht, wenn du mir etwas erzählen möchtest.«
»Den Eindruck habe ich nicht. Ich würde eher sagen, du bist eine Frau, die Schwächen von anderen nicht gut aushält.«
»Wenn ich aufrichtig sein soll, ist mir das Jammern der anderen zu eintönig. Aber es kann passieren, dass ich neugierig werde, einfach neugierig darauf, die Gründe zu erfahren, die einen Mann zu einer zweiten Scheidung veranlassen.«

»Ach, meine Gründe würden dir genauso eintönig vorkommen wie meine Klagen.«
»Muss ich ein wenig bohren?«
»Nein, das ist einfach zusammenzufassen: Das erste Mal habe ich eine etwas ältere Frau geheiratet. Nach einem Jahr wurde Federico geboren, mein ältester Sohn. Wir waren glücklich. Dann kamen die Zwillinge, und wir waren noch eine Zeit lang glücklich. Sie hieß Olga und hatte Germanistik studiert, ohne je berufstätig gewesen zu sein. Es kam der Zeitpunkt, da bot sich eine berufliche Chance, sie ergriff sie und begann, in einem Import-Export-Unternehmen zu arbeiten. Ihr Leben änderte sich von Grund auf. So sehr, dass sie fand, ich sei ein Hindernis für ihren beruflichen Werdegang. Unsere Beziehung kühlte ab, bis sie unerträglich wurde. Sie bat mich um die Scheidung. Wir waren nicht mehr glücklich. Alles im gegenseitigen Einvernehmen, ohne Probleme, so gewöhnlich wie das Leben selbst. Die Kinder besuchen mich wechselweise am Wochenende, auch Federico, aber seit er größer ist, kommt er nur, wenn er nichts anderes vorhat, normal. Olga hat drei Jahre später ihren Chef geheiratet. Ende der Geschichte.«
»Es fehlt noch die andere.«
»Das ist ja wie ein Verhör!«
»Aber ohne Zwang. Wenn du nicht reden willst …«
»Kommt nicht in Frage, Inspectora! Ich will mich nicht verdächtig machen. Sagen wir, dass das zweite Mal … Na ja, ich war ein geschiedener Mann, der die Situation ziemlich gut im Griff hatte. Ich arbeitete, sah die Kinder … machte Sport, ging in den Club … Ich hatte keine finanziellen Probleme … Dann bauten wir ein Bürogebäude für das Finanzunternehmen, bei dem Laura arbeitet. Ledig, schön, wie du gesehen

hast, viel jünger als ich … brillant, mit einer außergewöhnlichen Karriere, jüngste Tochter einer schwerreichen Familie … Wir verliebten uns ineinander, ich besonders heftig. Ich fühlte mich, als hätte ich in der Weihnachtslotterie gewonnen.«

Er verstummte. Zum ersten Mal hatte ich das vage Gefühl, dass ihm das Reden über seine gescheiterten Beziehungen schwerfiel. Falls es so war, hatte er sich sofort wieder im Griff.

»Na ja, ich hatte wirklich gewonnen, aber ich wusste nicht, wie ich meinen Gewinn investieren sollte, und verlor ihn wieder. Nach Marinas Geburt begann Laura alles zu stören, was ich machte, sagte, beschloss … Ich glaube, sie sah mich zum ersten Mal, wie ich bin: einen Mann in mittleren Jahren mit Verantwortungen aus einer ersten Ehe und nicht allzu viel Ehrgeiz. Und …«

»Und es war zu Ende?«

»Nein, ich wollte sagen, dass ich mich geirrt hatte. Ich glaubte, mit einer jungen Frau ohne Vergangenheit, die das Leben noch vor sich und eine Menge Pläne hatte, sei ich gegen unerwartete Veränderungen gefeit, aber … es war nicht nötig, dass sich was veränderte, *sie* veränderte sich! Ich habe nicht gemerkt, dass man keine Beziehung als selbstverständlich nehmen darf. Eine Beziehung muss man pflegen, versorgen und hätscheln, wie alles, was einem wichtig ist. Und auch so noch, auch wenn man alles richtig macht, gießen, beschneiden, düngen, selbst dann kann die Pflanze manchmal eintrocknen.«

»Du weißt gar nicht, wie ich mich freue.«

Er sah mich sichtlich irritiert an.

»Worüber?«

»Dass du einräumst, dich geirrt zu haben. Ich fing schon

langsam an, mich darüber zu ärgern, dass du aus deinem Leben erzählst, als wäre es wie etwas Schicksalhaftes einfach so über dich gekommen. Das ist unmöglich, das weißt du sehr wohl. Man irrt sich ständig, bei jedem Schritt, bei jedem Thema: bei der Arbeit, in der Liebe, in der Selbsteinschätzung … Man irrt sich bis zum Überdruss, bis ans Ende seines Lebens. Man irrt sich, bis man nicht mehr selbst entscheiden kann.«

»Das stimmt genau, da hast du recht.«

»Und weißt du was? Es ist nicht schlimm, es ist gut so. Du irrst dich, weil du lebst, weil du versuchst zu experimentieren, die Karten, die dir das Schicksal ausgeteilt hat, gut auszuspielen, glücklich zu sein. Das ist es, was zählt, viel mehr, als tatenlos und gepanzert auf deinem Felsen zu hocken wie eine verdammte Schnecke.«

Er war erstaunt. Seine wunderschönen Augen strahlten regelrecht. Er nahm mein Gesicht in beide Hände und küsste mich liebevoll auf den Mund. Dann lächelte er, als würde er in seiner Brust alles Glück der Welt beherbergen.

»Du bist reizend, Petra, intelligent, hart, aber sensibel, attraktiv. Du gefällst mir sehr, du hast mir von Anfang an gefallen, seit ich dich zum ersten Mal gesehen habe. Warum heiraten wir nicht einfach, ohne viel Zeit zu vergeuden?«

Ich lachte fassungslos auf. So ernsthaft war er gar nicht, ich hatte ihn falsch eingeschätzt. Ich sah ihn ironisch an.

»Lieber Marcos, es ist eine Sache, keine Angst vor dem Irrtum zu haben, aber eine ganz andere, barfuß die Schlangengrube zu betreten.«

»Ich sehe nirgendwo Schlangen. Wir sind gleich alt, haben Erfahrung auf dem Buckel, eine eigene Welt … Es wäre eine geniale Idee.«

»Als Idee ist sie witzig, Marcos, aber …«

»Ist ja gut, schon gut! Jetzt ist nicht der richtige Moment, um darüber zu reden.«
Und ich hatte gedacht, er sei ein Mann mit eher gewöhnlichem Sinn für Humor! Ich zog ihn an mich und küsste ihn.
»Findest du nicht auch, dass wir schon mal mit dem Simulieren einer ehelichen Verbindung beginnen sollten?«
»Ja, gar keine schlechte Idee.«
Er trug mich auf den Armen ins Schlafzimmer, obwohl ich es kichernd zu verhindern versuchte. Noch bevor wir oben ankamen, hatte ich alles vergessen: die von ihren Eltern misshandelten Kinder, die Toten, Ricard … Es gibt eben unfehlbare Methoden, das sind Klassiker, und man kann sich auf ihre Wirksamkeit verlassen.

Am nächsten Morgen war Garzón verstimmt, er murrte die ganze Zeit vor sich hin, nichts war ihm recht. Der Dienst war ein Desaster, und die Mordkommission ein Haufen Krimifreunde, die sich trafen, um in ihrer Freizeit den einen oder anderen Mordfall aufzuklären. Doch am schlimmsten waren die Chefs, ein Ausbund an Makeln, die einem Menschen vorbehalten sind. Ich kannte die Unberechenbarkeit seiner Launen und wusste, dass man ihn am besten direkt fragte, was los war, damit er reden und sich erleichtern konnte. Das tat ich auch und stellte mich auf eine kalte Dusche ein.
»Was mit mir los ist? Na, so kommt man wirklich nicht weiter, Inspectora. Alles nur Schutzmaßnahmen für die verdammten Kinderlein. Ich gehe gerade Punkt für Punkt jeden Fitzel der Ermittlung durch. Ich will mit dem Frauenschutzzentrum Kontakt aufnehmen, ob sich dort etwas über Delias Mutter finden lässt. Das ist doch in Ordnung, oder?«

»Das finde ich vernünftig.«
»Gut, aber dazu bedarf es einer Genehmigung vom Kindernotdienst. Das ist doch ein starkes Stück, oder? Wir drehen uns immer im Kreis.«
»Bedenken Sie, dass dieses Zentrum auch zum Schutz der Familien der Minderjährigen da ist.«
»Ja, fein, wunderbar, und jetzt muss ich mich wieder mit dieser alten Jungfer herumstreiten, die einen behandelt, als wollte man ihre Mädchen geradewegs ins Verderben führen.«
»Haben Sie noch etwas, Fermín?«
»Ich? Ich habe gar nichts, ich bin wie diese Fakire in Indien, die weder etwas spüren noch leiden. Und sollte ich etwas spüren, würde ich nicht zulassen, dass es meine Arbeit beeinflusst. Alles klar?«
»Natürlich, natürlich, das wäre mir gar nicht in den Sinn gekommen.«
War es möglich, dass mein Kollege noch immer in seinem Dilemma für oder wider die Ehe steckte? Mir kam das alles höchst merkwürdig vor. Ich hatte gerade scherzhaft einen Heiratsantrag erhalten und es witzig gefunden, doch für die restliche Welt schien die Ehe etwas ausgesprochen Ernstes, Endgültiges und Bedrohliches zu sein. Warum ist dieser Schritt so schwer?
»Wissen Sie, was wir machen, Fermín? Ich gehe ins El Roure und rede mit Pepita Loredano, die Sie eine alte Jungfer nennen, ohne zu wissen, ob sie eine ist. Ich glaube, ich bin in besserer Verfassung als Sie, wenn Sie mir die Bemerkung erlauben. Mit ein wenig Glück ist sie gar nicht da, und ich kann Inés Buendía noch einmal befragen.«
»Und was wollen Sie aus der herausholen?«
»Na, dasselbe wie Sie von der Guardia Urbana. Man muss

mit heiliger Geduld immer wieder nachhaken. Sie wissen doch, dass eine Kleinigkeit schon auf den Weg zur Lösung führen kann.«

»Bah, in diesem Fall bin ich jeden Tag pessimistischer. Ich glaube nicht, dass Sie von dieser jungen Frau was Großartiges erfahren. Wissen Sie, welchen Beruf ich nie wählen würde, wenn ich noch einmal auf die Welt käme?«

»Ich weiß nicht. Polizist vielleicht?«

»Genau, statt Polizist würde ich Prieser werden. Ich würde mir jeden Morgen nach dem Duschen das Kollar umlegen und hinaus in die Welt gehen. Keine finanziellen Probleme, keine familiären Belastungen ... nur spirituelle Probleme lösen, von denen man nie weiß, was sie genau sind oder ob sie überhaupt existieren.«

Ja, er war zweifelsohne noch mit seinem Heiratskonflikt beschäftigt. Wenn Garzón sagte, dass er Mönch oder Priester sein wollte, dann steckte er in Liebesnöten. Das mit der Liebe ist so eine Sache. Wenn du glaubst, du bist immun gegen Ansteckung ... inhalierst du wieder den verhängnisvollen Virus. Ich glaube, das verfolgt einen bis ins Altersheim. Wenn du deine Suppe schlürfst und bereit bist, deine Seele Gott zu überantworten, taucht ein gepflegter Greis auf und umwirbt dich frohgemut. Ich vermute, die Liebe ist ebenso ein Zufluchtsort wie die Religion, und das Gewitter des Lebens entfesselt sich so unbarmherzig über uns, dass niemand auf einen sicheren Unterschlupf verzichten möchte.

Wie dem auch sei, selbst ich war mir keineswegs sicher, ob uns ein Gespräch mit der Psychologin von El Roure weiterbringen würde, aber in ausweglosen Situationen muss man sich bewegen, das erzeugt ein Gefühl von Normalität.

Dem Himmel sei Dank, Pepita Loredano war nicht da.

Auch Inés Buendía nicht. Ich wurde von einer Sekretärin empfangen, die mir versicherte, dass sie ihrer Chefin meinen Genehmigungsantrag weiterleiten würde. Viel mehr konnte sie nicht tun. Danach setzte ich mich für einen Moment in den wunderbaren Garten vor dem Gebäude. Ich schloss die Augen und ließ mich von der Frühlingssonne streicheln. Das tat gut. Dem Menschen blieb immer noch, sich von der Sonne und der frischen Luft verwöhnen zu lassen, die Vögel zwitschern zu hören, sie auf dem Boden landen und etwas aufpicken zu sehen, um ihnen dann beim Davonfliegen nachzuschauen. Ich befand, keine Selbstmordkandidatin zu sein. Als ich die Augen wieder öffnete, setzte sich eine sehr alte Frau auf ihren Stock gestützt neben mich auf die Bank und grüßte mich. Sie holte ein Tuch mit Brotresten hervor, die sie zerkrümelte und vor der Bank ausstreute. Ein Schwarm Distelfinken, der alles beobachtet zu haben schien, stürzte sich gierig darauf. Wir beobachteten das Festmahl schweigend. Dann sagte sie zu mir:
»Viele Leute wissen nicht, dass man diesen Garten betreten darf. Deshalb komme ich immer her. Es ist so ruhig hier. Haben Sie die vielen blauen Tulpen gesehen?«
»Es ist ein wunderschöner Garten.«
»Vorher war hier ein sehr gut aussehender Gärtner, der ihn noch besser gepflegt hat. Er ist schon eine Weile weg. Er war nett anzusehen, sehr groß und kräftig, er war immer mit der Hacke unterwegs. Ich bin zwar schon sehr alt, aber ein schöner Mann ist und bleibt eine Augenweide, finden Sie nicht auch?«
Ich lachte auf.
»Sie haben ein schönes Lachen«, sagte die Frau. »Man merkt, dass Sie fröhlich sind. Wissen Sie, dass es hinter dem Ge-

bäude noch einen Garten gibt? Dort spielen die Mädchen aus dem Notdienst. Manchmal höre ich sie, doch es wundert mich immer, wie wenig Lärm sie machen. Ein Schulhof ist ganz anders, es gibt Geschrei, Gelächter … Hier nicht, hier hört man nur gedämpfte Stimmen.«

»Die haben es bestimmt nicht einfach ohne Eltern, nicht wahr?«

»Ich war auch einmal hier.«

»Sie?«

»Nach dem Krieg wurden mittellose Waisen ins El Roure gebracht. Damals waren noch Nonnen an der Front.«

Ich betrachtete neugierig ihr faltiges Gesicht. Sie war keine alte Frau, die aus Sehnsucht nach alten Zeiten oder aus Einsamkeit redete. Sie plauderte ganz ruhig, eingehüllt in eine Wolke der Gelassenheit.

»War es eine schlimme Erfahrung?«

»Ja, natürlich war sie das. Wir bekamen nur gekochte Kartoffeln und Linsen. In den Stockbetten der Schlafsäle haben wir gefroren, wir hatten nur kratzige Soldatendecken, die nicht wärmten … aber wir waren nicht traurig. Schließlich waren unsere Eltern alle tot. Wir hatten einen Krieg überlebt, aller Welt ging es schlecht. Aber können Sie sich diese Mädchen da drin vorstellen? Diejenigen, die man nicht gleich nach ihrer Geburt verlassen hat, mussten ihren Eltern weggenommen werden, weil die sie vernachlässigten. Das ist schlimmer, diese Mädchen sind wirklich allein. Verstehen Sie, was ich damit sagen will?«

»Ich verstehe Sie sehr gut.«

»Na ja, das Elend der Welt«, flüsterte sie.

Ich hatte befürchtet, dass die Frau sich in unendlichen Tiraden seniler Erinnerungen verlieren würde, aber dem war nicht so.

»Waren Sie später glücklich?«, fragte ich.
»Ja, sehr glücklich! Ich wurde Sekretärin, was man damals Stenotypistin nannte, habe einen guten Mann geheiratet ... Wir hatten keine Kinder, aber das war egal, wir hatten ein ruhiges Leben, unsere Wohnung und sogar Sommerurlaub ... Was kann man mehr verlangen, finden Sie nicht auch? Mein Mann ist vor vier Jahren gestorben, und ich bin jetzt ziemlich allein, aber ich komme zurecht. So ist das Leben, es muss vergehen, und es vergeht. Ich gehe einmal die Woche ins Restaurant essen, schaue mir Filme im Fernsehen an und komme hierher, um die Vögel zu füttern.«
»Und diesen schönen Garten zu betrachten.«
Jetzt lachte sie auf. Ich stand auf und gab ihr die Hand.
»Señora, es war nett, mit Ihnen geplaudert zu haben.«
»Kommen Sie mal wieder?«
»Ja, ganz bestimmt.«
Als ich mich schon ein paar Schritte entfernt hatte, hörte ich sie mit brüchiger, aber noch kraftvoller Stimme hinter mir herrufen:
»He, hallo! Sagen Sie mir, welchen Beruf Sie ausüben?«
»Ich bin Lehrerin«, log ich. Ich wollte dieses idyllische Bild der Tulpen und des ruhigen Plauderns nicht zerstören, indem ich ihr die Wahrheit sagte. Es ist schrecklich, einen Beruf zu haben, bei dessen Erwähnung sich das Gesicht der Menschen immer verdüstert! Und das hätte ich mir bei dieser Frau nicht verziehen. Sie bekannte ganz schlicht, glücklich gewesen zu sein. Aber die Zeiten waren unerträglich viel schwieriger geworden. Wir sind viel zu fordernd, zu spitzfindig, zu reich, zu verwöhnt. Und außerdem geht alles immer schneller. Und während wir uns alle im täglichen Leben abstrampeln, füttern ein paar weise

alte Frauen ohne eine Spur von Selbstmitleid die Vögel. Ich merkte, wie sich mir die Kehle wieder zuschnürte. Diese unselige Señora hätte auch schweigen können. Wer hat sie gebeten, dem erstbesten Menschen, dem sie begegnet, einen Vortrag zu halten? Sie hatte mich wieder melancholisch gemacht. Da sah ich Inés Buendía aus einem Taxi steigen und fing sie ab.

»Ich habe Ihnen im Sekretariat einen Genehmigungsantrag hinterlassen. Wir müssen wegen Delia in einer anderen Institution ermitteln. Vergessen Sie nicht, ihn mir per Fax rüberzuschicken, es ist eilig.«

»Das muss die Chefin machen.«

»Erinnern Sie sie daran.«

»Keine Sorge.«

»Eine Frage: Ist Ihre Chefin alleinstehend?«

Sie sah mich verständnislos und fast vorwurfsvoll an.

»Ich frage aus reiner Neugier.«

»Sie ist Witwe. Ihr Mann starb, als sie noch jung war.«

Gut, zumindest konnte ich Garzón seinen Macho-Kommentar vorhalten. Wieder im Kommissariat, fand ich ihn ins Aktenstudium vertieft, seine Laune hatte sich nicht gebessert. Zum Gruß knurrte er mich an.

»Pepita ist keine alte Jungfer, sondern Witwe. Und ich finde es überhaupt nicht gut, dass Sie eine Frau mit einem so veralteten Begriff bezeichnen, um damit auszudrücken, dass sie einen miesen Charakter hat.«

Er schloss die Augen halb, und seine Wut blitzte aus den Schlitzen hervor.

»Griesgrämige Witwen sind noch schlimmer.«

»Alles Vorurteile, mein lieber Subinspector, alles Vorurteile. Vielleicht will Emilia deshalb um jeden Preis heiraten, um sich diese Engstirnigkeit zu ersparen.«

Ich sah, wie er sich wutschnaubend aufrichtete, und zog die Tür hinter mir zu. Er war so wütend, dass er mir wer weiß was an den Kopf geworfen hätte. Wie gerne ich ihn auf hundertachtzig brachte!
Magdalena González war sehr umsichtig. Sie bat mich, Platz zu nehmen, und bot mir einen Kaffee an. Dann legte sie mir eine ziemlich kurze Liste vor.
»Das ist alles aus den letzten zwei Jahren, was ich finden konnte. Nur ein gewaltsam zu Tode gekommener männlicher Rumäne, auf den deine Charakteristika passen. Aber meiner Meinung nach kann er nicht der Vater gewesen sein. Es war ein älterer Mann, der wegen Drogenhandels eingelocht war und aus Mangel an Beweisen freikam. Er wurde in Valencia erschossen, ein Racheakt, der bereits aufgeklärt ist. Fall abgeschlossen. Frauen gibt es zwei: Eine ist Zigeunerin, vierzig Jahre alt, starb bei einem Streit durch einen Messerstich. Fall ebenfalls gelöst. Die Einzige, die die Mutter deines Mädchens sein könnte, ist eine nicht identifizierte Frau, der ihre rumänische Herkunft auf Grund ihrer Gesichtszüge und ihrer Kleidung beim Auffinden zugeordnet wurde. Die Hypothesen der Ermittlung richten sich auf einen Zuhälterring, von dem sie erpresst und benutzt wurde und der sie am Ende zu Tode geprügelt hat.«
»Wie bestialisch!«
»Du weißt doch, wie diese Typen vorgehen, die kennen kein Erbarmen. Ungefähr dreiunddreißig Jahre alt. Hier ist das Foto. Man kann ihre Züge nicht genau erkennen, denn die Schläge haben ihr Gesicht ziemlich entstellt. Fall ungelöst.«
Entsetzt betrachtete ich das geschwollene Gesicht der jungen Frau mit violetten Hautverfärbungen und verzerrtem Mund. Niemand hätte sagen können, ob sie etwas mit Delia

zu tun hatte. Alles andere wies auf Prostitution und Mafiamord hin. Irgendetwas hatte ihren Zuhälter aufgebracht, wahrscheinlich hatte sie sich widersetzt, sie wurde umgebracht und Delia konnte flüchten, aber sie hatte den Mörder gesehen und kehrte zurück, um sich zu rächen. Sie wartete, heckte den Diebstahl meiner Pistole aus und suchte den Mörder ihrer Mutter. Was Marta Popescu anbelangt … Wer konnte den Grund wissen? Hatte sie auch zu dem Ring gehört oder Delias Mutter verpfiffen oder … nennen wir es eine Verkettung unglücklicher Umstände. Doch ich war mir sicher, dass das Mädchen sie aus Rache umgebracht hatte. Ich schilderte Magdalena meine Gedanken. Sie dachte darüber nach und sah mich mit ihren klugen Augen an.

»Es ist schwer zu glauben, dass ein Kind so etwas ganz allein schafft.«

»Ich weiß, an diesem Punkt bleiben Garzón und ich auch immer hängen, wenn wir darüber reden. Aber im Augenblick müssen wir uns mit den Tatsachen abfinden, und Tatsache ist, dass dieses Mädchen meine Pistole gestohlen hat. Dann tauchen zwei Leichen auf, und beide weisen Schusswunden in derselben Höhe auf, ebender, aus der ein Kind bequem abdrücken kann. Nun ja, zuerst kommen die Tatsachen und dann die Motive, und diese Motive sind fast nicht zu ergründen.«

»Und ist diese Frau die gerächte Mutter, Petra?«

»Ja, darauf würde ich meinen Kopf verwetten. Wo wurde sie gefunden?«

»Auf einer Ausfallstraße Richtung Manresa. Man nimmt an, dass ihre Leiche mit einem Auto dorthin gebracht und abgelegt wurde.«

»Und es gab keine heiße Spur bei der Identifizierung?«

»Diese Frauen, die von Zuhältern angelockt werden, sind

ideale Opfer: Sie werden versteckt, haben keine Papiere, keine Angehörigen … Es macht schon Angst, sich das nur vorzustellen.«
»Ich weiß, Legionen von Gespenstern, die ins Land kommen und nicht zählen, nicht auftauchen, nicht existieren, die es nicht gibt. Wie Phantome.«
»Ich konnte dir nicht viel helfen.«
»Glaub das nicht. Natürlich wäre mir eine identifizierte Frau oder ein aufgeklärter Mord lieber, aber diese arme Frau bestätigt meine Theorie vom Rachemotiv.«
»Kindliche Rache.«
»Es fällt schwer, das auszusprechen, nicht wahr?«
»Sehr schwer.«
»Aber es ist, wie es ist. Ich habe mir das nicht ausgedacht.«
»Du glaubst nicht an das Gute im Menschen, Petra.«
»Der Mensch ist das einzige Tier, das sich rächt.«
»Aber er wird nicht mit Rache in den Genen geboren.«
»Nein, aber in den Genen steckt die Grausamkeit.«
Das war ein Tabu, und nicht nur für den Subinspector. Ich sah es ganz deutlich, wie alle Welt kopfstand und nicht akzeptieren wollte, dass ein kleines Mädchen eine eiskalte Mörderin sein konnte, die ihre Verbrechen ganz genau geplant hatte. Aber man durfte sich nicht als moralischem Problem damit auseinandersetzen. So wie die Leiterin von El Roure in ihrem grässlichen, aber wahrhaftigen Vortrag gesagt hatte, diese Mädchen waren so vielen Widerwärtigkeiten ausgesetzt gewesen, das hatte sie selbst zu kleinen Monstern werden lassen. Ich wollte keineswegs die These vertreten, dass der Mensch pervers geboren wurde. Das war nicht meine Aufgabe, aber ich wusste, dass man eine Persönlichkeit von Kindheit an verbiegen konnte, zum Guten wie zum Schlechten. Was mir die betagte Dame am Morgen

auf der Bank gesagt hatte, war des Pudels Kern: Gemeinsames Unglück hinterlässt keine irreparablen Schäden, aber das Böse, das uns einzeln angetan wird, das ungerecht, persönlich und demütigend ist, vertreibt das Lächeln für immer.

Es konnte sein, dass wir diese brutalen Morde nie aufklären würden, doch ich würde bald genug Material und Gedanken zusammenhaben, um einen moralischen Traktat zu schreiben.

Ich machte mich auf die Suche nach Garzón.

»Subinspector, ich lade Sie zum Essen ins La Jarra de Oro ein.«

»Mit Ihnen bin ich richtig böse, Petra.«

»Ja, deshalb lade ich Sie auch zum Essen ein.«

»Ich werde die Einladung annehmen, aber ich warne Sie, Sie müssen sich schon ein paar Dinge anhören.«

»Seien Sie nicht so nachtragend, Fermín.«

»Nachtragend, ich und nachtragend?«

Er schüttelte den Kopf – bei mir war Hopfen und Malz verloren –, als wäre seine Geduld am Ende. Doch dem war nicht so, er hatte noch eine Reserve und nutzte sie, um mir abermals zu erklären, warum er die Institution Ehe für sinnlos hielt.

Neun

Der Polizist Domínguez erwartete mich an der Tür zu meinem Büro. In seinem gewohnt förmlichen Stil ließ er mich wissen, dass er in einer persönlichen Angelegenheit mit mir reden wolle, die aber auch den Dienst betreffe. Wie immer bei solchen vorschriftsmäßigen Einleitungen weigerte ich mich, ihn zu verstehen. Da ich um seine Umständlichkeit wusste, schlug ich einen verbindlichen Tonfall an.

»Setzen Sie sich, Domínguez, und lassen Sie uns bitte geradeheraus reden.«

»Ja, Inspectora. Um ehrlich zu sein, weiß ich nicht, wo ich anfangen soll.«

»Beginnen Sie mit dem eigentlichen Problem, ohne Einleitung, ohne Drumherum.«

Er sah mich an und überlegte einen Moment, ob er das als Zeichen von Vertrauen oder von Ungeduld werten sollte. Dann lächelte er erleichtert.

»Die Polizistin Yolanda und ich werden heiraten, Inspectora Delicado.«

»Herzlichen Glückwunsch, mein Junge, das ist doch eine wunderbare Nachricht.«

»Ja, aber es gibt ein Problem. Yolanda hat mir gesagt, dass erst geheiratet wird, wenn Sie den laufenden Fall gelöst haben.«

»Das spricht für die Professionalität der Braut. Ich sehe kein Problem darin.«
»Alle im Kommissariat reden davon, dass es ein vertrackter Fall ist, in dem Sie nicht vorankommen. Im Gegenteil, es heißt, er würde immer komplizierter.«
»Das sagen diese Mistkerle, ja?«
»Stopp, Inspectora Delicado, ich bin nicht hier, um den Denunzianten zu spielen! Aber ich höre eben, was ich höre. Und ich sehe schon, dass wir erst am Sankt-Nimmerleins-Tag heiraten werden.«
»Wann wollten Sie denn heiraten, morgen Nachmittag?«
»Nein, aber ich habe Angst, das will ich nicht leugnen. Dieser Doktor, mit dem sie zusammen war, scharwenzelt immer noch um sie herum, und Yolanda ist so wunderbar, dass ich immer das Gefühl habe, sie ist zu gut für einen Burschen wie mich, und dass ich sie verlieren könnte.«
»Also wirklich, Domínguez, seien Sie nicht so ängstlich. Mit so einer Moral kann man keine Ehe eingehen! Sie sind doch ein toller Bursche! Außerdem kann ich Ihnen versichern, dass alle Gerüchte nur von bösen Zungen stammen. Tatsächlich kommen wir gut voran. Ich glaube sogar, wir werden ihn mit zwei gezielten Flanken gelöst haben. Na ja, was heißt zwei, geben Sie noch eine Flanke dazu, aber es dauert keinesfalls ein ganzes Fußballspiel, Sie werden sehen.«
»Danke, Inspectora Delicado, das ist es, was ich hören wollte. Ich bin davon überzeugt, dass es genau so ist, wie Sie sagen.«
»Hören Sie, Domínguez, nennen Sie mich nicht andauernd Inspectora Delicado. Sagen Sie einfach Inspectora, auch Petra ist in Ordnung, weil Sie's sind. Der Titel ist so lang ...«
Er lächelte und sah mich keck an.

»Ich mache Sie nervös, nicht wahr? Wo ich doch ein so schwerfälliger Galicier bin …«
Mir blieb die Spucke weg, und ich musste mich bemühen, nicht zu husten.
»Was sagen Sie denn da, Mensch? Ich liebe Galicien: die berühmte Hühnerbrühe, die Landschaft, die Volkstänze, Rosalía de Castro … fast alles eigentlich!«
Beim Abschied bedankte er sich noch zwanzigmal. Und ich tobte innerlich. Noch mehr Heiratsabsichten! Warum machte ich nicht ein Eheanbahnungsinstitut auf, statt blutrünstige Mörder und perfide Mädchen zu verfolgen? Mein Geduldsfaden war gerissen, keine Spur von Langmut mehr, nicht einen Funken. Die vielen Jahre, die ich schon allein lebte, hatten meine frühere Geduld, sollte ich sie mal gehabt haben, zunichtegemacht. Wir Alleinstehenden ertragen am Ende nichts und niemanden mehr, so ist es doch. Was natürlich sehr egoistisch ist und uns vermutlich hassenswert macht. Im Kommissariat würden sie mich zermalmen. Deshalb machte es aller Welt so viel Spaß, insgeheim gegen mich zu wettern, wenn ich in einem schwierigen Fall nicht weiterkam. Und erst recht, weil der Fall durch den Diebstahl meiner Dienstpistole ins Rollen gekommen war! Na und? Was sollte ich jetzt tun, eine Art Werbekampagne starten und meine Kollegen fragen, wie es ihnen mit ihren Frauen und Kindern ginge? Oh nein, ich würde meinen Ruf als Menschenfresserin einfach wegstecken! Welch ein Glück, dass ich schon zweimal verheiratet war, andernfalls hätte man mir längst die grässliche Bezeichnung alte Jungfer angehängt, wohl der Gipfel der Beleidigung für eine Frau. Ganz ruhig, dachte ich, nicht ablenken lassen. Ich schnappte mein Notizbuch und schrieb hinein: Geduld mit Domínguez. Das wäre meine gute Tat an diesem Tag,

von jetzt an konnte ich mich nach Herzenslust danebenbenehmen.
Garzón kam mit dem Foto von Delias mutmaßlicher Mutter herein. Er wirkte konzentriert und niedergeschlagen.
»Ich glaube ja, Inspectora.«
»Was ja?«
»Es gibt keinen Zweifel, Sie hatten recht.«
Da ich das Notizbuch gerade zur Hand hatte, notierte ich: Geduld mit Garzón. Ich lächelte, und mein Gesprächspartner fuhr fort:
»Diese Frau muss die Mutter von Delia sein. Wegen der Altersangaben und sogar der Ähnlichkeit. Und wenn sie es ist, dann wird die Rachehypothese wahrscheinlicher.«
»Wie begründen Sie das?«
»Einer dieser verdammten Zuhälter, die Frauen mit falschen Versprechungen nach Spanien locken, damit sie sich dann prostituieren, hat diese Frau mit ihrer Tochter ins Land geschleust. Irgendwann versuchte sie zu fliehen oder … ich habe mir überlegt, dass sie wahrscheinlich gezwungen wurde, ihre Tochter ins Pornogeschäft zu bringen, und sie sich weigerte. Daraufhin wurde sie buchstäblich hingerichtet, und zwar wie üblich auf exemplarische Weise, damit unter den anderen Frauen keine Rebellion ausbricht.«
Da er mir erzählte, woran ich selbst schon gedacht hatte, öffnete ich nickend, um nicht unhöflich zu wirken, den Ordner mit der Korrespondenz, den mir Domínguez auf den Tisch gelegt hatte. Ich hörte seine Stimme monoton die möglichen Fakten zusammensetzen.
»Delia konnte fliehen. Sie lebte auf der Straße, suchte Zuflucht, wo sie konnte, war mit anderen Straßenkindern zusammen … Irgendwann trieb sie sich auch in der Nähe des Kommissariats herum, Sie wissen ja, dass diese Kinder

draußen herumhängen. Sie hat Sie jeden Tag gesehen und beobachtet, dass das Ihr Arbeitsplatz ist. Natürlich hat sie gewusst, dass Sie eine Waffe tragen, und begann Sie zu verfolgen. Schließlich ist sie Ihnen, schon mit Rachegedanken im Kopf, in dieses Einkaufszentrum gefolgt und beschloss, ihr Glück zu versuchen, als Sie auf die Toilette gingen. Das Glück war ihr fatalerweise, wie wir wissen, an dem Tag hold, weil Sie …«

Ich hörte ihm nicht mehr zu. Der Brief in meiner Hand hatte mir die Sprache verschlagen, ich war unfähig zu denken oder zu begreifen. Ich stand auf, ging zum Fenster und sah hinaus, ohne etwas zu sehen. Garzón fragte mich bestürzt, was mit mir los sei. Ich konnte nicht antworten. Er stand ebenfalls auf und warf, auf der Suche nach einer Erklärung für mein merkwürdiges Verhalten, einen Blick auf den Tisch, auf dem das offene Notizbuch lag.

»Warum müssen Sie Geduld mit mir haben, Inspectora?«

Statt einer Antwort hielt ich ihm den Brief hin, den ich gerade geöffnet hatte.

»Lesen Sie das.«

Er war anonym, und der Absender hatte in bekannter Manier Buchstaben aus Zeitungen ausgeschnitten und zusammengeklebt.

DELIAS MUTTER WURDE HEIMLICH INS LAND GESCHLEUST. EINE MAFIA HAT SIE ZUR PROSTITUTION GEZWUNGEN. ALS SIE FLIEHEN WOLLTE, WURDE SIE ERMORDET. IHR NAME IST GEORGINA COSSU.

EIN FREUND.

Ich stürzte mich auf den Umschlag. Mit Kugelschreiber war in Druckschrift deutlich lesbar mein Name, mein Dienstgrad und die korrekte Anschrift des Kommissariats daraufgeschrieben worden. Kein Absender.

»Was soll das?«

»Wer wusste, dass wir nach Delias Mutter gesucht haben, Fermín?«

»Außerhalb des Kommissariats niemand. Im Archiv und ... na ja, Sie waren doch im Kindernotdienst.«

»Ich habe nicht erwähnt, dass die Genehmigung für eine Auskunft über die Mutter des Mädchens ist.«

»Dann kann es nicht aus Polizeikreisen hinausgedrungen sein.«

»Haben wir einen Maulwurf?«

»Unmöglich. Vielleicht hat sich jemand verplappert?«

»Oder schlicht ein Zufall. Wer könnte denn Interesse daran haben, dass wir die Identität dieser Frau herausfinden? Und warum versteckt er sich?«

»Vielleicht war es Abel Sánchez.«

»Das würde mich wundern, aber man soll trotzdem eine Schriftprobe von ihm einholen und untersuchen lassen. Die Schrift ist verstellt, und es sind Großbuchstaben, aber irgendwas wird schon dabei herauskommen.«

»Verdammt, Inspectora, jetzt verstehe ich gar nichts mehr!«

»Dann sind wir schon zwei. Ist der anonyme Absender der Mörder?«

»Und Marta Popescus Tochter?«

»Wir haben nicht daran gedacht, dass sie tot sein könnte und das andere Mädchen auch.«

»Das ist völliger Unsinn, das versichere ich Ihnen.«

»Ohne Zweifel steckt hinter diesem Fall eine Organisation, die noch aktiv ist.«

»Wir haben mit Inspector Machado zusammengearbeitet, und er behauptet, dass es keine gibt!«

»Dann ist es der Teufel persönlich.«
»Na gut, Inspectora, lassen wir uns nicht irreführen. Vergessen wir einen Moment, wer uns diesen Brief geschickt hat und warum. Wenn wir es genau bedenken, kann es jeder gewesen sein: eine der Frauen aus der ersten Werkstatt, eine der Frauen aus der zweiten, eine frühere Kollegin der Mutter, die unerkannt bleiben will. Es kann sogar jemand sein, der der kleinen Delia bei ihren Taten hilft!«
»Diese Möglichkeit erschreckt mich.«
»Na schön, sie erschreckt Sie, aber sie existiert. Vergessen Sie das einen Augenblick, und konzentrieren wir uns auf die erhaltene Information. Wenn es stimmt, bestätigt sich damit unser Verdacht, dass es sich um einen Racheakt handelt. Oder irre ich mich?«
»Rufen Sie Inspector Machado an, Garzón, er soll mal kurz rüberkommen.«
Machado sah sich den Brief immer wieder an. Sein Gesicht blieb ausdruckslos, und ich wurde ungeduldig.
»Machado, bei allen Heiligen, sag doch was.«
»Es könnte sein, dass die Typen nicht wollen, dass ihnen diese beiden Toten angehängt werden und uns deshalb auf andere Täter verweisen.«
»Und warum verweisen sie uns nicht direkt?«
»Das weiß ich nicht. Lasst uns mal zu Pedro Móstoles gehen.«
Inspector Móstoles gehörte zur Sitte und beschäftigte sich mit Zuhälterringen. Er war Experte in der Materie und empfing uns ausgesprochen höflich. Nachdem wir ihm berichtet hatten, gab er uns einen raschen Befund.
»Ja, eure Hypothese könnte richtig sein. Man zeigt mit dem Finger auf diese Frau, damit ihr diese Fährte aufnehmt und sie in Ruhe lasst. Könnte sein.«

»Und warum werden nicht gleich die Namen der Verantwortlichen genannt?«
»Ich weiß nicht, vielleicht stehen sie denen aus irgendeinem Grund zu nahe. Es könnte einer sein, der es bereut, oder jemand, der noch der Organisation angehört, aber moralische Vorbehalte hat. Was weiß denn ich! Demzufolge müssten wir den Namen dieser Frau in unserem Archiv haben, andernfalls gibt es keinen Grund, ihn euch zu nennen. Lasst uns mal nachsehen.«
In meinem Kopf drehte sich alles. Kamen wir nicht plötzlich von all den Beweisen und Hypothesen ab, die wir in so vielen Wochen zusammengetragen hatten? Durften wir diesem anonymen Hinweis Glauben schenken? Garzón merkte, dass mir schwindlig war.
»Ist Ihnen nicht gut, Inspectora?«
Pedro Móstoles erbarmte sich meiner, ich schien schlecht auszusehen.
»Warum geht ihr nicht was trinken? In einer Stunde habe ich diese arme Frau für euch herausgesucht.«
Ich fühlte mich schrecklich. Machado, Garzón und ich gingen ins La Jarra de Oro und bestellten drei Biere. Das Lokal war brechend voll. Die Leute plauderten und lachten, als wäre das Leben eine Abfolge einfacher und logischer Tatsachen.
»Fühlst du dich besser, Petra?«, fragte mein Kollege besorgt.
»Dieser Fall wird ein Ende mit mir machen, wenn ich es nicht mit ihm tue. Ich denke an all die Hypothesen, ich versuche, lose Fäden zu verknüpfen, und spüre einen so großen Druck im Schädel, als wollte er explodieren.«
»Natürlich, weil du grübelst und grübelst und die Fakten fehlen. Da rebellieren die Neuronen.«

»Meine scheinen in diesem Fall auf Urlaub zu sein«, warf der Subinspector ein.
»Polizist zu sein ist eine Scheiße«, schimpfte Machado. Ich kam wieder aufs Thema zurück.
»Also noch mal, wenn uns ein Zuhälter Rauchzeichen geben will, warum klinkt er sich jetzt aus?«
»Sind Informationen an die Presse durchgedrungen?«
»Nur vereinzelt, aber natürlich nicht der geringste Hinweis auf die Hypothese der kleinen Mörderin.«
»Mensch, stellt euch bloß mal vor, was diese Schmierfinken mit der Kleinen anstellen würden!«
»Das wäre ein tolles Geschäft!«
»Sie würden ihr auch noch das Verbrechen von Cuenca anhängen.«
»Und alles in riesigen Schlagzeilen!«
Als ich sie so reden hörte, fühlte ich mich noch unbehaglicher. Unsere kleine Mörderin zum Stammtischgerede zu machen klang schrecklich falsch, wie eine schwachsinnige Idee oder ein makabrer Schabernack, den jemand in einer schlaflosen Nacht ausgebrütet hatte. Und wenn ich mich gründlich geirrt hatte, weil ich mich von Gespenstern und unwichtigen Details hatte täuschen lassen? War die Hypothese der kindlichen Rache wirklich so abwegig? Ich wusste langsam gar nichts mehr. Vielleicht wäre es das Klügste, bei null anzufangen, aber wie? Wahrscheinlich müssten wir das sowieso tun. In Kürze würde uns Pedro Móstoles eine Akte über diese Frau geben, und wir hätten einen neuen Zusammenhang. Würde das bisher Ermittelte dann nichts mehr nützen? War mir wirklich die Pistole gestohlen worden oder hatte ich das nur geträumt? Wenn es die kleine Zeugin Marina nicht gäbe, hätte ich in dem Augenblick an meinem Verstand gezweifelt.

Ungefähr eine Stunde später kehrten wir ins Büro unseres Kollegen von der Sitte zurück. Sein Gesicht drückte nur Frustration aus, als er uns begrüßte.
»Ich verstehe das nicht, Leute, ich sage euch, ich verstehe das nicht. Es ist keine Georgina Cossu erfasst. Sie taucht bei keiner Razzia und in keinem Register auf. Es gibt sie einfach nicht. Dann verstehe ich, verdammt noch mal, wirklich nicht, weshalb sie verraten wird.«
»Der Absender des anonymen Briefs wird gedacht haben, sie sei aktenkundig.«
»Dann hat er sie nicht gut gekannt. Aber lassen wir uns nicht entmutigen, wir werden weitersuchen. Ich kenne Lokale, wo man jemanden auftreiben könnte, der sie gekannt hat. Wie viele Leute hast du zur Verfügung, Petra?«
»Zwei junge Polizistinnen und Garzón.«
»Ich werde den Comisario um Erlaubnis bitten, euch zur Hand gehen zu dürfen. Und sei es auch nur für ein paar Tage, bis ihr das Bordellsystem durchschaut habt.«
Er lachte auf, aber ich fand das nicht witzig. Das Ende war noch weit, viel weiter weg, als vorherzusehen war. Jedenfalls war ich ihm dankbar, dass er es mit Humor nahm. Wir hatten ihn nötig. Garzón sagte, wobei er sich über den Schnurrbart strich:
»Ich gehe zum rumänischen Konsulat, vielleicht hat diese Georgina Cossu dort Hilfe oder Schutz gesucht.«
»Sehr gut, Fermín, sehr gut«, flüsterte ich wenig begeistert. Anscheinend war ich als Einzige mutlos.
Das Bordellsystem hätte einfacher nicht sein können, ebenso wie Móstoles' Ratschläge.
»Achtzig Prozent sind Ausländerinnen. Die Mehrzahl aus Osteuropa. Aber auch Südamerikanerinnen. Ihr könnt euch bestimmt vorstellen, wie gerne die der Polizei Fragen

beantworten. Aber ihr könnt Druck machen. Ein Großteil von ihnen hat keine Papiere. Ich würde sagen, das ist das einzige Druckmittel, das wirkt. Erwartet keine Solidarität von ihnen, das sind ganz harte Nüsse, abgebrühte Frauen, die sich bestens auskennen. Die Tatsache, dass der Mord an dieser Frau nicht aufgeklärt wurde, beweist ihre geringe Kooperationsbereitschaft.«

»Vielleicht zeigen auch wir nicht genügend Interesse an solchen Fällen«, merkte ich an. Dem Kollegen gefiel diese Behauptung überhaupt nicht.

»Da irrst du dich, Petra, wirklich. Wenn du glaubst, dass wir nicht alles versuchen, nur weil sie Huren sind, bist du im Irrtum. Was ganz anderes ist, dass uns allmählich die Puste ausgeht wegen der vielen Rückschläge, die wir einstecken müssen. Aber Interesse ist da, das kann ich dir versichern.«

»Na schön, mein Junge, sei nicht beleidigt. War lediglich eine Vermutung.«

»Scheißvermutung.«

Ich musste vorsichtig sein, mein Ruf einer widerspenstigen Frau und Protestlerin war mir bei den Kollegen in Barcelona vorausgeeilt, und selbst wenn mir das egal war, musste er nicht noch verschärft werden. Ich entschuldigte mich mit einem angedeuteten Lächeln.

»Na gut, ich nehm's zurück.«

Móstoles akzeptierte die Entschuldigung und warf mir einen prüfenden Blick zu.

»Anschuldigungen, das Kommissariat sei sexistisch, sind völlig haltlos.«

»Da man Sätze zurücknehmen kann, könntest du es mit diesem auch tun. Ich fürchte, andernfalls würde ich ihn bei Gelegenheit wieder aufs Tapet bringen.«

»Du bist ganz schön hart, was, Petra?«
»Härter als Granit.«
»Gut, wie ich schon sagte, die Frauen aus Osteuropa sind auch harte Brocken. Die einzige Technik, sie einzuschüchtern, ist, ihnen mit der Abschiebung zu drohen. Die Lateinamerikanerinnen zeigen eher menschliche Schwachpunkte, um es mal so zu nennen. Was uns nichts bringt, weil Szene und Kontakte streng getrennt und in geographische Zonen eingeteilt sind, und wir haben es hier auf die rumänische abgesehen. Ich kann euch versichern, dass ihr bei den Frauen aus dem Osten auf Granit beißt. Ich habe euch ein paar Clubs genannt, aber die Frauen in diesen Clubs sind selten ›Sklavinnen‹ einer Mafia. Entweder haben sie sich freigekauft, indem sie abarbeiteten, was ihr Einschleusen ins Land kostete, oder sie hatten von vornherein nichts mit diesen Arschlöchern zu tun.«
»Lasst ihr viele solcher Ringe auffliegen?«
»Wir haben eine hohe Aufklärungsquote, doch ihr würdet staunen, wie viele es im Land gibt.«
»Wir sind alle schön beschäftigt.«
»Und glücklich, wie du sieht. Ich bezweifle, dass die Zahl der arbeitslosen Polizisten in Spanien steigen wird. Wenn wir nicht ein so gutes Klima hätten, vielleicht, aber mit dieser Witterung kommen gleichermaßen Touristen wie Verbrecher ins Land. Soll ich dich in die Lasterhöhlen begleiten?«
»Begleite besser Yolanda und Sonia. Ich weiß nicht, wie gut ihre Sachkenntnis im Fach ›Bordelle‹ ist. Ich gehe zusammen mit Garzón.«

So machten wir es. Am ersten Tag auf der neuen Spur klapperten Garzón und ich zehn Bordelle ab. Zehn! Die flexiblen Öffnungszeiten überraschten mich. Sie waren von mittags bis zum Morgengrauen geöffnet. Unsere Vorgehensweise war nicht gerade originell. Wir gingen hinein, fragten nach dem Geschäftsführer, gaben uns zu erkennen und befragten die Mädchen. Eine nach der anderen, mit dem Ziel, ihrem Gesichtsausdruck etwas zu entnehmen, wenn wir ihr das Foto der toten Frau unter die Nase hielten oder ihren Namen nannten. Georgina Cossu. Ich würde lügen, wenn ich behauptete, dass dieses Prozedere mich etwas aufgemuntert hätte, weil wir wenigstens etwas tun konnten. Nein, es war eher deprimierend, und ich hegte keinerlei Hoffnung, dass diese Ermittlungsspur uns in einen sicheren Hafen führen würde. Aber wir hatten keine Wahl, das war die traurige Realität. Also trabten wir von einem Bordell zum anderen, gewöhnten unsere Augen an die Dunkelheit, wenn es draußen Tag war, und die Ohren an die laute Musik, wenn es Nacht war, und wiederholten unsere Fragen. Die Antworten erschöpften sich kategorisch in einsilbigem »Nein«. Einige Frauen konnten ein Erschaudern nicht verhehlen, aber nur aus Angst. In keinem Moment konnten mein Kollege oder ich einen Hauch von Verständnis, Wiedererkennen oder besondere Betroffenheit, die auf etwas Verheimlichtes hinwies, wahrnehmen.

Gegen zehn Uhr hörten wir auf.

»Für heute reicht's«, rief ich. Garzón rieb sich sichtlich erleichtert die geröteten Augen.

»Irgendeine Schlussfolgerung, Inspectora?«

»Ja, die Huren haben einen fürchterlichen Geschmack, was Kleidung betrifft.«

»Dann ist es ja gut, wenn das alles ist …«

»Nein, es gibt noch etwas. Die Welt ist eine Kloake.«

»Wir haben keinen anderen Ort zum Leben, machen Sie also einen Vorschlag.«
»Wir haben nicht mal zu Abend gegessen, Fermín. Wo könnten wir ein Sandwich essen?«
»Auf der Rambla de Cataluña. Steigen Sie ein, ich fahre.«
Ich hatte keinen Hunger, aber der Subinspector machte sich mit großem Appetit über sein vierstöckiges Sandwich her. Garzón, was täte ich ohne ihn! In den Jahren unserer Zusammenarbeit hatten wir ein wenig Privatleben und das komplette Arbeitsleben geteilt, mit allem, was es mit sich brachte an Warten, Frustrationen, Fortschritten, Rückschritten und dem Entdecken der dunkelsten Seiten des Menschen. Er mäßigte meine Tendenz zum Dramatisieren und hielt mich davon ab, den Dingen zu große Wichtigkeit beizumessen. Wir sprachen uns wechselweise Mut zu, und das immer ganz natürlich und spontan. Er war zweifelsohne ein ausgesprochen lebensfroher Mann, der es geschafft hatte, die negativen Seiten des Daseins zu akzeptieren, ohne dabei andauernd eine Tragödie zu inszenieren. Ein Einsiedler und guter Kollege, das war Garzón.
»Ich sehe, Sie würden gerne noch etwas bestellen, Subinspector.«
»Ja, auch noch ein Bier, das muss ich noch ausnutzen.«
»Wollen Sie abnehmen?«
»Viel schlimmer als das.«
»Was Sie betrifft, fällt mir nichts Schlimmeres ein.«
»Denken Sie ein wenig nach, und Sie werden es herausfinden.«
»Ich verstehe nicht.«
Er sah mir in die Augen und ließ einen Moment lastende Stille über uns hängen.
»Ich heirate, Petra, ich heirate doch.«

»Fermín!!! Herzlichen Glückwunsch! Warum haben Sie es mir noch nicht erzählt?«
»Ich fand es etwas unpassend auf dem Zug durch die Bordelle. Aber ich versichere Ihnen, dass Sie die Erste sind, die es erfährt. Ich habe mich gestern entschieden.«
»Das ist ja wunderbar!«
»Na ja, wunderbar … Wenn es nach mir ginge, hätte ich lieber so weitergemacht wie bisher. Verheiratet zu sein ist eine Bürde, es wirft mich zurück, was soll ich Ihnen sagen. Ich war schon mal verheiratet und finde nicht, dass man die Ehe empfehlen kann, aber was soll ich tun? Emilia ist verrückt vor Freude, vielleicht, weil sie immer ledig war, und ich … nun ja, ich liebe sie, Inspectora, ein Frau wie sie gibt es nicht zweimal.«
»Sie ist eine wunderbare Frau.«
»Ja, das ist sie. Außerdem argumentiert sie sehr vernünftig: Wir beide werden älter, und die gegenseitige Gesellschaft wird uns guttun. Wir können die uns noch verbleibenden Jahre ruhig und angenehm verbringen.«
»Das ist wirklich vernünftig.«
»Natürlich werden wir zuerst gemeinsam ein Buch schreiben müssen.«
»Ein Buch?«
»Ein Buch der Vereinbarungen und Bedingungen. Ich, zum Beispiel, wenn ich gesund bleibe, und noch bin ich es, habe nicht die Absicht, mit fünfundsechzig in Rente zu gehen. Das schon mal vorweg.«
»Das zu hören beruhigt mich.«
»Ich habe auch nicht die Absicht, mein Umfeld und meine Freizeitgestaltung zu ändern. Soll heißen, wenn ich mal spontan mit Ihnen zu Abend essen möchte, rufe ich meine Frau an, gebe Bescheid und gut.«

»Ich möchte aber keine unerwünschte Bedingung sein.«
»Nichts dergleichen, sie hat das sofort akzeptiert. Wenn sie mit ihren Freundinnen oder ihrer Schwester zum Einkaufsbummel gehen möchte, wird sie mir Bescheid sagen, und ich werde sie nicht daran hindern. Wir sind erwachsen.«
»Stimmt. Und sie, hat sie viele Bedingungen gestellt?«
»Sie möchte, dass ich sie hin und wieder in die Oper begleite, dass ich mit ihr in eine Eigentumswohnung ziehe, die sie für uns einrichten wird. Dass ich mich nicht ärgere, wenn sie mir elegante Kleidung schenkt. Solche Dinge.«
»Das kommt mir wirklich nicht gerade schrecklich vor.«
»Nein, das ist es auch nicht. Sie stammt aus einer bürgerlichen Familie, und das merkt man eben. Jedenfalls kann ich mich nicht weigern, die Realität zu akzeptieren.«
»Das ist sehr löblich von Ihnen.«
»Nur beim Essen sind wir noch zu keiner Lösung gekommen. Emilia liegt mir ständig in den Ohren, ich soll auf mich aufpassen und abnehmen, und ich habe ihr gesagt, dass ich ihr nichts versprechen kann. In diesem Punkt werde ich unflexibel bleiben. Sie macht mir jetzt schon ordentlich die Hölle heiß, wenn wir dann zusammenleben und sie mich besser kontrollieren kann, weiß ich nicht, was wird.«
»Es ist alles relativ. Zum Mittagessen sehen Sie sie nicht, und abends werden Sie etwas Leichtes essen, was Ihnen, wenn Sie einen Augenblick darüber nachdenken, bestimmt nicht schlecht bekäme.«
»Ja, so gesehen …«
»Ich bin davon überzeugt, dass Sie großes Glück haben, Fermín, und dass es richtig ist, Emilia zu heiraten. Jetzt bin ich schon viel ruhiger.«
»Sie, und warum, verdammt noch mal, müssen Sie ruhiger sein?«

»Na ja, wir sind doch Freunde, oder? Und jetzt weiß ich, dass Sie gut versorgt sind.«
»Das schon. Aber nutzen Sie das bloß nicht aus, um mich wie ein Pferd schuften zu lassen, hören Sie?«
»Verdammt, Garzón, Sie nun wieder! Inzwischen bin ich mir gar nicht mehr so sicher, ob es für Emilia auch so ein großes Glück ist, Sie zu heiraten.«
Dieser Tonfall gefiel ihm schon besser, er verscheuchte den sentimentalen Anflug, der ihm offensichtlich unbehaglich war. Dann lachte er verhalten und sah mich mit leuchtenden Augen an.
»Zwischen Ihnen und mir wird alles beim Alten bleiben, nicht wahr, Petra?«
»Darauf können Sie Gift nehmen!«
Jetzt lachte er laut und klopfte mir kumpelhaft auf die Schulter.
»Von wegen! Wir wollen doch jetzt nicht förmlich werden.«
»Warum hauen wir nicht endlich ab? Sie stehen mir bis hier oben mit Ihren ganzen Vertraulichkeiten in Sachen Ehe!«
Auf der Straße empfingen uns Feuchtigkeit und Autos, die kreuz und quer durch die Nacht fuhren und wirkten, als wären sie führerlos.
»Und wann ist der Hochzeitstermin?«
»Im September. Aber ich habe meiner Zukünftigen schon gesagt, sollten wir den Fall bis dahin nicht gelöst haben, gibt es keine Hochzeitsreise.«
»Glauben Sie, wir waten dann immer noch durch diese Scheiße?«
»Nein, nur für alle Fälle.«
»Schon der Gedanke daran macht mich wahnsinnig.«
»Denken Sie nicht darüber nach und Schluss.«

»Ich werd's versuchen.«
Wir verabschiedeten uns bis zum nächsten Tag. Da ich nicht mehr weit von zu Hause entfernt war, beschloss ich, zu Fuß zu gehen, und schlug meinen Mantelkragen hoch. Garzón verheiratet, ich konnte es nicht glauben! Wahrscheinlich würden sie die Hochzeit mit allem dazugehörigen Pomp und Trara feiern: Kirche, Gäste, Abendgarderobe … Vielleicht hatten sie sogar vor, in einer Limousine oder Kutsche vorzufahren. Die Vorstellung ließ mich auflachen, aber mein Lachen erstarb gleich wieder. Das Leben ist seltsam, zwei Menschen, die theoretisch wenig miteinander gemein hatten, beschließen plötzlich, ihr Leben bis zum Ende zusammen zu verbringen. Ich war davon überzeugt, dass es ihnen gelingen würde. Warum auch nicht? Schließlich ist das Alleinsein nichts anderes als das Kultivieren von Schrullen und Manien, eine Art, sich vor Gefahren zu schützen, aber auch der Verzicht darauf, das Schöne zu teilen. Ich konnte Garzón nicht kritisieren, er war mutig gewesen, er hatte seine Wahl getroffen, es war eben Leben, gewisse Dinge zu riskieren, sich verändern zu können und nicht alles, was du hast, als unverrückbar anzusehen. Und trotz dieser klugen und vernünftigen Argumentation machte ich mir doch Sorgen um Garzón. Und wenn sich Emilia als zu dominante Frau herausstellte, die den Subinspector daran hinderte, sein normales Leben weiterzuführen? Oder wenn es vielleicht Garzón selbst wäre, der sich als rückständiger Ehemann entpuppte und am Ende die Ehefrau unterdrückte, die erst sehr spät die sumpfigen Gefilde des Ehelebens kennenlernte? Was auch immer das Ergebnis dieser Verbindung sein würde, man hatte sich gefälligst zu freuen, wenn man kein Spielverderber sein wollte. Und ich freute mich wirklich, auch wenn

ich im tiefsten Innern ein diffuses Gefühl der Verlassenheit spürte, so etwas wie Verrat am Club der Alleinstehenden. Garzón verließ mich. Wenn wir von jetzt an in einem komplizierten oder vielleicht so schrecklichen Fall wie diesem steckten, würden wir uns abends nach einem Tag harter Arbeit und Frustration voneinander verabschieden, der Subinspector würde in sein heimeliges Zuhause gehen, wo ihn ein Teller Suppe und liebevolle Gesellschaft erwartete, während ich ... Ich hätte das besagte Stück Fleisch im Kühlschrank, das meine Haushaltshilfe für mich einkaufte. Das wäre die Entschädigung, ein Stück Fleisch, als wäre ich ein Hund, den man allein zu Hause lässt und beim Heimkommen dafür entschädigen muss.
Plötzlich stand ich vor meiner Haustür. Und was jetzt? Im Geiste noch einmal all diese traurigen Huren durchgehen, mit denen ich im Laufe des Tages gesprochen hatte? Oder sollte ich besser in die Bar gehen, in der ich am Ende den Ruf einer »Frau, die zum Abendessen Whisky trinkt« haben würde? Nein, ich würde hineingehen und mich mit meiner blutigen Entschädigung zufriedengeben: dem Stück Fleisch im Kühlschrank. Energisch schloss ich auf, warf meinen Mantel aufs Sofa, ging in die Küche, öffnete mit beiden Händen die Kühlschranktür, als würde sie schwer wiegen, und da lag das unverschämte Beefsteak mit Frischhaltefolie bedeckt auf einem Teller und daneben gebratene rote Paprika. »Verdammte Hexe!«, knurrte ich. Gab es auf unseren gut sortierten, wunderbaren spanischen Märkten keine anderen Lebensmittel? Konnte diese verdammte Haushaltshilfe nicht mal was anderes kaufen, das weniger deutlich machte, wie gleichgültig ihr meine Ernährung war? Kein erbärmlicher Hühnerschenkel, keine Nudeln, nicht mal ein tiefgekühltes Seehechtfilet? Natürlich war ich es selbst

gewesen, die sie vor langer Zeit darum gebeten hatte, mir keine fetten oder schwer verdaulichen Lebensmittel zu besorgen: »Eher ein schlichtes Beefsteak mit Gemüse.« Aber es war eine Sache, hin und wieder ein schlichtes Beefsteak zu essen, und eine ganz andere, nach und nach ganze galicische Rinderherden zu verspeisen. Oh nein, heute Abend würde ich eine Suppe essen, eine vorzügliche, herzerwärmende Suppe. In der kleinen Speisekammer entdeckte ich noch zwei bereits in die Jahre gekommene Tütensuppen. Ich las, was auf dem Etikett stand: Hausgemachte Suppe aus natürlichen Zutaten. Genau, jetzt brauchte ich mir nur noch einzubilden, dass dieses Machwerk aus gelblichem Pulver ausdrücklich für mich zubereitet worden war. Ich setzte einen Topf Wasser auf und ging ins Wohnzimmer. Der Anrufbeantworter blinkte regelmäßig vor sich hin. Es gab eine Nachricht von Marcos: »Petra, wenn du zeitig nach Hause kommst, ruf mich bitte an.« Ich suchte schleunigst seine Nummer und rief ihn zurück.

»Du weißt ja, dass ich dich nicht stören will mit Anrufen auf dem Handy. Sollen wir irgendwo essen gehen?«

»Nein«, antwortete ich unnötig störrisch. »Ich möchte, dass du herkommst. Ich koche für uns beide eine Suppe, eine hausgemachte Suppe mit natürlichen Zutaten, so eine, wie sie unsere Großmütter stundenlang zubereitet haben. Hast du Lust?«

»Selbst wenn ich sie mit der Gabel essen müsste. Ich komme.«

Ich wusste nicht, was mit mir los war, aber ich war zufrieden und glücklich. Ich lief in die Küche und schüttete die Tüten in das inzwischen kochende Wasser. Dann schnitt ich das verschmähte Stück Fleisch in Stücke, tat dasselbe mit den Paprika und gab alles in den Topf. Anschließend mischte ich ein wenig Reis und eine Dose Erbsen darunter und betrachtete das Ergebnis. Die Suppe sah dickflüssig und unappetitlich aus, wie gute Suppen eben aussehen, und roch gar nicht schlecht. Ich hatte keine Ahnung, ob sie schmecken würde, aber ich war mir sicher, dass selbst die Hexen aus *Macbeth* dieses Gebräu unumwunden als ihr Machwerk anerkannt hätten.

»Ich habe noch nie so eine Suppe gegessen!«, rief Marcos, als er davon probierte. Und ich hielt den Atem an, bis er schloss: »Sie ist köstlich, ehrlich. Ich wusste nicht, dass du so eine gute Köchin bist.«

»Ich auch nicht. Sagen wir mal, ich habe improvisiert.«

»Vermutlich gibt es viele Dinge, die wir voneinander noch nicht wissen. Eigentlich alles.«

»Besser so.«

»Glaubst du, ich habe so Schlimmes zu verbergen?«

»Nein, im Gegenteil. Das Problem ist, dass du mir zu perfekt vorkommst, und das kann nicht sein.«

»Mir geht es mit dir genauso. Du scheinst mir perfekt zu sein.«

»Wir haben beide eine Vergangenheit ...«

»Ich verstehe dich nicht.«

»Du verstehst mich ganz genau. Jemand mit zwei geschiedenen Ehen auf dem Buckel kann nicht nur aus Tugenden bestehen.«

»Des einen Tugenden, des anderen Fehler.«

»Ja, so heißt es. Welche Tugenden siehst du in mir?«

»Du bist hübsch, intelligent, hast Sinn für Humor ... du bist resolut und mutig, realistisch. Du kannst zärtlich und großzügig sein.«

»Nun, dann gibt's noch eine nicht allzu kokette Endvierzigerin, die sehr launisch ist und ziemlich fies werden

kann. Außerdem bin ich pessimistisch und verabscheue Sentimentalitäten, weswegen ich immer, wenn ich zärtlich werde, auch gleich den Stachel ausfahre.«
Er sah mich lächelnd an.
»Gut, dann kennen wir uns jetzt ein bisschen besser.«
»Du kommst mir gelassen, intelligent, attraktiv und ausgeglichen vor. Und du weißt, was du willst.«
»Letzteres stimmt, ich weiß, was ich will.«
Er versenkte seinen Blick tief in meine Augen. Ich wandte den Blick ab.
»Und Fehler hast du keine?«
»Wenige. Ich bin nicht sehr gesprächig und kein Freund von Festen. Ich glaube, fast immer recht zu haben. Es fällt mir schwer, mich zu öffnen und um Rat zu fragen. Ich bin ein Selbstbeobachter.«
»Und langsam«, fügte ich hinzu. Er lachte überrascht auf. »Langsam?«
»Vielleicht sollte ich sagen, zu vorsichtig. Es war nicht zu übersehen, dass wir uns anziehend fanden, aber du hast nicht angerufen und rufst mich noch immer nicht auf dem Handy an, um nicht zu stören. Du bist anders, wenig leidenschaftlich.«
»Ich will dich zu nichts zwingen. Jedenfalls …« Er überlegte, ob er den Satz beenden sollte oder nicht. »Jedenfalls glaubst du doch nicht etwa, dass ich kürzlich nur zufällig vor dieser Diskothek über dich gestolpert bin, oder? Und dass ich anfangs nur angerufen habe, um mich über den Stand der Ermittlungen zu erkundigen. Tut mir leid, aber ich muss gestehen, dass dem nicht so war. Du hast mir sehr gefallen, Petra, schon bei unserem ersten Treffen. Und du gefällst mir immer besser.«
Wir küssten uns leidenschaftlich und mit einem Heißhun-

ger, den die Suppe nicht hatte stillen können. Dann stolperten wir die Treppe hinauf, berührten uns und stöhnten leise vor Lust. Anschließend flogen unsere Kleider durchs ganze Schlafzimmer, als handle es sich um eine erbarmungslose Schlacht, die wir beide gewinnen wollten.
»Mir scheint, deine Suppe war ein Aphrodisiakum«, sagte Marcos, als er die Augen wieder öffnen konnte.
»Würde mich nicht wundern. Ich habe noch eine Flasche Sekt im Kühlschrank, die werde ich holen.«
»Findest du, dass wir einen Grund zum Feiern haben?«
»Allerdings, das war doch nicht schlecht.«
Als ich mit der Flasche und zwei Gläsern zurückkehrte, fand ich es nicht merkwürdig, Marcos in meinem Bett liegen zu sehen. Nein, er passte ausgesprochen gut in mein Bett, es hatte schon weniger attraktive Gestalten beherbergt.
Ans Kopfende gelehnt, tranken wir den köstlichen Sekt. Ein würdiger Abschluss für die selbst gemachte Frankensteinsuppe. Ich hatte Lust, etwas mehr über ihn zu erfahren.
»Warum erzählst du mir nicht mehr von dir?«
»Ach, das wirst du schon noch sehen.«
»Vielleicht beschließe ich, es nicht sehen zu wollen, wenn ich es gehört habe.«
»Da gibt's nicht viel zu erzählen. Ich bin ein ruhiger und emotionsloser Mensch, ich mag klassische Musik und lese gerne. Ich mache ein wenig Sport, übertreibe es aber nicht. Ich glaube an die Liebe und an die Freundschaft. Das Leben hat mich nicht schlecht behandelt, aber ich tue auch was dafür ... Ich bin das, was man einen gewöhnlichen Menschen nennt.«
»Ich finde einen so ausgeglichenen Menschen wie dich überhaupt nicht gewöhnlich und kann dir versichern, dass es nicht viele davon gibt. Ich hatte Ehemänner, Geliebte,

Freunde … und keiner davon war ausgeglichen und vernünftig.«
»Du hast die falsche Wahl getroffen, bei mir hast du besser gezielt. Ich frage mich, in welche der drei Kategorien ich mich einordnen soll: Ehemann, Geliebter oder Freund?«
»Ich glaube nicht, dass du dir darüber den Kopf zerbrechen solltest.«
»Vielleicht irrst du dich.«
Ich sah ihn ernst an. Jetzt, wo alles so gut lief, war es nicht sehr ratsam, die Sache aus dem Ruder laufen zu lassen.
»Marcos, merkst du denn nicht, aus welchen Gründen wir zusammen sind?«
»Die Gründe gibt's, und sie werden immer gewichtiger.«
»Nein, du bist doch so vernünftig, also wollen wir die Situation nicht schönreden. Du hast dich gerade zum zweiten Mal getrennt. Es ist für niemanden ein Geheimnis, dass das eine gewisse … na ja, eine gewisse Bereitschaft zur Suche nach Trost mit sich bringt. Was mich anbelangt, muss ich dir gestehen, dass ich mich auch in einer heiklen Lebensphase befinde. Ich ermittle in einem der unangenehmsten Fälle meines Berufslebens. Er begann mit dem Diebstahl meiner Pistole … nun ja, und die Ergebnisse unserer Ermittlungen sind alles andere als hervorragend.«
»Anders ausgedrückt, ich leide am Trennungssyndrom und du an beruflicher Frustration. Findest du diese Begriffe zutreffend?«
»Nein, sie sind zu vereinfachend.«
»Welche Nuancen würdest du noch hinzufügen?«
»Wir gefallen uns, es geht uns gut miteinander, wir geben uns gegenseitig Frieden … befriedigen unser Verlangen. Aber weiter zu denken …«
»In Ordnung«, unterbrach er mich. »Denken wir nicht

weiter, aber wir denken auch nicht das Schlimmste: Dass wir nur zufällig ein Verhältnis haben, das ganz unerwartet wieder zu Ende sein kann. Ich schlage vor, wir lassen den Dingen ihren Lauf.«

»Ja, aber es wird Hürden geben.«

»Welche zum Beispiel?«

»Ob du heute Nacht hier schläfst oder nicht.«

»Verdammt, diese Hürde lauert hinter jeder Ecke.«

»Und was sagst du dazu?«

»Dasselbe, was ich dir schon gesagt habe: Lassen wir den Dingen ihren Lauf.«

In dieser Nacht blieb er bei mir. Die Dinge liefen, wie sie laufen sollten: langsam und entspannt in manchen Momenten, leidenschaftlich und mitreißend in anderen. Der Schlaf war erholsam. Als ich am nächsten Morgen neben ihm aufwachte, wollte ich nicht, dass er ging. Das Leben war ein langer ruhiger Fluss.

Zehn

Garzón und ich klapperten weiter Bordelle ab. Pedro Móstoles' Liste schien unendlich zu sein. Die Lokale waren laut Móstoles gezielt ausgesucht worden, um vielleicht doch eine von einer Mafia versklavte Immigrantin ohne Papiere aufzuspüren. Dass es so viele Frauen gab, die aus wirtschaftlichen Gründen ihre Heimat verließen und in Spanien der Prostitution nachgingen, fand ich bedauerlich, wenn auch normal. Nicht fassen konnte ich hingegen, dass diese Legion weiblicher Sexarbeiterinnen Kunden fand. So viele Männer bedurften ihrer Dienste? Passte das nicht eher zu einem Entwicklungsland? Móstoles zerstreute alle meine Zweifel mit einem Haufen Zahlen und Statistiken.
»Keineswegs. Wir brauchen gar nicht weit zu gehen, Luxemburg importiert mehr Huren als andere Länder. Und weißt du, warum? In Luxemburg sind die meisten Organe der Europäischen Union und vor allem Banken ansässig. Soll heißen, hohe Funktionäre und Manager mit Kohle. Das hat nichts mit Rückschrittlichkeit zu tun, liebe Petra, was zählt, ist die Fleischeslust.«
Und das fand er auch noch witzig. Aber ich begriff noch immer nicht, warum so viele Blödmänner auf der Suche nach bezahlter Liebe waren. Und manche um vier Uhr nachmittags!
»Sie verschwinden mit irgendeiner Ausrede von der Arbeit

oder nutzen die Kaffeepause. Wie ich von einigen Madames weiß, trinken sie mit den Mädchen oft nur ein Glas und gut. Ich nehme an, sie plaudern.«
Philosophische Plaudereien, dachte ich. Garzón war begeistert, denn er verwechselte Befremden mit Empörung.
»Sie werden immer puritanischer, Petra.«
»Ich finde das Hurenleben nicht witzig. Und ich bezweifle, dass viele von ihnen reich werden.«
Natürlich wollte mein Kollege mich nicht vom gesellschaftlichen Nutzen der käuflichen Liebe überzeugen, aber er nahm mich eben gern auf den Arm. Eines schönen Tages war ich es leid und glaubte, es sei der Moment gekommen, es ihm mit derselben Münze heimzuzahlen. Was für einen Schwachpunkt könnte er abgesehen von den mir bekannten noch haben? Ich war mir nicht sicher, aber als er mir eines Nachmittags mitteilte, dass er mich nicht in die Clubs begleiten könnte, weil er etwas Persönliches zu erledigen hätte, griff ich an.
»Werden Sie Gardinen für Ihr neues Heim aussuchen?«
Mein Gott, wenn ich geahnt hätte, wie seine Reaktion ausfallen würde, hätte ich mir die Spitze verkniffen. Er sah mich mit stechendem, aber geringschätzigem Blick an und sagte mit verhaltener Wut:
»Wusste ich's doch, dass es nicht lange dauert, bis Sie mir wegen der Hochzeit eine reinwürgen. Deshalb möchte ich Sie wissen lassen, dass ich zum Augenarzt gehe. Ich brauche eine neue Brille. Das ist alles, Inspectora.«
»Nun haben Sie sich nicht so, Fermín, Sie tun ja gerade so, als wäre bei Ihnen ein Glaukom diagnostiziert worden. Außerdem werden alle Verlobten vor der Hochzeit verspottet, und ich sehe nicht ein, warum das bei Ihnen anders sein soll.«

»Adiós, Inspectora.«
Er zog so hoheitsvoll ab wie Boabdil am letzten Tag seines Kalifats. Mir war's egal, ich hatte nicht die geringste Absicht, seine Heirat als tödliche Krankheit zu betrachten, die man besser nicht erwähnt. Sie war etwas Genussvolles, und sie in eine Trauerfeier zu verwandeln ein unverzeihlicher Fehler. Kam nicht in Frage, die Jagdsaison war offiziell eröffnet. Zukünftige Eheleute aufzuziehen ist ein alter spanischer Brauch, zudem einer der wenigen, die ich mochte. Ich war bester Stimmung. Deshalb fand ich die Aussicht, allein ein paar Bordelle aufzusuchen, gar nicht so dramatisch. Eines bezeichnete sich selbst als »Whisky-Pub« mit dem Namen Dos lunas llenas. Was auch immer die »zwei Vollmonde« symbolisieren sollten, es wertete den Ort nicht gerade auf. Ich sprach, wie wir es immer taten, mit der Geschäftsführerin, einer attraktiven Frau Anfang fünfzig, die beneidenswert gut aussah. Das Auftauchen der Polizei überraschte sie nicht, und das Einzige, was sie ihre Zurückhaltung etwas aufgeben ließ, war die Tatsache, dass ich eine Frau war.
»Früher wurden immer Männer geschickt.«
»Die Zeiten ändern sich.«
»Und ich finde das gut. Die Typen haben die Mädchen so angestarrt, als wollten sie mir das Material verschleißen. Und was wollen Sie wissen?«
»Ich suche jemanden, der diese Frau gekannt hat oder Kontakt zu einer Georgina Cossu hatte.«
Sie betrachtete das Foto ein wenig länger als üblich. Ich wurde wachsam.
»Ist sie tot?«, fragte sie.
»Ja, sie war Rumänin. Wir glauben, sie war Sklavin eines Zuhälterrings.«

»Diese Arschlöcher!«, hörte ich sie murmeln.
»Ist das Georgina Cossu?«
»Eines will ich gleich mal klarstellen: Hier kommt mir keiner von diesen Mafiosi rein. Das ist nicht mein Ding. Das habe ich immer abgelehnt.«
»In Ordnung, aber Sie kannten sie?«
»Alle Mädchen, die hier arbeiten, haben Papiere und sind legal im Land. Ich nehme sie als Kellnerinnen unter Vertrag.«
»Sagen Sie mir, ob Sie sie kannten oder nicht. Merken Sie denn nicht, dass es weder um Sie noch um Ihr Lokal geht?«
»Kennen ist zu viel gesagt. Ich habe sie einmal gesehen, ja. Ich weiß ihren Namen nicht, aber ich meine mich zu erinnern, dass der Kerl in ihrer Begleitung sie Georgina genannt hat.«
»Unter welchen Umständen?«
»Das war merkwürdig. Sie war mit einem Mann und einem Kind hier. Er erzählte mir was weiß ich für eine Story von seinem Bordell, das aber genug Personal hätte. Er sagte, er würde sie jeden Tag herbringen und abholen. Mir war sofort klar, dass die gegen ihren Willen ausgebeutet wurde. Außerdem wirkte sie verängstigt. Sie war nicht zufrieden, nein. Sie sprach auch kein Wort Spanisch und hatte keine Einwanderungspapiere. Ich sagte, er solle verschwinden, und er tauchte auch nie wieder auf.«
»Wie hat er Ihre Ablehnung aufgenommen?«
»Er hat noch ein wenig insistiert und behauptet, ein guter Freund hätte ihm meine Adresse gegeben. Aber er hat mich nicht bedroht oder so was. Diese Typen wissen schon, mit wem sie es zu tun haben. Er hat gemerkt, dass bei mir nichts zu machen ist. Wissen Sie, Inspectora, in diesem Geschäft

muss man manche Dinge gleich klarstellen. Sonst springt man schnell über die Klinge. Eine Sache ist, die Mädchen einzustellen, eine ganz andere, sie auf den Strich zu schicken.«
»Sie hätten es der Polizei melden können.«
Sie sah mich ironisch und verblüfft an.
»Stellen Sie sich vor, ist mir gar nicht eingefallen.«
»Aha. Und wie war das Kind?«
»Ich habe nicht weiter darauf geachtet. Dunkelhaarig, sechs oder sieben Jahre alt. Vermutlich war die Frau ihre Mutter, was weiß ich. Ob sie es nun war oder nicht, ich fand es schon ein starkes Stück, dass der versucht hat, sie im Beisein eines Kindes hier unterzubringen.«
»Und der Mann, erinnern Sie sich an den Mann?«
»Er war sehr groß, Mitte dreißig, sah gut aus. Wenn ich ehrlich sein soll, dachte ich noch, dass man ihm einen Gefallen tun könnte, ohne sich die Nase zuhalten zu müssen.«
Sie lachte derb auf. Ich suchte in den Fotos, die ich bei mir hatte.
»War es der hier?«
Ihr amüsierter Ausdruck verzog sich zu einer erschrockenen Grimasse.
»Verdammt, ist der auch tot? Hören Sie, Inspectora, ich bringe mich doch nicht in Schwierigkeiten, wenn ich mit Ihnen rede?«
»Sie haben nichts zu befürchten, das versichere ich Ihnen. Also, war er das?«
»Ja, das war er. Das ist doch hoffentlich nicht einer dieser Fälle, der unser ganzes Gewerbe in den Dreck zieht, oder?«
»Nein.«
»Und wer hat sie umgebracht?«
»Das versuchen wir gerade herauszufinden. Ich danke Ihnen,

dass Sie mit mir gesprochen haben. Ich habe das doch richtig verstanden, dass Sie keine Telefonnummer oder Adresse von diesem Mann haben?«

»Nein, natürlich nicht, er verschwand und gut. Ich habe ihm keinerlei Hoffnung gemacht, dass ich es mir noch anders überlegen würde.«

Als ich das Lokal verließ, blendete mich die Sonne. Ein paar Kinder kamen aus der Schule. Der Kioskbesitzer verkaufte einer älteren Frau eine Frauenzeitschrift. Draußen ging das Leben weiter, Seite an Seite mit der Dunkelheit und der Musik des Clubs. Immerhin, ich hatte einen Treffer gelandet. Die Frau auf dem Foto hieß Georgina Cossu und war höchstwahrscheinlich Delias Mutter gewesen. Zwischen dem toten Rumänen und Delias Mutter hatte es eine Verbindung gegeben. Die Puzzleteile passten langsam zusammen. Der Mann arbeitete für Expósito und demzufolge war Delias Mutter von der Organisation ausgebeutet worden. Wenn man bei dieser Hypothese blieb, konnte man unterstellen, dass sie irgendetwas vorhatte, Expósito sie daraufhin ermorden ließ und der tote Rumäne der ausführende Arm gewesen war. Delia konnte fliehen, machte nach dem Diebstahl meiner Pistole den Mann ausfindig und rächte ihre Mutter. Was für eine Rolle spielte dann Marta Popescu? Das zu wissen war noch unmöglich. Vielleicht nur eine Nebenrolle. Sie war die Freundin des Rumänen, das Mädchen kannte sie und beschloss, auch sie umzulegen. Wo hielt sich die kleine Rächerin im Augenblick auf? Und Marta Popescus Tochter? Können zwei kleine Mädchen einfach so vom Erdboden verschluckt werden? Kann man sich in einer Stadt wie Barcelona so gut verstecken? Mein Kopf glühte. Ich versuchte, meine nächsten Schritte zu koordinieren. Die Richterin.

Ich musste sofort zur Richterin und ihr meine Entdeckung mitteilen. Expósito war wegen Kinderprostitution verurteilt worden, aber nicht wegen Mordes. Jetzt gab es Indizien, um ihm ein weiteres Verbrechen anzuhängen. Expósito musste reden, und wenn er nicht redete, mussten alle seine einsitzenden Gefolgsleute befragt werden. Ich eilte zum Gericht, und Flora Mínguez empfing mich unverzüglich.

»Petra! Gerade heute Morgen habe ich den Bericht über Ihren Fall erhalten. Pünktlich und klar, sehr gut.«

»Ich muss Ihnen leider mitteilen, dass ich ihn gar nicht verfasst habe, ich war zu beschäftigt, Euer Ehren. Ich bin hergekommen, um Sie zu informieren, wenn auch nicht schriftlich.«

Ich berichtete ihr. Sie hörte mir schweigend zu und versuchte wahrscheinlich, die Fakten den konkreten Gesetzen zuzuordnen. Am Ende wirkte sie nachdenklich.

»Diese Frau, die Clubbesitzerin, wäre die bereit auszusagen?«

»Ich vermute es.«

»Sie vermuten es nur. Jedenfalls ist es nicht einfach, muss ich Ihnen gestehen. Es handelt sich um einen zufälligen Beweis, und wenn der mutmaßliche Mörder tot ist …«

»Aber der mutmaßliche Mörder stand unter Expósitos Kommando.«

»Das ist schwer zu beweisen.«

»Glauben Sie, Sie können den Fall noch einmal aufrollen?«

»Das werden wir sehen. Ich muss den Kollegen konsultieren, der für den Fall zuständig war, er hat das letzte Wort. Stellen Sie einen schriftlichen Antrag auf Wiederaufnahme, aber versprechen kann ich Ihnen nichts.«

»Ich möchte Expósito noch einmal befragen und sehen,

was er über den Mord an dieser Frau weiß, auch über den Tod des mutmaßlichen Mörders.«
»Ich werde mein Möglichstes tun, Petra, ganz gewiss, alles, was in meiner Macht steht, aber die Formalitäten dauern ein wenig.«
»Bei der Justiz kann ›ein wenig‹ ewig sein.«
»Laut dem Bericht haben Sie bei der Befragung dieses Kerls gute Ergebnisse erzielt.«
»Relativ gute, weiter nichts.«
»Werden Sie es mit seinen Bandenmitgliedern versuchen?«
»Das wird sinnlos sein, er hat sie weiter unter Kontrolle. Was ganz anderes wäre es, wenn wir sie der Komplizenschaft an einem Mord beschuldigen könnten. Ich versuche es noch einmal mit ihm.«
»Seien Sie vorsichtig, Petra. Dieser Mann scheint gefährlich zu sein.«
»Keine Sorge, das werde ich.«

Dieselbe Mahnung zur Vorsicht kam auch von Subinspector Garzón, als ich ihm von unseren Fortschritten berichtete. Ich protestierte:
»Also wirklich, Subinspector, kann ja sein, dass Expósito im Gefängnis noch eine gewisse Macht hat, aber er ist weder Al Capone, noch ist Barcelona das Chicago der dreißiger Jahre!«
»Ja, aber trauen Sie ihm nicht! Man muss nicht Al Capone sein, um für einen bescheidenen Obolus eine Messerstecherei anzuordnen. Und unterschätzen Sie auch unsere schöne Stadt nicht.«
»Schon gut, ist ja schon gut. Und was soll ich Ihrer Meinung nach tun?«
»Befragen Sie diesen Typen erst mal nicht, Petra, warten

Sie, bis der Fall wieder aufgerollt wird. Sie setzen sich mit Inspector Machado in Verbindung … und geben ihm die Information. Jedenfalls bezweifle ich stark, dass Expósito Ihnen was sagen wird.«

»Das werden wir ja sehen.«

»Gehen Sie zumindest nicht allein hin. Ich begleite Sie.«

»Wollen Sie, dass er eine größere Auswahl für seine Messerstecher hat? Nein, ich war beim ersten Mal allein bei ihm, und deshalb muss ich es jetzt wieder sein.«

»Was wollen Sie ihn denn fragen?«

»Ich werde ihn nicht bitten, mir zu sagen, ob er Delias Mutter hat umbringen lassen, aber ich möchte aus ihm herauslocken, was er über diese Frau und dieses Mädchen weiß. Ich finde es nicht unwahrscheinlich, dass er mir antwortet.«

»Sie werden's ja sehen. Ich habe Sie jedenfalls gewarnt.«

»Ja, Sie haben Ihre Pflicht erfüllt, jetzt kann ich mich aufschlitzen lassen. Stellen Sie den Antrag auf Wiederaufnahme des Verfahrens, Garzón, und bringen Sie ihn dem Comisario. Bin gespannt, was für ein Gesicht der macht.«

Er war nicht zufrieden. Offensichtlich glaubte er, dass es zu viel Arbeit und ein zu hohes Risiko sei für das, was ich aus diesem Mafioso herausholen würde. Und ich setzte etwas aufs Spiel, da hatte er recht. Dieser Hurensohn würde das Maul wahrscheinlich nicht aufmachen. Aber ich war fest davon überzeugt, dass er diese arme Frau zum Tode verurteilt hatte. Wenn es mir gelang, dass man den Fall wieder aufrollte, würde einer seiner Männer ihn ganz bestimmt verraten. Wenn es mir gelang, ihn damit unter Druck zu setzen, würde er mir vielleicht den Namen des Rumänen nennen oder sagen, wo dieses Mädchen stecken könnte, wer weiß!

Mit dem entsprechenden richterlichen Beschluss fuhr ich ins Gefängnis. Expósito grinste mich mit seinem schiefen Raubtiermaul an.
»Hallo, Klugscheißerin, freut mich sehr, dich zu sehen!«
»Sind wir Freunde, Expósito?«
»Würde ich nicht unbedingt sagen.«
»Dann behandeln Sie mich mit Respekt, ich sieze Sie ja auch.«
»Oh, verzeihen Sie, Madame! Darf man denn bitte erfahren, womit man Ihnen dienen kann?«
»Ich bin hier, um Ihnen ein paar Fragen zu stellen.«
»Wie schön, über Rechenkunst oder über Bücher?«
»Über den Tod einer Frau namens Georgina Cossu. Hier ist ihr Foto. Sehen Sie es sich genau an.«
»Also, damit wir uns richtig verstehen: Mein Anwalt hat mir geraten, ohne sein Beisein nicht mehr mit Ihnen zu reden. Als man mir gestern sagte, dass Sie kommen, dachte ich daran, ihn anzurufen, aber dann fand ich, das lohnt sich nicht. Sie sind mir sympathisch, Klugscheißerin, und Sie sind auch noch hübsch. Es ist wohl kaum nötig, Ihnen zu sagen, dass wir im Gefängnis nicht viele Frauen zu Gesicht bekommen. Aber wenn Sie zickig werden, sage ich der Wache, dass ich ohne meinen Anwalt nicht weiter mit Ihnen reden will, das ist mein Recht, wissen Sie?«
»Sie haben Ihren Rumänen losgeschickt, um diese Frau umzubringen, und dann haben Sie ihn umlegen lassen, um keine Spuren zu hinterlassen, stimmt's?«
»Ich hab diese Frau in meinem ganzen Scheißleben noch nie gesehen. Und ich weiß auch nicht, von welchem Rumänen Sie sprechen.«
»Kürzlich wussten Sie das ganz genau.«
»Ich habe mich eben geirrt. So was passiert, man denkt,

man erkennt jemanden wieder, und dann stellt sich heraus, dass es nicht stimmt.«
»Man wird Ihren Fall wieder aufrollen, Expósito, aber diesmal geht es nicht nur um Kinderpornographie. Man wird Sie wegen Mordes an diesen beiden Personen anklagen.«
»Ach ja? Was für eine Nachricht! Dann stehe ich wieder in den Zeitungen.«
»Wenn Sie mir ein paar Dinge erzählen, könnte ich die Wiederaufnahme vielleicht verhindern.«
Er lachte auf und zeigte seine schiefen, gelblichen Zähne.
»Kommen Sie, Klugscheißerin, verarschen Sie mich nicht! Sie konnten mir doch kürzlich schon keine Haftverkürzung anbieten, und jetzt kommen Sie mir damit. Was glauben Sie, wer Sie sind, die Innenministerin? Aber was Sie sich auch immer zu sein einbilden, mich behandeln Sie nicht wie einen Blödmann. Ich bin vielleicht ungebildet, aber blöd bin ich nicht. Dann wäre ich schon tot.«
»Man hat aber nicht den Eindruck, als ginge es Ihnen gut.«
»Ich bin schon bald hier raus, Sie werden sehen. Ich habe einen guten Anwalt.«
»Wenn man Sie des zweifachen Mordes anklagt, werden wir ja sehen, was der für Sie tun kann.«
»Reden Sie ruhig weiter, es interessiert mich einen Scheiß, was Sie sagen.«
»Hören Sie, Expósito, vielleicht sind Sie gar kein so schlechter Mensch. Sagen Sie mir, wo dieses Mädchen sein könnte, die Tochter von Georgina Cossu. Es ist wichtig. Wenn wir sie dank Ihrer Aussage finden, würde sich das gut in Ihrer Akte machen, was auch immer mit Ihnen geschieht.«
»Hör mal, kleine Polizistin, ich werde nichts sagen, hast du verstanden, nichts. Ich weiß nicht, wovon du redest. Ich habe keine Lust mehr auf dein Geschwätz. Ich dachte, es

würde lustiger werden, ehrlich, aber heute bist du scheiße drauf, du gehst besser und lässt mich in Ruhe. Es lebt sich gut hier im Gefängnis. Wir schauen fern, arbeiten … Ich habe keine Zeit zu verlieren.«

Ich hätte ihm gern eine reingehauen, aber auch das hätte nichts genützt. Also beherrschte ich mich und bekam sogar noch ein zynisches Lächeln zustande. Dann sagte ich ruhig zu ihm:

»Sie kommen mir nicht davon. Darum werde ich mich persönlich kümmern. Mit allem Herzblut, Expósito, mit allem.«

Er sah verärgert und ungeduldig zur Tür, als würde er in diesem Loch wirklich etwas Interessantes verpassen. Ich ging, die Frustration sprang mir aus allen Poren, ich war krank vor Ohnmacht.

Telefonisch vereinbarte ich mit meinem Kollegen Machado ein kurzfristiges Treffen. Er enttäuschte mich nicht. Ich erzählte ihm von den neuen Vorwürfen, die Expósito im Fall von La Teixonera zur Last gelegt werden konnten, und ich fragte ihn nach dem Richter, der für diesen Fall zuständig war.

»Leonardo Coscuella, der ist in Ordnung, ein Mann mit langer Berufserfahrung. Kennst du ihn?«

»Ich fürchte, nein. Glaubst du, es besteht Hoffnung, dass er den Fall wieder aufnimmt?«

»Mit den Beweisen, die du hast, ist es doch egal, ob er ihn wieder aufnimmt oder nicht.«

»Glaubst du, es würde was bringen, wenn ich mit ihm rede?«

»Versuch es. Wenn du willst, komme ich mit.«

Wir gingen zusammen zu ihm. Richter Coscuella empfing uns in seinem Büro. Er erinnerte sich sehr gut an Inspector

Machado und behandelte uns höflich. Bevor ich zum Reden ansetzen konnte, klingelte mein Handy. Da hob der Richter mahnend den Finger und sagte:
»Herrschaften, keine Handys während unserer Unterredung! Ich weiß, dass Sie Polizisten sind und es ein wichtiger Anruf sein könnte, aber ich bin davon überzeugt, dass der auch eine halbe Stunde warten kann, finden Sie nicht? Andernfalls ziehen sich die Gespräche unnötig in die Länge, und diese verdammten Handys bewirken, dass sich kein Mensch konzentrieren kann. Deshalb sind sie in meinem Büro verboten. Ich hoffe, Sie haben Verständnis.«
Dagegen ließ sich nichts sagen, die Autorität eines Richters ist unantastbar, besonders, wenn man etwas von ihm will. Machado und ich schalteten gehorsam unsere Handys aus und erklärten Coscuella, warum wir hier waren. Er hörte aufmerksam zu und nickte mehrfach.
»Ja, die Kollegin Mínguez hat mich angerufen und mich gebeten, die Beweislage mit größter Aufmerksamkeit zu prüfen. Und das werde ich tun, ich werde sie mit größter Aufmerksamkeit prüfen.«
»Es ist sehr wichtig, Euer Ehren. Es gibt zwei ungesühnte Morde und zwei Mädchen mit unbekanntem Aufenthaltsort. Ich glaube, wenn wir diesen Männern, die im Gefängnis sitzen, die Verbrechen nachweisen können, würde das Druck auf sie ausüben …«
»Wenn Kinder im Spiel sind, wird alles sehr beklemmend, und die Gefühle schäumen über. Trotzdem muss die Richterschaft sich von solchen Einflüssen fernhalten, unparteiisch bleiben und prüfen, was rechtlich machbar ist.«
»Selbstverständlich, Euer Ehren, aber …«
»Inspectora Delicado«, er sah mir mit ebenso ernstem wie freundlichem Blick in die Augen. »Ich verstehe sehr gut, was

Sie mir sagen wollen und was dieser Fall für Sie bedeutet. Und ich versichere Ihnen, dass ich die Akten sehr gründlich studieren werde, sehr gründlich. Das ist alles, was ich Ihnen versprechen kann.«
Machado, der mich nicht so gut kannte, sah mich neugierig an, als ich fluchend das Büro verließ.
»Die Allmacht dieser verdammten Richter kotzt mich langsam an!«
»Eigentlich konnte er uns nichts anderes sagen, und ich könnte schwören, dass wir uns nicht beklagen können. Er schien wirklich geneigt zu sein.«
»Warum müssen wir sein Verhalten interpretieren, als wäre er das Orakel von Delphi? Er soll sich doch auch mal einlassen!«
»Die Justiz ist gefühllos, Petra, und die Ermittlungen ...«
»Ja, ich weiß schon, die Ermittlungen sollten es auch sein! Aber dieser Typ muss nicht die Kröten schlucken, die wir schlucken müssen.«
Machado breitete zum Zeichen seiner Weisheit die Arme aus und lächelte mich an.
»Man hat mir gesagt, dass du eine Kämpfernatur bist, und ich sehe schon, dass es stimmt. Trinken wir in der Bar dort ein Bier? Das ist das Einzige, was wir tun können, uns beruhigen.«
Ich nahm an. Mein Kollege hatte recht. Ich konnte vielleicht verlangen, dass Subinspector Garzón meine Ausbrüche ertrug, aber er ... Jedenfalls bekam mir das eiskalte Bier gut und half mir, mich wieder zu beruhigen. Wir redeten über seinen Fall, über meinen ... Da erinnerten wir uns daran, dass unsere Handys aus waren und schalteten sie wieder ein. Ich hatte mindestens sechs Anrufe, und unter den Anrufern waren Garzón und Coronas. Beider Nachrichten

ließen dasselbe verlauten: »Petra, rufen Sie mich so schnell wie möglich zurück.« Unruhe stieg in mir auf, aber ich war klug genug zu überlegen, wen ich zuerst anrufen sollte. Natürlich Garzón. Seine Antwort machte mich leider noch nervöser.

»Petra, endlich ein Lebenszeichen von Ihnen! Steigen Sie ins Auto und kommen Sie sofort in den Parque Collserola, wir befinden uns bei Kilometer 30 auf der Landstraße nach La Rabassada. Sie sehen uns dann schon.«

»Wen sehe ich dann schon? Was ist passiert, Garzón?«

»Stellen Sie keine Fragen, ich erkläre es Ihnen später. Aber kommen Sie bitte schnell.«

»Ich habe auch Anrufe vom Comisario und ...«

»Der Comisario ist hier. Wir warten auf Sie.«

Er legte auf. Wenn ich sagen würde, dass ich das Schlimmste befürchtete, was sollte das heißen? Was war das Schlimmste? Was konnte schlimmer sein als all das, was wir bisher zusammengetragen hatten? Der Tonfall des Subinspectors, seine Ausdrucksweise, seine Weigerung, auch nur die kleinste Andeutung zu machen, ließen Schreckliches ahnen. Machado sah mich einigermaßen besorgt an.

»Was ist los, Petra? Du bist ganz blass geworden.«

»Ich weiß es nicht, man wollte es mir nicht sagen. Bestimmt nichts Gutes. Ich muss sofort in den Parque Collserola.«

»Ich bringe dich hin. Du solltest in dem Zustand nicht fahren.«

»Ich danke dir, das ist eine gute Idee.«

Auf der Fahrt zeigte sich Machado als sensibler Mann. Um mich abzulenken, redete er lauter Unsinn. Doch seine Strategie schlug fehl, als wir ankamen, war ich ein Nervenbündel. Und das Bild, das sich uns bot, war auch nicht gerade beruhigend. Polizeiliche Absperrungen, Streifenpolizisten,

Autos, ein Notarztwagen ... der typische Aufwand, den das Auffinden einer Leiche mit sich bringt. Beim Gehen rang ich nach Luft. Die Landstraße war abgesperrt. Ich folgte den Stimmen zwischen den Bäumen. Da waren sie alle: Spurensicherung, Gerichtsmediziner, Untersuchungsrichter ... Ich versuchte, mir einen Weg zu bahnen zu der Stelle, wo der Fotograf etwas auf dem Boden ablichtete, als mich von hinten eine Hand packte. Es war Comisario Coronas. Garzón stand hinter ihm. Ich hatte die beiden überhaupt nicht gesehen.

»Petra, warten Sie einen Augenblick.«

»Wer liegt dort, Señor, wen hat man gefunden?«

»Was Sie sehen werden, ist nicht angenehm, Petra. Es ist sehr hart, also bitte, machen Sie sich auf das Schlimmste gefasst, holen Sie tief Luft, und versuchen Sie sich zu beruhigen. Ich glaube, dass ...«

Ich entzog mich brüsk und lief auf den Ort des Geschehens zu. Dort lag auf einem Bett aus Kiefernnadeln ein kleiner Körper, der Körper eines Mädchens. Auf dem Bauch, mit dem Gesicht zur Seite gedreht, schien es, als würde sie schlafen. Ihre Glieder wirkten steif, und die Kleider in absurd grellen Farben waren zerknittert. Das Gesicht war fahl, die kleinen Augen halb geschlossen und der Mund weit aufgerissen wie bei einem Fisch, der versucht, Luft zu schnappen. Ich sah sie stumm und starr an. Ich kannte das Gesicht aus dem Archiv von El Roure. Es war Delia, die kleine Diebin. Dann brach ich in Tränen aus. Fermín Garzón versuchte, mich wegzuziehen.

»Jetzt haben Sie genug hingesehen, Petra, kommen Sie.«

Ich entzog mich ihm heftig und versuchte, mich zusammenzureißen, aber ich konnte nicht aufhören zu weinen. Schließlich konzentrierte ich mich und presste ganz fest

die Augen zu. Ich bat meinen Kollegen um eine Zigarette und zündete sie mir mit zitternden Fingern an. Nach dem dritten Zug versiegten die Tränen, und ich konnte wieder sprechen.
»Was wissen wir?«
Coronas antwortete ernst: »Sie ist mit einem Schuss in den Nacken getötet worden. Sonst keinerlei Gewaltanwendung, auch kein sexueller Missbrauch. Es muss gestern Nacht passiert sein, der Gerichtsmediziner sagt, etwa um zehn Uhr herum. Es gibt Spuren von der Landstraße hierher. Sie wurde tot hertransportiert und an den Fundort geschleppt.«
»Zeugen?«
»Keine. Man muss sie im Morgengrauen hergebracht haben.«
»Indizien, Beweise?«
»Sie suchen noch, Sie sehen ja.«
»Es ist Delia, nicht wahr?«
»Scheint so. Wer kann sie mit Bestimmtheit identifizieren?«
»Wir rufen die Angestellten von El Roure an«, mischte sich Garzón ein.
»Gut. Gehen Sie jetzt, wenn Sie wollen, Inspectora. Der Richter wird die Leiche jeden Moment zum Abtransport freigeben. Hier gibt es für uns nichts mehr zu tun. Vielleicht wäre es gut, wenn Sie nach Hause fahren und sich eine Weile ausruhen würden ...«
»Nein, danke.«
»Dann setzen Sie sich wenigstens, Sie sehen aus, als wären Sie die Tote.«
Ich gehorchte und setzte mich auf den Boden. Es wehte ein frischer Wind, der mir Gänsehaut über den Rücken jagte.

Von hier aus beobachtete ich die Geschäftigkeit um mich herum. Die Spezialisten suchten die Umgebung nach Spuren ab, der Richter sprach mit Coronas, Garzón mit dem Gerichtsmediziner. Machado fuhr ab. Er wagte nicht, sich von mir zu verabschieden, und winkte mir nur kurz mit melancholischem Gesichtsausdruck zu. Der kleine Körper war zugedeckt worden. Dann beobachtete ich, wie man ihn ganz vorsichtig in einen Plastiksack legte und den Reißverschluss zuzog. Ich hätte mir Delias Gesicht gerne genauer angesehen, um herauszufinden, was sich darin widerspiegelte, aber ich war unfähig, mich dem Leichnam noch einmal zu nähern. Ich würde sie im Leichenschauhaus sehen, wenn ich mich damit abgefunden hätte, dass sie jetzt nichts mehr lebendig machen würde. Ich sah, wie die Kollegen mit Pinzetten winzige Dinge in Plastiktüten stecken, vielleicht Haare, Fäden, Zigarettenkippen … Für Delia war das Spiel aus. Mir wurde klar, dass sie nie allein gespielt hatte. Plötzlich riss mich die Stimme eines Polizisten aus meiner seltsamen Apathie.
»Comisario! Können Sie mal einen Augenblick herkommen? Ich bin hier!«
Ich sprang auf und lief zu dem Ort, von wo die Stimme hergekommen war. Alle Anwesenden taten es mir gleich. Etwa zwanzig Meter entfernt zeigte ein junger Polizist auf den Boden. Es war eine kleine Mulde, halb versteckt unter Farnkraut, in der etwas Glänzendes lag.
»Sehen Sie, Señor, mir scheint, das ist eine Waffe.«
Es war eine Pistole, die ich sofort wiedererkannte: eine 22er-Glock, wahrscheinlich meine und mit größter Wahrscheinlichkeit auch die Waffe, mit der Delia getötet wurde, die Pistole, die sie mir vor einiger Zeit gestohlen hatte. Jetzt war das Spiel wirklich aus.

»Ich glaube, das ist meine Pistole«, sagte ich laut und deutlich.
Coronas, ganz Therapeut, versuchte zu verhindern, dass ich wieder die Nerven verlor.
»Ziehen Sie keine voreiligen Schlüsse. Möglicherweise ist das Ihre Pistole, und unter Umständen ist das auch die Tatwaffe. Hier wird nichts behauptet, bevor es keine hundertprozentige Bestätigung gibt, verstanden? Nehmen Sie die Pistole mit, Kollege. Und Glückwunsch, gute Augen! Als ich jünger war, hatte ich die auch. Und jetzt gehe ich. Sie alle gehen jetzt, Sie haben hier nichts mehr verloren, bis die Spurensicherung abgeschlossen ist.«
Ich rührte mich nicht vom Fleck. Da dröhnte der Comisario:
»Was, zum Teufel, machen Sie noch hier, Petra? Sie hätten sich schon längst in Bewegung setzen müssen. Wollen Sie nicht mit dem Gerichtsmediziner sprechen und ihn unter Druck setzen und all diese Methoden, die Sie Inspectoren so anwenden, damit er die Autopsie so schnell wie möglich macht? Also los, verschwinden Sie!«
Ich sah, wie er Garzón ein Zeichen machte, mich von hier wegzubringen. Garzón verstand sofort, ergriff mich am Ellbogen und zog mich zum Auto. Ich hörte Coronas noch leise sagen: »Verdammt, ein ermordetes Kind, wenn die Presse davon erfährt, wird sie uns kreuzigen!«
Das Wageninnere kam mir wie ein heimeliger Ort vor, voller alltäglicher Gegenstände, die wieder Normalität ins Leben brachten: Das Lenkrad, der Blinker, das Radio ... Alles war erschaffen worden, damit es problemlos funktionierte. Nichts schien aus der natürlichen Ordnung herauszufallen. Warum war nicht alles so? Warum geschahen so schreckliche Dinge, für die wir eine Erklärung suchen mussten?

Was für eine Erklärung konnte dieser kleine Körper geben, der so jung auf ewig schlief? Dieser Körper war in die Welt gesetzt worden, um zu wachsen, um zu laufen, um voller Energie und Schönheit zu sein. Wer war imstande, seinen zerbrechlichen Mechanismus zu zerstören und ihn für immer aus dem Lauf der Welt zu entfernen? Ich fragte Garzón danach. »Wer?«

Er nickte und erfasste den ganzen Sinn meiner knappen Frage. Dann fuhr er sich übers Gesicht, als wollte er die Spuren eines Albtraums wegwischen oder um daraus zu erwachen.

»Fahren wir ins Mirablau. Ich muss etwas trinken.«

Wir schwiegen. Er war genauso betroffen wie ich, auch wenn in seinem Kopf nicht das Gespenst der gestohlenen Pistole herumspukte.

»Das ist ein Todesspiel«, sagte ich.

»Zu viele Tote, zu viele.«

»Endlich habe ich meine Waffe wieder«, sagte ich traurig.

Im Mirablau setzten wir uns mit unseren Whiskys an eines der großen Panoramafenster. Barcelona erstreckte sich zu unseren Füßen, eine geordnete und wunderbare Stadt. Trotzdem kam sie mir zum ersten Mal fremd vor, voller unentzifferbarer und bedrohlicher Geheimnisse. Dort, in diesem Konglomerat aus Stadtteilen und Straßen, die mit normalen Menschen bevölkert waren, die morgens aufstehen, zur Arbeit gehen, Beziehungen eingehen, sich lieben, essen und schlafen, Bücher lesen und ins Theater und ins Kino gehen, versteckten sich perverse Gestalten, die fähig sind, jedem Augenblick den Stempel der Tragödie und des Schreckens aufzuprägen. Der Subinspector brach das Schweigen, als hätte er meine Gedanken Punkt für Punkt verfolgt:

»Schauen Sie, Petra. Ich meine, um das hier zu lösen, sollten Sie nicht zu viele menschliche oder göttliche Erklärungen heranziehen. Bemühen wir uns, allem einen polizeilichen Rahmen zu geben. Das heißt, wir haben eine Leiche gefunden, die Leiche eines Kindes. Und genau daneben lag die Waffe, die es Ihnen vor einiger Zeit entwendet hat. Nichts weiter. Wenn wir uns in den Fall festbeißen, finden wir nie heraus, was passiert ist. Verstehen Sie, was ich damit sagen will?«

»Ich verstehe Sie.«

»Das Einzige, was wir tun können – das Einzige, was wirklich von uns verlangt wird –, besteht darin, Verbrechen aufzuklären. Die Welt dahinter fällt nicht in unsere Zuständigkeit.«

»So ist es.«

»Alles andere liegt außerhalb unserer Reichweite. Wir sind normale Menschen, vergessen Sie das nicht. Der einzige Unterschied zwischen uns und normalen Bürgern besteht darin, dass wir, statt entsetzt über Mordfälle in der Zeitung lesen, sie live erleben. Und dazu braucht man wirklich Eier.«

»Mir wäre es lieber, wenn Sie Mumm sagen würden.«

»Mumm ist aber nur Einzahl.«

Wir lächelten uns an. Die Gefahr, den Abgrund hinunterzustürzen, war wieder einmal gebannt dank der Weisheit meines Kollegen, dank des universellen Hilfsmittels der Freundschaft. Ich sollte auch etwas beisteuern, denn Garzón war auch ein Mensch aus Fleisch und Blut. Also gönnte ich ihm eine meiner scherzhaften Attacken und fügte hinzu:

»Vielleicht denselben Mumm, den man braucht, um eine Ehe einzugehen.«

Er sprang sofort darauf an.
»Ich weiß nicht, ob Ihnen das schon aufgefallen ist, aber das Verb ›eingehen‹ benutzt man auch mit dem Wort Risiko. Ob das ein Zufall ist?«
»Was soll es denn sonst sein?«
»Ich muss wirklich ein Dummkopf sein, denn ich weiß, dass ich ein großes Risiko eingehen werde, tue es aber freiwillig. Wie heißt es so schön: Gebranntes Kind scheut das Feuer.«
»Man muss aber nicht Feuer rufen, ehe es brennt.«
»Aber auch kein Öl ins Feuer gießen. Wie auch immer, besser weiter Witwer bleiben.«
»Und wo soll ich jetzt meinen Hut einweihen, den ich mir extra für Ihre Hochzeit gekauft habe?«
»Sie haben sich einen Hut gekauft? Ich glaub's nicht! Na, dann heirate ich natürlich, schon, um Sie mit dem Ding auf dem Kopf zu sehen ... Ist er sehr groß, der Hut?«
»Wie eine Stierkampfarena.«
»Gut. Ich hole uns noch zwei Whiskys, wir müssen begießen, dass ich in meinen Heiratsabsichten bestätigt worden bin. Jedenfalls ist die Einrichtung der Ehe gar nicht so schlecht. Sie bedeutet Gesellschaft, gegenseitige Hilfe, Unterstützung, Trost ... natürlich auch Streit und Diplomatie und Erklärungen und Marotten, die man tolerieren muss. Aber alles zusammengenommen ...«
»Alles zusammengenommen was?«
»Ich weigere mich, ohne Whisky weiterzudenken.«
Wir lachten, und als er zum Tresen ging, stellte ich fest, dass ich mich viel besser fühlte.

Auf Delias rosa Pulli fand sich ein Haar, das nicht von ihr stammte. Es waren am Fundort auch Zigarettenkippen und

Textilfasern eingesammelt worden, obwohl es eher unwahrscheinlich war, dass sie etwas mit der Leiche zu tun hatten. Das Schleppen des Körpers von der Landstraße zu einer abgelegenen Stelle im Wald musste notgedrungen schnell gegangen sein. Niemand raucht bei so etwas. Andererseits ist Collserola auch keine so abgelegene oder versteckte Gegend, es kamen Spaziergänger oder Pärchen oder Pilzsucher oder Waldarbeiter vorbei, die auch die Leiche gefunden hatten. Wir durften nicht allzu viele Hoffnungen auf die Beweisstücke aus dem näheren Umfeld der Leiche setzen. Nur dieses in der Wolle hängengebliebene Haar könnte bestenfalls zu unserem Fall passen. Es wurde analysiert.
Auf meiner Glock fand sich kein einziger Fingerabdruck. Möglicherweise hatte sie jemand vor dem Wegwerfen abgewischt oder mit Alkohol abgerieben. Alles deutete darauf hin, dass derjenige, der die Leiche zum Fundort geschleppt hatte, die Waffe im hohen Bogen weggeworfen hatte. Der Knauf wies eine kleine Delle auf, die entstanden sein könnte, als sie aufschlug.
Die Kleidung des Mädchens war von guter Qualität: neu und ganz nach der aktuellen Kindermode – kräftige Farben, modische Drucke und Streifen. Wie eine kleine Bettlerin konnte sie nicht gelebt haben. Jemand hatte sie versorgt.
Noch fehlte der wichtigste Indizienbeweis: die Autopsie, und es war nicht empfehlenswert, Druck zu machen. Die Tatsache, dass es sich um ein ermordetes Kind handelte, beschleunigte den Vorgang von selbst. Der zuständige Gerichtsmediziner Miguel Argentós war ein resoluter Mann in mittleren Jahren, der uns sogar anbot, der Autopsie beizuwohnen. Wir lehnten ab, aber wir warteten draußen wie zwei hungrige Löwen auf ihr Futter.
Wir kannten die Flure des gerichtsmedizinischen Instituts,

hier hatten wir bereits in anderen Fällen auf wichtige Fakten gewartet. Wahrscheinlich trug dieser Umstand dazu bei, dass die Gefühle nicht mit uns durchgingen und wir nicht die Grenzen der Professionalität überschritten, die wir uns gesteckt hatten.
Um sieben Uhr abends erschien der Pathologe erschöpft und ernst:
»Kommen Sie mit in mein Büro, dort berichte ich Ihnen.«
Wir setzten uns vor seinen Schreibtisch. Er nahm ungestüm die Brille ab und rieb sich kräftig die Augen.
»Es ist nicht sehr appetitlich, das kann ich Ihnen versichern. Obwohl bei uns viele Kinder landen, natürlich fast immer Unfälle. Ich habe noch kein Kind mit einem Kopfschuss gesehen, ehrlich. Es fällt schwer, das zu glauben. Haben Sie eine Ahnung, wer es gewesen sein könnte?«
»Noch nicht, aber wir kriegen ihn.«
»Das hoffe ich. Wir Menschen sind die schlimmsten Raubtiere der Schöpfung.«
Ich wurde langsam ungeduldig.
»Doktor ...«
»Ich weiß schon, ich komme schon zum Kern, aber ich musste einen Augenblick entspannen. Also, ich lese Ihnen meine Ergebnisse vor.«
»Und bitte in Umgangssprache«, bat Garzón.
»Einverstanden. Der Allgemeinzustand des Mädchens war gut. Sauber, gut ernährt, gut versorgt. Es gibt keine Anzeichen von Gewalt und auch keine von sexuellen Handlungen vor oder nach Eintritt des Todes. Das ist eine erste Untersuchung, die Analyse der inneren Organe steht noch aus, doch sie scheint weder Drogen noch Medikamente noch Alkohol zu sich genommen zu haben. Sie starb gegen zehn Uhr abends, wie im ersten Bericht meines Kollegen schon

steht. Die Todesursache war ein Schuss aus nächster Nähe. Das Projektil drang in den Schädel ein und blieb stecken. Wir haben es herausgeholt. Die Leiche weist an beiden Handrücken nur leichte Kratzspuren auf. Es ist möglich, dass diese oberflächlichen Abschürfungen beim Schleifen die paar Meter bis zum Fundort zugefügt wurden. Die Beine sind unverletzt, weil das Mädchen eine Hose trug. Sonst nichts. Sobald die Organe analysiert sind, haben wir ein paar Anhaltspunkte mehr. Haben Sie Fragen?«
»Glauben Sie, sie starb durch den Schuss?«
»Ja, bei dieser kurzen Distanz ganz bestimmt.«
»Der Gedanke, dass sie nicht litt, ist ein kleiner Trost.«
»Innerhalb der Größenordnung des Verbrechens, ja.«
Er machte eine Geste, mit der er uns die große Verbitterung über seine Ohnmacht demonstrierte. Ich erwiderte sie, um ihm zu verstehen zu geben, dass wir uns ebenso ohnmächtig fühlten.
»Ich werde Ihnen meinen Bericht kopieren. Und seien Sie vorsichtig beim Verlassen des Gebäudes.«
»Vorsichtig?«
»Es schnüffeln schon ein paar Reporter draußen herum, ich dachte, Sie hätten das mitgekriegt.«
Das war zu erwarten gewesen. Bisher war unser Fall von der Presse unbeachtet geblieben. Die polizeilichen Mitteilungen sprachen von einem möglichen Mafioso und einer ausländischen Prostituierten, ohne eine Verbindung zwischen ihnen herzustellen. Keines der beiden Mordopfer war so ungewöhnlich, dass es besondere Aufmerksamkeit erregt hätte. Aber ein ermordetes Mädchen war eine andere Sache, da konnte die Presse die Finger in die Wunde legen. Wir mussten sofort mit Richterin Flora Mínguez sprechen, damit sie eine absolute Nachrichtensperre verhängte.

Tatsächlich steuerte am Ausgang des gerichtsmedizinischen Instituts ein junger Reporter auf uns zu.
»Inspectora, ich bin Diego Rayo, Vermischtes der Zeitung *El Diario de Cataluña*. Wir haben erfahren, dass Sie in dem Fall des toten Mädchens ermitteln und …«
»Tut mir leid, ich kann Ihnen nichts sagen. Ich glaube, morgen wird der Polizeisprecher eine Pressekonferenz anberaumen. Fragen Sie dort, was Sie wissen wollen.«
»Ja, aber Sie kommen, wie es scheint, gerade von der Autopsie und könnten mir vielleicht sagen …«
Der Subinspector machte einen entschlossenen Schritt auf ihn zu und schnappte ihn am Revers.
»Wie kann man so brutal sein, haben Sie nicht gehört, was meine Chefin gesagt hat? Eine Kinderleiche, und ihr Reporter müsst euch sofort draufstürzen! Wenn Sie nicht augenblicklich verschwinden, verpasse ich Ihnen eine, dass Ihre Zähne wackeln.«
Damit seine Drohung auch ernst genommen wurde, hielt er ihm die Faust unter die Nase. Der junge Mann wich erschrocken zurück und lief zu seinem Kollegen. Erst dann rief er empört:
»Ich dachte, so was gibt's nicht mehr bei der spanischen Polizei in einer Demokratie, aber ich sehe schon, für Sie ist die Zeit stehen geblieben. Das werde ich publik machen, damit Sie im Bilde sind.«
Der Subinspector wollte sich schon auf ihn stürzen, doch ich hielt ihn zurück. Er dröhnte mit Zornesstimme:
»Veröffentlichen Sie, wozu Sie Lust haben, aber verschwinden Sie aus meinem Blickfeld, Sie verfluchter Aasgeier!«
Der Reporter lief davon, und Garzón knurrte nun mich an. Ich sah ihn vorwurfsvoll an.
»Verdammt, Fermín, war das denn nötig?«

»Natürlich war das nötig. Diese Aasgeier machen mich krank.«
»Sie machen ihre Arbeit und wir die unsere. Sie dürfen nicht noch emotionaler reagieren, als wir es in dieser Mordsache ohnehin schon getan haben. Beruhigen Sie sich bitte.«
»Weil Sie mich darum bitten. Sonst wäre ich diesem Zwerg hinterhergelaufen und hätte ihm gezeigt, was ein wirklich demokratischer Polizist ist.«
»Genug jetzt. Machen wir uns an die Arbeit. Sehen wir uns die Sachen von Delia an.«
Sie hatte nichts bei sich gehabt. Man zeigte uns die Kleidung. Der Anblick ihrer kleinen blauen Kinderschuhe und der Söckchen mit zwei rosa Bommeln hinten dran beeindruckte mich. Der zuständige Kollege informierte uns darüber, dass den Sohlen nichts Besonderes anhaftete und das Haar auf ihrem Pullover das einzige Beweisstück sei. Noch ein Schritt erledigt. Ich hatte mir vorgenommen, methodisch und leidenschaftslos Schritt für Schritt die Ermittlungen voranzutreiben, überzeugt davon, dass Gefühle des Grauens nur störend waren.
»Was kommt als Nächstes, Fermín?«
»Uns ausruhen, Inspectora. Haben Sie gesehen, wie spät es ist? Ich glaube, es wird besser sein, wenn wir morgen weitermachen.«
»Fahren Sie nach Hause. Ich gehe noch eine Weile ins Büro.«
»Bleiben Sie nicht zu lange. Wir müssen morgen gut in Form sein.«
Ich sah ihm nach. Sein Gang und seine Art, die Schultern hoch- und den Kopf einzuziehen, hatten etwas von einem gebrochenen Mann. Ich war mir ziemlich sicher, dass dieser Fall der komplexeste und frustrierendste war, in dem der

Subinspector je ermittelt hatte. Aber ich traute mich nicht, ihn danach zu fragen.
Im Kommissariat waren nur noch wenige Leute. Ich ging in mein Büro, ließ mich auf den Schreibtischstuhl fallen und starrte eine ganze Weile die Wand an. Nach zweimaligem Klopfen trat Comisario Coronas ein. Als er mich wie versteinert und abwesend am Schreibtisch sitzen sah, blieb er stehen. Der Computer war aus.
»Was machen Sie, meditieren?«
Ich schüttelte nur den Kopf.
»Gehen Sie nach Hause, Petra. Es ist schon zu spät zum Arbeiten. Meditieren wird auch nicht viel helfen, weder bei Ihnen zu Hause noch hier.«
»Ich gehe gleich, Comisario.«
»Es war zwar noch nicht die Rede davon, eine Sonderkommission aufzustellen, aber ...«
»Ich weiß schon, Señor, wie viel Zeit geben Sie mir, um es mit meinen Leuten zu schaffen?«
»Das ist falsch ausgedrückt. ›Wie viel Zeit geben Sie mir‹ klingt nach Ultimatum, doch wenn ich darüber nachdenke, Ihnen mehr Personal zur Verfügung zu stellen, ist das ganz normal. Außerdem wird die Tatsache, dass ein Kind ermordet wurde, in der Bevölkerung jetzt Alarm auslösen, und das setzt uns unter Druck. Ganz zu schweigen vom Druck, den ich von oben bekomme.«
»Ich verstehe. Wie viel Zeit geben Sie mir?«
»Ich weiß nicht, es steht so viel auf dem Spiel, aber in Anbetracht der Umstände sagen wir, maximal ... eine Woche.«
Ich nickte und starrte wieder die Wand an. Coronas ging zur Tür und drehte sich dann noch einmal um.
»Sie haben diesen Fall von Anfang an zu persönlich genom-

men, Petra, und ich sage Ihnen nicht noch einmal, dass das ein Fehler war. Gute Nacht.«

Coronas war ein Gutmensch. Ich könnte nur schwer einen besseren Chef finden. Was ihn nicht daran hinderte, seine Pflicht wortwörtlich auszuüben. Zur Rettung meiner Polizistenehre gewährte er mir eine Gnadenfrist von einer Woche. War das viel oder wenig Zeit? Wenn ich diese Frage doch beantworten könnte, aber es gelang mir nicht. Meine todbringende Pistole würde keine weiteren tödlichen Schüsse abgeben, aber die, die zwei Erwachsene und ein Kind das Leben gekostet hatten, blieben weiter ein ungelöstes Rätsel.

Als ich nach Hause kam, rief ich Marcos an. Ich wollte nur seine Stimme hören, war mir aber nicht sicher, ob ich ihn bei mir haben wollte, also wusste ich nicht, was ich antworten sollte, als er mich danach fragte: »Normalerweise brauchst du mich, wenn du deprimiert bist.«

Ich fragte mich, ob dieser Satz ironisch gemeint war oder nicht. Ich beantwortete ihn mir mit Nein.

»Vermutlich geht es nicht nur darum, was ich gerne möchte. Was möchtest denn du?«

»Ich bin in einer halben Stunde bei dir.«

Elf

Zur Identifizierung der Leiche des Mädchens kam die Leiterin von El Roure persönlich. Einen Moment lang hatte ich gehofft, sie würde die Psychologin schicken. Pepita Loredano wiederzusehen verursachte mir Bauchschmerzen. Es war nicht der beste Zeitpunkt, um mich mit ihrer abweisenden Haltung und ihrem stets anklagenden Blick zu konfrontieren. Darüber hinaus hatte ich den Subinspector zum Gericht geschickt, also blieb mir nichts anderes übrig, als sie selbst ins Leichenschauhaus zu begleiten.
Ich traf vor ihr ein und holte mir einen Kaffee aus dem Automaten. Als sie vor mir stand, musste ich wieder einmal feststellen, dass sie genau so war, wie ich sie in Erinnerung hatte: die Mundwinkel geringschätzig nach unten verzogen und einen wilden Blick in den Augen, als wollte sie mich verschlingen. Sie grüßte mich knapp. Der Beamte führte uns zu dem Raum, wo die Leiche der Kleinen aufgebahrt war. Ich wartete draußen, ich wollte ihre Reaktion nicht sehen. Als ich ihr die Formulare zum Unterschreiben vorlegte, fragte ich sie:
»Ist es Delia?«
Die Antwort kam mit fester, sicherer Stimme:
»Ja, sie ist es.«
Sie unterschrieb, und wir verließen schweigend das Gebäude. Keine von uns beiden bemühte sich sonderlich, die

gegenseitige Antipathie zu verhehlen. Auf der Straße fragte sie:
»Haben Sie eine Ahnung, wer es war?«
»Nein«, antwortete ich trocken.
»Wie wurde sie getötet?«
»Durch einen Schuss.«
»Mit Ihrer Pistole, stimmt's, Inspectora?«
»Ja.«
»Das habe ich befürchtet. Schön, dann können Sie jetzt ja zufrieden sein.«
Ich spürte eine Welle des Hasses in mir aufsteigen und verstellte ihr in den Weg.
»Womit kann ich zufrieden sein?«
»Sie alle, die wunderbare spanische Polizei, hat mit ihrer Unvorsichtigkeit und ihrer Ineffizienz erreicht, dass dieses arme Geschöpf sein Leben lassen musste.«
»Aber, was sagen Sie denn da, wie können Sie es wagen?«
»Bei diesem Mord gibt es mehr Schuldige als nur einen Mörder. Wie immer zahlen die Unschuldigsten drauf.«
»Was erlauben Sie sich ... So lasse ich auf gar keinen Fall mit mir ...!«
Mit einem Lächeln, als würde mein Anblick sie zutiefst anwidern, ging sie um mich herum und den Fußweg entlang. Ohnmächtig und wütend sah ich sie die Hand heben und ein Taxi anhalten. Mit hochmütigem Gesicht stieg sie ein, und das Taxi verlor sich im dichten Straßenverkehr Barcelonas. Ich stand wie ein Trottel da und zitterte am ganzen Körper vor Wut.
»Arschloch«, murmelte ich vor mich hin, und dann wiederholte ich laut:
»Du verdammtes Arschloch!«
Von einer Sekunde zur anderen schlug die Wut in Ver-

zweiflung um. Dieses Weib war schrecklich, auch wenn man objektiv sagen musste, dass sie zum Teil recht hatte. Ein guter Polizist lässt sich nicht auf so absurde Weise die Pistole klauen. Ein guter Polizist weiß, dass seine Pistole immer sicher aufbewahrt sein muss, immer. Es stimmte, ich war unvorsichtig gewesen. Und was die Ineffizienz anbelangte … Drei Verbrechen kurz hintereinander, die in der schrecklichen Hinrichtung eines Kindes gipfelten, ohne dass eindeutige Beweise oder gar eindeutige Verdachtsmomente vorlagen, konnte man wirklich nicht als Gipfel der Effizienz betrachten.

Da ich unmöglich in diesem Erregungszustand ins Kommissariat zurückkehren konnte, ging ich in eine Bar, bestellte ein Bier und trank es in kleinen kühlen Schlucken. Ich hatte eine Besprechung mit dem gesamten Team in meinem Büro anberaumt, aber wenn ich mit dem Herz auf der Zunge und einem Knoten im Hals dort auftauchte, wäre sie umsonst. Ich rief den Subinspector an.

»Gut, Inspectora, ich habe eine frohe Botschaft! Richterin Mínguez hat problemlos eine Nachrichtensperre bezüglich des laufenden Ermittlungsverfahrens verhängt. Diese Richterin gefällt mir, sie ist ein Profi.«

»Freut mich, dass Sie so zufrieden sind. Ich rufe Sie an, um Ihnen mitzuteilen, dass ich eine halbe Stunde später komme. Aber die Besprechung findet statt.«

»Haben Sie die Identifizierung noch nicht durchführen können?«

»Doch, sie ist schon erledigt. Es ist ohne jeden Zweifel Delia. Ich komme später, weil ich gerade ein Bier trinke.«

»War die Psychologin zur Identifizierung da?«

»Nein, die Leiterin. Deshalb trinke ich das Bier.«

»Mein Gott, es ist was passiert!«

»Was passiert? Nein, ach wo, nur dass niemand außer mir schuld an Delias Tod ist, verstehen Sie?«
»Ich hoffe doch, Sie haben diese verbitterte Frau nicht ernst genommen.«
»Vergessen Sie's, Subinspector. Ich weiß, Sie meinen es gut, aber ich brauche niemanden, der mich aufmuntert. Wenn das Bier nichts hilft, gehe ich zu Whisky über.«
»Einverstanden. Aber wenn der Whisky auch nichts hilft, dann haben Sie mich noch in petto, bevor Sie sich umbringen, einverstanden?«
»Ich werde darüber nachdenken.«
Armer Garzón! Er hatte wahrlich eine Engelsgeduld mit mir. Nach den vielen Jahren der Zusammenarbeit war er gewiss gut auf den Stand der Ehe vorbereitet. Ich fragte mich, wie er sich als Ehemann machen würde. Aufmerksam und leidenschaftlich? Phlegmatisch und häuslich? Er gäbe bestimmt einen guten Mann ab, Emilia irrte sich nicht, wenn sie auf ihn setzte. Manche Frauen haben einen sechsten Sinn bei der Wahl eines Ehemannes. Es war eine Kunst, die ich nicht beherrschte, deshalb hatte ich es auch gelassen. Bei diesen Resultaten war es jetzt wohl an der Zeit, den Polizistenberuf an den Nagel zu hängen. Ich glaubte inzwischen, dass ich im Grunde nicht dafür geschaffen war. Wie viele Menschen mussten in diesem Fall noch sterben, damit ich das endlich einsah? Aber nein, ich klammerte mich weiter an die Vorstellung, dass eine Auflösung noch möglich sei. Und was hatten wir in der Hand? Nichts, Tote und Gespenster. Alle vorliegenden Beweise dienten lediglich dazu, frühere Vermutungen zu bestätigen, oder sie erhellten Umstände, die zusammen mit ihren Hauptdarstellern gestorben waren. Nichts brachte uns voran, kein Lichtschein erhellte die Dunkelheit. Ich würde die Wochenfrist, die

mir Coronas bewilligt hatte, nicht ausschöpfen. Aus persönlichem Bedürfnis, aus einem Gefühl für Anstand und Verantwortung heraus würde ich Verstärkung für den Fall anfordern. Da war noch ein Mädchen, das sterben könnte. Diese Vorstellung marterte mich plötzlich. Meine Pistole war wieder da, aber das tödliche Spiel war noch nicht zu Ende. Diese schlichte Eingebung machte mir große Angst. Ich war schon im Begriff, Marcos anzurufen, ließ es aber sein. Was war Marcos Artigas für mich, mein Beschützer? Wie zufällig klingelte mein Handy. War er es?

»Petra, bist du's?«

»Und wer bist du?«

»Ricard.«

Ich verspürte das dringende Bedürfnis, ihn zum Teufel zu jagen, aber ich beherrschte mich. Was wollte Ricard von mir, verdammt noch mal, einen neuerlichen Vermittlungsversuch bei seiner verflossenen Geliebten? Obwohl sein Tonfall nicht darauf hinwies, sondern fröhlicher und anders klang.

»Ich dachte, du hättest vielleicht Lust, heute Abend mit mir essen zu gehen. Aber nicht, um über die Vergangenheit zu reden. Die Vergangenheit ist vorbei. Ich hatte eher an ein lockeres Treffen gedacht, um uns ein wenig auszutauschen. Na ja, vielleicht willst du mich auch nie wieder sehen.«

Ich konnte es kaum fassen, er versuchte wieder, mit mir zu flirten! Er war wirklich bewundernswert, ein echtes Phänomen. Da saß ich nun, aus den düstersten Gedanken herausgerissen, mit offenem Mund, dem Handy am Ohr, und wusste nicht, was ich sagen sollte. In einem Anfall von Wahnsinn sagte ich schließlich zu.

»Einverstanden. Ich erwarte dich um neun im Restaurant Semproniana.«

Ich glaube, er war selbst ganz überrascht von meiner Zusage. Ich rief den Subinspector noch einmal an und verschob die Besprechung auf den nächsten Tag. Besser so, dachte ich, meine Niedergeschlagenheit sollte sich nicht auf die anderen übertragen.

Das Restaurant Semproniana hat mir immer gefallen. Es ist groß genug, so dass die Tische in einem vernünftigen Abstand voneinander stehen, und befindet sich in einem ehemaligen Verlagshaus. Jedes Möbelstück, jedes Besteck und jeder Teller sind unterschiedlich. Es ist nicht teuer, und man isst gut. Und nie trifft man auf Polizisten, die man grüßen muss. Ricard sah aus wie immer. Leger gekleidet und attraktiv. Ich hätte Abneigung gegen ihn empfinden müssen, aber so sehr ich mich auch anstrengte, es gelang mir nicht. Er war eine kleine Katastrophe, das erklärte sein Verhalten und verscheuchte meinen Wunsch nach Vergeltung vollständig. Wie konnte dieser zerstreute und chaotische Mann geglaubt haben, dass eine hübsche junge Frau wie Yolanda ein Leben lang bei ihm bleiben würde? Absurd. Theoretisch hätte er als Kenner der menschlichen Seele wissen müssen, dass es Unterschiede gibt, die nur schwer zu überwinden sind. Außerdem war er egoistisch und nutzte andere gerne aus. Yolanda verändern zu wollen, um sie seinen Vorstellungen anzupassen! Nein, es gibt noch keinen Universitätsabschluss, der einem Lebenstauglichkeit garantiert. Wenn jemand versucht, das in sich selbst umzusetzen, was er über den Menschen gelernt hat, dann bekommt er etwas von einem Langzeitstudenten, bereit zu scheitern. Ricard war der lebende Beweis dafür.

Dennoch beschloss ich, mir sein Fachgebiet zunutze zu machen, und sagte, kaum dass wir uns gesetzt hatten:

»Ich fühle mich schrecklich, Ricard. Wir ermitteln in einem

sehr komplizierten Fall, und ich fühle mich schuldig, weil ich ihn nicht lösen kann.«
Er erstarrte. Wahrscheinlich hatte er geglaubt, das Recht zu jammern für sich gepachtet zu haben.
»Mensch, das tut mir aber leid!«
»Und außerdem sind die Verbrechen mit einer Pistole begangen worden, die mir gestohlen wurde, also ist das Schuldgefühl noch größer.«
»Yolanda hat es mir erzählt. Kann ich etwas für dich tun?«
»Ja, verschreib mir ein Beruhigungsmittel.«
»Ist doch klar.«
Er holte seinen Rezeptblock aus der Jackentasche und stellte mir das Rezept aus. Ich beobachtete ihn schweigend.
»Jedenfalls muss ich dir wohl kaum sagen, Petra, dass Schuldgefühle ein lächerliches Gefühl sind, das wir uns ersparen sollten.«
»Du musst es mir wohl kaum sagen?«
»Dir nicht. Du bist eine vernünftige Frau, die weiß, was sie will, die jeden Schritt überlegt, den sie tut.«
»Vielleicht im Privatleben, aber im Berufsleben mache ich eine Menge falscher Schritte.«
»Kann sein, aber du weißt ganz genau, dass man Privat- und Berufsleben voneinander trennen soll. Wenn du zu arbeiten aufhörst, musst du eine Tür zumachen, hinter der die Dinge zurückbleiben. Mir gelingt das, eines der wenigen Dinge, die ich gut kann. Natürlich sind meine Probleme eher persönlicher Natur, wie du weißt.«
»Aber wenn wir diese Türen schließen, kann der positive Einfluss auch nicht durch. Zum Beispiel, wenn die Arbeit schlecht läuft, tröste ich mich mit dem Privaten und umgekehrt.«
»Mach es dir nicht zu kompliziert, Petra, jedenfalls ist das

Privatleben die Grundlage für alles andere. Die Arbeit ist zweitrangig.«

»Ich weiß nicht, ob mich das beruhigt.«

»Wie läuft's denn privat?«

»Ich kann mich nicht beklagen.«

»Typisch für dich. Du beklagst dich immer über das, was dich nicht wirklich betrifft. Wenn dich etwas wirklich bewegt … absolutes Schweigen.«

»Willst du mich analysieren? Dann muss ich mehr Wein bestellen.«

»Nein, aufs Analysieren habe ich inzwischen verzichtet! Obwohl ich es eigentlich gerne gemacht hätte, weil ich dich nie richtig verstanden habe. Dein hartnäckiges Bestehen auf das Alleinsein … dich auf niemanden wirklich einzulassen …«

»Menschen ändern sich.«

Er sah von seinem Teller auf und bohrte mir seinen Blick in die Augen. Es gelang mir, diesem Blick voller Andeutungen und Misstrauen, Klugheit und zugleich Kühnheit standzuhalten.

»Du hast dich verändert?«

»Ich würde dir gerne sagen, dass ich meine Meinung geändert habe, aber dem ist leider nicht so. Das Alleinsein erscheint mir nicht mehr das Allheilmittel, aber nur, weil ich schwächer geworden bin. Ich glaube noch immer, dass Alleinsein der Idealzustand ist, um im Gleichgewicht zu bleiben, den anderen nicht unsere Lasten aufzubürden und sich auch nicht die der anderen aufbürden zu lassen, aber …«

»Das, was du Schwäche nennst, ist nichts anderes als der Naturzustand eines Menschen. Wir alle sind verletzlich. Und wir alle brauchen Kontakt, ob nun zu Freunden, zu Geliebten, zu … was auch immer.«

Er sah mich so hoffnungsvoll an, dass ich begriff, dieses Spiel könnte dummerweise grausam werden. Ich wurde ernst.
»Ich werde heiraten, Ricard.«
Er war so überrascht, dass er gekünstelt auflachte.
»Du?«
»Wie ich schon sagte.«
»Entschuldige, aber du hast mich … überrumpelt, das hast du wirklich.«
»Das war nicht meine Absicht.«
»Klar, aber … wen heiratest du denn?«
»Einen Mann, der zweimal geschieden ist wie ich, mit vier Kindern.«
»Petra!«
»Was? Findest du das so schrecklich?«
»Nein, aber es ist … Bist du dir sicher?«
»So sicher, wie man unter diesen Umständen sein kann. Ich mag die Ehe nicht besonders, aber … Nun ja, ich will mich nicht in Klischees auslassen.«
»Klischees? Du warst schon zweimal verheiratet.«
»Dann wird dies das dritte Mal sein. Hemingway war schließlich auch viermal verheiratet, und Liz Taylor … von Liz Taylor ganz zu schweigen!«
»Ist er auch Polizist?«
»Architekt. Er entwirft Häuser.«
»Sei vorsichtig, Petra, vielleicht lässt du dich vom Stress deines Falles hinreißen und triffst eine Entscheidung, die …«
»Vorhin hast du gesagt, ich sei eine vernünftige Frau, die weiß, was sie will. Ich bin noch immer wie vorhin. Außerdem geht es nicht darum, eine Entscheidung zu treffen, ich habe sie schon getroffen.«
Ihm blieb nichts weiter übrig, als mich zu beglückwün-

schen. Ich beglückwünschte mich auch. Ich war davon überzeugt, dass Ricard zum letzten Mal mit mir zu Abend aß. Von jetzt an würde er sich eine andere Frau suchen, die sich vielleicht darauf einließ, mit ihm zusammenzuleben.

Er hatte jegliches Interesse an einer weiteren Unterhaltung verloren, er wirkte gar, als hätte er einen kräftigen Schlag auf die Nase bekommen, aber ich fand, das Gespräch sei noch nicht zu Ende.

»Er heißt Marcos.«

»Was?«

»Mein zukünftiger Mann, er heißt Marcos.«

»Aha.«

»Er gefällt mir. Er ist ein starker, gelassener Mann, der sich nicht von widrigen Umständen beeindrucken lässt, auch nicht von den Alarmglocken, die manchmal im Leben erklingen.«

»Hm.«

»Gebildet, selbstsicher, gut erzogen und höflich. Auch ein wenig zerstreut, gerade so viel, um sexy zu sein. Und er sieht gut aus. Das sollte zwar nicht wichtig sein, ist es für mich aber schon. Ich mag gut aussehende Männer, ich kann's nicht ändern. Er ist ... na ja, warum so viele Details. Ich glaube, ich denke zum ersten Mal nicht nur an die Liebe, sondern auch daran, ob der Mann zu mir passt, ein Mann, dessen Gesellschaft mir sehr guttun wird. Sein Wesen wird mir guttun, davon bin ich überzeugt.«

Ich sah ihn zum ersten Mal wieder an, seit ich Marcos' Vorzüge zu preisen begonnen hatte. Seine Miene war zur steinernen Maske erstarrt.

»Und du, passt du zu ihm?«

»Scheint wohl so, wenn er mich bittet, ihn zu heiraten.«

»Ja, in einem bestimmten Alter solltest du dich fragen, ob die Person zu dir passt, bevor du eine Beziehung eingehst.«
»Das ist ein guter Rat, den werde ich mir merken.«
»Machst du dich über mich lustig?«
»Keineswegs. Ratschläge von Psychiatern sind immer wertvoll.«
Er machte eine müde Handbewegung und seufzte, um zu zeigen, bis zu welchem Grad er geduldig und großmütig war und sich nicht über mich ärgerte.
»Ist gut, Petra, was soll ich dir sagen? Ich wünsche dir wirklich, dass du glücklich wirst. Ich werde immer das Gefühl haben, dass mich etwas Großartiges gestreift hat, dass ich es aber nicht zu halten oder einfach nicht in meinem Innern aufzubewahren wusste.«
»Also wirklich, das klingt nach offiziellem Abschied. Wir werden uns weiter sehen, uns anrufen, einen Kaffee zusammen trinken.«
»Natürlich, einen Kaffee zusammen trinken.«
Als wir beide in die entgegengesetzte Richtung auseinandergingen, wussten wir, dass wir nie einen Kaffee zusammen trinken würden. Ausgeschlossen. Es gab nichts mehr zu reden. Das passiert häufig, zwei Menschen lernen sich kennen, gefallen sich, teilen Bett und Tisch … und nach einiger Zeit wird ihnen bewusst, dass sie sich nie wiedersehen werden, und dieser Gewissheit folgt nur Gleichgültigkeit. Ein großer Fehler! Man sollte sich immer glücklich schätzen für eine verflossene Affäre, ob Freundschaft, Leidenschaft oder Liebe. Man sollte oberflächlich den Kontakt mit einem Leidensgenossen pflegen, so flüchtig die Beziehung auch gewesen sein mag. So fühlte man sich bestätigt, dass die Zeit nicht alles zunichtemacht, und man hätte einen Zeugen für das Erlebte. Natürlich hatte ich diesem

Gedanken erfolgreich entgegengewirkt, indem ich eine so lächerliche Notlüge wie meine Heirat benutzt hatte, um Ricard loszuwerden. Was soll's, es war bedauerlich, aber klug. Ricard auf Eroberungsfeldzug wäre schrecklicher gewesen als El Cid persönlich.

Ich fuhr nach Hause, schenkte mir einen Whisky ein und legte mich in die Badewanne, in die ich eine halbe Flasche entspannendes Badeöl mit Lavendelduft geschüttet hatte. Ich ließ das Eis im Glas klirren, schloss die Augen und versuchte mir einzubilden, auf dem Lande zu sein, aber der Geruch war zu intensiv für Wald und Wiesen, und das Klirren im Glas klang auch nicht nach Kuhglocken. Es funktionierte nicht. Was war dran an meiner Lüge gegenüber Ricard? War es nur die Tatsache einer vorgetäuschten Heirat oder würde sie über die Lobpreisungen des vermeintlichen Bräutigams hinausgehen? War Marcos tatsächlich ein so wunderbarer Mann, wie ich behauptet hatte? Wahrscheinlich schon. Auch war das mit dem angeblichen Heiratsantrag nicht komplett gelogen, denn er hatte ihn mir ja gemacht. Ich trank den restlichen Whisky in einem Zug aus, stieg aus der Wanne und schlüpfte in meinen Bademantel. Auf dem Weg zum Telefon hinterließ ich eine Spur duftender Wassertropfen auf dem Boden. Wie spät war es? Ein Uhr nachts. Wunderbar, eine wirklich unpassende Zeit für einen an sich unpassenden Anruf.

»Marcos, hast du schon geschlafen?«

»Nein, ich habe gelesen. Und du?«

»Ich lag in der Badewanne.«

»Ah!«

»Aber ich habe sie verlassen, um dich anzurufen.«

»Gut.«

»Marcos, ich wollte dich etwas fragen.«

»Schieß los.«
»Wärst du gegebenenfalls bereit, mir noch einmal einen Heiratsantrag zu machen? Antworte nicht gleich, denk darüber nach.«
Es folgte ein Moment des Schweigens, bis Marcos in ruhigem, gelassenem Tonfall antwortete:
»Gut, einverstanden, ich denke darüber nach.«
»Wunderbar. Gute Nacht.«
»Gute Nacht, Petra, schlaf gut.«
Ich stieg wieder in das blau gefärbte Badewasser, das noch warm war, und tauchte zufrieden ein. Marcos war wirklich ein toller Mann. Du stellst ihm eine Frage, nur theoretisch, und so alarmierend sie auch klingen mochte, er antwortete zivilisiert und beiläufig. Keine Hysterie, keine Begeisterung, nichts mit dämlichen unangebrachten Klarstellungsversuchen. Ich war entspannt und glücklich, tauchte bis zum Kinn in dieses Lavendelwasser ein und seufzte. Da klingelte das Telefon. Ich schlüpfte wieder in meinen Bademantel und lief ins Wohnzimmer.
»Petra, hast du schon geschlafen?«
»Nein, ich bin noch mal in die Badewanne zurück, und du?«
»Ich habe auch noch nicht geschlafen, ich habe nachgedacht.«
»Aha.«
»Ich würde dir gerne eine Frage stellen.«
»Ich höre.«
»Willst du mich heiraten? Du musst nicht jetzt sofort antworten, du kannst es dir auch überlegen.«
»Ich möchte es mir nicht überlegen.«
»Warum?«
»Wenn ich noch mal aus der Badewanne muss, um dir zu

sagen, was ich mir überlegt habe, hole ich mir eine Erkältung.«
»Aha, und was heißt das?«
»Das heißt, ja, es ist eine gute Idee zu heiraten. Vor allem, weil ich dich liebe.«
»Ich liebe dich auch sehr.«
»Na dann ...«
»Dann geh jetzt nicht mehr in die Badewanne zurück, und zieh dich auch nicht an. Ich komme zu dir.«
»Ich denke, ich werde dir trotz der späten Stunde öffnen.«
»Unter den gegebenen Umständen wäre es sehr nett, wenn du mir öffnen würdest.«
So war es, so einfach und so praktisch entschied sich meine Zukunft. Als ich die Tür öffnete und Marcos sah, begriff ich, dass es kein Fehler gewesen war. Wir redeten nicht, was wunderbar war. Wozu reden? Dafür hätten wir noch genug Zeit, in dieser Nacht nicht. Uns anzusehen und uns zu lieben war genug. Danach war ich von großer Ruhe erfüllt. Einen Heiratsantrag anzunehmen ist beruhigender als ein Lavendelbad, wie ich feststellen konnte.
Das einzig Störende an dieser wunderschönen Nacht war das Klingeln des Weckers um sieben, ohne viel geschlafen zu haben, und der Gedanke, dass ich ins Kommissariat eilen musste, ob ich nun verlobt war oder nicht.
Dort wartete Garzón zusammen mit Yolanda und Sonia. Ich dachte, es sei nicht der geeignete Zeitpunkt, ihnen meine Neuigkeiten mitzuteilen, dafür bliebe noch Zeit, wenn der Fall gelöst wäre. Sie sahen mich gelassen an, woraus ich schloss, dass es eine gute Idee gewesen war, die Besprechung zu verschieben, zumindest vom psychologischen Standpunkt aus. Als Erstes erfuhr ich, dass die Laboranalyse des an der Kinderleiche gefundenen Haars eingetroffen

war. Das Verhalten der drei ließ mich ahnen, dass es sich um keine interessante Spur handelte. Garzón las die wenigen Zeilen mit neutraler Stimme vor.

»Wir hatten nicht viel Glück«, setzte er an. Ich lauschte, ohne zu blinzeln. Das Haar war nicht vollständig, es fehlte die Wurzel, weswegen eine DNA-Analyse ausgeschlossen war. Es war nicht beschädigt, deshalb eher unwahrscheinlich, dass es bei einem Kampf oder gewaltsam ausgerissen wurde. Es war kastanienbraun, sehr verbreitet. Die toxikologischen Analysen ergaben, dass sein Besitzer in den letzten Tagen irgendein Beruhigungsmittel eingenommen hatte.

»Wie finden Sie das, Inspectora?«, fragte er abschließend.

»Wie soll ich das denn finden, verdammt? Schlecht, sehr schlecht! Das einzige Ergebnis ist die toxikologische Analyse, und Sie wissen selbst, wie viele Menschen irgendwann in ihrem Leben ein Beruhigungsmittel einnehmen. Und zwar massenhaft. Die Leute schlucken mehr Beruhigungspillen, als sie Brot essen. Es wäre zu schön gewesen, wenn das Haar eine Wurzel gehabt hätte! Auch hier war das Glück nicht auf unserer Seite, wie kein einziges Mal in diesem verdammten Fall. Es ist ein unsäglicher Fall, verhext, verflucht. Deshalb möchte ich Ihnen, meine Herrschaften, meine Absicht mitteilen, dass ich die Frist, die mir der Comisario eingeräumt hat, nicht ausschöpfen werde. Mehr noch, ich werde auch keine Verstärkung oder sonstige Hilfe akzeptieren.«

»Was dann?«, fragte Garzón alarmiert.

»Dann gebe ich den Fall ab. Es bleibt Ihnen überlassen, Comisario Coronas Ihre Absicht mitzuteilen, unter einer neuen Leitung weiter an dem Fall zu arbeiten, wenn Sie es denn wollen.«

Yolanda verzog das Gesicht, als hätte sie jemand geohrfeigt.
»Aber Inspectora, das können Sie nicht machen!«
Wütend fuhr ich zu ihr herum.
»Warum nicht? Hast du etwa geglaubt, ich bin eine Art Sonnenkönig der Polizei: *La police c'est moi*!?«
Yolanda verstand mich nicht, aber sie dachte auch nicht daran, sich von meinem Zorn und meinem aggressiven Tonfall einschüchtern zu lassen.
»Wir haben schon so viel herausgefunden, Sie können jetzt nicht einfach aussteigen. Niemand weiß so viel über diesen Fall wie Sie.«
»Soll ich dir sagen, was ich weiß, Yolanda? Nichts, das weiß ich! Also kann es jeder besser machen, denn er ist darüber hinaus weniger voreingenommen und hat auch nicht so viel Frustration angestaut wie ich.«
Zu meiner Überraschung mischte sich jetzt auch Sonia ein.
»Aber, Inspectora, Sie sagen doch immer, dass man bis zum Ende kämpfen muss und sich niemals entmutigen lassen darf.«
Ich sah sie wutschnaubend an, wie ein Löwe, dem gerade ein Eichhörnchen in den Schwanz gebissen hat.
»Kannst du mir, verdammt noch mal, verraten, was dieser abgedroschene Satz wie aus einem billigen amerikanischen Spielfilm bedeuten soll, den ich zudem nie gesagt habe?«
Erschrocken wich sie ein paar Schritte zurück und versteckte sich hinter ihrer Kollegin. Was fürchtete sie? Dass ich sie schlagen würde? Dieses dämliche und einfältige Mädchen ging mir wirklich auf den Geist. Ich schnappte nach Luft und sagte:
»Ich gehe ins La Jarra de Oro, einen Kaffee trinken. Und sollte es keinen triftigen Grund geben, möchte ich darum

bitten, die nächste halbe Stunde nicht belästigt zu werden. Haben Sie verstanden?«
Garzón, ein unerschütterlicher Seemann in stürmischen Zeiten, machte nicht einmal den Mund auf. Yolanda hielt ihren Ärger über diese eindeutige Ungerechtigkeit zurück, und Sonia ... Sonia wollte ich gar nicht mehr ansehen. Ich schlug die Tür hinter mir zu und überquerte die Straße. Im La Jarra setzte ich mich an einen Tisch und bestellte einen starken Kaffee. Gut, jetzt hatte ich es geschafft, Arbeits- und Privatsphäre absolut zu trennen. Kurz zuvor war alles honigsüß gewesen, aber jetzt war ich wieder wütend bis ins Mark. Wahrlich ein persönliches Erfolgserlebnis, oder nicht? Ich würde entschlossen zu Coronas gehen und ihm mitteilen, dass ich seine Gnadenfrist nicht ausschöpfen wollte und den Fall abgäbe. Wozu weitermachen? Alle meine Strategien waren an der Wand zerschellt, alle meine Schritte hatten ins Nichts geführt, und es starben weiter Menschen. Es reichte. Dickschädeligkeit führte lediglich in die Katastrophe. Ich musste mir eingestehen, dass das eine Nummer zu groß für mich gewesen war. Ich war nicht die beste Polizistin der Welt. Und selbst wenn ich es gewesen wäre, wir alle scheitern irgendwann, und der Augenblick für mich war nun gekommen. Dieses Akzeptieren meiner Grenzen beruhigte mich ein wenig. Davon ging die Welt nicht unter, ich musste meine Fehlbarkeit nur sportlich nehmen und vor allem von meinem verletzten Stolz und meiner unerträglichen Überheblichkeit herunterkommen. Ein wenig Demut würde mir guttun. Ich bestellte mir ein Croissant, um meine miese Stimmung zu verbessern, doch als ich gerade hineinbeißen wollte, blieb mir vor Verblüffung der Mund offen stehen. Wer steuerte da aus dem Kommissariat direkt auf die Bar zu?

Sonia! Ich traute meinen Augen nicht. Ich sah auf die Uhr, seit meinem furiosen Abgang waren kaum zwölf Minuten vergangen. Die junge Frau war zweifelsohne auf dem Weg zu mir. Ich zählte bis zehn, schluckte, und vermutlich betete ich sogar zum Allmächtigen und bat um Geduld. Als Sonia ungefähr fünf Schritte vom Tisch entfernt war, blieb sie stehen, sie wagte nicht, näher zu kommen. Dann fing sie an zu reden, aber die typische Geräuschkulisse einer spanischen Bar, bestehend aus den Spielautomaten, dem Geschrei der Kellner, dem Geschirrklappern beim Ausräumen der Spülmaschine und dem Lärm der Gäste, ließ mich nichts verstehen. In der Befürchtung, dass sie etwas Vertrauliches herausschreien würde, fauchte ich sie an:

»Kannst du vielleicht näher kommen?«

Sonia, im Begriff, in Tränen auszubrechen, was ihr allerdings ihre Angst untersagte, gehorchte, und endlich verstand ich sie.

»Ich wollte nicht herkommen, aber der Subinspector hat mich geschickt, denn es gibt einen guten Grund, Inspectora Petra, einen guten Grund.«

Als ich das »Inspectora Petra« hörte, hätte ich sie am liebsten erwürgt.

Es gab tatsächlich eine gute Erklärung für die Störung. Ich erfuhr sie im Kommissariat, denn die arme Sonia hatte man nur geschickt, um sich bei mir einzuschmeicheln. Richter Leonardo Coscuella hatte entschieden, den Fall der Werkstatt in La Teixonera wieder aufzurollen. Expósito würde des Mordes angeklagt werden. Garzón frohlockte.

»Das wollten Sie doch, oder?«

»Genau.«

»So wichtig finden Sie das, Inspectora?«

»Entscheidend. Jetzt habe ich eine Waffe, die ich diesem verdammten Schweinehund an den Hals setzen kann.«
Ich wartete drei Tage, die mir wie drei Wochen, drei Monate, drei Jahre vorkamen. Das war die Zeitspanne, in der Expósito über die neue Sachlage informiert wurde und sich mit seinem Anwalt besprechen konnte, damit der ihm den Rat gab, dass er nun endlich auspacken sollte.
Am vierten Tag bereitete ich mich für den Besuch im Gefängnis Can Brians vor. Garzón sah besorgt zu, wie ich ein paar Unterlagen in meine Tasche steckte.
»Lassen Sie mich mitkommen.«
»Nein. Mit diesem Kerl hatte ich immer allein zu tun, irgendwie funktioniert das mit uns beiden.«
»Zumindest könnte ich Sie hinfahren und warten, bis Sie fertig sind. Die Mädchen suchen weiter nach Straßenkindern, und ich habe nichts weiter zu tun.«
»Na gut, wie Sie wollen.«
Auf der Fahrt schwiegen wir. Es was das dritte Gespräch, das ich mit Expósito führen würde, und bei den beiden vorangegangenen war nichts Wesentliches herausgekommen, aber das heutige Gespräch würde anders verlaufen, davon war ich überzeugt. Es war eine Vorahnung. Garzón sah das nicht so klar, deshalb schwieg er.
Als wir ankamen, seufzte er.
»Gut, Inspectora, wir werden ja sehen, was dabei herauskommt. Auf in den Kampf und viel Glück!«
Ich lächelte flüchtig. Bevor ich die Tür zuschlug, sagte ich: »Übrigens, Fermín, ich habe ganz vergessen, Ihnen zu sagen, dass ich auch heiraten werde.«
»Sie sind wirklich nicht zu überbieten! Niemand sonst kommt auf die Idee, in so einem beschissenen Moment Witze zu machen.«

Ich zuckte die Achseln und fand mich damit ab, dass mein schlechter Ruf, nur Hohn und Spott zu verbreiten, jetzt die Wahrheit Lügen strafte.
Zu meiner Überraschung erschien Expósito wieder ohne seinen Anwalt. Doch das überhebliche Grinsen war aus seinem Schurkengesicht verschwunden. Er war ernst und wirkte ein wenig eingefallen, was mir Hoffnung machte.
»Aber hallo, Klugscheißerin, ich nehme an, das alles habe ich Ihnen zu verdanken.«
»Ohne Ihren Anwalt?«
»Das ist Absicht, damit Sie sehen, dass alles, was ich Ihnen sagen werde, wahr ist und dass ich keine juristischen Tricks brauche. Ich habe niemanden umgebracht, niemanden. Damit Sie das wissen. Morgen werde ich dem Richter genau das sagen, mit genau diesen Worten. Da werde ich meinen Anwalt auch nicht mitnehmen.«
»Der Richter wird beeindruckt sein, vor allem von den Worten eines wegen Kinderpornographie verurteilten Straftäters.«
»Kann sein, dass ich mit schmutzigen Fotos von Kindern gehandelt habe, kann sein, dass ich mit Huren gehandelt habe, aber töten, nein. Es wäre doch lachhaft, wenn ich jetzt für etwas verurteilt würde, das ich nicht getan habe.«
Ich hörte eine Spur Verzweiflung aus seiner Stimme heraus, weniger Angst. Ich änderte die zynische Strategie, die ich mir zurechtgelegt hatte. Gut möglich, dass er nicht log. Konnte sein, dass ich einen Riesenfehler machte, aber ich musste es riskieren. Ich öffnete meine Tasche und holte das Buch heraus, das ich für den Fall der Fälle mitgebracht hatte. *Die besten Gedichte in spanischer Sprache.* Ich legte es ihm auf den Tisch. Es wirkte fehl am Platz in diesem nackten, unpersönlichen Raum. Expósito starrte es verblüfft an.

»Was ist das?«, fragte er.
»Ein Buch.«
»Das sehe ich schon.«
»Es ist ein Geschenk für Sie. Ich dachte mir, im Grunde sind Sie gar nicht so dumm. Sie würden doch gerne lernen, nicht wahr? Ich lese Ihnen ein wenig vor.«
Ich las ein kurzes Stück aus »Erinnerung aus der Kindheit«, von Antonio Machado:

> Mit dröhnendem, hohlem Ton
> donnert im schlechten Gewand
> der Lehrer, vertrocknet schon,
> ein Greis, das Buch in der Hand.
>
> Und kindlich im Chor erbrausend,
> tönt nun die Singsanglektion:
> Tausendmal hundert, hunderttausend,
> tausendmal tausend, eine Million.

Und dann »Liebe nach dem Tod« von Francisco de Quevedo:

> Seele, die einen Gott gefangen hielt,
> Adern, die solcher Flamme Öl geleitet,
> Mark, vom eigenen Feuer groß erfüllt.
>
> Kann Tod vom Leben, nicht vom Lieben scheiden:
> Asche zu sein, doch Asche, die noch fühlt,
> Staub sein ihr Los, doch Staub der Liebe leidet.

Er lauschte aufmerksam und andächtig wie ein Kind, dem ein faszinierendes Märchen vorgelesen wird. Am Ende, als meine Stimme noch in dem ungastlichen Raum nachhallte, sah ich, dass er Tränen in den Augen hatte. Er wirkte ergriffen und unruhig, er schien eine leichte Beute für ästhetische Ergriffenheit zu sein. Selbst Kakerlaken haben eine Seele, dachte ich.

»Es ist wunderschön, finden Sie nicht?«

»Inspectora, ich habe niemanden umgebracht, auch nicht den Befehl erteilt, jemanden umzubringen, das schwöre ich Ihnen. Mein Anwalt sagt, dass wir das leicht beweisen können, aber ich möchte, dass Sie es von mir erfahren, dass Sie davon überzeugt sind.«

»Wenn wir den erwischen, der in Ihrem Namen gemordet hat, wird es ganz einfach sein, die Wahrheit herauszufinden. Wer war der Rumäne? Los, rücken Sie schon raus damit. Ist Ihnen nicht klar, dass Ihr Schweigen Ihnen nur schadet?«

Er fuhr sich übers Gesicht und schnaubte ungehalten.

»Er hat in Sachen Prostitution für mich gearbeitet und Mädchen aus seinem Land hergeholt. Er sah gut aus und hatte gute Manieren, er wickelte sie leicht ein. Danach haben sie hier für uns gearbeitet, bis sie zumindest die Reisekosten abbezahlt hatten. Aber eines Tages widersetzte sich eine von ihnen, er verprügelte sie und tötete sie versehentlich dabei. Er versicherte mir, dass es ein Unfall gewesen sei und nicht wieder vorkomme. Jedenfalls traute ich ihm nicht mehr und übertrug ihm die Sache mit den Kindern. Als man uns verhaftete, ist er entkommen, weil er nicht erfasst war und Papiere hatte, er war legal ins Land eingereist. Ich habe nichts unternommen, damit ihn die Bullen erwischten, es hätte mir gerade noch gefehlt, dass mir auch dieses Verbrechen angehängt wird, wie es jetzt geschieht. Natürlich würde man sofort denken, ich hätte ihm aufgetragen, diese Frau zu töten.«

»Sagen Sie mir den Namen des Kerls.«
»Giorgui Andrase. Aber Sie werden ihn nicht in Ihrem Computer finden, ich habe Ihnen ja schon gesagt, dass er nicht aktenkundig ist.«
»Und was noch?«
»Nichts weiter.«
»Was hat er später gemacht, wie hat er sich durchgeschlagen?«
»Ich saß im Knast, Inspectora, sagen Sie mir, wie ich ihn von hier aus hätte kontrollieren sollen?«
»Man hätte Ihnen was flüstern können.«
»Ich habe nur erfahren, dass man ihn hops genommen hat, aber ich habe keine Ahnung, von wem oder warum. Obwohl es jeder hätte sein können. Der Typ war mit Vorsicht zu genießen.«
Ich nickte mehrmals und sah ihn ernst an.
»Hoffentlich haben Sie mich nicht angelogen oder mir was verschwiegen, es ist zu Ihrem eigenen Besten.«
»Mein Bestes interessiert niemanden.«
»Sie auch nicht?«
»Ich dürfte der Einzige sein.«
»Mir kommen gleich die Tränen, Expósito.«
»Weinen Sie, wenn Sie wollen, ich bin ein Pechvogel.«
Ich stand auf und ging schweigend zur Tür.
»Klugscheißerin, Sie haben Ihr Buch vergessen.«
»Ich sagte doch, es ist ein Geschenk, behalten Sie es.«
»Warum schenken Sie mir das?«
»Ich weiß es wirklich nicht.«
Ich sah ihn lieber nicht an, weil mir das Ekel verursachte.
»Danke«, flüsterte er. »Das ist das erste Buch in meinem Leben.«
Ich antwortete nicht und verabschiedete mich auch nicht.

Ich verließ den Raum festen Schrittes, fehlte nur noch, dass ich Mitleid mit ihm empfand.
Garzón wartete im Auto auf mich, und es sah ganz danach aus, als hätte er ein Nickerchen gemacht.
»Fahren Sie zur Einwanderungsbehörde.«
»Das tun wir, haben Sie Neuigkeiten?«
»Unser Gespenst hat endlich einen Namen: Giorgui Andrase. Er ist legal ins Land eingereist und wurde nie verhaftet. Er arbeitete für Expósito im Mädchenhandel und hat Delias Mutter auf dem Gewissen, laut diesem Galgenvogel ein Unfall, angeblich eine tödliche Tracht Prügel, und aus Eigeninitiative. Expósito hat ihn in die Kinderpornographie gesteckt. Als er Machados Razzia entkommen ist, wollte sich Expósito nicht die Finger an ihm schmutzig machen, weil er hätte plaudern können. Aber der Rumäne hat den Mund gehalten. Expósito schwört, dass er nicht mehr weiß.«
»Glauben Sie, er hat Ihnen die Wahrheit gesagt?«
»Davon bin ich überzeugt.«
»Woher diese Sicherheit?«
»Er hat einen Stachelwürger um den Hals: eine Anklage wegen Mordes. Das ist was Ernstes. Nicht mal sein Anwalt war anwesend, damit er mir alles ungehindert erzählen kann. Andererseits habe ich ihn positiv beeinflusst.«
»Darf man erfahren, wie?«
»Ich habe ihm einen Gedichtband geschenkt und ihm zwei Gedichte vorgelesen, genauer gesagt, von Machado und Quevedo.«
»Verdammt! Und?«
»Er war gerührt und hat sich selbst bemitleidet.«
»Verdammt noch mal!«
»Müssen Sie immer so vulgär sein?«

»Sie überraschen mich immer wieder, Inspectora.«
»Ich versuche eben, mich selbst zu übertreffen.«
»Diesmal haben Sie die Messlatte aber sehr hoch gehängt.«
»Sie werden schon sehen, wie ich drüberspringe.«
»Wie?«
»Indem ich die Wahrheit sage.«
»Welche Wahrheit?«
»Die Sie vorhin nicht hören wollten.«
»Ich verstehe Sie nicht.«
»Es ist wahr, dass ich heirate, Fermín, es stimmt, auch wenn es merkwürdig klingt. Was sagen Sie nun, habe ich die Messlatte übersprungen?«

Zwölf

Garzón nahm die Nachricht von meiner Hochzeit eher schlecht auf. Er glaubte, ich hätte es ihm die ganze Zeit, in der meine Entscheidung gereift war, verschwiegen. Es war nicht leicht, ihn davon zu überzeugen, dass es diese Zeit gar nicht gegeben hatte, und so leid es mir auch tat, nicht mal eine solche Entscheidung.

»Es war etwas ganz Besonderes, Subinspector. Als wäre es innerlich gereift, ohne dass ich es selbst bemerkt hätte, als hätte mir nichts fernergelegen als die Vorstellung einer Heirat.«

»Das verstehe ich nicht.«

»Ich auch nicht, aber wie Sie sehen, bin ich mir ganz sicher.«

»Sind Sie das?«

»Selbstverständlich bin ich das. Anfangs dachte ich noch, es ist nur der Einfluss unseres derzeitigen Falls. Dieser Schmutz, dieser Horror … Als könnte eine aufrichtige, ruhige Liebesbeziehung diese schrecklichen Eindrücke abschwächen. Dann wurde mir klar, dass der Fall nur der Auslöser war, er hat mich nachdenklich gemacht.«

»Worüber?«

»Darüber, dass sich hinter meinem Alleinsein auch Angst verbirgt.«

»Wir alle haben Angst, verheiratet oder nicht.«

»Unsere Arbeit lässt uns das Schlimmste im Menschen aufdecken, Fermín. Ich will nicht, dass mir jemand hilft, diese Last zu tragen, das wäre zu egoistisch, aber ich brauche jemand, der mir den Blick in eine positive Welt öffnet.«
»Und dieser Mann tut das?«
»Ja, darauf können Sie wetten. Marcos ist optimistisch, ausgeglichen, frei von Komplexen und hat eine Neigung zum Glückspilz.«
Er sah mich an, als müsste er sich sehr anstrengen, um das zu verstehen. Dann zog er die Augenbrauen hoch wie ein Philosoph.
»Heißt das, Sie heiraten nicht aus Liebe?«
»Keineswegs! Aber sagen wir, ich lasse den Verstand in die Liebe einfließen. Ich bin jetzt in dem Alter, finden Sie nicht auch?«
»Dann glauben Sie also, dass Ihr Leben mit einem Ehemann besser sein wird als das jetzige?«
»Genau! Das ist eine treffende Beschreibung. Genauso müsste es Ihnen doch auch gehen.«
»Mir? Überhaupt nicht! Ich bin davon überzeugt, dass sich mein Leben verschlechtern wird. Wie soll es mir denn besser gehen als jetzt, frei und mit Freundin? Wenn ich heirate, werde ich nur noch Ehemann sein.«
»Das ist ein Macho-Vorurteil und die Erinnerung an Ihre schlechten Erfahrungen aus der ersten Ehe, aber wenn Sie ein bisschen nachdenken …«
»Ich habe genug darüber nachgedacht, und es bleibt dabei. Ich will nur nicht riskieren, Emilia zu verlieren, weil ich sie sehr liebe.«
»Wenn das gemeinsame Leben friedlich ist, hat es viele Vorteile.«
»Glauben Sie?«

»Das hoffe ich.«
»Ich auch.«
»Wird auch besser sein für uns.«
»Ja.«
Wir sahen uns in die Augen, und unsere vorübergehende Ernsthaftigkeit löste sich in Lachen auf. Garzón hielt mir seine fleischige Hand hin.
»Ich wünsche Ihnen viel Glück, Inspectora.«
»Wurde auch Zeit!«
»Aber ich möchte noch einmal klarstellen, dass mir Ihr Schweigen nicht gefallen hat. Ich dachte, Sie würden mir vertrauen.«
»Um Ihre letzten Vorbehalte zu zerstreuen, möchte ich Sie um einen Gefallen bitten.«
»Welchen?«
»Dass Sie mein Trauzeuge werden.«
»Mit dem größten Vergnügen. Und jetzt ans Eingemachte, Petra. Ich hoffe, dass dieser Kerl unsere Gewohnheiten nicht stört. Sie werden doch nicht abends nach Hause laufen, ohne ein letztes Bier mit mir getrunken zu haben? Wir könnten auch mal ein Abendessen improvisieren, um uns auf den steinigen Pfaden eines Falls zu verlaufen, bis unsere Inspiration erschöpft ist, nun ja, all diese kleinen Dinge, die uns die Arbeit wenigstens etwas versüßen.«
»Wenn ich es auch nur für annähernd möglich hielte, hören Sie mir gut zu, auch nur für annähernd möglich, dass diese Gewohnheiten gefährdet sein könnten, würde ich ihn nicht heiraten.«
Sein Gesicht drückte Zufriedenheit aus, obwohl er im Grunde noch immer dachte, ich sei verrückt. Ich konnte es ihm nicht verdenken. Wenn ich innehielt und nachdachte, wurde auch mir bewusst, dass in meinem Alter und mit

meiner Biographie der Gedanke an eine dritte Ehe etwas Beängstigendes hatte.

Giorgui Andrase war in der Ausländerbehörde erfasst. Er war mit einem Arbeitsvertrag von einem katalanischen Unternehmen nach Spanien gekommen, eine Art Baumarkt, in dem alles, was mit Bau und Handwerk zu tun hatte, verkauft wurde. Er hatte in Cornellá gearbeitet, einem Ort nahe bei Barcelona. Alles Weitere war Feldforschung.

Während unsere »Mädchen«, wie Garzón sie nannte, erfolglos weiter das verschwundene Kind suchten, folgten wir beide der Spur des Rumänen.

Der Baumarkt war so riesig wie ein Einkaufszentrum. Ich stellte fest, dass man hier alles bekam, obwohl ich komischerweise nichts von dem, was es hier gab, gebrauchen konnte: Farben, Holz, Eisenwaren, Schrauben, Maschinen für alles und jedes, Gardinen, Matratzen ... Garzón sah mein verblüfftes Gesicht.

»Sie haben bestimmt noch nie einen Baumarkt betreten.«

»Natürlich nicht, Sie etwa?«

Er lachte ironisch.

»Ich, Inspectora, war jahrelang ein guter Heimwerker, der alle Reparaturen im Haus selbst erledigt hat.«

»Das hätte ich nie gedacht! Sehen Sie? Sie sind doch praktisch zum Ehemann geboren!«

»Fangen Sie nicht schon wieder an. Brauchen Sie etwas?«

»Den Geschäftsführer.«

Wir sprachen mit dem Chef dieses Warenhauses, einem schon älteren Mann, der sich freundlich und hilfsbereit zeigte. Als er erfuhr, für wen wir uns interessierten, erklärte er vorab:

»Eines möchte ich Ihnen gleich sagen. Viele unserer Angestellten sind Rumänen, und sie alle sind gute und geschätzte Mitarbeiter. Ich würde sogar behaupten, dass sie unsere besten Arbeitskräfte sind.«

»Davon sind wir überzeugt.«

»Wenn einer von ihnen auf die schiefe Bahn gerät, ist das eine Ausnahme. Ich sage das, weil wir Spanier so unmenschlich sind, mit Verlaub, immer gleich alle dafür bezahlen zu lassen, wenn einer etwas falsch gemacht hat. Ich finde das nicht in Ordnung.«

»Sie haben völlig recht. Erinnern Sie sich an diesen Mann?«

»Ich persönlich nicht. Aber sehen wir im Computer nach, dort sind alle aufgelistet, kommen Sie bitte mit.«

Er führte uns in ein kleines Büro ohne jeglichen Komfort, wo ein Schreibtisch fast den ganzen Raum einnahm. Ich gab ihm den Namen. Er tippte ihn ein. Dann sah er uns mit einem zufriedenen Lächeln an wie jemand, der dem Fortschritt der Technik normalerweise skeptisch gegenübersteht.

»Da haben wir ihn, in der Tischlerabteilung. Er war ein Jahr bei uns. Mir scheint, jetzt erinnere ich mich, er war groß und stattlich.«

»Könnten wir mit einem seiner Kollegen sprechen?«

»Kommen Sie, ich begleite Sie.«

Die Mitarbeiter dieser Abteilung hatten in letzter Zeit öfter gewechselt. Trotzdem erinnerte sich der Abteilungsleiter noch an Andrase. Er hatte an der elektrischen Säge gearbeitet, eine nicht sehr anspruchsvolle Arbeit, wer die Säge bedient, muss die Bretter genau nach den Vorgaben der Kunden sägen. Er schnitt auch das Holz, das der Baumarkt im Bestand hatte. Trotz der einfachen Arbeit hielt der Chef den Rumänen für einen guten Arbeiter.

»Er war gut ausgebildet, er war schlau. Er konnte schon bald Spanisch und hat nie etwas vergessen. Er lernte wirklich schnell. Beim Arbeiten hat er selten einen Fehler gemacht, sehr selten. Bevor er kündigte, ist er in eine andere Abteilung gewechselt. Der Hauptgeschäftsführer meinte, sein Auftreten sei gut und an der Säge habe er zu wenig Umgang mit den Kunden. Er setzte ihn im Verkauf ein.«
»In welche Abteilung kam er?«
»In die Gartenabteilung. Aber er blieb nicht lange, schon bald erzählte er, er hätte eine bessere Stelle als Gärtner bekommen. Mich hat das nicht gewundert, ich sagte ja schon, der Kerl hatte was drauf. Er war pfiffig, irgendwie schlau.«
Er war sehr schlau, ja. Er brauchte nicht lange, bis er eine Arbeit gefunden hatte, bei der er weder acht Stunden lang Sägemehl einatmen noch einen roten Overall tragen und die paar Euro am Monatsende zählen musste. Meine Gedanken dürften nicht sehr originell gewesen sein, denn mein Mitstreiter hatte dasselbe gedacht.
»Er hat beschlossen, andere schuften zu lassen, der Mistkerl. Nein, arbeiten ist nun wirklich nicht jedermanns Sache.«
Ich ließ meinen Gedanken freien Lauf in der Hoffnung, dass sie nicht wieder mit denen von Garzón übereinstimmten, aber der sagte:
»Glauben Sie, wir finden etwas unter der Adresse, die man uns gegeben hat?«
»Ich glaube nicht.«
»Ich auch nicht.«
»Wollen Sie endlich aufhören, dasselbe wie ich zu denken?«, sagte ich bierernst. Er sah mich schräg an und schwieg. Nach einer Minute ging das Spiel weiter.
»Jetzt denke ich an etwas, an das Sie bestimmt nicht denken.«

»Und das wäre?«
»Ihr zukünftiger Ehemann muss ein Heiliger sein, wäre zumindest besser für ihn.«
»Oh nein! Ist die Jagdsaison schon eröffnet?«
»Haben Sie etwa geglaubt, dass Sie vom traditionellen Spott verschont bleiben? Ha, weit gefehlt! Es ist wie bei einem Entenschwarm im Herbst, wer hochfliegt, kann abgeschossen werden.«
»Mein Gott, wer will schon im Alleingang nach Süden fliegen!«
Er lachte vor sich hin. Wir amüsierten uns, wir übertünchten unsere Unruhe und Angst vor dem Scheitern mit fast kindischen Blödeleien. Wer das nicht tut, ist kein echter Polizist.
Andrases Wohnung lag in der Calle del Borne. Garzón erbot sich, allein hochzugehen und zu fragen, und ich dankte es ihm. Mein Geist konnte endlich allein hochfliegen, obwohl das auch nicht reichte, um einen denkwürdigen Gipfel zu erklimmen. Ich dachte wieder an den Rumänen. Er war ein guter Arbeiter gewesen, der seine Arbeit im Baumarkt sattgehabt hatte und auf die »schiefe Bahn« geraten war, wie es sein ehemaliger Chef so treffend ausgedrückt hatte, oder hatte er von vornherein eine kriminelle Ader gehabt? Hatte er von klein auf das Bedürfnis nach einem besseren Leben verspürt, das er sich nicht leisten konnte, oder war er es einfach leid gewesen, den roten Overall zu tragen? War der Overall in der Gartenabteilung auch rot?
Schon kurz darauf stieg Garzón wieder in den Wagen und berichtete.
»Logisch, er ist schon vor längerer Zeit ausgezogen. Die Nachbarin gegenüber erinnert sich ganz genau an ihn, wie man sich immer an die schlimmsten Verbrecher erinnert:

Ein sympathischer, höflicher und völlig normaler junger Mann. Er bekam nie Besuch und tat nichts Verdächtiges. Er hat ihr sogar Blumenzwiebeln für ihre Balkonkästen geschenkt.«
Mit einem athletischen Satz sprang ich aus dem Auto. Der Subinspector sah mir durch die Windschutzscheibe nach, als hätte ich gerade den Verstand verloren.
»Darf man erfahren, wo Sie hinwollen?«
»Mit dieser Nachbarin reden.«
»Wozu?«
Ich antwortete nicht und lief immer zwei Stufen auf einmal die Treppe hinauf, ohne auf den Fahrstuhl zu warten. Garzón rannte hinter mir her, obwohl er wusste, dass es sinnlos war, Fragen zu stellen. Als die Nachbarin die Tür öffnete, befahl ich ihr grußlos:
»Zeigen Sie mir die Blumenzwiebeln.«
Jetzt waren es schon zwei Personen, die um meine geistige Gesundheit fürchteten. Sie sah meinen Kollegen an, und dieser Lügner sagte zur Beruhigung zu ihr:
»Es handelt sich um ein Beweismittel.«
»Ich habe sie eingepflanzt, sie werden erst im Frühjahr blühen, jetzt sieht man nur die Stängel.«
»Welche Blumen sind es?«
»Blaue Tulpen, wunderschön. Letztes Jahr sind sie sehr gut gekommen. Giorgui hat mir gesagt, ich soll sie pflegen. Er kannte sich aus, er war ja Gärtner ...«
»Hat er einmal erwähnt, wo er arbeitete?«
Sie schüttelte den Kopf und bekam langsam Angst.
»Wann hat er sie Ihnen geschenkt?«
Diesmal sprach sie mit einem Hauch von Stimme und suchte mit dem Blick Schutz bei einem ebenso verblüfften Subinspector.

»Kurz bevor er ausgezogen ist. Er sagte, sie wären bei der Arbeit übrig gewesen, er hätte mehr als genug davon. Deshalb habe ich sie angenommen.«

»Graben Sie eine aus, wir müssen sie als Beweismittel mitnehmen.«

Sie ließ uns eintreten und verschwand einen Moment in der Küche. Dann kam sie mit einem Suppenlöffel wieder, ging auf den Balkon und schaufelte damit Erde aus einem Blumenkasten. Schon tauchte eine braune Blumenzwiebel auf. Sie nahm sie vorsichtig heraus und gab sie mir, als wäre sie ein gefährliches Tier, das sie gleich beißen könnte.

»Bin ich in Gefahr, sind da Drogen drin oder so was?«

»Nein. Wir brauchen sie nur als Beweismittel, keine Sorge.«

»Dieser Junge hat was Schlimmes getan, nicht wahr?«

»Auch darüber brauchen Sie sich keine Sorgen zu machen, dieser Junge ist tot.«

Wieder im Auto, merkte Garzón, dass ich beim Fahren nicht mit ihm zu reden gedachte.

»Inspectora, verdiene ich keine Erklärung?«

»Entschuldigen Sie, Fermín, ich muss mich konzentrieren ... Ich erzähle Ihnen gleich alles.«

Wir parkten vor dem Garten von El Roure. Die langen Beete mit blauen Tulpen boten einen wunderbaren Empfang.

»Aber ich verstehe nicht ...«

»Jetzt nicht, ich bitte Sie. Wenn es Ihnen nichts ausmacht, gehe ich allein rein. Rufen Sie Yolanda und Sonia an, die sollen mit einem Streifenwagen herkommen, und informieren Sie die Richterin.«

»Sind Sie sicher, dass ich nicht mit reinkommen soll?«

»Ja, ganz sicher. Sagen Sie ihnen, sie sollen sich beeilen.«

Die Frau an der Rezeption erkannte mich sofort wieder.

»Mit wem wollen Sie sprechen?«
»Sie brauchen mich nicht zu begleiten, ich kenne den Weg.«
»He, hören Sie, Sie können da nicht rein!«
Sie war mir hinterhergelaufen. Ich drehte mich abrupt um und sagte:
»Soll ich Sie festnehmen?«
Sie blieb stehen, und ich ging weiter. Ich gelangte zum Büro der Heimleiterin und öffnete die Tür. Pepita Loredano saß an ihrem Schreibtisch und arbeitete am Computer. Sie sah auf und fragte mich ruhig:
»Womit kann ich Ihnen dienen, Inspectora?«
»Wo haben Sie das Mädchen versteckt, Pepita?«
Sie zeigte keinen Funken Überraschung und lächelte ironisch.
»Hier gibt es viele Mädchen, wie Sie wissen.«
»Ich meine Rosa Popescu. Machen Sie es mir nicht noch schwerer. Zu Ihrem eigenen Besten, ich bin hier, um Sie festzunehmen. Das Spiel ist aus.«
»Um mich festzunehmen, weshalb?«
»Wegen Mordes an Giorgui Andrase, an Marta Popescu, an Delia Cossu und vielleicht auch an Rosa Popescu, oder wenn Sie sie irgendwo versteckt haben, wegen Kindesentführung. Auch wegen illegalen Waffenbesitzes.«
»Alle diese Leute soll ich umgebracht haben? Ein Wahnsinn! Sie müssen verrückt sein, Inspectora.«
»Ich wiederhole es noch einmal, zu Ihrem eigenen Besten. Jetzt sind Sie dran, verstehen Sie? Wir haben Sie, jetzt gibt es keine Ausflüchte mehr. Ich will, dass Sie mir die Verträge aller Gärtner geben, die hier gearbeitet haben. Wir werden einen finden, der Giorgui Andrase hieß, auch wenn er illegal hier gearbeitet haben sollte, wir haben alle Ihre An-

gestellten als Zeugen. Wenn wir sie der Komplizenschaft beschuldigen, werden sie schon den Mund aufmachen.«
»Das ist ja schrecklich!«
»Und das ist nicht der Hauptbeweis.«
»Ach nein?«
»Nein, der Hauptbeweis ist das Haar, das wir an Delias Leiche gefunden haben. Eine schlichte DNA-Analyse wird ausreichen, Pepita, und die ist unanfechtbar.«
Da verzog sie das Gesicht, und aus ihren Augen blitzte der blanke Hass, was ich schon kannte.
»Sie lügen.«
»Die zuständige Richterin in diesem Fall ist schon informiert. Sie wird sogleich die Analyse anordnen. Sie wissen ja, wie das funktioniert, ein Haar oder eine Speichelprobe von Ihnen reicht aus.«
»Ich werde meinen Anwalt anrufen.«
»Tun Sie das, ist Ihr gutes Recht. Aber er soll direkt ins Kommissariat kommen, weil ich Sie festnehmen werde.«
Sie griff zum Telefonhörer und legte ihn wieder auf. Dann sah sie mich an und sagte heftig:
»Ich habe niemanden umgebracht, Inspectora, niemanden.«
»Die kleine Delia, wie konnten Sie, wie waren Sie dazu fähig, so weit zu gehen? Diese Mädchen, die unter Ihrem Schutz standen.«
»Ich habe sie beschützt, ich habe alles für sie getan.«
»Haben Sie ihren Körper gesehen, Pepita, diesen kleinen leblosen Körper mit verdrehten Augen? Das war abscheulich, das Schrecklichste, was ich in meinem ganzen Leben gesehen habe!«
»Ich habe niemanden umgebracht, auch nicht dieses Mädchen! Was glauben Sie, was ich bin, ein Monster?«

»Wer war es?«
Sie biss sich auf die Lippen und zögerte.
»Rosa, das andere Mädchen, hat auf sie geschossen, ohne dass ich es verhindern konnte. Sie kann es Ihnen selbst sagen.«
»Wo ist sie?«
»In meinem Haus in San Pere de Ribes.«
»Wo, wo genau?«
»In der Siedlung *La Solana*, es ist ein etwas abgelegenes Haus mit dem Namen *El Pinar*. Fahren Sie hin, und fragen Sie sie, verhören Sie sie. Ich konnte sie nicht warnen, dann werden Sie sehen, dass ich nicht lüge.«
Ich rief Garzón an, gab ihm durch, wo er mit Yolanda und Sonia hinfahren sollte und schärfte ihm ein, sehr vorsichtig zu sein. Pepita Loredano fuhr mit mir aufs Kommissariat. Ich stellte sie auf dem Flur unter Bewachung, sie sollte noch ein wenig schmoren. Eine Stunde später rief der Subinspector an. Das Mädchen war wohlauf. Sie hatten durchs Fenster eindringen müssen, weil sie auf ihr Klingeln nicht reagiert hatte. Ich bat den Polizisten im Flur, mir die Verhaftete hereinzubringen. Sie hatte ihren Anwalt nicht angerufen.
»Ich kenne keinen«, räumte sie ein.
»Dann bekommen Sie einen Pflichtverteidiger.«
»Ich rufe den vom Kindernotdienst an, ich vermute, er wird es übernehmen.«
»Sehr gut, tun Sie das.«
»Vorher will ich reden. Ich habe nichts zu befürchten.«
»Schön, dann schießen Sie los. Ich höre.«
»Ich habe diese Menschen nicht getötet, Inspectora Delicado, das ist die Wahrheit. Aber ich weiß, wer es war.«
»Wer?«
»Es waren die Mädchen. Delia Cossu hat Giorgui aus Rache

umgebracht. Er hatte ihre Mutter zur Prostitution gezwungen und zu Tode geprügelt. Aber vorher erschoss sie Marta Popescu, weil die ihre Mutter auch betrogen hatte. Schließlich hat Rosa Popescu Delia erschossen, ohne dass ich es verhindern konnte.«

»Eine Töchter-Rache. Ich sehe schon, alles wie ein Kinderspiel. Gehen wir schrittweise vor. Woher wissen Sie das alles?«

»Delia ist nicht aus El Roure weggelaufen. Ich habe sie zu mir gebracht. Ich spürte, dass sie in Gefahr war. Ich wollte sie versorgen und sie aus ihrem Umfeld herausholen. Wenn sich alles beruhigt hätte, hätte sie wieder zurückgekonnt. Aber sie ist weggelaufen und hat diesen Wahnsinn begangen, von dem ich Ihnen gerade berichtet habe. Zuerst stahl sie Ihre Pistole.«

»Und Giorgui Andrase?«

»Ich hatte ihn als Gärtner eingestellt. Er sagte, er sei illegal im Land, also erbarmte ich mich seiner. Er war ein Schweinehund. Er machte in Mädchenhandel, eine ganze Reihe schmutziger Geschäfte. Er wollte nur zur Tarnung bei uns arbeiten. Ich habe ihn entlassen.«

Ich hatte Lust, mir eine Zigarette anzuzünden, aber das war gesetzlich verboten. Ich ging in dem kleinen Raum auf und ab. Die Verhaftete beobachtete mich schweigend. Sie war nervös, ich merkte es am hektischen Zucken ihres rechten Beines, das sie über das linke geschlagen hatte. Mädchen, die Menschen ermorden. Das klang böse, es klang schrecklich genug, um wahr zu sein. Langsam, ich musste ganz vorsichtig vorgehen und auf die Einzelheiten achten.

»Die Angestellten im Kindernotdienst wussten, dass Giorgui Ihr Geliebter war, stimmt's?«

»Ich weiß nicht, wovon Sie sprechen.«

»Er war ein auffallend gut aussehender Mann. Guter Geschmack, Pepita, wirklich. Außerdem verstehe ich, dass man bis zu einem gewissen Grad bei so einem Mann den Kopf verlieren kann. Ich könnte nicht garantieren, ob mir das nicht auch passiert wäre, ich meine es ernst. Aber so weit zu gehen und zu morden …«

»Ich sage Ihnen und wiederhole es tausendmal, dass ich niemanden ermordet habe.«

»Deshalb haben Sie darauf bestanden, sogar ohne Anwalt mit mir zu reden? Das enttäuscht mich wirklich. Ich habe mehr von Ihnen erwartet, vor allem, weil Ihnen doch wohl klar ist, dass Sie alles verloren haben.«

»Ich habe keinen Mord begangen.«

»Wie kam Delia darauf, meine Pistole zu stehlen?«

»Delia hat sich viel auf der Straße herumgetrieben. Eine Gruppe Kinder in ihrem Alter postierte sich immer gegenüber dem Kommissariat. Sie haben Sie kommen und gehen sehen. Sie dachten sich, wenn sie einem der Polizisten folgen, könnten sie eine Unachtsamkeit ausnutzen. Delia ging von der Theorie in die Praxis über, und es klappte beim ersten Versuch, bestimmt aus purem Zufall.«

»Da klingt überzeugend, ja.«

»Sie war blind vor Hass auf diejenigen, die ihre Mutter zur Hure gemacht hatten, und auf denjenigen, der sie dann umbrachte. Sie war schlau und geschickt wie eine Katze.«

»Wussten Sie, dass Giorgui Georgina Cossu umgebracht hatte?«

»Ich habe es erst viel später erfahren, als das Mädchen es mir sagte.«

»Und warum haben Sie uns nicht informiert?«

»Ich wollte das Mädchen schützen, deshalb habe ich sie zu mir nach Hause geholt.«

»Ebenso wie Rosa Popescu.«
»Rosa habe ich mitgenommen, damit Delia Gesellschaft hat und um beide zu erziehen. Ich konnte ja nicht ahnen, was passieren würde.«
»Das glaube ich Ihnen nicht.«
»Ist mir egal, es ist aber wahr.«
»Nein, also noch mal. Bringen wir mal Ordnung in dieses Durcheinander. Ich werde es tun, keine Sorge. Giorgui Andrase arbeitete eine Zeit lang für den Notdienst El Roure als Gärtner. Sie haben ihn eingestellt im Glauben, er hätte keine Arbeitserlaubnis, wer weiß warum, vielleicht gefiel er Ihnen von Anfang an. Ich weiß nicht, wann, aber Sie wurden seine Geliebte.«
»Was für ein Blödsinn!«
»Das ist überhaupt kein Blödsinn, nein. Und schon gar nicht, weil Sie sich in ihn verliebt haben. Sie haben ihn angebetet, Pepita, Sie haben ihn von ganzem Herzen geliebt.«
»Das ist lächerlich, das ...«
»Seien Sie still! Sie verliebten sich wie nur wenige Male in Ihrem Leben, aber diesmal ganz bewusst, ganz tief, bis ins Mark. Sie verliebten sich, als Sie schon nichts mehr von der Liebe erwarteten, praktisch auch nichts vom Leben ... Und das ist etwas sehr Starkes, sehr Mächtiges. Finden Sie nicht auch, Pepita?«
»Ich verbiete Ihnen, sich in mein Privatleben einzumischen.«
»Ihr Privatleben ist öffentlich geworden, ebenso wie die Verbrechen, die Sie begangen haben, die öffentliche Ordnung stören. Kann ich fortfahren? Doch dann hat Ihr Romeo etwas Hässliches, sehr Hässliches getan. Ein Geschäft, das derart blühte, dass er schließlich seine Arbeit als Gärtner aufgab, um sich mit Leib und Seele der neuen Aufgabe zu

widmen. Es gab eine Razzia, aber Giorgui entkam. Was für ein Glück, denn man hätte ihn des Totschlags an Georgina Cossu anklagen können, einer rumänischen Einwanderin, die zur Prostitution gezwungen wurde, um der kriminellen Vereinigung, zu der ihr geliebter Freund gehörte, ihre angeblichen Schulden zurückzuzahlen. Doch er hatte die Geschäftsregeln schon gelernt und machte sich selbstständig. Eines Tages brachte er Ihnen ein Mädchen, die Tochter seines Opfers, weil er nicht wusste, was er mit ihr anfangen sollte. Im Notdienst El Roure wäre sie gut aufgehoben und außerdem keine Gefahr, sie weigerte sich zu sprechen und verstand kaum Spanisch.«

»Geht das noch lange so weiter?«

»Es geht weiter bis zum Ende, aber die Lösung ist schon nahe, keine Sorge. Der schöne Giorgui beging einen unverzeihlichen Fehler. Und wenn ich sage unverzeihlich, dann im wörtlichen Sinne: Sie haben ihm nicht verziehen. Er verliebte sich in eine andere und ließ Sie wegen ihr sitzen. Ihre Rivalin war schön und jung wie er und zudem Landsmännin. Sie war eines seiner neuen Mädchen und hieß Marta Popescu. Sie müssen diesen Moment oft gefürchtet haben, stimmt's? Männer sind undankbar. Sie hatten alle Ihre moralischen Prinzipien für ihn über den Haufen geworfen, Sie haben ihn aufgenommen, obwohl er ein Verbrecher war, und wofür? Damit er Sie für eine Prostituierte sitzen ließ. Sie haben ihm nicht verziehen, nicht mal nach seinem Tod haben Sie ihm verziehen.«

Pepita Loredano hatte aufgehört, mich zu unterbrechen. Sie starrte auf den Boden und schwieg.

»Da nahmen Sie Delia mit zu sich nach Hause und behaupteten, sie sei ausgerissen. Delia war ein schwieriges Mädchen, aber sie vertraute Ihnen, sie liebte Sie. Sie beide hat-

ten eine viel herzlichere und engere Beziehung zueinander, als Sie öffentlich zur Schau stellten. Delia stahl meine Pistole. Irgendwann einmal hatte sie Ihnen erzählt, wie einfach das für ein Straßenkind sei, und Sie haben sie dazu ermuntert, diesen Plan in die Tat umzusetzen. Was sie, wie ich annehme, mehrfach versuchte, bis sich der geeignete Moment ergab, und das spricht wirklich nicht für mich. Es kann sogar sein, dass Delia eines Tages ganz überraschend mit meiner Pistole bei Ihnen auftauchte. So konnten Sie sich beide rächen. Und so geschah es. Sie haben Methode und Plan ausgearbeitet, und das Mädchen hat ... Marta Popescu erschossen. Es war ganz einfach, ein Kinderspiel für Sie beide. Sie mussten Delia nur davon überzeugen, dass Marta ihre Feindin war, dass sie etwas mit dem Verschwinden ihrer Mutter zu tun hatte. Schlecht war, dass Rosa Zeugin dieses Mordes wurde. Sie war eine Zeugin, also mussten Sie sie auch in Ihrem Haus verstecken. Noch war alles einfach, die Leiche wurde erst viel später entdeckt, so einfach, dass man den Rachefeldzug ungestört beenden konnte. Giorgui starb knapp drei Wochen später wie ein Hund auf der Straße. Auch hier haben nicht Sie geschossen, das tat Ihr bewaffneter verlängerter Arm, ein zehnjähriges Mädchen, das sich phantastisch zur Mörderin eignete. Was meinen Sie, bin ich auf dem richtigen Weg?«
»Das sind alles Vermutungen, die Sie beweisen müssen«, sagte sie lustlos.
»Das werden wir. Anstiftung zum Mord ist im Gesetzbuch genau definiert. Sie werden sehen. Kommen wir aber zum letzten Teil. Sie haben Ihre Rache ausgeführt, und Sie waschen Ihre Hände in Unschuld. Alles lässt sich auf ein Mädchen abschieben, das auf die schiefe Bahn geraten ist, das Sie eines schönen Tages mit der Pistole in der Hand

erwischten, weil es seine Mutter rächen wollte. Damit sich die Polizei auf diese Hypothese konzentriert, schicken Sie uns einen anonymen Brief mit dem Namen von Delias Mutter. Jetzt fehlte nur noch, das Mädchen selbst loszuwerden, aber diesen wesentlichen Teil des Plans mussten Sie selbst ausführen. Sagen Sie mir eines, Señora Loredano, wie fühlt es sich an, wenn man einem so kleinen und schutzlosen Mädchen, das einem vertraut, das Leben nimmt?«

Die Leiterin wand sich wie ein Wurm, der mit einem Stock bedroht wird. Dann verspannte sie sich derart, dass sie fast keinen Ton herausbrachte. Ihr Gesicht überzog sich bis zum Halsansatz mit großen roten Flecken. Schließlich kamen die Worte, gepresst vor Zorn und Entsetzen, sie klangen wie ein heiseres Flüstern.

»Das stimmt nicht, niemals, ich habe diesem Mädchen nichts angetan. Ich habe mich mein ganzes Leben lang um diese Mädchen gekümmert. Das hätte ich nie getan, nie.«

»Ihre Gefühle für diese Mädchen sind höchst fragwürdig! Zum Teil stimmt das, Sie haben sich Ihr Leben lang um diese Mädchen gekümmert. Vergessene, verlassene, Gottes Gnade ausgelieferte Geschöpfe. Mädchen, die niemand liebte und die unfähig scheinen, ihrerseits jemanden zu lieben. Aber auf der anderen Seite haben sie auch etwas an sich, das Sie anekelt. Sie sind das Ergebnis einer widerlichen Welt, der erbärmlichsten Existenz, sie sind Kinder des Abschaums, von Frauen und Männern, die schon nichts mehr zu verlieren haben, die auf der untersten Stufe des moralischen Verfalls stehen.«

»Nein! Rosa hat gesehen, wie Delia ihre Muter getötet hat. Ihre Mutter hat sie immer ausgebeutet und misshandelt, aber trotzdem liebte sie sie. Verstehen Sie das, Inspectora? Es war sinnlos, ihr zu erklären, dass sie ihre Feindin war, dass sie ihr sehr wehgetan hatte und es noch immer tat. Sie verkaufte das Mädchen für ein paar Euro, es war ihr egal. Aber alle diese Geschöpfe sind so, schließlich bleiben ihre Mütter, die sie zerstören, doch immer ihre Mütter. Wenn ich ehrlich sein soll, finde ich das widerlich.«

»Haben Sie ihr gesagt, sie soll Delia erschießen?«

»Aber verstehen Sie denn gar nichts? Was können Sie schon verstehen! Sie haben nie mit diesen Mädchen zusammengelebt. Glauben Sie, das sind normale Kinder, fröhlich und verspielt, die das Pech hatten, schreckliche Eltern zu haben? Sie irren sich, sie haben die Gene geerbt, sie haben in der Zerrüttung gelebt, sie tragen diesen Makel ihr Leben lang mit sich herum!«

»Was es einfacher macht, sie zum Töten zu verleiten.«

»Rosa sagte nichts, nachdem sie ihre Mutter hatte sterben sehen. Sie behielt für sich, was sie fühlte, wie sie es ein Leben lang getan hatte. Sie täuschte mich, ich glaubte, die Situation unter Kontrolle zu haben. Ich ließ sie allein, um zur Arbeit zu gehen. Als ich heimkam, war Delia tot. Rosa wusste, wo ich die Pistole versteckt hatte, sie hat sie genommen und abgedrückt. Einfach so. Als ich heimkam, saß sie neben der Leiche auf dem Boden, ruhig und ohne zu weinen. Ich brachte die Leiche in den Collserola-Park, mehr konnte ich nicht tun.«

»Eine schreckliche Geschichte, die Fragen und Zweifel aufwirft. Wie konnten Sie die Pistole zu Hause verstecken und die beiden allein lassen?«

»Ich konnte sie nicht in die Einrichtung mitnehmen.«

»Was hatten Sie vor mit den Mädchen, sie zu adoptieren und eine glückliche Familie zu gründen?«

»Ich hätte sie bei mir behalten, bis sich alles beruhigt hätte. Dann hätten sie in den Notdienst zurückgekonnt, und wir

hätten sie unter meiner Aufsicht auf ein besseres Leben vorbereitet.«
»Ich bin gerührt, Señora Loredano!«
»Ich sage Ihnen die Wahrheit! Ich habe Delia nicht ermordet, ich habe es nicht getan, das müssen Sie mir glauben, das hätte ich nie tun können! Ich habe nie Kinder gehabt, auch keine Zärtlichkeit oder Liebe, diese Mädchen waren das Einzige, was ich hatte. Ist Ihnen das klar? Sie selbst haben gesagt, ich hätte einen verlängerten Arm gebraucht, um auf verhasste Leute zu schießen, wie hätte ich dann ein Mädchen umbringen können, das mir vertraute, wie?«
»Sie werden wissen, was in Ihrem Kopf vorgeht, ich versichere Ihnen, dass ich es mir nicht einmal vorstellen kann. Aber das bisschen, was ich ahne, sagt mir, dass ich Ihnen nicht glauben sollte, so wie Ihnen niemand glauben wird.«
Pepita Loredano erlitt einen Anfall, ihr Körper zitterte krampfartig, und sie stürzte zu Boden, wo sie zuckte wie eine Epileptikerin. Ich rief sofort die zwei Streifenpolizisten, die vor der Tür standen. Ich glaube, sie brachten sie in die nahe gelegene Notfallaufnahme. Es war mir egal, ich war fertig mit ihr, jetzt war sie ein Fall für die Richterschaft. Mehr wollte ich nicht wissen, ich wünschte nur, nicht mehr in ihrer Nähe, nicht mehr mit ihrer abstoßenden Persönlichkeit konfrontiert zu sein.
Ich verließ das Kommissariat und fuhr zum El Roure, ich brauchte einen Moment der inneren Einkehr, und schlenderte durch den Garten. Die blauen Tulpen glänzten in der Sonne. Ich suchte nach dieser alten Dame, mit der ich neulich geplaudert hatte, aber sie war nicht da. Vielleicht war sie schon gegangen, oder sie hatte an diesem Tag auf ihre Dosis Schönheit verzichtet, zu der einmal dieser hübsche und herzlose Gärtner gehört hatte. Ein merkwürdiges

Bild der Schönheit, unter dem sich das Böse verbirgt, obwohl vielleicht alles so ist, flüchtig und täuschend. Alles ist eine Mischung, eine Legierung, nichts ist aus einem Stück. Schönheit bedeutet nicht Güte, Kindheit nicht Unschuld, Liebe nicht Mitleid, und die herrlichen Blumen, die sich leicht in der Brise wiegen, dienen als Beweismittel in einem Kriminalfall.

Tage später erfuhr ich, dass die kleine Rosa rückhaltlos zugegeben hatte, ihre Gefährtin im Unglück erschossen zu haben. Sie versuchte nicht, es zu leugnen, und sagte, es aus eigener Initiative getan zu haben. Die Psychologen, die für uns arbeiteten, bemühten sich sehr, ihr bei den Verhören nicht noch mehr Schaden zuzufügen. Sie zeigten sich beeindruckt von Rosas offensichtlicher Ruhe und Gelassenheit, meinten jedoch, dass es eher wirkte, als würde sie überhaupt nichts fühlen. Sie weinte nicht, aber sie lachte auch nicht. Ihr Blick war ausdruckslos, als würde das, was ihre Augen sahen, sie nicht im Geringsten interessieren. Sie hatte sich vor dem Schrecken in Sicherheit gebracht, und niemand wusste, ob sie eines Tages etwas mehr tun könnte als nur weiterzuleben.

Vielleicht war es übertrieben gewesen, Pepita Loredano die Lüge mit der DNA-Analyse aufzutischen. In ihrem Haus fand ich Giorgui Andrases Handy. Trotzdem bereute ich sie nicht, die Lüge hatte die Aufklärung nur beschleunigt. Die Leiterin von El Roure leugnete weiterhin hartnäckig, die Mädchen beeinflusst zu haben, damit sie die Morde begingen, aber es war alles eine Frage der Zeit.

Comisario Coronas war zufrieden, aber nicht beruhigt. Ein Fall mit so krankhaften Komponenten wurde von der Presse bis an die Grenze der Hysterie ausgereizt. Die Aufregung war so groß, dass der Kindernotdienst El Roure, unser Kommissariat und das Untersuchungsgefängnis, in dem Pepita Loredano saß, von der Polizei bewacht werden mussten, damit die Reporter mit ihrer Belagerung nicht den normalen Ablauf störten. Nach einiger Zeit, als die Geschichte bis in alle Einzelheiten ausgeschlachtet worden war, wuchs allmählich Gras über die Sache. Die Leute hörten auf, automatisch an Prostituiertenringe, arme missbrauchte Mädchen und falsche Gärtner-Zuhälter zu denken. Ich weiß nicht, welche Lehren sie daraus zogen, wenn man denn überhaupt welche aus dem Menschengeschlecht ziehen konnte.

Ich müsste jetzt eigentlich erzählen, dass unser Ermittlungsteam sich endlich ausruhen konnte, aber das stimmt nicht ganz. Wir erholten uns von diesem schrecklichen Fall, der uns auf den Weg zur Verbitterung geführt hatte und oft genug Anlass für unseren Kleinmut gewesen war, aber für uns alle begann eine unerhörte Zeit des Feierns und der Festlichkeiten, die uns voll und ganz beanspruchte.

Yolandas Hochzeit

Noch nie hatte von einer mutmaßlichen Mörderin die persönliche Zukunft so vieler Menschen abgehangen. Es wirkte, als hätte die gesamte Belegschaft des Kommissariats darauf gewartet, bis der Fall abgeschlossen war, um zu heiraten. Coronas tobte fast, auch wenn er sich nicht traute, das so deutlich zum Ausdruck zu bringen, weil am Ende unsere Ermittlungen erfolgreich gewesen waren. Trotzdem konnte er sich kleine Sticheleien nicht verkneifen, die er wohl harmlos fand.

»Ich sehe schon, was eignet sich besser als eine Mordserie, um eine Welle der kollektiven Liebe auszulösen? Sie werden mir das Kommissariat leer fegen: Yolanda, Domínguez, Garzón und dann auch noch Sie, Petra! Das kann ich immer noch nicht fassen«, sagte er eines Tages. »Ich dachte zuerst, Garzóns und Ihre Hochzeit sei dieselbe, und ich muss Ihnen gestehen, da bekam ich Panik.«

»Hätten Sie das für eine widernatürliche Verbindung gehalten?«

»Ich hätte es für einen Hammer gehalten! Nicht dass ich Sie beide für die besten Polizisten aller Zeiten hielte, aber Ihr seltsames Tandem funktioniert ziemlich gut. Sie lassen es immer bis zum Äußersten kommen, bis die rote Alarmlampe aufleuchtet, aber am Ende lösen Sie Ihre Fälle ohne größere Nebenwirkungen.«

»Ich würde sagen, ohne jegliche Nebenwirkungen.«
»Beschränken Sie sich darauf, mir zuzustimmen, wenn ich Sie schon lobe.«
»Ja, Señor.«
»Hören Sie, Petra, ich will mich ja nicht einmischen, aber was Ihre Heirat anbelangt: Haben Sie sich das wirklich gut überlegt?«
»Nicht den Subinspector zu heiraten?«
»Ich meine es ernst, ich mache mir Sorgen. Ich habe Sie immer laut tönen hören, dass Sie nie wieder heiraten wollten, selbst wenn die Mauern von Jericho einstürzten.«
»Ich dachte mir, die Mauern sollten endlich eingerissen werden. Aber seien Sie ganz beruhigt, ich weiß, was ich tue. Ich habe den idealen Mann kennengelernt, den einzigen, mit dem ich noch einen letzten Versuch wage.«
»Aber Petra, Sie mit Ihrem ...«
»... höllischen Charakter?«
»Einzelgängerisch, wollte ich sagen.«
»Sie haben recht. Wäre ich nicht Polizistin, würde ich einfach mit Marcos zusammen sein, und jeder würde in der eigenen Wohnung leben, so wie jetzt. Aber als Polizistin sehe ich so viel Unangenehmes, dass mir ein ruhiges, konventionelleres Privatleben guttun wird.«
»Ich weiß schon, dass dieser Fall Ihnen sehr an die Nieren gegangen ist, aber jetzt ist er gelöst, denken Sie nicht mehr daran.«
»Garantieren Sie mir, dass es nicht einen ähnlichen geben wird?«
»Das kann ich nicht.«
»Wie lange sind Sie schon verheiratet?«
»Ungefähr dreißig Jahre.«
»Immer mit derselben Frau?«

»Meine Generation ist konservativer als Ihre.«
»Und wie läuft es?«
»Es läuft nicht schlecht. Außerdem verstehe ich ganz genau, was Sie mir sagen wollen. Manchmal wirkt die Welt wie ein Scheißhaufen, und wenn du jemanden an deiner Seite hast, der diese hässliche Seite nicht sieht … Wie oft haben mich ein Teller warmes Essen und ein Gespräch über alltägliche Vorkommnisse vor einer Depression bewahrt, bevor ich wieder an die Arbeit ging.«
»Genau darum handelt es sich, auch wenn ich wohl keinen Teller warmes Essen vorfinden werde, weil er der Mann ist und ich die Frau, und Sie wissen ja, dass die männliche Mitarbeit im Haushalt noch ein größerer Mythos ist als das Ungeheuer von Loch Ness.«
»Petra Delicado, immer kämpferisch wie ein Samurai! Ich wünsche Ihnen viel Glück, Sie haben es verdient. Wir alle haben es verdient, glücklich zu sein, verdammt!«
Er war ein guter Mensch, der Comisario, man musste nur seine ersten Breitseiten ungerührt über sich ergehen lassen, was Yolanda, die noch nicht so viel Erfahrung mit jeglicher Art von Breitseiten hatte, nicht wusste. Eine Woche vor ihrer Hochzeit kam sie weinend in mein Büro. Coronas hatte zu ihr gesagt, er hoffe, sie würde nicht in ihrem Einsatz nachlassen, wenn sie erst einmal verheiratet wäre, sonst würde sie sich ganz schnell in der Guardia Urbana wiederfinden, wo sie Strafzettel verteilen könnte. Ich versuchte sie aufzumuntern, ohne allzu sanft zu wirken.
»Und deshalb heulst du?«
»Ich bin schon nervös genug, da hat mir gerade noch gefehlt, dass der Chef meine Arbeitsmoral in Frage stellt.«
»Wenn du wirklich entschlossen bist zu heiraten, solltest

du dich an diese Art von Anspielungen auf die Arbeitsmoral gewöhnen.«
Sie weinte noch heftiger. Sie war empfindlich und bockig wie ein übermüdetes kleines Mädchen. Ich klopfte ihr energisch auf den Rücken.
»Komm schon, Yolanda, Kopf hoch! Siehst du nicht, dass ich scherze?«
»Alle Welt hat es auf mich abgesehen! Glauben Sie, es ist richtig, dass ich heirate, Inspectora?«
»Aber natürlich! Schau mich an: Ich heirate zum dritten Mal! Und wie solltest du mich eines Tages überrunden, wenn du dich schon beim ersten Mal nicht traust?«
Sie schüttelte den Kopf und sah mich an mit einem Blick, der besagte, dass ich unmöglich sei. Dann lachte sie.
»Sie sind echt ein Kaktus, das kann ich Ihnen sagen.«
»Ich fühle mich sehr geschmeichelt. Ich muss dir gestehen, dass ich lieber eine schöne Herbstaster für dich wäre, aber mit dem Kaktus gebe ich mich auch zufrieden.«
Es erübrigt sich zu sagen, dass ich wie viele andere aus dem Kommissariat zu ihrer Hochzeit eingeladen war. Ich hätte auch bei ihrem Junggesellinnenabschied dabei sein sollen, eine Ehre, die ich mit dem Argument ablehnte, dass meine Anwesenheit die anderen Teilnehmerinnen einschüchtern würde, die alle jung waren und sich amüsieren wollten. Was Sonia am nächsten Tag von besagtem Ereignis erzählte, bestätigte mir, dass ich richtig entschieden hatte. Offensichtlich war es ein Fest mit allen, was dazu gehörte: zotige Lieder, allgemeines Besäufnis, und zum Abschluss hatten sie Yolanda einen riesigen, rosafarbenen Plüschpenis geschenkt. Das war viel mehr, als ich, ohne die Haltung zu verlieren, ertragen hätte!
Yolanda und Domínguez heirateten an einem Samstagmit-

tag kirchlich, ihre Familien folgten streng der katholischen Tradition. Anwesend waren neben vielen jungen Kollegen Coronas mit seiner Gattin, Garzón in Begleitung von Emilia und ich selbst mit Marcos. Die wunderschöne Braut in Weiß war blass, der Bräutigam fast ein Model in seinem perlgrauen Anzug und der in Südstaatenmanier gebundenen Schleife um den knochigen Hals. Zum ersten Mal fiel mir auf, dass sie ein schönes Paar abgaben. Ich fand sogar, dass sich Domínguez noch förmlicher als gewöhnlich verhielt. Nach der Zeremonie wurden sie am Kirchenportal mit Reis beworfen. Die Familienangehörigen lachten, und die jeweiligen Mütter vergossen die vorschriftsmäßigen Tränen. Der Subinspector maulte mir ins Ohr:
»Ich hoffe, dass ich mir diesen lächerlichen Zauber erspare. Sonst platze ich!«
»Wollen Sie wohl still sein? Emilia kann Sie hören.«
Aber Emilia war die Personifizierung der Göttin Ceres, als sie Reis aus einer Tüte warf, die nie leer zu werden schien. Als sie meinen Blick spürte, zwinkerte sie mir zu. Sie hatte nichts gehört, aber sie wusste schon, auf welchem Fuß mein Kollege lahmte. Irgendwann glaubte ich unter den Neugierigen, die den Hochzeitsrummel beobachteten, Ricard erkannt zu haben. Aber ich war mir nicht sicher, es war ziemlich unwahrscheinlich, dass er gekommen war. Schließlich war ich davon überzeugt, dass ich mir das nur eingebildet hatte.
Das Hochzeitsbankett war üppig, auch das gehört zur Tradition armer Länder wie dem unseren. Wir aßen und tranken maßlos. Beim Nachtisch hielt kein Geringerer als der Comisario die Festrede. Er hatte sie schriftlich vorbereitet, weshalb ich vermutete, dass die Frischvermählten ihn darum gebeten hatten. Seine Rede war sehr gut, hinläng-

lich mit Allgemeinplätzen über unsere Gesellschaft und die Bedeutung ihrer Ordnungshüter gespickt, um den angemessenen offiziellen Touch zu haben. Seine Gattin, eine große, attraktive Frau, zog ein Pokerface, als sei ihr das mit dem Gesetz und seinen Hütern vollkommen egal. Das war mir sympathisch.

Ich beobachtete aufmerksam Marcos' Reaktion auf dieses erste pseudopolizeiliche Fest und hatte den Eindruck, dass ihn die fast soldatische Dialektik des Comisarios faszinierte. Er würde Gelegenheit haben, noch faszinierter zu sein, denn dies war ein eher harmloses Beispiel des vorherrschenden Sprachduktus unserer geliebten Institution.

Beim Nachtisch kam Sonia zu mir, mit einer liebenswürdigen Miene, die keinerlei Eitelkeit ausstrahlte. Ich versuchte, freundlich zu sein, um all die Anraunzer wiedergutzumachen, die sie hatte einstecken müssen.

»Amüsieren Sie sich, Inspectora?«

»Sehr! Ich hoffe, es wird nicht mehr lange dauern, bis wir deine Hochzeit feiern können.«

»Ach, die ist noch nicht abzusehen. Ich habe nicht mal einen Freund. Aber eines Tages werde ich natürlich auch heiraten. Ich möchte in der Toskana heiraten, in einer kleinen Kirche auf dem Land. Ich werde ein weißes Hochzeitskleid mit gelben Applikationen und einen Kranz aus echten Blumen auf dem Kopf tragen.«

Sie überraschte mich, wie immer. Wozu solche Detailgenauigkeit, wenn sie nicht mal einen Freund hatte? Hatte sie das in einem dämlichen Hollywoodschinken über ausgeflippte Teenager gesehen? Dieses Mädchen brachte mich immer wieder aus der Fassung. Garzón, mein Tischpartner, fürchtete, dass ich sie sogar auf einer Hochzeitsfeier zur Schnecke machen könnte, und warf schnell ein:

»Das wird eine wunderbare Hochzeit. Und wir werden einen Bus chartern, um alle dabei zu sein.«
Sonia war einverstanden, und der Subinspector flüsterte mir ins Ohr:
»Ein bisschen mehr Geduld, Inspectora. Wir sind nicht im Dienst.«
Dann gab es Tanz und freie Getränke bis zum Morgengrauen. Einmal umringten mich Yolandas Freundinnen. Sie wollte mich ihnen vorstellen und benutzte dazu die Formel »Meine Chefin«, was mich ein wenig außer Gefecht setzte. Ich las aus ihren Blicken, dass Yolanda ihnen Gutes von mir erzählt hatte und mich bewunderte. Es war auch eine gewisse Zurückhaltung zu erkennen, die wohl einer nicht offen ausgesprochenen Darstellung entsprach, so etwas wie: »Sie ist ein bisschen barsch, aber sonst schwer in Ordnung.« Ich wusste nicht, was ich sagen sollte, fragte sie also auf gut Glück nach Lappalien und ahnte nun, wie sich Regierende und Könige bei offiziellen Empfängen fühlen mussten. Garzón hatte offensichtlich mehr Sinn für diplomatische Auftritte, denn ich sah ihn mehrmals umringt von all diesen jungen Frauen, die wie verrückt lachten, während der Subinspector wie ein Pantomime herumfuchtelte und Witze erzählte. In einem solchen Augenblick kam Emilia zu mir, stolz wie eine Mutter bei der Zeugnisvergabe.
»Hast du Fermín gesehen?«, fragte sie. »Er kann richtig gut mit jungen Leuten.«
»Besonders mit jungen Frauen«, antwortete ich. Sie lachte auf.
»Ich wollte es nicht so direkt sagen, aber es stimmt. Er ist ein Verführer. Und sieh ihn dir an, niemand würde ihn für einen Ausbund männlicher Schönheit halten, aber er hat

etwas. Es wird sein Sex-Appeal sein, denn wenn er möchte, kann er sehr charmant sein, findest du nicht auch?«
»Ich weiß nicht, ich sehe in ihm immer den Kollegen.«
Ich sah sie aus dem Augenwinkel an, sie war hin und weg. Bestimmt verlor Garzón in ihren Augen alle Eigenschaften, die ihn etwas flegelhaft wirken ließen, und er verwandelte sich in einen wahren Adonis. Die Liebe wirkt wie eine deformierende Linse, heißt es, obwohl ich glaube, dass sie mehr das Gehirn als die Augen angreift. Der Verliebte leidet an der positiven Deformation seines Objekts der Liebe. Er sieht seine Schwächen nicht, und seine Stärken multiplizieren sich mit tausend. Ich musterte Marcos, der sich angeregt mit Yolandas Mutter unterhielt. Er war stattlich, und ich kannte ihn so wenig, dass ich weder seine Schwächen verniedlichen noch seine Stärken übertreiben konnte. Die einen wie die anderen waren noch undeutlich für mich. Aber ich war mir sicher, ihn zu lieben, weswegen ich wohl auch schon bald am Syndrom des verkümmerten Urteilsvermögens leiden würde. Unter normalen Umständen hätte ich mich über all diese Liebesbeweise lustig gemacht, die meine Mitarbeiter so rührten, aber jetzt gehörte ich auch zum Club. Mein Gott! War ich wirklich bereit, diese Freiheit aufzugeben, die mich so leicht durchs Leben gehen ließ? In dem Moment lächelte Marcos mich an, und dieses Lächeln wirkte verheißungsvoll und versprach Ruhe und Zärtlichkeit. Sein Lächeln kam gerade recht.
Garzón forderte mich zum Tanz auf. Er war euphorisch und verschwitzt.
»Mir wurde gesagt, dass man Expósito ordentlich gefedert und geteert hat. Er wird Zeit haben, sich im Bau zu bilden.«

»Ich werde ihm hin und wieder Bücher vorbeibringen.«
»Das traue ich Ihnen zu.«
»Man sollte annehmen, dass der Bau, wie Sie ihn nennen, dazu da ist, die Leute wiedereinzugliedern, und Bücher sind eine gute Methode.«
»Sie wollen doch nur der ganzen Sache ein Happy-End verpassen.«
»Gibt es ein größeres Glück, als dass Pepita Loredano vor dem Richter alles gestanden hat?«
»Aber sie hat nicht zugegeben, auf die kleine Popescu Einfluss genommen zu haben, damit sie die kleine Delia umbringt.«
»Das wird man nie genau erfahren.«
»Bringen Sie der auch Bücher ins Gefängnis?«
»Ich glaube, dass Mörder mit dem Motiv Liebe schwerer wiedereinzugliedern sind als diejenigen, die aus Geldgier töten.«
»Wundert mich nicht, die Liebe ist eine Geißel der Gesellschaft.«
»Typischer Satz für jemanden, der schon bald vor dem Traualtar steht.«
»Deswegen sage ich es ja. Merken Sie was, Petra? Hier rufe ich wie bekloppt ›Das Brautpaar lebe hoch!‹, und in wenigen Tagen bin ich derjenige, der dieses ganze Theater ertragen muss.«
»Wenn es Sie tröstet, anschließend bin ich dran. Außerdem verstehe ich nicht, warum Sie so viel Angst vor diesem Auftritt haben. Es ist doch nicht Ihre erste Hochzeit.«
»Einmal heiratet alle Welt, es ist etwas Unbewusstes. Aber zweimal heiraten … Wie war das zweite Mal für Sie?«
»Soweit ich das beurteilen kann, ist das mit dem Unbewussten ein Prozess, der sich mit jeder Heirat verstärkt.«

»Da haben wir den Salat!«
»Hören Sie auf, immer nur an sich zu denken. Denken Sie an Emilia. Sie ist eine wunderbare Frau, die Sie liebt.«
»Das ist wahr.«
»Man heiratet in der Absicht, glücklich zu sein, während es vernünftig wäre zu heiraten, um den anderen glücklich zu machen. Täten das alle, gäbe es nicht so viele Scheidungen.«
»Verdammt, Sie klingen wie eine Fernsehpredigerin!«
»Sie haben recht, aber ich kann keinen einzigen Konvertiten vorweisen.«
»Ja, schauen Sie Domínguez an, der sabbert fast, wenn er seine Frau anschaut.«
»Wundert mich nicht, er kann's einfach nicht glauben!«
»Was haben Sie gegen Domínguez?«
»Nichts, wenn ich ein junges Brautpaar sehe, denke ich nur immer, was für ein Glück er hat.«
»Würden Sie dasselbe sagen, wenn Sonia seine Braut wäre?«
»Ich glaube, in dem Fall würde ich eine Ausnahme machen.«
Wir lachten leise vor uns hin. Garzón sah mir in die Augen.
»Ich werde mir meine Ausnahme für ein anderes Paar aufheben.«
»Meinen Sie etwa mich?«
»Damit das klar ist, liebe Chefin, Sie gefallen mir ziemlich gut, so wie Sie sind.«
»Na ja, Sie sind auch nicht schlecht. Ihre Qualitäten zeichnen Sie aus.«
»Welche zum Beispiel?«
»Sie haben immer Glück.«
Er lachte auf.

»Das habe ich erwartet. Eine Schwäche werde ich wohl auch haben.«
»Ja, Sie tanzen saumäßig. Können Sie sich endlich mal auf das konzentrieren, was wir gerade tun?«
»Bin schon dabei.«
Plötzlich bildete er sich ein, Fred Astaire zu sein, und ließ mich drehen und drehen zu einer Musik wie auf einer Bauernhochzeit.

Garzóns Hochzeit

Fermín Garzón, Subinspector der Mordkommission der Policía Nacional, sah beeindruckend aus in seinem dunklen Anzug von Pierre Balmain. So elegant hatte ich ihn noch nie gesehen, und dazu passend trug er ein blütenweißes Popelinehemd und eine Seidenkrawatte mit diskreten Diagonalstreifen.

»Gütiger Himmel!«, rief ich, als ich ihn vor dem Standesamt traf. Richter García Mouriños, der neben ihm stand, hatte gerade noch Zeit zu der Bemerkung:

»Sieht er nicht aus wie der leibhaftige Titus Petronius?«

Der Subinspector schnaubte und warnte uns mit leicht säuerlicher Miene:

»Ihr könntet mit euren Frotzeleien wenigstens bis nach der Zeremonie warten.«

»Von wegen Frotzeleien, mein lieber Freund, ich muss gestehen, dass ich platt war, als ich dich sah. Du bist wirklich sehr elegant, man sieht schon aus meilenweiter Entfernung, dass der Anzug ein feiner Zwirn ist.«

»Ja, der Anzug ist gut, doch wenn ich ihn trage, ist es wie bei einem Film mit großem Budget, bei dem am Ende bloß ein Fernsehfilm herauskommt.«

Wir lachten, dann kamen immer mehr Leute, um dem Bräutigam zu gratulieren, und wir wollten nicht stören. Concepción Enárquez, Emilias Schwester, fungierte als Zeremonienmeisterin und stellte dem zukünftigen Schwager ihre Freunde vor. Alle stammten aus Barceloneser Patrizierfamilien und waren im fortgeschrittenen Alter, alle waren geschmackvoll und elegant gekleidet und vor allem ausgesprochen neugierig. Diejenigen, die noch keine Gelegenheit gehabt hatten, diesen merkwürdigen Mann kennenzulernen, in den sich Emilia verliebt hatte, begrüßten ihn mit stereotypen Floskeln und bemühten sich, die Mischung aus Faszination und Missbilligung angesichts der Tatsache, dass er Polizist war, nicht allzu deutlich zu zeigen. Garzón verhielt sich natürlich, ganz in seinem Element. Er lächelte vor sich hin, sagte Worte, die unmöglich zu entziffern waren, und rief hin und wieder: »Sehr schön, sehr schön!«, was eine Zusammenfassung aller Gemeinplätze für seine Situation bedeutete. Fermíns Sohn Alfonso Garzón hatte nicht aus den Vereinigten Staaten kommen können, aber sein Hochzeitsgeschenk für die Brautleute war eine Reise nach New York mit Übernachtung im besten Hotel. Dort würden sie sich dann treffen.

Wie es sich gehörte, war die Braut noch nicht da. Ich stand mit García Mouriños etwas abseits, als Marcos eintraf. Er hatte noch eine Arbeitsbesprechung gehabt. Ich fand, er sah blendend aus in seinem dunkelblauen Anzug, der mit seiner hellen Haut und dem leicht zerstreuten Blick seiner blauen Augen kontrastierte.

»Habe ich etwas verpasst?«

»Ist noch nichts passiert, was nicht wiedergutzumachen wäre«, erwiderte der Richter. Ein paar Tage zuvor hatte ich die beiden einander vorgestellt, doch obwohl ich Marcos die eigenwillige Persönlichkeit des Richters ziemlich enthusiastisch beschrieben hatte, hoffte ich, dass er jetzt selbst merkte, was für einen außergewöhnlichen Sinn für

Humor der Richter besaß. Er gab sogleich noch eine Kostprobe.
»Seit Sie unsere liebe Petra Delicado kennen, scheint sie auf allen Hochzeiten, die in dieser Stadt gefeiert werden, aufzutauchen.«
»Jetzt, wo Sie's sagen ... aber ich versichere Ihnen, diese Herumtreiberei von Hochzeit zu Hochzeit wird bald ein würdiges Ende nehmen.«
»Ich weiß, vielen Dank für die Einladung zu Ihrer Hochzeit, ich habe sie gestern erhalten. Ich glaube, Sie sind ein Glückpilz.«
»Vielen Dank für den Teil, der mich betrifft«, mischte ich mich ein.
»Geschätzte Petra, auch du hast Glück. Marcos hätte die Zeichen der Zeit erkennen müssen, aber er hat sich nicht rechtzeitig aus dem Staub gemacht, jetzt hat es ihn erwischt.«
»Hier hilft kein Aus-dem-Staub-Machen mehr, ich heirate.«
»Das würde ich auch tun. Hat Ihnen Petra erzählt, dass ich ihr in den letzten Jahren mehrmals angetragen habe, meine Frau zu werden?«
»Mit welchem Ergebnis: auf die Folter gespannt zu werden, Ausflüchte, Ablehnung ...?«
»Meistens habe ich Körbe gekriegt, ja. Sie hat mir gute Argumente geliefert: dass sie schon zweimal verheiratet war, dass sie nicht an die Liebe glaube, dass es sehr wichtig für sie sei, allein zu leben ... Sie sehen ja, alle Zweifel werden in den Wind geschlagen, wenn sich der richtige Verehrer um sie bemüht.«
»Hör mal, Richter, komm du mir nicht mit Streit um des Kaisers Bart, du hast mir das nie mit dem nötigen Ernst an-

getragen. Außerdem hast du schon eine Freundin. Wenn du also heiraten willst …«
Marcos war einigermaßen sprachlos angesichts dieses operettenhaften Geplänkels, das sich ihm bot. Mit der Zeit würde er verstehen, wie unterschiedlich meine freundschaftlich-beruflichen Beziehungen waren, warum ich einige siezte und andere duzte, warum wir unsere Zuneigung mit Frotzeleien demonstrierten … All das war subtil und kompliziert, aber er würde es verstehen.
Mit fünfzehn Minuten Verspätung (vermutlich verlangte das die Etikette) traf die Braut ein. Einen Augenblick hatte ich befürchtet, dass sie im traditionellen Brautkleid erscheinen würde, was meiner Meinung nach weder ihrem Alter noch der Situation entsprochen hätte. Aber dem war nicht so. Emilia hatte Klasse und trug ein schlichtes graues Kostüm mit Blazer, dessen Revers eine große Stoffblume zierte. Doch ihr glänzender Blick und ihre Nervosität entsprachen eher einer jungen Braut. Ich sah sie voller Sympathie an, sie wirkte so aufgeregt und voller Erwartungen. Ihr haftete noch etwas von der Naivität eines Menschen an, der noch nicht vom Leben geschlagen war. Mir ging durch den Kopf, dass sie und Garzón den Rest ihrer Tage zusammen verbringen würden, aber jeder in seinem eigenen Umfeld bleiben würde. Hoffentlich war sich der Subinspector bewusst, dass es weder möglich noch nötig war, alles zu teilen, und dass er ihr nie von den Dingen erzählte, die er bei seiner Arbeit zu sehen gezwungen war. Oder wäre es besser, wenn er sie nicht raushielte? Ich war mir nicht sicher. Die Ehe eines Polizisten bringt viele zusätzliche Komplikationen mit sich, die weit über die hinausgehen, die Ehepaare im Allgemeinen betreffen. Wie es schien, war die berühmte alte Leier, dass wir nie heiraten sollten, vielleicht doch nicht

ganz so falsch. Und trotzdem waren wir alle in einem wahren Hochzeitsrausch. Ich selbst befand mich nach wiederholten Schwüren auf das Alleinsein auf dem Weg in eine feste Bindung mit einem Mann, den ich nur oberflächlich kannte, der ebenfalls zweimal geschieden war und mehrere Kinder im Schlepptau hatte. Aber das Leben ist kein langer geradliniger Fluss, der gelassen dahinfließt, sondern ein Sturzbach, über den du springst und dich fragst, was du tun kannst, um nicht hineinzufallen. Nun ja, eine ziemlich frivole Tante von mir sagte immer, die besten Feste seien die spontanen. Hoffentlich behielt sie recht! Wer konnte denn auch garantieren, dass die Ehe ein Fest sei?

Die Trauung war etwas steif, aber gefühlsbetont. Die Brautleute lauschten respektvoll den Formulierungen des Standesbeamten, und nachdem er sie zu Mann und Frau erklärt hatte, bat er sie, sich zu küssen, und ich meinte zu erkennen, dass der Subinspector gerührt war.

Die Glückwünsche blieben verhalten. Niemand rief »Es lebe das Brautpaar!«, was mich etwas traurig stimmte, sodass wir zusammen mit den geladenen Gästen aus dem Kommissariat eine ganze Reihe von Wünschen und Slogans brüllten. Yolanda und Sonia hatten Reis mitgebracht, trauten sich aber im Beisein dieser eleganten Hochzeitsgäste nicht, ihn auf das Paar zu werfen. Ich ermunterte sie, die mitgebrachten Päckchen herumzureichen, und dann ging ein Regen aus weißen, glänzenden Körnern über das Paar nieder. Emilia lachte wie ein glückliches Mädchen, und der Subinspector gab lächelnd und aufgeräumt zusammenhanglose Bemerkungen von sich, die seine Verlegenheit und seine Zufriedenheit bewiesen.

Überall wurden Küsse verteilt. Als Garzón vor mir stand, umarmte ich ihn ungeniert.

»Herzlichen Glückwunsch, mein lieber Kollege, viel Glück für die kommenden Jahre.«
»Wir werden keine Zeit mehr haben, um goldene Hochzeit zu feiern, aber ich glaube, wir geben uns auch mit jedem anderen Metall zufrieden.«
García Mouriños klopfte ihm vernehmlich auf die Schultern.
»Auch die hölzerne muss man feiern. Oder sind gut verarbeitete Edelhölzer etwa nicht ebenso wertvoll wie Gold? Ganz zu schweigen von einem Stück Holz vom Kreuz!«
»Richter, Sie sind ein Dichter!«
»Herzlichen Glückwunsch, Fermín!«
Es hatte den Anschein, als sei alle Welt glücklich, und ich vermute, so war es auch.
Wir aßen in einem wunderbaren Gehöft außerhalb Barcelonas. Ein ausgetüfteltes, köstliches Menü, das Concepción Enárquez persönlich zusammengestellt hatte. Zum Nachtisch gab es eine traditionelle Hochzeitstorte. Der Clou war ein männliches Figürchen in Polizeiuniform. Ich fragte Concepción, ob Festreden geplant waren.
»Wir hatten an euren Chef gedacht, aber der hat rundheraus abgelehnt. Er sagte, er kenne fast niemanden und würde sich lächerlich vorkommen. Aber ich glaube, du solltest ihn dazu überreden, Fermín würde es gefallen.«
»Lass mich nur machen.«
Coronas fühlte sich tatsächlich eingeschüchtert von den erlesenen Gästen.
»Kommen Sie schon, Comisario, seien Sie nicht so zimperlich. Was interessiert Sie schon, was diese Leute denken könnten?«
»Na dasselbe, was ich über sie denke. Deshalb ist es besser, nichts zu sagen.«

»Aber Garzón ist es wichtig.«
»Meinen Sie?«
»Ich bin davon überzeugt.«
»Na dann …«
Zurückhaltend, aber herzlich trug er eine kleine Glosse über Garzóns gute Eigenschaften als Kollege vor und wünschte ihm mit dieser wunderbaren Frau viel Glück. Wie ich Garzón kannte, glaube ich, dass er wirklich dankbar war, auch wenn das platt klingt.
Hinterher kam ein alter Onkel von Emilia zum Zuge, der sie »unser Mädchen« nannte und, seinem Alter nach zu urteilen, bestimmt ein paar der vielen Schlachten überlebt hatte, die Spanien im Laufe seiner Geschichte geschlagen hat. Danach zogen wir alle in einen kleinen Saal um, wo eine Kapelle Tanzmusik spielte.
»Was für eine Luxushochzeit, Inspectora! Man merkt, dass die Frau vom Subinspector Kohle und Klasse hat«, sagte die etwas beschwipste Sonia zu mir.
»Musst du dich so vulgär ausdrücken? Du könntest dich ein wenig anpassen!«
»Ja, Inspectora, verzeihen Sie.«
Marcos wurde bleich, als er meine Zurechtweisung hörte.
»Bist du nicht ein bisschen hart mit ihr umgesprungen? Du hast sie behandelt, als wäre sie ein ungezogenes kleines Mädchen.«
»Inspectora bei der Polizei zu sein hat auch was von einer Dorfschullehrerin, du wirst dich schon daran gewöhnen.«
Er merkte bald, dass ich recht hatte, denn kurz darauf redete Sonia ohne das geringste Anzeichen von Gekränktheit erneut auf mich ein.
Irgendwann eröffneten Emilia und Garzón den Tanz, und wir alle bildeten einen Kreis um die beiden und klatschten.

Die glücklichen Gesichter der Brautleute ließen keinen Zweifel aufkommen: Sie befanden sich im siebenten Himmel.
»Ist nicht zu glauben!«, flüsterte mir García Mouriños ins Ohr. »Wie hat sich Fermín gesträubt, und schau ihn dir jetzt an, er ist der geborene Bräutigam.«
»Wir alle sind geboren, um glücklich und verliebt zu sein und in Harmonie zu leben. Ist das nicht der Wunsch aller, Richter? Deshalb versuchen wir die Dinge mit Dickköpfigkeit zu lösen, wenn sie schiefgehen.«
»Das stimmt, dickköpfig sind wir, aber glücklich ...«
»Warum bist du so ein Spielverderber?«
»Ich weiß nicht, jetzt, wo alle in Massen heiraten ...«
»Heirate du doch auch, jetzt, wo Concepción allein bleibt ...«
»Wir werden wahrscheinlich zusammenziehen, aber weder sie noch ich sind Freunde von gesetzlichen Verpflichtungen.«
»Das ist ja ein Ding, du als Richter ...«
»Ach, vergiss es. Verheiratet oder nicht, ich habe heute Abend meinen Melancholischen. Erinnere dich an diesen alten Filmklassiker, in dem bei einer Hochzeit ...«
Die Götter eilten mir zu Hilfe, um mich vor der altbekannten Kinoleidenschaft des Richters zu bewahren. Der Tanz des Brautpaars war zu Ende, und Garzón kam auf uns zu. García Mouriños unterbrach sich und überließ ihm die Hauptrolle.
»Und, wie fühlst du dich in deinem verhängnisvollen neuen Zivilstand?«
»Mach mich nicht an, Richter. Für dich ist das ein Scherz, aber ich bin jetzt geliefert.«
»Ach, Blödsinn! Du wirst es schon überleben, das ist alles

nur eine Frage der Geduld und der Fürbitte um Glück bei Gott.«
Marcos war wiederum ziemlich überrascht von unseren Witzen. Irgendwann fragte er mich:
»Seid ihr wirklich alle so erklärte Ehemuffel?«
»Ach, hör nicht auf die! Wir wollten immer ein ausgewählter Club der Alleinstehenden sein. So als wären wir im Besitz von privilegierten Geheimnissen: Freiheit, Unabhängigkeit, Ruhe ...«
»Das macht mir ein wenig Angst.«
»Warum?«
»Es ist, als wäre ich auf etwas Angenehmes und Konsolidiertes gestoßen, nur um es zu zerstören.«
»Vergiss es, das ist nur Hohn und Spott! Achtzig Prozent der Sätze, die wir austauschen, sind rein ironisch ohne boshaften Gehalt oder gar Konsequenzen.«
Er lächelte.
»Da bin ich ja in einem sehr originellen Club gelandet.«
»Mordfälle aufzuklären ist schon für sich genommen sehr originell.«
»Ich weiß nicht, ob ich mich daran gewöhnen kann, dich so reden zu hören.«
»Marcos, macht dir etwas Sorgen? Glaubst du, dass wir uns vielleicht noch ein wenig mehr Zeit lassen sollten, um ganz sicher zu sein?«
»Die Antwort lautet rundheraus Nein, ohne Wenn und Aber. Obwohl du es dir deinerseits vielleicht noch überlegen willst ...«
»Auf keinen Fall. Findest du, das klingt nach Wenn und Aber?«
»Nein.«
»Dann lassen wir's.«

Ich weiß nicht weswegen, aber Yolanda und Domínguez hatten angefangen zu rufen: »Es lebe das Brautpaar!« Alle fielen in den Jubel ein. Schlussendlich brauchte man gar nicht viel nachzudenken, um eine Entscheidung zu treffen, auch nicht, sich tausendmal zu fragen, woraus das Glück gemacht war. »Es lebe das Brautpaar!«, schrie ich wie ein Fußballfan, und als das Publikum lauthals antwortete, sah mich Garzón dankbar lächelnd an.

Meine Hochzeit

Ein paar Monate später heirateten Marcos und ich. Es war seltsam, ich fühlte mich, als wäre ich auf der Hochzeitsfeier einer anderen Frau. Vermutlich war die Teilnahme an einem derart symbolischen Akt zu dem Zeitpunkt meines Lebens etwas, das ich nicht ganz verstand. Aber wir waren nun mal bereit, erneut auszuprobieren, ob liebevolles Zusammenleben möglich war. Ich sollte jedoch nicht allzu theoretisch werden, die Ehe ist, was sie ist, und ich hatte beschlossen, es noch einmal zu versuchen.

Unsere Gästeliste beschränkte sich auf ein ausgesuchtes, sehr buntes Grüppchen. Alle meine Freunde aus dem Kommissariat waren dabei, herausgeputzt und glücklich. Meine Schwester war aus Madrid angereist, um meine Familie zu vertreten, aber auch, um sich zu amüsieren. Ihr Gelächter erscholl aus allen Winkeln des Gartens. Sie verstand sich prächtig mit García Mouriños, für sie war er ein Prototyp des seltsamen Bekanntenkreises ihrer Schwester: Zivil tragende Polizisten, exzentrische Richter ... Ich wusste ganz genau, was sie von meinem Leben hielt, für sie war es eine Art Schabernack mit einem Schuss Groteske.

Von Marcos' Seite waren alle seine Kinder dabei. Federico, der Älteste, den ich noch nicht kannte, war aus London angereist, wo er sich wegen eines Schüleraustauschs aufhielt. Er war ein hoch aufgeschossener, ernster Jugendlicher. Seinem Vater ähnelte er überhaupt nicht, er war hagerer, dunkler, weniger sinnlich. Er hatte was von einem Heiligen der Renaissance. Nachdem ich ihm eine Weile zugehört hatte, begriff ich, dass die Ironie, die ich von Hugo und Teo kannte, auch ihrem großen Bruder eigen war. Er war zu meinem Glück ebenso witzig wie sie. Ihn schien die dritte Heirat seines Vaters nicht zu irritieren, aber er fragte sich bestimmt, warum er sich ausgerechnet in eine geschiedene Polizistin verlieben musste, die nichts Besonderes aufzuweisen hatte. Jedenfalls schien er nur mäßig interessiert an den Veränderungen seiner Verwandtschaftsverhältnisse. Mit siebzehn Jahren gibt es nur eins, das deine Aufmerksamkeit völlig absorbiert: dich selbst. In diesem Alter kommt einem die Erwachsenenwelt absurd, langweilig, dämlich und sinnlos vor. Deshalb war es ihm wahrscheinlich egal, ob ich Polizistin oder Försterin war. Vielleicht gehörte zu seinen Zukunftsplänen auch, zu heiraten und ewig treu und glücklich zu sein, oder nie zu heiraten. Das Leben würde schon zeigen, was geschehen sollte. Ich erinnerte mich sehr gut an meine eigenen Gedanken als Jugendliche. Jedenfalls verhielt er sich korrekt und wohlerzogen und machte den Eindruck, als wäre er im Geiste viele Kilometer weit entfernt.

Die Zwillinge waren noch nicht in diesem Vorstadium zum Erwachsenenalter, sie zeigten sich etwas verständnisvoller uns gegenüber. Sie beobachteten alles interessiert, obwohl ich glaube, dass sie hauptsächlich auf das ansprechende Buffet scharf waren, das wir bei einer Cateringfirma bestellt hatten. Bevor es eröffnet wurde, beäugten sie jede Platte genau und überlegten, womit sie anfangen sollten. Es fiel ihnen sichtlich schwer, sich zurückzuhalten, bis das Buffet

im Patio meines Hauses, wo die sorgfältig gedeckten Tische standen, eröffnet wurde.
Und Marina ... Marina war entzückend und trug ein weißes Kleid mit Schleifen an den Ärmeln. Sie verhielt sich wie immer artig und schweigsam. Als ich mal einen Augenblick allein war, kam sie zu mir und fragte:
»Kommen wir in dieses Haus, wenn wir euch besuchen?«
»Ja, wie findest du es?«
»Es gibt nicht genug Zimmer für alle.«
»Dein Vater hat schon Pläne, wie wir es vergrößern können.«
»Werde ich dann ein Zimmer für mich allein haben?«
»Natürlich.«
»Ich will nämlich nicht mit Hugo und Teo in einem Zimmer schlafen. Die hören immer Musik und stören mich.«
»Mach dir darum keine Sorgen, du wirst dein eigenes Zimmer kriegen.«
Dieses Versprechen schien sie zu beruhigen. Ihre praktische Intelligenz war weit höher, als es ihrem Alter entsprach. Diplomatisch, aber erfolgreich hatte sie sich im richtigen Moment unter den neuen Umständen ihren Lebensraum gesichert. Sie bekräftigte unseren Pakt, indem sie lächelnd sagte:
»Du bist sehr hübsch in diesem Kostüm.«
Ich hatte mir ein marineblaues Kostüm mit riesigen Aufschlägen gekauft, die ein wenig flatterten. Es verlieh mir das Aussehen einer guten Fee mit einem Hauch Sachlichkeit. Ich wollte unbedingt etwas anderes tragen als bei meinen früheren Hochzeiten, ich fand, es zeugte von gutem Geschmack, sich nicht zu wiederholen. Das erste Mal heiratete ich in einem Kleid aus Wildseide mit einem breitkrempigen Hut auf dem Kopf. Das zweite Mal

wählte ich etwas weniger Konventionelles, aber Provokatives: einen langen blutroten Schlauchrock, kombiniert mit einem schwarzen Satinmantel. Jetzt brauchte ich mit meiner Garderobe keine Botschaft mehr zum Ausdruck zu bringen, also entschied ich mich für Diskretion. Alles war anders bei dieser dritten Hochzeit: Ich heiratete einen absolut gleichberechtigten Mann, ich wäre weder seine Tochter noch seine Mutter, sondern einfach seine Frau. Damit einher ging eine Horde Nachkommen, von der ich noch nicht wusste, wie ich sie behandeln sollte. Ich dachte mir, es wäre ratsam, einfach natürlich zu sein, genau genommen war das auch kein Problem. Die Zukunft würde erweisen, wo es langginge. Jedenfalls sollte die goldene Regel für mein neues Leben lauten: Sei du selbst – sollte das denn irgendeinen Sinn haben.

Meine Schwester hieß meine Gattenwahl ausdrücklich gut und ließ mich das in ihrem kecken, lockeren Stil auch wissen:

»Er ist wirklich toll, ehrlich, obwohl er etwas langweilig wirkt.«

»Was soll er denn deiner Meinung nach tun, Raketen abfeuern?«

»Nein, aber ich hatte ihn mir etwas verrückter vorgestellt.«

»Die nötige Verrücktheit steuere schon ich bei.«

»Hör mal, Petra, werdet ihr Kinder haben und all das?«

»Mein Gott, Amanda! Hast du gesehen, wie viele er schon hat?«

»Ja, aber ich dachte, ihr wollt vielleicht ein Kinderheim oder so was aufmachen.«

Ich fand sie unmöglich, immerhin machte sie nur Witze und gab mir keine bedeutungsschwangeren Ratschläge für die Zukunft. Hätten meine Eltern noch gelebt, sie hätten

mir diese Art von Empfehlungen gegeben. Ein verständliches Verhalten, wenn auch nicht logisch, warum sieht man in einer dritten Ehe immer nur das Versagen und nicht eine Art des wiedergefundenen Glaubens an die Liebe?
Marcos beobachtete mich amüsiert. Entgegen seiner sachlichen Natur glaubte er, dass unsere Verbindung kein Zufall war, sondern ein Wink des blinden, weisen Schicksals, das wusste, was wir beide brauchten. Hoffentlich behielt er recht!
Garzón hatte sich nicht mit einem seiner früheren Dorfpfarrer-Anzüge ausstaffiert. Er trug einen dunkelblauen Anzug modischen Schnitts. Sein Kleidungsstil hatte sich durch Emilias Einfluss eindeutig verändert. Ich muss gestehen, dass mich das ein wenig sentimental machte. Würde ich den Subinspector nie wieder in diesem unbeschreiblichen Outfit sehen, mit dem er sonst öffentlich aufzutreten pflegte? Wo waren seine Nadelstreifendreiteiler aus Zeiten des Eisernen Vorhangs, seine steifen Jacketts und diese Hosen, die er immer weit über den Bauch hochzog und manchmal mit einem Schlangenledergürtel befestigte, geblieben? Von jetzt an wäre nichts mehr wie früher, also sollte ich mich langsam an seinen eleganten und distinguierten Auftritt gewöhnen. Wirklich recht hat derjenige, der behauptet, dass wir uns in der Ehe unweigerlich verändern. Was sollte auch, genau bedacht, der starrköpfige Versuch, immer dem ursprünglichen Entwurf zu entsprechen? In Wirklichkeit verändern wir uns alle ständig. Was soll's? Wenn wir intelligent sind, sollten wir daraus schließen, dass das Wesentliche im Leben darin besteht zu akzeptieren, was kommt, aber nicht resigniert oder wehmütig, sondern im Wissen, bis zur letzten Minute nach eigenem Willen gehandelt zu haben.

Ich weiß nicht, warum ich ausgerechnet an diesem Tag ins Grübeln kam, man könnte doch meinen, dass eine frisch verheiratete Frau nur daran denken sollte, sich glücklich und entzückend zu zeigen. Wahrscheinlich war Entzücken ein Zustand, der nicht für mich gemacht war. Ich habe keine Ahnung, was das genau ist, obwohl ich vermute, dass es darin besteht, mit dümmlichem Gesichtsausdruck zu lächeln.

Unsere Hochzeitsgeschenke waren ebenfalls eine bunte Mischung. Marcos' Freunde, unter ihnen viele sympathische und reizende Architekten, schenkten uns mehrere Designerlampen, die ein Heidengeld gekostet haben mussten. Meine Schwester machte sich alle Ehre, indem sie unser Bett ausstattete, als wäre es das Ruhelager des Maharadschas von Kuala Lumpur und seiner jungen Gattin Nummer siebenunddreißig: Bettwäsche aus Seide, Tagesdecke aus Satin, ein teures Federbett mit Gänsedaunen für den Winter ... Diese Fixierung auf das Ehebett hätte in einem konventionelleren Umfeld unpassend erscheinen können, ich schätzte es jedoch als ein Zeichen der Vertrautheit.

García Mouriños und Concepción Enárquez hatten aus dem besten Weinladen Barcelonas ein paar Kisten Champagner und zwei Dutzend Sektgläser mit Goldrand schicken lassen. Fermín Garzón und Emilia schenkten uns ein Bild von der Malerin Sabala, auf dem ein Haufen rundlicher Damen ein Jazzorchester bildete, wunderschön. Yolanda und Domínguez erschienen mit einem Kaffeeservice der galicischen Keramikkette Sargadelos in Anspielung auf seine Herkunft. Und Sonia ... Sonia schenkte uns ein Kindergeschirr für unser erstes Baby. Ich hätte sie dafür erwürgen können, beschränkte mich aber darauf, süßsauer zu lächeln und mich zu bedanken.

Comisario Coronas, der uns ein hübsches Service geschenkt hatte, musste beim Nachtisch reden. Er war fast zum professionellen Redner geworden, aber diesmal ließ er sich nicht in Allgemeinplätzen aus. Ich erinnere mich genau an seine Worte.
»Unsere liebe Petra Delicado hat geheiratet. Sie alle können es bezeugen. Hier sitzt ihr Ehemann, ein mutiger Mann, dem mein Glückwunsch gilt. Ich möchte Ihnen nicht verheimlichen, dass ich anfangs fürchtete, sie könnte uns verlassen. Aber als ich mich vergewissert hatte, dass sie der Polizei erhalten bleibt, war ich beruhigt. Eigentlich bin ich ja ein Masochist, denn es gibt keine andere Frau auf der Welt, die mich nervöser macht: Sie ist kämpferisch, widersprüchlich, anarchistisch, starrköpfig, sarkastisch … und der Gipfel aller Tugenden – Sie mögen mir meine Ausdrucksweise verzeihen – Sie geht uns allen oft ziemlich auf die Nüsse!« Alle brachen in schallendes Gelächter aus.
»Dennoch schätzen wir sie sehr. Ich würde sogar behaupten, wir sind alle ein wenig verliebt in Petra, und der Grund für diese Verliebtheit ist, dass sie das weibliche Wesen par excellence verkörpert. Dafür beglückwünsche ich sie aufrichtig.«
Im Garten erklang tosender Applaus. Ich küsste meinen Vorgesetzten lautstark auf beide Wangen. Dann stellte Amanda Musik an und bat das Brautpaar, den Tanz zu eröffnen. Marcos nahm meine Hand und führte mich zur allgemeinen Überraschung zu Garzón.
»Subinspector, ich glaube, in Anbetracht der Freundschaft, die Sie mit meiner Frau verbindet, steht dieser wichtige Tanz Ihnen zu. Tanzen Sie bitte mit ihr.«
Garzón umarmte ihn, und ich bewunderte ihn für seinen genialen Einfall. Mein Kollege und ich bildeten wieder ein-

mal ein Paar, ein unförmiges, unmögliches Paar, aber aufrichtig und freundschaftlich wie immer. Wir tanzten, und wir tanzten begeistert. Ich glaubte, wir würden uns nie wieder streiten … bis zum nächsten komplizierten Fall. Dann ja, dann wäre wieder alles beim Alten. Wir würden wechselseitig Giftpfeile abschießen nach dem Motto, was nicht tötet, härtet ab. Und wir würden unseren nächsten Fall lösen, ganz bestimmt.

Danksagung

Ich danke Miguel Orós, Gerichtsmediziner und Professor für Gerichtsmedizin, für seine Ratschläge und seine Beratung in dieser Thematik, die für das Schreiben dieses Buches unentbehrlich waren.
Und ich danke Margarita García, Inspectora der Policía Nacional, für ihre Erläuterungen in kriminaltechnischen Fragen, ohne die ich diesen Weg nur schwerlich hätte gehen können.

Die Übersetzungen der beiden Gedichte sind folgenden Ausgaben entnommen:

ANTONIO MACHADO: Soledades – Einsamkeiten, Gedichte, Amman Verlag 1996, Übers.: Fritz Vogelsang

FRANCISCO DE QUEVEDO: Aus dem Turm, Sonette, Dieterich'sche Verlagsbuchhandlung Mainz 2003, Übers.: Werner von Koppenfels

»Spannend und witzig erzählt.«

BRIGITTE YOUNG MISS

Alicia Giménez-Bartlett
TOTE AUS PAPIER
Roman
352 Seiten
Taschenbuch
ISBN 978-3-404-92180-5

Alle kennen Ernesto Valdés, die Nummer eins der Yellow Press mit der einzigartigen Gabe, die kleinste Affäre zum schmutzigen Skandal aufzubauschen. Alle, außer Petra Delicado, weiblichstes und spitzzüngigstes Mitglied der Policía Nacional. Wie die Jungfrau zum Kinde kommt die Inspectora zu ihrem neuen Fall, denn eben dieser Skandaljournalist wird ermordet in seiner Wohnung aufgefunden. Die Liste der Verdächtigen führt Petra Delicado und ihren Assistenten in die Welt des Showbusiness und des Jetset. Ein rutschiges Parkett, auf dem das ungleiche Ermittlerpaar mit unnachahmlicher Treffsicherheit für Fettnäpfchen so manches Mal ins Stolpern gerät …

BLT

»Die scharfen Verbalattacken der Inspectora Delicado haben einen hohen Unterhaltungswert.« BRIGITTE

Alicia Giménez-Bartlett
BOTEN DER FINSTERNIS
Roman
272 Seiten
Taschenbuch
ISBN 978-3-404-92172-0

Inspectora Petra Delicados Typ scheint gefragt. Treffen doch eine Reihe an sie persönlich adressierte Präsente im Kommissariat von Barcelona ein. Der Inhalt ist delikat: fachkundig abgetrennte, herrenlose Objekte weiblicher Begierde. Tapfer unterstützt durch Subinspector Fermín Garzón macht sie sich auf die Suche nach dem Absender. Und diese führt die beiden in die tiefsten menschlichen Abgründe.

»Längst sind Petra-Delicado-Romane ein ausgezeichnetes Markenzeichen des literarischen Krimis geworden.«

Kölnische Rundschau

Alicia Giménez-Bartlett
HUNDSTAGE
Roman
352 Seiten
Taschenbuch
ISBN 978-3-404-92162-1

Geschieht ein Mord vor den Augen eines Zeugen, ist das ein Glücksfall.
Handelt es sich bei dem Zeugen um einen Hund, hält sich die Euphorie in Grenzen.
Trotzdem nimmt Inspectora Delicado den Vierbeiner in ihre Obhut. So wird aus dem skurrilen Ermittlerduo Petra Delicado und Fermín Garzón ein noch skurrileres Trio, das mit seinen Nachforschungen im dubiosen Milieu seltsamer Hundeliebhaber beginnt.

»Spannend und witzig erzählt.«

BRIGITTE YOUNG MISS

Alicia Giménez-Bartlett
GEFÄHRLICHE RITEN
Roman
336 Seiten
Taschenbuch
ISBN 978-3-404-92152-2

Ein Vergewaltiger treibt in Barcelona sein Unwesen. Sein Kennzeichen: ein mysteriöses Mal in Form einer Blume, das er bei allen Opfern hinterlässt.
Ein komplizierter Fall und ein nicht minder komplizierter Kollege fordern Inspectora Petra Delicado heraus.
Denn Fermín Garzón ist nicht nur neu in Barcelona – für den Dickschädel aus der Provinz sind auch die ganz eigenen Methoden seiner Chefin neu.